edition roetzer

Dezső Monoszlóy

Die letzte Jagd

EDITION ROETZER

ISBN 3-85374-128-2

Printed in Austria, by Rötzer-Druck GesmbH., Eisenstadt, Mattersburger Straße 25.
Verlags- und Herstellungsort: Eisenstadt.

VORWORT

Dieser Band stellt die erste repräsentative Ausgabe der Erzählungen von Dezsö Monoszloy dar und versammelt seine wichtigsten Texte dieser Gattung in deutscher Sprache. Der aus der Slowakei stammende ungarischsprachige, 1923 in Budapest geborene Autor, der 1969 nach Österreich kam und seither in Wien lebt, breitet hier ein Spektrum von Visionen, Ängsten, Kleinlichkeiten und großen Tragödien aus, die aus der Wirklichkeit des Durchschnittsmenschen entstehen, dann aber weitaus tiefer gehen, die Haut dieser Wirklichkeit durchbrechen und in Bereiche vordringen, vor denen auch der psychisch robuste Mensch Angst hat. Der Autor überschreitet diese (Angst)-Grenze, stellt sich den Gefährdungen, läßt die handelnden Personen unterliegen, sie alle ihre Bosheiten ausleben, an sich und den anderen leiden und somit alles das auskosten, was unverbrauchtes Erleben dieser bösen Welt eigentlich ausmacht. Kleine Menschen, große Menschen mit bizarren Gehirnen —; also eine Sammlung von Texten, die wahrlich in dieses mitteleuropäische Panoptikum der Literatur unseres Jahrhunderts paßt.

Eine Reihe von Geschichten kreist um den Themenkreis ,,Spiele", andere Geschichten wieder gehören zusammen, wenngleich auch nur lose zusammengeknüpft, aber durch Figuren mit immer den gleichen Namen zusammengefaßt. Ein Kosmos unserer selbstzerstörerischen Welt, ein Buch, das nicht immer angenehm zu lesen, wohl aber für die Literatur unserer Zeit sehr wichtig ist.

Eisenstadt, im Oktober 1984 H. St. Milletich

Warum emigrieren Eskimos nicht?

Ich lebe in einer gastfreundlichen Stadt. Man könnte sogar sagen: in einem gastfreundlichen Land, doch diese Bezeichnung wäre nicht genau. Denn Wälder, Bergketten, Autostraßen und größere Flüsse passen eher in die Grenzen eines Landes; der Mensch hingegen ist ortsgebundener, schon seines geringeren Flächenmaßes wegen.

Übrigens lebt auch Herr Kotzahuber hier in der Stadt. Auch er ist gastfreundlich. Nicht übertrieben, eher mit Maß. Das eben ist so rührend an ihm. Bis zum dritten Gläschen geht er mit mir um, als gehörte auch ich zu den Ureinwohnern der Stadt.

,,Was sagen S' dazu, Herr Sowieso", meint er, zum dritten Glas gewendet und auch zu mir, seine Unmittelbarkeit ist einfach bestrickend, ,,in diesem Saft steckt keine Kraft."

,,Stimmt."

,,Na, da schau her", und Herrn Kotzahubers Zeigefinger ragt mahnend zum Himmel, ,,an Ihrer Stelle würde ich das nicht so kategorisch behaupten, denn, nicht wahr, Sie...", aber er fährt nicht fort, sondern verbeißt es heldenhaft, wenigstens bis zum fünften Glas. Erst dann fragt er und auch nur mit besonderem Zartgefühl:

,,Denn, nicht wahr, Sie sind erst seit ... wann eigentlich da?"

,,Seit achtzehn Jahren."

,,Na sehen Sie!" Im Ton dieser Bemerkung wetterleuchtete es aber nicht sehr stark. ,,Vor vierzig Jahren schmeckte der anders. Und wissen Sie, wieviel Groschen er gekostet hat?"

,,Keine Ahnung, damals war ich zwei Jahre alt."

,,Freilich können Sie's nicht wissen, denn Sie sind ja ein Fremder". Doch kaum war ihm dies entschlüpft, tat es ihm leid. ,,Nichts für ungut, Sie brauchen nicht gleich beleidigt zu sein. Verflixt nochmal. Aber was hat er wirklich gekostet?" Sorgenvoll starrt er in sein Glas, Antwort erheischend; er weiß, daß von mir nichts zu erwarten ist.

Herr Kotzahuber ist so ausdauernd in seiner Gastfreundschaft, daß er meist erst beim sechsten Glas auspackt. Wenn das Schweigen schon gar zu dicht über unseren Köpfen schwebt. Denn was steckt schon im Hirn so eines Fremden? Keinesfalls der Preis des Weines vor vierzig Jahren. Sondern, daß bei der Ersten Allgemeinen eine Tigerschlange und ein Bär versichert wurden, und zwar auf ganze zwei Millionen gegen Schaden an Personen und auf dreimal hundertausend gegen sonstige Schäden. Warum nicht umgekehrt? Da ist es logisch, wenn Herr Kotzahuber sich nicht mehr beherrschen kann und hervorstößt, was er sonst unter keinen Umständen berührt hätte.

„Sie hätten eigentlich nicht von dort weg sollen!"

Worauf ein Fremder abermals nichts zu erwidern weiß, so daß Herr Kotzahuber sich gezwungen sieht, die Unterhaltung allein fortzuführen.

„Denn nehmen wir zum Beispiel die Eskimos. Warum emigrieren die nie? Darum, weil sie kein Salz am Hintern spüren. Dabei gibt es nur Eisberge und Robben bei ihnen und vielleicht noch Pinguine." Er sagte „Pinguine" mit unverfälschter urheimischer Aussprache.

Aber wirklich, warum emigrieren die Eskimos nie? Ach ja, weil sie kein Salz ..., aber warum spüren sie das nicht? Eine spitzfindige Frage, wenn man bedenkt. Herr Kotzahuber ist wahrscheinlich scharfsinnig, spritzig. Nicht so wie der Wein.

„Die Eskimos emigrieren nie", stellt Herr Kotzahuber nunmehr bombensicher fest. „Ihr aber kommt und geht, als ob dies ein Durchhaus wäre. Wer aber nicht fest auf seinem Hintern sitzt, der erfährt nichts. Im Herumgehen verliert man das Orientierungsvermögen. Ich beispielsweise begucke mir die Welt seit vierzig Jahren vom selben Fleck." Es ist imponierend, wie er das sagt und wie er seinen Brustkorb stolz wölbt. „Dabei weiß ich alles. Sogar euren Dichter, wie heißt der nur, kenne ich. Gerade der sagte ja, es gäbe viel Robben und wenig Eskimos, beziehungsweise umgekehrt. Und doch bleiben die Eskimos auf ihrem Eis hocken. Haben Sie jemals von einem hierorts herumstreifenden Eskimo gehört, der plötzlich in diese Wirtschaft hereinschneit und dann hier steckenbleibt? Was sagten Sie, seit wann sitzen Sie da?"

„Seit achtzehn Jahren."

„Na, sehen Sie!"

Diese Eskimos haben tatsächlich etwas an sich. Sie interessieren sich nicht für Tigerschlangen oder für Bären, höchstens für Eisbären, und es läßt sie unberührt, wenn der Wein nicht spritzig genug war. Verflixt auch.

Die Faust des Traumes

Mit seinem Umfang und den etwas schrägen Wänden glich das Hotelzimmer einer Kajüte. Nur der Ausblick war von hier aus anders als vom Schiff, das auf dem Meer umhertrieb. Das winzige Fenster blickte auf die Schienen und die verrußte, schäbige Rückseite des nahen Bahnhofs. Doch Höfler war weder am Zimmer, noch am Ausblick interessiert. Mit einem Fuß schon im Strumpf, saß er auf der Kante des schmalen Bettes und dachte über seinen Traum nach. DIE VIELEN DRECKIGEN KERLE, murmelte er halblaut und seufzte dazu. Doch weder der Seufzer noch die Worte waren von vorrangiger Bedeutung, beide hatten etwas Gekünsteltes, sogar zusammen waren sie nichts anderes als gespieltes Selbstmitleid, mit dem man sich unbeschwert und fröhlich an die Ereignisse der Nacht klammern konnte, die Selbstvertrauen und Genugtuung boten. DIE VIELEN DRECKIGEN KERLE,wiederholte er nochmals, aber jetzt reizte ihn die Äußerung nicht zum Stöhnen, sondern zum Lächeln; der Traum strampelte fröhlich in seinem Körper, breitete sich aus und erfüllte ihn mit einem unsagbar guten Gefühl. Höfler hatte nämlich im Traum seinen Mathematikprofessor mit einem Kinnhaken knock out geschlagen. Noch dazu vor Zeugen. Dem unerwarteten Traum ging ein reales Erlebnis voraus. Der Mathematikprofessor stand vor dem Podium, da er aber um einen Kopf größer war als Höfler, überragte er diesen wie ein Turm. Seine Gürtelschnur baumelte hin und her, was Erregung, wechselnde Bewegung anzeigte. So geschah es auch. Er hob die rechte Hand, man hörte fast die Ohrfeige auf Höflers Wange knallen, wie schon so oft früher — und dann ... hihi ... Höfler wollte seinen Ohren nicht trauen, als er seine eigene Stimme erkannte. Die Betonung der Worte ließ bluterstarrende Ruhe ahnen.

WAGEN SIE ES NICHT, MICH ANZURÜHREN! Bei dieser Mahnung verfinsterte sich das Gesicht des Mathematikprofessors und seine Soutane schien sich in ein noch tieferes Schwarz zu verwandeln. Ja, jetzt wird diese dürre, gekrallte Hand aus der Höhe zuschlagen. Sie schlug nicht zu. Blitzschnell stellte sich Höflers Kinnhaken dieser Bewegung in den Weg. Der Mathematikprofessor stürzte der Länge nach vor das Podium hin. Höfler stand regungslos da und starrte in die entsetzten Augen der Anwesenden. SO HAT ES KOMMEN MÜSSEN, bemerkte er, als hätte er gesagt, es sei daran nichts Besonderes, nichts Außergewöhnliches. Der Personalchef der Kesselfabrik Rödler und Co stand unmittelbar neben ihm. Von seinem Gesicht konnte man mit Überraschung vermischtes Entsetzen ablesen. Höfler sah ein, daß er in dieser kritischen Situation mit Beschwichtigung nicht geizen durfte. SCHAUEN SIE, Herpeléti, er hob seine Stimme und jetzt hielt er schon wahrnehmbar beim Schulterklopfen. SIE SIND EIN VERTRAUENSMANN. SIE WAREN HIER UND HABEN ALLES GESEHEN. SO WAR ES, räusperte sich Herpeléti. SIE HABEN AUCH GEHÖRT, WIE ICH IHN GEWARNT HABE ... UND OB ICH ES GEHÖRT HABE, BITTE SCHÖN, ICH BIN JA NICHT TAUB. ICH HABE ALLES GEHÖRT UND ICH WERDE ES MELDEN. Hernach war nur mehr ein männlicher Händedruck fällig; das aber war im Augenblick außerhalb der Raummöglichkeit. Daher drückte Herpeléti, anstelle eines Besseren, seine eigene Hand. Dieser Umstand verdarb keineswegs den guten Geschmack der Rückerinnerung. ES GING WIE AM SCHNÜRCHEN! Das wiederholte Einschätzen war nur durch die Frage gestört, wieso sich Herpeléti in die Ereignisse eingemischt hatte. Er kannte ja Herpeléti erst seit drei Jahren, jene Knock-out-Story aber mußte sich vor mindestens fünfundzwanzig Jahren zugetragen haben, und während der ganzen Zeit seither hatte er seinen Mathematikprofessor kein einziges Mal getroffen. Die Tatsache freilich, daß auch Herpeléti zugegen war, verlieh dem einstigen Boxkampf eine besondere Bedeutung. Wenn ihn bloß die Schulkameraden gesehen hätten, wären sie vielleicht zu feig gewesen, Zeugnis abzulegen. Ein Personalchef ist schon etwas ganz anderes. Höfler zog rasch den zweiten Strumpf an. In seinen Muskeln fühlte er ein angenehmes Prickeln. EIN EINZIGER SCHLAG UND WIE ER HINGESTÜRZT WAR! Man hätte glauben können, er käme nie wieder auf die Beine. Der Tag hätte gar nicht erfrischender beginnen können. Er reiste ja schon immer gerne in diese nette Hansa-Stadt, seine gute Laune konnte höchstens dadurch verdorben werden, daß er auch hier in Kesselangelegenheiten herumrennen mußte, ausgerechnet in Kesselangelegenheiten, wo doch die Konkurrenz so groß war. Was wäre, wenn er heute ausnahmsweise den Tag anders begann? Wenn er erst morgen die Fabrik aufsuchte, um heute noch ausgiebig und gesund etwas frische Luft zu schnappen? Er rasierte sich, zog sich an, verzehrte sein Frühstück bequemer als sonst. Warum zum Teufel sich beeilen! Die Arbeit ist kein Hase, sie läuft nicht davon. Das wichtigste ist Ruhe, wie nachts. Als er auf die Straße trat, empfing ihn nieselnder Regen, aber das störte ihn nicht. Es wird sich schon wieder aufheitern. Am Morgen war es hier oft neblig. Und es regnete ja kaum, gar nicht der Rede wert. Er ging direkt der inneren Stadt zu. Durch den Nebel schimmerte immer wieder das rohe Ziegelrot der Häuser hervor. Auch das war erheiternd, eine neckische Botschaft. Er schritt auf der Straße der Philosophen vorwärts, kaum wahrnehmbar hängte sich die Zufriedenheit von beiden Seiten in ihn ein. Alte, ermunternde Erinnerungsbilder sprühten Funken in seinem Kopf. Einmal war er schon in einer ähnlichen Straße spazierengegangen, irgendwo briet man Kastanien. Er suchte den Kastanienverkäufer. Merkwürdig, es gab keinen. Und trotzdem roch es auch in dieser Straße nach Kastanien. Ja, und in dieser Straße war der Grüne Kakadu. Warum er sich über die Existenz der Grünen Kakadubar freute? Er bemühte sich gar nicht, darüber zu entscheiden. Kastanien und Grüner Kakadu schienen derzeit stimmungsmäßig zusammenzupassen, und gemeinsam wiesen sie auf eine gestohlene Vergangenheit hin und darauf, daß sie manchmal auftauchen konnte und auch zu finden war. Das hatte seine Gemütsverfassung so eingerichtet, — wenn er zurückdachte, konnte er leicht errechnen, daß er bloß zweimal im Leben in einer Bar war und nach keinem dieser Besuche blieb ihm ein besonders erhabener Nachgeschmack zurück. Einmal nach dem Maturabankett. Da hatten sie eine Unmenge von Salzmandeln aufgefressen, was unerwartet viel gekostet hatte. Das zweitemal aber mit seiner Frau, wo sie beide, eine verblühte Bardame und ein Pianist mit einem Kapaunengesicht, im rosabeleuchteten Lokal unter zerfetzten Tapeten saßen. Es war ein vollkommen sinnloser Abend gewesen. Der mit dem Kapaunengesicht hämmerte monoton auf die Tasten, Julia musterte die betagte Bardame, die unschuldig ihre Nägel lackierte. Beim Zahlen gab es eine Szene, Julia regte sich darüber auf, daß sie für einen solchen Blödsinn Geld ausgaben. Doch der Grüne Kakadu hatte damit gar nichts zu tun. Von ihm strahlte lärmende Freude und obendrein etwas Geheimnisvolles aus, sogar so, am hellichten Tag hinter den heruntergelassenen Rolläden. Ja, der Grüne Kakadu war ein äußerst treffender Name, stellte Höfler fest. Wenn beispielweise die Bar Zwergpapagei hieße, wäre es nicht mehr so aufregend. Während er die Benennung Grüner Kakadu auskostete, tauchte in ihm recht verworren die Frage auf, welche Farbe wohl die Träume hätten, ob er wohl farbige Träume hätte. Wie ist das überhaupt, daß im Traum ein großer, schwarzer Fisch grimassenschneidend hervorgleitet und man ihn vom übrigen Schwarz und der Dunkelheit deutlich zu unterscheiden vermag? Wie es scheint, schwimmt der schwarze Fisch auf einem weißen Grund ... Doch der Grüne Kakadu ... Da bemerkte er, daß auf der anderen Seite der Straße eine junge Frau stand und ihn beobachtete. Wahrscheinlich verwechselte sie ihn mit jemandem, denn manchmal zwinkerte sie ihm sogar zu. Welch eine zerbrechliche, kleine Frau, mit der Figur einer Halbwüchsigen, nicht größer als ein grüner Kakadu. Ein Paar, das eine Kinderwagen vor sich herschob, verdeckte für einige Minuten die Frau vor seinen Augen, gleichzeitig wölbte sich die Figur seiner Gemahlin zwischen sie. Julias Brüste bäumten sich wie ein vom Erdbeben in Bewegung geratener Barockerker auf, Höfler warf erschrocken den Kopf in den Nacken, doch er beruhigte sich sogleich, seine Gemahlin hatte ja in dieser Stadt nichts zu suchen. Aber die Frau mit der Jünglingsgestalt stand noch dort, genau auf der Stelle wie zuvor, jetzt sah er, daß ihr frei wehendes Haar bronzefarben war. Ein rothaariger Kakadu, staunte Höfler und grinste. Auch die Frau verzog ihren Mund und sie gingen im selben Rhythmus aufeinander zu.

„Hallo", sagte die Frau.

„Hallo", antwortete Höfler automatisch. Er hatte noch nie eine Frau angesprochen, es ist wahr, daß auch jetzt nicht er es war, der begonnen hatte, — das aber nahm nichts vom Reiz dieser Begegnung, es war vielmehr so, als setzte sich sein Traum fort. Nicht der Traum mit dem schwarzen Fisch, sondern der jetzige mit dem gut gelungenen Kinnhaken.

„Danuta", sagte die Frau während sie dahinschritt.

„Fritz", stellte sich auch Höfler vor und er ließ sich von der süßen, kleinen Frau führen. Sie kehrten in ein neues Gasthaus ein. Danuta vertiefte sich sofort ins Studium der Speisekarte. Kleine Hure, dachte er und seine gute Laune kam ins Wanken, denn die Kesselfabrik Rödler und Co. fiel ihm samt dem Personalchef ein; doch Herpeléti zeigte sich diesmal bei weitem nicht so zuvorkommend wie nachts. Na und — der Traum in ihm winkte großzügig mit der Hand ab, und da grinste er.

„Was kicherst du?" fragte Danuta vertraulich.

Höfler war betroffen und fingerte an seiner Krawatte. Die kleine Frau hatte eine heisere Stimme wie, — na wie? Wie ein Grüner Kakadu.

„Haha ...",begann Höfler, „ich lache darüber ..." er fingerte immer noch an seiner Krawatte, „daß du so eine heisere Stimme hast. Ich hab es nämlich sehr gerne, wenn Frauen eine heisere Stimme haben und obendrein so klein und zerbrechlich sind wie du."

,,Mit einem Wort, ich bin klein und habe eine heisere Stimme", bemerkte Danuta und ihre Stimme war nicht mehr so freundlich wie vorher, als sie von der anderen Straßenseite herübergerufen hatte.

,,Also, was das betrifft — du bist ja auch nicht gerade ein Riese."

,,Nein, nein", gab Höfler bereitwillig zu, ,,aber ich habe die kleinen Frauen sehr gerne, denn ..." er verstummte plötzlich, weil er fast seine Gemahlin mit dem Erker-Busen verkauft hätte.

,,Irrsinnig witzig!" Danuta packte energisch das Besteck und machte sich daran, die gebratene Ente zu tranchieren. Nachher bestellte sie noch einen Topfenstrudel und Eis. Sie aß mit wilder Entschlossenheit. Sie blickte gar nicht vom Teller auf.

Verdammt noch einmal, ein Licht ging in Höfler auf, der Witz samt der Pointe: die ißt ja so viel wie ein Vöglein, wie ein Strauß. Aber er traute sich gar nicht, darüber zu lächeln; um das Lachen zu verschlucken, sagte er mit lauter Stimme:

,,Das ist ein sehr gutes Restaurant."

,,Es geht an, freilich gibt es viel bessere Lokale, aber ich habe dich hergebracht, weil die meisten Männer geizig sind. Wenn etwas um zwei Heller teurer ist, ziehen sie schon ihre Schläfen bis zum Nacken herunter.

,,Das stimmt", gab ihr Höfler recht, ,,aber ich bin nicht so", fügte er mit Entschiedenheit hinzu.

,,Klasse", begeisterte sich Danuta und wischte ihren Mund mit der Papierserviette ab. ,,Also paß auf, ich hab noch etwas zu erledigen ..."

,,Willst du fortgehen?" fragte Höfler entmutigt.

,,Ja".

,,Wohin?" Die Neugierde quoll aus Höflers Mund hervor.

,,Wohin?" Danuta warf die Papierserviette hin. ,,Die Großmutter meines ersten Mannes hat Schafblattern, ich muß sie besuchen."

,,Ja ..."

,,Na, was bist du so eingeschnappt? Um fünf bin ich wieder da. Warte, ich begleite dich in ein anderes Lokal, denn das hier sperrt um drei zu, um fünf werde ich dort sein und dann, wenn du willst, bin ich bis sieben Uhr früh frei."

,,Bis sieben Uhr früh", wiederholte Höfler zufrieden.

,,Und gib dem Kellner ein ordentliches Trinkgeld, er ist ein guter Spezi."

,,Natürlich."

Zum anderen Lokal mußte man nicht länger als drei Minuten gehen, und auch hier gab es einen Kellner, der ein guter Spezi war, auch dem konnte Danuta Höfler anvertrauen. Dann wirbelte sie fort, aber vorher drückte sie noch einen Kuß auf Höflers Stirne. Von dieser Zärtlichkeit war der Mann gerührt. Etwas wie ein Versprechen der aufregenden Nacht, die zu erwarten war, lag darin. Wer weiß, vielleicht ahnte sie gar nicht, daß er verheiratet war, bedauerte Höfler Danuta. Wie schön es wäre, wenn er auf diese Frage ruhig antworten könnte: ich bin frei wie ein grüner Kakadu. Wir könnten hin- und her fliegen, von Ast zu Ast, von Kneipe zu Kneipe. Bei dieser Assoziation stand schon der dritte Schnaps vor ihm. Er faßte den Entschluß, sich einstweilen von einer weiteren Bestellung zurückzuhalten. Schließlich schickte es sich, für die schöne, kleine Frau seine gute Kondition zu bewahren. Für eine schöne, kleine, heisere Frau, ergänzte er seine Vorstellung. Beim Ertönen der heiseren Stimme zwitscherte in ihm leider auch der dramatische Sopran seiner Frau auf. So ohne Schnaps und Danuta wirkte auf einmal das Wirtshaus trostlos. Höfler kratzte ungeduldig auf der Tischdecke aus Wichsleinwand. Beim kratzenden Geräusch kam der Kellner herbei, doch Höfler schickte ihn fort. Man konnte es auch ohne Schnaps aushalten. Im allgemeinen ist das Leben langweilig, doch man muß deshalb nicht gleich überschnappen. Freilich müßte es nicht langweilig sein. Höfler könnte auch mit Danuta leben, ohne daß Julia abkratzte oder sich von ihm scheiden ließe. Aber das verdiente Julia nicht. Was aber dann? Man könnte einfach ein doppeltes Leben führen. Höfler würde mit einem Los einen Haufen Geld verdienen. Doch er spielte ja gar nicht. Es mußte nicht unbedingt ein Los sein, man könnte sich auch vorstellen, daß die Großmutter von Danutas erstem Mann eine Millionärin sei, sie würden in ihr Haus ziehen und auch Julia ein Haus kaufen. Blödsinn, empörte sich Höfler über seine eigenen Gedanken. Solche Blödsinne können nur mir einfallen. Woran denkt wohl ein anderer, wenn er im Wirtshaus sitzt und wortlos vor sich hinstarrt? Gerne hätte sich Höfler hinter die Denkart anderer geschlichen, doch bald verging ihm die Lust dazu, sie war ohne jeden Übergang verwelkt. Am wahrscheinlichsten schien es ihm, daß sie bloß eine kleine Hure war, die, nach dem Verschlingen eines ordentlichen Mittagessens, nicht mehr zurückkam, — sie fing sich einen neuen Trottel und amen. Doch Danuta erschien pünktlich um fünf Uhr. Sie sah etwas zerknittert aus.

„Na, ist die Großmama wieder gesund geworden?" fragte an Höflers Stelle der Schnaps, denn inzwischen hatte er doch nicht widerstehen können, für Nachschub zu sorgen.

„Wer?" fragte Danuta mißtrauisch und zog ihre Brauen zusammen.

„Die halt, die Schafblattern gehabt hat."

„Schau", sagte Danuta hastig, ohne Zusammenhang, „alles kann nicht gelingen", und sie setzte sich. Auch sie bestellte einen Schnaps. Später setzte sich ein fremder Mann zu ihnen, von dem Danuta behauptete, er sei ihr Vetter. Von nun an tranken sie zu dritt. Danuta küßte abwechselnd Höfler und den Vetter.

„Ich bin irrsinnig glücklich", stellte sie fest, während Höfler ihren Hals streichelte und sie die Hand des Vetters drückte.

„Auch ich", erwiderte Höfler. Der Vetter schwieg. Er trank seinen Schnaps.

„Du bist ein ordentliches Stück", schwärmte Danuta, „aber jetzt verlegen wir unseren Sitz in einen ordentlicheren Schweinestall."

,,Warum?" meckerte Höfler.

,,Weil es hier nach Mäusescheiße riecht und ich das nicht ausstehen kann", rümpfte Danuta die Nase.

Höfler zahlte und sie brachen auf. Danuta verteilte unterwegs nicht bloß Stirnküsse, einmal umklammerte sie den Hals Höflers, dann wieder den des Vetters. Höfler schien es so, als umklammerte sie den Hals des anderen länger als seinen, er wollte es aussprechen, da war er aber gerade an der Reihe und Danutas fleischiger Mund erstickte die Empörung in ihm.

Das dritte Wirtshaus war ziemlich weit. Man mußte eine Holzstiege hinaufklettern. Höfler stolperte zweimal, bis sie zum Eingang der Schenke kamen.

,,Das Leben ist undurchsichtig", erklärte er, als sie sich endlich zum Tisch setzten. Auch hier tranken sie Schnaps.

,,Vollkommen undurchsichtig", wiederholte er und schlug auf den Tisch.

,,Hau nicht auf den Tisch!" wies ihn Danuta zurecht, ,,das hat man hier nicht gerne."

,,Wer hat es nicht gerne?" Höfler stemmte die Hände in die Hüften und dachte an seinen Traum.

Danuta war mit ihrem Vetter beschäftigt und antwortete nicht.

,,Nichts kann man genau wissen", setzte Höfler fort, ,,auf Gottes Erdboden nichts. Nicht einmal das, was jetzt Julia macht."

,,Wer ist das?"

,,Das ist ein braves, dickes Mädchen."

,,Ach so ... Was plärrst du?"

,,Ich?" wunderte sich Höfler und wischte an seinen Augen herum. ,,Mir scheint Rauch in die Augen gekommen zu sein ... was alles hätte ich werden können", und er fügte später hinzu ,,Alles ... und weißt du, warum aus mir nichts geworden ist?"

,,Weil du ein unglücklicher Gartenzwerg bist", ertönte es von oben. Der Besitzer der Stimme war ein Mann mit dem Äußeren eines Ringkämpfers; er stand hinter Danutas Rücken.

„Mach keine Geschichten, Fredi", beruhigte ihn Danuta, ohne sich umzudrehen.

„Jawohl, ich mache Geschichten! Ich mag es nicht, wenn solche Gartenzwerge hier herumkreischen."

„Du siehst ja, wie er angesaugt ist, der Hirsel!"

„Ich bin nicht angesaugt", Höfler wölbte seinen Brustkorb hervor. „Ich bin glücklich."

„Du siehst ja, wie angesaugt er ist", erklärte Danuta mütterlich. Der Kerl mit dem Aussehen eines Ringkämpfers winkte ab und schleppte sich vom Tisch fort.

Im Lokal, Höfler gegenüber, hing eine Uhr, die eine eigenartige Form hatte. Höfler wartete darauf, daß etwas aus ihr herausflog, doch nichts flog aus ihr heraus. Da fiel ihm ein, wie trivial und einfach das Schicksal des Menschen ist. Es stimmt, die Details scheinen manchmal außerordentlich kompliziert zu sein, aber zusammengefaßt ist das Endergebnis denkbar einfach. Auch das, wie er hier saß und die Uhr studierte. Und wenn er nicht hier säße, säße er irgendwo anders, vielleicht mit seinen Fabrikskollegen; zwar mit ihnen kaum nach der Arbeitszeit. Wie viel Uhr war es wohl? Er versuchte die genaue Zeit vom Zifferblatt der hängenden Uhr abzulesen, doch es gelang ihm nicht. Dasselbe hätte er auf seiner Armbanduhr viel einfacher feststellen können, aber auf diese Möglichkeit hatte er vollkommen vergessen. Alles war so einfach. Auch das, daß er in die Schule gegangen und ihm die Schulzeit so lange vorgekommen war; rückblickend aber war sie wie Pollen: man blies darauf, er war, er ist nicht mehr. Kein Banknachbar, keine Pause zwischen den Stunden, kein Mathematikprofessor, der Ohrfeigen austeilte. Und auch die Liebe war so trivial einfach. Man lernt ein Mädchen kennen, das lispelt. Wie nett ist doch so ein lispelndes Mädchen. Dann stellt es sich heraus, daß es noch als Frau lispelt und nichts ist enervierender als ein dauerndes Lispeln. Und nicht einmal das stimmt, denn man kann sich auch daran gewöhnen. An alles kann man sich gewöhnen, auch an die Kesselfabrik, an Herpeléti, den Personalchef. Und man kann sich auch daran gewöhnen, daß man dem Menschensohn der Reihe nach die Zähne zieht, in seinem Mund Brücken montiert, Brücken, die nie ganz stimmen. Bei diesem Gedanken wurde er etwas schläfrig, er schüttelte den Kopf, denn er befürchtete, er hätte seine Umgebung vergessen. Doch er bemerkte keine Veränderung. Danuta drückte immer noch die Hand des Vetters, im Lokal reichte der Zigarettenrauch bis zur Decke. Vom Grammophon brüllte ein Sänger mit dünner Stimme ein unbekanntes Lied. Darin kam immer wieder ein Wort vor, Sagapo, aber damit konnte er nichts anfangen. In greifbarer Nähe bot sich ihm das Schnapsglas an, er schüttete es hinunter.

„Wieviele dreckige Kerle es gibt", lachte er plötzlich ohne jede Einleitung auf.

„An wen denkst du?" erkundigte sich Danuta.

„Na an diesen Kerl, der einfach daherkommt und in das Vergnügen anderer hineinplatzt!"

„Das ist der Besitzer", bemerkte der Vetter und erhob sich mühsam. Danuta versuchte ihn zurückzuhalten, aber sie konnte ihn nicht zum Bleiben bewegen, er ging direkt auf den Ausgang zu, als hätte man ihn hinausgefeuert.

„Er hat in die Hose gemacht", stellte Danuta fest.

„Vielleicht auch nicht", sagte Höfler erheitert, vielleicht hat auch er eine Großmutter mit Schafblattern." Danuta widersprach nicht, sie zog nur mißbilligend die Brauen zusammen. „Freilich, es ist besser, daß er fortgegangen ist", sagte Höfler begeistert. Nicht, als ob ich etwas gegen ihn hätte, denn er hat ja während der ganzen Zeit kein Wort gesprochen, aber so, in süßer Zweisamkeit, ist es doch etwas anderes."

„Nanu!" Danuta warf verächtlich ihre Lippen auf.

„Ja, so, in süßer Zweisamkeit, ist es ganz anders", Höfler hob seine Stimme: „Die meisten Menschen wissen mit ihrem Leben nichts anzufangen, sie schuften nur, tragen dieses bißchen Geld nach Hause und sterben vor Langeweile. Nie geschieht etwas."

„Du willst doch nicht deine Lebensgeschichte aufsagen!?"

,,Gerade das Gegenteil." Höfler klammerte sich an den Tisch. ,,Gerade das Gegenteil. Man muß etwas tun, es ist Zeit, daß etwas geschieht." Er schlug auf den Tisch.

,,Zahlen wir", schlug Danuta vor.

,,So ist es", stimmte Höfler zu, ,,wir zahlen und gehen von hier fort, denn auch hier riecht es nach Mäusen."

,,Wonach riecht es hier?" dröhnte es von oben.

,,Nach Mäusen", wiederholte ruhig Höfler, mit der selben bluterstarrenden Stimme, mit der er im Traum den Mathematikprofessor gewarnt hatte.

,,Also dann hinaus!" rief der Ringkämpferähnliche, als hätte er bloß den Mathematikprofessor vertreten.

,,Mach keine Geschichten, Fredi!" mischte sich Danuta in den Dialog. ,,Wir wollen ja ohnehin schon gehen."

,,Ihr braucht auch nichts zu bezahlen!" zischte Alfred. ,,Hinaus!"

,,Umso besser", sagte Höfler heiter, aber er erhob sich, weil ihn Danuta energisch am Rock zog.

Die Holzstiege erwies sich beim Abstieg als großes Hindernis; zum Glück gelangten sie hinunter, ohne daß etwas geschah. Alfred öffnete vor ihnen die Tür. Hinter dieser Höflichkeit jedoch verbarg sich auch etwas anderes. Höfler wurde plötzlich emporgeschleudert, er fühlte einen Luftzug und er flog mit dem Kopf nach vorne, hinaus auf die Straße. Im letzten Augenblick fand er so halbwegs sein Gleichgewicht wieder und so gelang es ihm, sitzend zu landen. Er hörte noch die Ohrfeige, die auf Danutas Wange knallte, dann fiel die Tür ins Schloß.

,,Nicht so, du Lump!" Mit Müh und Not krabbelte Höfler auf und balancierte schwankend auf den Beinen. ,,Nicht so, du Lump!" rief er noch einmal aus voller Kraft und versetzte der Tür einen Tritt. Die Tür öffnete sich sogleich sperrangelweit, und Alfred stand in seiner ganzen Größe vor ihm.

,,Du hast es gewagt, mich zu schlagen, du Dreck", sagte Höfler. Auf die Ohrfeige hin stürzte Höfler wieder; nur mühsam richtete er sich auf. ,,Na, schlag noch einmal zu, wenn du es wagst!" Er fühlte die Faust des Traumes in der

Tasche und dachte, er könne Alfred noch rechtzeitig einen Kinnhaken versetzen.

Doch es kam anders. Vom wiederholten Schlag war sein Kopf ganz benebelt, sein Hintern fühlte unter sich das Pflaster. Sogar Danutas ironische Grimasse wurde ihm bewußt. Sie musterte ihn im Vorbeigehen.

„Du Scheißkerl", sagte sie zum Abschied.

Unabhängig davon fühlte er sich wohl. Die Faust des Traumes glättete sich bis dahin in ihm wie Watte. Selbst das Pflaster empfand er nicht mehr als zu hart, es erinnerte ihn vielmehr an einen mächtigen Schoß, als würden ihn Julia und Rödler und Co. gemeinsam wiegen. Mit dem Taschentuch wischte er seine blutende Nase ab und betastete seine Zähne. Bei der ersten, flüchtigen Berührung fehlte keiner.

„Nun, wir sind heil davongekommen", stammelte er.

In der Ferne blinkte eine Neonreklame. Ein grüner Kakadu sperrte den Schnabel auf. Höfler beachtete ihn gar nicht. Hinkend ging er zu seinem Hotel.

Gutmann lernt Golf

Rechts oben, auf der einundzwanzigsten Seite des gelbgebundenen Büchleins stieß Gutmann auf den folgenden Satz: „Das Golfspiel besteht darin, einen Ball durch aufeinanderfolgende Schläge in Übereinstimmung mit den Regeln vom Abschlag in das Loch zu spielen." Diesen Satz verstand er vollkommen, und diese Tatsache gab ihm neue Hoffnung. Er hatte schon vorher öfters die Spielregeln durchgeblättert, verweilte bei diesem oder jenem Detail, konnte aber schließlich mit den vielen neuen Definitionen auf keinen grünen Zweig kommen. Er nahm zwar noch zur Kenntnis, daß „ein Schlag die Vorwärtsbewegung des Schlägers ist, ausgeführt in der Absicht, den Ball ehrlich zu schlagen und zu bewegen". Aber mit der Erklärung zum Beispiel: „In einem Hindernis hat ein Spieler den Ball angesprochen, sobald er seinen Stand eingenommen hat", konnte er nichts mehr anfangen.

Die Beleuchtung in dem Café war, obwohl er beim Fenster saß, ziemlich schwach. Man konnte aber auf alle Fälle auf die Straße sehen. Vor dem Fenster schwebte gerade eine schmächtige kleine Frau vorbei. „Sie hat einen Kopf wie ein Golfball", stellte Gutmann fest. Dann aber merkte er, daß der Golfball von einer riesigen Sonnenbrille bedeckt war. Die Sonnenbrille bewegte sich auf und ab, da sie an etwas kaute. Von weitem schien es, als ob sie mit der Sonnenbrille beißen wollte. Gutmann blätterte zur Sicherheit nach, um die Größe eines Golfballes festzustellen. Nachdem er gelesen hatte, daß „nach den Regeln der United States Golf Association die Größe des Balles nicht weniger als 42,67 mm im Durchmesser betragen soll, aber bei internationalen Mannschaftsbewerben nicht weniger als 41,2 mm im Durchmesser", besann er sich wieder auf den Kopf der Frau und wußte, das Gleichnis war falsch, ihr

Kopf war bedeutend größer als ein vorschriftsmäßiger Golfball.

Anschließend plagte sich Gutmann intensiv mit der Vorstellung der richtigen Größe eines Balles. Seine Winzigkeit machte ihn immer aufgeregter. So ein kleiner Ball ist gar nicht so leicht zu treffen, murmelte er der leeren Kaffeetasse zu und versuchte sich unter den Beschreibungen der verschiedenen Schläger zurechtzufinden. Als er bei dem Schläger Namens ,,Putter" angelangt war, bei dem ,,die Achse des Schaftes von oben bis zu einem höchstens 127 mm über der Bodenplatte liegenden Punkt von der Vertikalen um wenigstens 10 Grad abweichen soll in bezug auf die horizontale Linie ..", knallte er verärgert das Buch auf den Tisch, überzeugt, daß er wiederum und diesmal endgültig den Faden des Verständnisses verloren habe. Erschöpft lehnte er sich im Stuhl zurück.

Man muß methodisch denken, erschien die Ermahnung seines seligen Literaturprofessors vor seinen Augen, als ob es jemand auf eine in der Luft schwebende Schiefertafel geschrieben hätte. Methodisch und möglichst so, daß man sich die Sätze richtig vorstellen kann. Das ist aber leicht zu sagen. Stell dir aber vor einen Putter, vertikal und horizontal, einen Putter, den du noch nie gesehen hast, den du nur aus den Sätzen der Golf-Fibel hervorzaubern willst. Im Traum geht so etwas leichter. Gutmann träumte vergangene Nacht ebenfalls von Golf, da ergaben sich aber überhaupt keine Schwierigkeiten. Er stand in der Mitte eines riesigen grünen Geländes mit einem sanften Lächeln und ließ sich von dem Durcheinander der Wasser- und Sandhindernisse, Fahnen und Löcher nicht im geringsten stören. Es ist aber auch möglich, daß diese im Traum völlig fehlten und nur der unendliche grüne Rasen so ermunternd wirkte. Gutmann wandte sich leichthin und elegant — er ließ auch etwas in der Hand baumeln, vielleicht einen Putter — zu einem weißhaarigen, drahtigen Gentleman. ,,Herr Präsident", bemerkte er, ,,im Unterschied zu mehreren meiner Clubkollegen betrachte ich auch solche als Menschen, die nicht Mitglieder des Golfclubs sind." Der Präsident lächelte sanft, sie schüttelten einander die Hände, ohne die Golfschläger fallen zu lassen, und nur ein Aufblitzen ihrer Augen signalisierte, daß sie einer Meinung waren. Ja, im Traum ist alles ganz anders. Man schwingt den Schläger, und der Ball, der bedeutend kleiner ist als der Kopf der kauenden Sonnenbrillenfrau, wirbelt bereits ins Loch. Mit einem einzigen Schlag. Eine blonde Frau winkt vom Rand des Rasens. ,,Schon wieder haben Sie gewonnen", haucht sie ihm entgegen. Gutmann senkt bescheiden den Kopf. Die Frau ist Erika, ohne Zweifel Erika, sie schaut ihn verklärt an, aus ihrem Blick ist auch herauszulesen, daß — wenn alles gut geht — er bald den Hosenbandorden erhält. Aber wieso gerade diesen? Warum wird sein Bein ausgezeichnet, es geht ja um Golf, wo der Schläger — und das ist aus den Regeln deutlich zu erkennen — nicht zwischen die Beine, sondern in die Hand gehört.

Man muß methodisch denken, wiederholte Gutmann. Mit dem Entknoten des Traumes kommt man nicht weiter. Tatsache dagegen, und widerspricht auch dem Traum nicht, ist, daß alles mit Erika begann. Wäre er nicht vor zwei Wochen durch die Gefälligkeit eines Freundes, der seine Einladung auf ihn ausgedehnt hat, zu Erika gegangen, müßte er jetzt nicht die Golfregeln pauken. Diese ganze Begegnung begann schon so unheilstiftend. Als er das Heim von Erika betrat, hat er das Gefühl gehabt, als bellten sogar die Wände. Er fühlte sich wie in einem mit jaulenden Hunden vollgestopften Zwinger. Daß eigentlich nur einer unter dem in der Zimmerecke stehenden Fauteuil winselte, merkte er erst später. Der Hund winselte, weil die Eltern von Erika kreischten. Das Tier erschrak so, daß man sogar den Tierarzt rufen mußte, der ihm sofort zwei Beruhigungsspritzen verpaßte. Seitdem ist der Hund süchtig. Der Tonpegel bei Erika war irgenwie auf Bellen, aber mindestens auf Kläffen eingestellt. Sie selbst war leise, ihr Lachen glich einem Hauch, ihr würde Gutmann gerne sein Leben anvertrauen. Die Bombe platzte bei ihrer zweiten Bewegung. Erika schaute ihn mit ihren veilchenblauen Augen an, so daß Gutmann das Herz im Hals pochte, und fragte mit turtelnder Stimme: ,,Können Sie Golf spielen?"

Gutmann konnte seine Erregtheit kaum unterdrücken. Diese Frage traf ihn unvorbereitet, und es schwang eine viel früher gestellte Frage von einem vergilbten Fragebogen mit: ,,Können Sie Billard spielen?" Warum dieser Fragebogen ihn damals danach fragte, konnte er nicht mehr begreifen.

,,Ja", antwortete Gutmann in dem Glauben, daß von seiner Golf- beziehungsweise Billardfertigkeit seine künftige Existenz abhängen würde.

,,Ich hätte wetten können, daß Sie Golf spielen können", bemerkte Erika und lächelte so zufrieden wie ein Eichhörnchen, dem es gelungen ist, zwei Erdnüsse auf einmal in den Mund zu stopfen.

Alles weitere ging wie am Schnürchen.

,,Dann treffen wir uns am kommenden Sonntag im Golfclub", schlug Erika vor.

,,Ich bin aber kein Mitglied", protestierte Gutmann.

,,Macht nichts, Sie sind mein Gast."

,,Ich habe auch keinen Schläger."

,,Dort gibt es genug."

Als Gutmann jetzt dieses Gespräch nachempfand, wurde ihm fast schwindelig. Die Bemerkung über den Golfschläger wahr sehr unüberlegt. Wie die Golfregeln ihn später gelehrt haben, geht ein normaler Golfspieler mit 14 Schlägern in den Kampf. Es ist aber auch möglich, daß Erika seinen Versprecher nicht bemerkt hat. ,,Ich habe keinen Schläger" kann auch 14 nichtexistierende Schläger bedeuten. Wichtig ist, daß er sich keine Blöße gibt. Daß er bis Sonntag die Regeln büffeln kann und den Handschuh auf die richtige Hand zieht. Und wenn er mit dem Schläger den Ball nicht trifft? Mein Gott, er ist halt nicht in Form. Hat schon lange nicht gespielt. Hat Lampenfieber aus lauter Liebe. Das ist doch verständlich. Einmal wird er dieses weiße Ding vielleicht doch treffen, und warum nicht gerade so, daß es in ein Loch rollt?

Aufgeregt blätterte er zum neunzehnten Paragraphen, der sich auf das ehrliche Treffen des Balles bezog. Mit dem Attribut „ehrlich" konnte er nicht viel anfangen. „Der Ball muß ehrlich mit dem Schlägerkopf geschlagen werden, er darf nicht geschoben, gekratzt oder gelöffelt werden." Was heißt gelöffelt? Auch das Kapitel vorher verursachte ihm viel Kopfzerbrechen. „Liegt ein Ball im langen Gras, in Binsen, Büschen, Ginster, Heidekraut oder ähnlichem, so darf nur so viel davon berührt werden, wie nötig ist." Na ja. Dem kann man noch irgendwie folgen. Obwohl man bereits hier einhaken könnte. Warum zum Beispiel wird der Golfplatz nicht besser gepflegt, warum muß man den Rasen mit Heidekraut verunstalten? Die Fortsetzung aber gehörte dann in die Region der Kreuzworträtsel. „Der Spieler hat kein unbedingtes Recht, seinen Ball zu sehen, wenn er einen Schlag spielt." Was soll der Unglückselige sonst sehen, eine Leiche oder die Feuerwehr? In einem Film einmal, Gutmann entsann sich leider nicht mehr des Titels, fanden die Spieler eine Frauenleiche. Das wird er Erika gegenüber doch nicht erwähnen, möglicherweise passiert so etwas nur in Filmen, er blamierte sich nur. Wie könnten auch die Golfspieler eine Leiche merken, da sie nicht einmal das Recht haben, den Ball ordentlich zu beobachten? Diese Filmautoren schmieren allerhand zusammen, anstatt sich die Mühe zu nehmen, die Golfregeln durchzustudieren.

Gutmann zählte rasch die Seiten des Buches. Hundertvierzig Seiten, inklusive Inhaltsangabe. Siebzig Seiten pro Tag, das ist wirklich zu lernen. Er eiferte dabei dem Beispiels seines seligen Onkels nach, der in der russischen Gefangenschaft, ohne die Regeln der englischen Aussprache zu kennen, ein englisches Kochbuch auswendig lernte. Nur zum Zweck, wie er später erklärte, sein Hirn etwas zu trainieren. Was ist dagegen ein Golfbuch, das ja doch auf deutsch verfaßt ist. — Gutmann wurde durch den Vergleich regelrecht überschwenglich — es ist geradezu ein Kinderspiel. Im Besitz dieser Erkenntnis begnügte er sich mit dem siebzigseitigen Tagesdurchschnitt nicht, sondern erreichte bereits am ersten Tag den zehnten Abschnitt, der mit dem folgenden vielversprechenden Absatz endete: „Wenn ein Spieler oder ein Caddie den Flaggenstock bedient oder entfernt oder in der Nähe des Loches steht, während ein Schlag gespielt wird, so muß angenommen werden, daß er den Flaggenstock bedient, bis der Ball zur Ruhe kommt."

Am Sonntagvormittag setzte er sich mit dem beruhigenden Gefühl in das Taxi, daß er über die Person des Caddie auch eine blasse Ahnung habe und ihn nicht mit irgeneinem alten türkischen Offiziersrang verwechsle.

„Zum Golfclub", gab er kurz und bündig die Anweisung.

Im Gesicht des Fahrers spiegelte sich ergriffene Verehrung. Diese Spiegelung hat auch Gutmann betäubt, und er gab — ganz gegen seine Gewohnheit — dreißig Schilling Trinkgeld.

Anfangs hatte er noch Glück. Er mußte auf Erika nur fünfundzwanzig Minuten warten.

„Sie kommen so?" fragte sie, als sie eintraf.

Gutmann betrachtete kritisch seinen dunklen Flanellanzug und fand bei der ersten Prüfung nichts an ihm auszusetzen. Erst als sie schon auf der Terrasse des Clubs saßen, unmittelbar am Rande des Golfplatzes, merkte er betroffen, daß die Clubmitglieder meistens sportlich angezogen waren. Dadurch wurde er etwas unsicher.

„Ich habe keinen Golfanzug", entschlüpfte ihm die Entschuldigung. Er wollte auch etwas aus den Golfregeln ergänzend hinzufügen, aber es war ihm so, als ob ihm jemand das Buch mit all seinen Paragraphen mit einer neckischen Bewegung aus seinem Gedächtnis fortgerissen hätte.

„Macht nichts", winkte Erika ab und bestellte einen Eiskaffee. Sie war übrigens sportlich gekleidet. Gutmann starrte immer unruhiger zum Golfplatz. In der Ferne schlenderten zwei Spieler vorbei, ein Caddie zog den Golfwagen nach. Nicht weit von ihrem Tisch auf dem Übungsfeld versuchte ein einsamer Spieler den Ball ins Loch zu bringen. Vor jedem Schlag wirbelte er mehrmals den

Schläger durch die Luft. Wie nahe eigentlich diese Löcher zueinander sind, dachte Gutmann.

,,Hier gibt es auch Anfänger", sagte er laut.

,,Wen meinen Sie?" erkundigte sich Erika und beugte sich über den Eiskaffee ganz nahe zu ihm.

,,Den dort", zeigte Gutmann zum Übungsfeld.

,,Der ist unser Champion", sagte Erika, ,,er ist der einzige, der ohne Handicap spielt."

,,Ohne Handicap?", wiederholte Gutmann und versuchte ein überraschtes Gesicht zu machen.

Erika antwortete nicht, sie war mit ihrem Eiskaffee beschäftigt.

Gutmann beobachtete noch immer den Champion. Zum Teufel, er schlägt wieder in die Luft. Wenn die anderen noch schlechter spielen, ist seine Lage gar nicht so hoffnungslos.

,,Wann beginnen wir?" fragte er selbstbewußt.

,,Was denn?" fragte Erika, und es kam ihm vor, als ob ihre Stimme gar nicht freundlich geklungen hätte.

,,Na das Spiel", meinte er kleinlaut.

,,Sehen Sie nicht, daß der Platz besetzt ist?"

,,Doch, doch", antwortete Gutmann so bereitwillig als möglich, ,,nur weil wir da sitzen ..."

,,Spielen Sie wenigstens Bridge?" In Erikas Frage kläffte diesmal auch die Tonkulisse der heimatlichen Hundehütte mit.

,,Was heitßt, wenigstens", überlegte sich Gutmann und fand sein Selbstbewußtsein erst wieder, als der Golfpräsident aus seinem vergangenen Traum zu ihrem Tisch trat. Schließlich kann sich ein Golfspieler erlauben, ehrlich zu sein.

,,Nein", bemerkte er schlicht. Der Präsident schaute ihn erwartungsvoll an, bis sich herausstellte, daß er der Kellner war.

,,Einen Kaffee", flüsterte Gutmann ängstlich, da er befürchtete, er könnte sich doch als Präsident entpuppen. Der Kellner verbeugte sich. Erika saß nicht mehr am Tisch, leichten Schrittes bewegte sie sich zum Platz. Dem

Champion ist es endlich gelungen, einen Ball in das Loch zu bringen.

Erika beobachtete verklärt seine Bewegungen. Was findet sie an ihm? grübelte Gutmann. Der Champion war ein kleines, gedrungenes Männchen in einer Breecheshose. Anscheinend liegt es an der Hose. Wenn das alles ist. Etwas besänftigt blickte er auf den grünschimmernden Platz. Golf ist auch keine Hexerei. Und vielleicht muß er heute gar nicht spielen. Bis zum nächsten Sonntag kann er sich auch eine Breecheshose besorgen. Bei diesem Gedanken erreichte der Kellner mit dem Präsidenten-Aussehen seinen Tisch. In seiner Haltung lag jedenfalls etwas, als ob er keinen Kaffee, sondern einen Hosenbandorden serviere.

Capitaly

Wimmernd läutete die Türglocke, einigermaßen gedämpft durch Farbreste, die nach unfachmännisch selbst vorgenommenem Ausmalen zurückgeblieben waren. Manfred, der in Pyjama und Hemd mit schlampig gebundener Krawatte am Eßtisch saß, warf sich auf das Geläute hin den Hausmantel über und machte sich schlurfend auf den Weg zur Eingangstür. Vorsichtig schob er den Gucklochdeckel zur Seite, obwohl er genau wußte, daß ihn niemand anderer besuchen würde; er würde durch das Guckloch die weinrote Nase des Nachbarn erblicken. Ein schmächtiges Männchen wartete vor der Tür. Manfred schob den Mann bis zum Eßtisch vor sich her.

„Setzen Sie sich", sagte er; keiner grüßte.

Der kleine Mann ließ sich nieder und kramte seinen Zwicker aus der oberen Rocktasche hervor.

Auf dem Tisch lag ein mit Tinte vollgezeichnetes Kartonblatt, von weitem gesehen erinnerte es am ehesten an eine alte Schatzsucherkarte.

Der Nachbar vertiefte sich in das Studium des Kartonblattes.

„Es entwickelt sich", bemerkte er und hüstelte dazu.

„Ja", sagte Manfred. „Es ist mir schon gelungen, auch die Váci utca hineinzuzeichnen."

„Wo ist denn die?"

„Wieso fragen Sie das?" Manfred blickte seinen Gast vorwurfsvoll an. „Sie ist auch in Pest, Budapest, natürlich."

„Hätten Sie statt ihr nicht lieber die Kärntner Straße nehmen sollen?"

Manfred schüttelte gereizt den Kopf.

„Nein, alles muß so sein, wie es war. Váci utca, Dorottya utca, Gaswerke, Telephonzentrale."

„Ich erinnere mich anders." Der kleine Mann rückte seinen Zwicker zurecht. „Kärntner Straße, Graben, Feuerwehrzentrale."

„Was soll es denn mit der Feuerwehr?" staunte Manfred. „Herr Kröber, Sie kommen mit den komischsten Sachen daher. Von Feuerwehr war doch nie die Rede."

„Nein?" Kröber zögerte eine Weile, dann fand er sich ab und nickte. „Gut, dann bleiben wir bei Gaswerken und Telephonzentrale."

„Ja, genauso ist es gewesen." Manfred kam in Fahrt: „Nach der Telephonzentrale kam das Glücksrad."

Kröber bemühte sich, ein gescheites Gesicht zu machen: Um nicht sofort etwas erwidern zu müssen, tat er, als wäre er in die Beobachtung einer Herbstfliege vertieft, die eben in träger Gemächlichkeit über das Kartonblatt kroch. In Wahrheit hatte er das Gefühl, in einem Bunker zu sein, er hatte Ohrensausen und wartete auf das Losheulen der Sirenen.

„Achtung, Achtung, Alligator groß", murmelte er hörbar.

„Waas?" Manfred starrte ihn an.

Kröber zuckte zusammen.

„Plötzlich ist mir vorgekommen, ich bin in einem Bunker", sagte er entschuldigend. „Wissen Sie, während des Krieges ..."

„Weiß ich", schnitt ihm Manfred das Wort ab. „Davon will ich nichts hören, der Krieg ist dreißig Jahre vorbei, spielen wir oder machen wir Krieg?"

„Wir spielen natürlich", sagte Kröber schnell, „freilich spielen wir."

„Na also." Manfred zog die Augenbrauen hinauf. „Wenn Sie genau hinschauen, werden Sie sehen, es sind im ganzen nur noch sechs Felder leer, es ist mir gelungen, alle anderen ins Gedächtnis zurückzurufen. Beszkárt[1], Máv[2], Museum der Schönen Künste. Wenn wir uns weiter so konzentrieren, werden uns auch die fehlenden Felder noch einfallen."

„Selbstverständlich", pflichtete Kröber bei. „Warum sollten sie uns nicht einfallen?"

„Ich kann kaum erwarten, daß es fertig wird, obwohl ich kaum glaube, daß ich heuer wieder so ein Glück haben werde wie letztesmal."

„Damals aber haben Sie nicht mit mir gespielt." Kröber saß plötzlich kerzengerade da.

„Das ist wahr." Das Lächeln auf Manfreds Gesicht ließ die Falten für einen Augenblick verschwimmen. „Damals habe ich nicht mit Ihnen gespielt, hatte aber so ein Glück, daß ich schon in der ersten Runde die Váci utca, die Dorottya utca, die Gaswerke und die Telephonzentrale kaufen konnte."

Kröber starrte nur ungläubig vor sich hin.

„Ich weiß, daß Sie das nicht glauben. Dabei habe ich noch gar nicht erwähnt, daß ich mit dem Glücksrad den Haupttreffer gewann, und so baute ich in der zweiten Runde Hotels, gleich auf vier Grundstücken. Wissen Sie, was das heißt?"

Kröber nickte beflissen.

„Als erster hat ein arroganter, dicker Bursche Bankrott gemacht. Wie hieß er nur ...?"

„Das ist ja egal", winkte Kröber ab.

„Er kam gleich auf zwei Felder meiner Hotels und sogar auch auf dem Feld der Gaswerke zu stehen."

„So was, sogar der Gaswerke", Kröber pfiff durch die Zähne.

„In der dritten Runde besaß ich schon zehn Hotels und dreißig Häuser. Natürlich habe ich alle so aufgebaut, daß man meinen Objekten unmöglich ausweichen konnte, und selbst, wenn jemand zweimal sechs gewürfelt hat, es war vergebens, er mußte entweder über ein Haus oder ein Hotel oder die Telephonzentrale stolpern."

„Peinlich." Kröber schüttelte den Kopf.

„Na ja", Manfred seufzte und schob ein Wasserglas vom Kartonblatt weiter weg. „Sehen Sie, hier", er zeigte auf die Mitte des Blattes, „hier war die Margareteninsel. Die habe ich auch gekauft. Da konnte man Eintrittsgelder einheben."

„Schön, daß das schon abgeschafft ist", gab Kröber seiner Freude Ausdruck.

„Was soll abgeschafft sein?"

„Die Eintrittsgelder natürlich. Auf der Insel. Das wäre ja schön, wenn man heutzutage noch für so etwas Geld bezahlen müßte. Wir Alten wären besonders arg daran."

„Jetzt hören Sie einmal zu." Manfreds Gesicht verdüsterte sich. „Sie bringen schon wieder alles durcheinander. Wenn Sie jetzt anfangen, über Ihre Pension zu lamentieren, spiele ich nicht mit Ihnen."

Kröber tat, als hätte er den Ausbruch nicht gehört; er beobachtete die gegenüberliegende Wand, von der sich gerade ein großes Stück Verputz löste und auf den Boden fiel.

„Bei mir bröckelt's auch", sagte er.

„Ausbessern müßte man es", stellte Manfred fest, „nur habe ich eben keine Zeit dafür. Ich muß zuerst mit dem Spiel fertig werden. Auch die Grundstückspreise muß ich im Auge behalten."

„Und ob." Kröber strich sich mit dem Zeigefinger über die Stirn, er glaubte, daß ihm diese Geste den Anschein der Nachdenklichkeit verleihen würde.

„Schauen Sie, ein Grundstück in der Innenstadt und ein Grundstück in einem Außenbezirk sind zwei völlig verschiedene Sachen. Ein Grundstück in der Innenstadt kostet ganz wesentlich mehr, dafür sind aber die Mieten, die man verlangen kann, auch ganz wesentlich höher. Ich sag's Ihnen ehrlich: Ich war immer bemüht, möglichst viele innenstädtische Grundstücke zu ergattern.

„Ich auch", schloß sich ihm Kröber an.

„Sie auch?" Manfred betrachtete ihn prüfend, es war ihm, als verriete der Tonfall seines Gastes eine gewisse Streitsucht. In den letzten Tagen war er häufig von einer grundlosen Gereiztheit erfaßt worden, die er aber jedesmal unterdrückt hatte. Nun bezwang er sich wieder einmal: Er trat zum Fenster und wollte die Läden öffnen.

„Machen Sie nicht auf!" Kröber wackelte mit dem Kopf. „Sonst zieht's!"

„Ich wollte nur lüften", bemerkte Manfred und ließ sich von neuem am Tisch nieder.

„Es zieht sonst", wiederholte Kröber und wackelte immer noch mit dem Kopf. Manfred wartete, bis Kröbers Kopf zur Ruhe gekommen war, nahm dann zwei in eine Papierserviette gehüllte Brioches aus der Tischlade und legte sie neben dem Kartonblatt auf den Tisch.

„Letztesmal waren sie von Ihnen", sagte er.

„Haben Sie sie hier gekauft?" erkundigte sich Kröber, während er die Hand nach dem einen Brioche ausstreckte.

Das war auch eine idiotische Frage, wo sonst sollte er sie schon gekauft haben, war doch die Bäckerei im Haus, und immer gingen beide dort einkaufen. Er fand es aber nicht des Erwähnens wert und beschränkte sich auf eine wegwerfende Handbewegung. Sie kauten noch an den Brioches, da klatschte wieder ein Stück Verputz auf den Boden.

„Heruntergefallen", stellte Kröber fest.

„Ich weiß", brummte Manfred und steckte die leere Papierserviette in die Tischlade zurück. Dann saßen sie eine Zeitlang wortlos da und betrachteten das Kartonblatt.

„Häuser- und Hotelmodelle habe ich auch angefertigt", unterbrach Manfred die Stille. „Hier. Sie sind aus Streichholzschachteln gemacht, weil ich kein Werkzeug hatte. Die alten Häuser und Hotels waren aus Holz. Das tut's aber vorläufig auch, denke ich."

Kröber nahm die Modelle in die Hand.

„Ich habe eine Laubsäge", sagte er. „Wenn Sie damit umgehen können, borge ich sie Ihnen."

„Ich hatte schon lange keine Laubsäge mehr in der Hand."

„Wenn Sie's aufzeichnen, könnte ich es eventuell selbst versuchen", bot sich Kröber an und stellte ein Haus auf das Feld der Gaswerke.

„Da gehört kein Haus hin", knurrte Manfred böse. „Auf den Gaswerken kann man nicht bauen!"

„Schon gut, schon gut", steckte Kröber zurück. „Brausen Sie doch nicht gleich auf."

Mit fahrigen Fingern begann Manfred den Knoten seiner Krawatte zu lockern; er war dem Schwindel nahe und hatte das Empfinden, sein Hals sei plötzlich angeschwollen.

„Sagen Sie einmal, Herr Kröber", er bemühte sich um einen ruhigen und überlegten Ton, „seit wann kennen wir uns eigentlich?"

„Wirklich, seit wann?" Es gelang Kröber kaum, das Gähnen zu unterdrücken, er tat wie jemand, der im Begriff ist, eine längere Rede zu halten und den Mund absichtlich aufgemacht hat. „Seit wann denn, seit wann?"

„Seit ich im Haus wohne, natürlich", vollendete Manfred.

„Da kann ich Ihnen aber nicht zustimmen", widersprach ihm Kröber und drehte wichtigtuerisch die Daumen.

„Wo stimmen Sie mir nicht zu?"

„Daß wir uns kennen, seit Sie hier zu Hause sind. Vom Sehen schon, richtig bekannt sind wir aber erst, seit Sie mich einmal beim Koloniakübel angesprochen haben."

Manfred ließ es dabei bewenden. Währenddessen legte sich von draußen bereits der Abend an die Fenster. Das wirkte wohltuend, im Dämmerlicht waren der Schmutz an den Fensterscheiben und die Schäbigkeit der Wände weniger augenfällig. Kröber hatte mittlerweile eine Beschäftigung gefunden: er schnipste die Krumen von dem Kartonblatt.

„Lassen Sie nur", wies ihn Manfred zurecht, „ich kehre sie schon weg." Er kehrte aber nichts weg, statt dessen stellte er ein Hotel auf eines der Grundstücke. „Es gehört noch rot angestrichen", stellte er fest.

„Was?"

„Das Hotel. Sämtliche Hotels waren rot angestrichen."

Und genau in diesem Moment verspürte Kröber, daß es ihm in den Fingern juckte. Mit demselben Finger, mit dem er gerade noch die Krumen vom Karton geschnipst hatte, schleuderte er das Hotel vom Tisch.

„Was machen Sie denn?" schrie ihn Manfred an.

,,Hier stand der Stephansdom!" sagte Kröber. ,,Ganz genau hier, auf diesem Feld, und ich habe ihn gleich in der ersten Runde gekauft."

Manfred glotzte verständnislos.

,,Aber es hat doch gar keine Kirchen in diesem Spiel gegeben", knurrte er böse und erhob sich.

,,Sie mögen vielleicht ohne Kirchen gespielt haben, hier, bei uns aber", grinste Kröber zufrieden, ,,spielten wir mit Kirchen. Andere Länder, andere Sitten", fügte er noch hinzu, und auch er richtete sich auf.

Wortlos starrte Manfred seinen Nachbarn an. Kröber erwiderte seinen Blick blinzelnd, er grinste immer noch.

,,Gehen Sie!" brüllte Manfred, ,,Scheren Sie sich zum Teufel, aber rasch!"

Behende sprang Kröber vom Stuhl, sein Grinsen war wie weggewischt.

,,Sie sind wahnsinnig geworden", sagte er.

,,Keineswegs", zischte Manfred, sich beherrschend, ,,mir sind nur endlich die Augen aufgegangen. Sie sind ein Schwindler, Sie haben niemals DKT gespielt. Schon das letztemal haben Sie alles Mögliche durcheinandergeredet. Sie sind mir damals schon verdächtig vorgekommen. Wie hätten Sie denn auch spielen können, ihr seid doch seinerzeit alle in euren schmucken Uniformen herumstolziert."

,,Sie ... Sie ..." Kröber schnappte nur nach Luft, er war nicht imstande, irgend etwas zu erwidern, am liebsten hätte er seinem Gegenüber die lange Nase gezeigt, selbst dafür reichte aber die Zeit nicht mehr, denn Manfred hatte auch schon die Tür hinter ihm zugeschlagen.

,,Zwanzig Jahre hab' ich's sehr gut ohne Sie ausgehalten", sagte er zu der geschlossenen Tür.

,,Ich auch ohne Sie", echote es von innen.

Manfred torkelte ins Zimmer zurück und warf sich auf das halbgemachte Bett. ,,Schwindler", murmelte er vor sich hin, ,,ein Schwindler." Er versuchte sich auf jenes alte Spiel zu konzentrieren. Eigentlich war es ein anderer, der mit dem Glücksrad das große Los zog; er zog den Zettel mit dem Sanatoriumsaufenthalt. Einen solchen Zettel würde er diesmal nicht schreiben. Es wäre ja der reinste Blödsinn. Sanatoriumsaufenthalt, wozu denn? Wozu mit 18 Jahren in ein Sanatorium gehen? Dieser Gedanke gab ihm seine Laune wieder. Im Halbschlaf tanzten ihm die Dorottya utca und die Váci utca vor den Augen. Er baute Hotels darauf, eines von ihnen hatte einen Turm. Entfernt erinnerte er an den Stephansdom.

1 Ehemals volkstümliche Abkürzung für Verkehrs-AG der Haupt- und Residenzstadt Budapest.
2 Abkürzung für Ungarische Staatsbahnen.

Eine richtige Schachgeschichte

Balthasar saß im Café, im entlegensten Winkel, und war gerade dabei, ein Endspiel zu analysieren. Eberhard, der auf der Durchreise in der Stadt abgestiegen war, fiel der einsame Spieler sofort auf; nun erachtete er es am zielführendsten, sich an den Nebentisch zu setzen. In seinem Heimatort gehörte er zu den guten Spielern; spielte er mit seinem Bekannten, gewann er meistens; auch jetzt hätte er gerne gespielt, wollte aber nicht gleich mit der Tür ins Haus fallen; er begann erst die Tageszeitungen zu studieren und blinzelte nur mit einem Auge hin und wieder in Balthasars Richtung.

„Zum Teufel noch einmal" — murmelte Balthasar halblaut und zog den weißen Bauern unwillig zurück. Dann machte er mit dem Turm einen Versuch; dieser schien auch erfolglos zu sein.

Er hatte seine Figuren schon an die zehn Minuten lang auf diese Weise hin und her geschoben, und Eberhard sah mit immer größer werdendem Ärger, wie Balthasar sein Pferd jedesmal falsch bewegte. „Der ist restlos meschugge", dachte er sich, hielt sich aber vorläufig zurück. Erst nach dem zwanzigsten Versuch sprang er aufgeregt von seinem Stuhl auf.

„Entschuldigen Sie, Sie bewegen das Pferd falsch", sagte er.

Überrascht, wie aus tiefem Schlaf gerissen, wandte sich Balthasar ihm zu.

„Das Pferd?" fragte er.

„Ja, das Pferd. Das Pferd bewegt sich L-förmig. Sie hingegen verlängern den Zug immer um ein Feld. Kommt das Pferd auf das richtige Feld, ist der König in zwei Zügen mattgesetzt."

„Würden Sie mir das zeigen?" bat Balthasar.

Mit einem triumphierenden Lächeln ließ sich Eberhard am Schachbrett nieder.

,,Zuerst zieht der Bauer, dann springt das Pferd", erklärt er die Lage.

,,Wie richtig", nickte Balthasar, ,,ich mache immer das Falsche."

,,Es ist eine Frage der Übung", tat Eberhard auf bescheiden.

,,Sie sind gewiß ein Schachmeister?" sagte Balthasar überschwenglich.

Eberhard tat das Lob wohl, er blinzelte zufrieden; in diesem Blinzeln war auch die Bestätigung enthalten, daß der andere den Nagel sehr wohl auf den Kopf getroffen hatte. Trotzdem wollte er sich nicht vollkommen gehen lassen, er dachte, es könnte nicht schaden, sich ein wenig zu zieren.

,,Schachmeister, das ist zuviel gesagt, aber immerhin ..." Er konnte den Satz nicht beenden: Der Kellner brachte seinen Kaffee.

,,Was darf ich dem Herrn Meister bringen?" fragte der Kellner, während er mit der Serviette Brösel von einer Ecke des Tisches fegte.

,,Merken Sie nicht, daß Sie stören?" schnaubte Balthasar und gab dem Kellner einen vernichtenden Blick.

,,Wenn ich nicht indiskret bin", räusperte sich Eberhard, nachdem der Kellner gegangen war, ,,darf ich Sie fragen, was Sie für ein Meister sind?"

Balthasar streichelte den Rand des Schachbrettes, er antwortete nicht gleich, er stieß zuerst einige kleine Seufzer aus.

,,Hausmeister, ich bin eben nur ein Hausmeister, es ist aber nicht verboten, daß auch ich manchmal Schach spiele, wir leben schließlich in einer Demokratie", fügte er noch hinzu.

,,Warum sollte denn das verboten sein?" entrüstete sich Eberhard.

,,Sie sind ein richtiger Herr", sagte Balthasar dankbar, ,,nicht wie die Leute, die sonst hier verkehren."

,,Warum, was sind das für Leute, die hier herkommen?"

,,Die meisten sind Schachspieler."

,,Was das anbetrifft", sagte Eberhard ein wenig steif, ,,ich bin selber Schachspieler".

,,Aber ja, freilich, ich habe das ganz anders gemeint", entschuldigte sich Balthasar, ,,ich meinte, die Leute, die hier verkehren, haben keine Manieren. Sie nehmen mir nur mein Geld ab, und nachher lachen sie mich aus."

,,Sie spielen um Geld?" staunte Eberhard.

,,Warum sollte ich nicht um Geld spielen, schließlich und endlich ist das mein Geld, das ich verspiele."

Eberhard nahm das weiße Pferd in die Hand. ,,Würden Sie auch mit mir spielen?" fragte er beiläufig und so, als würde er die Frage an das Pferd richten.

,,Ein sehr schmeichelhaftes Angebot", begeisterte sich Balthasar, ,,wirklich, sehr schmeichelhaft."

,,Um welchen Einsatz spielen Sie für gewöhnlich?"

,,Anfangs um fünf Schilling — kontra, rekontra —, aber wenn ich viel verliere, erhöhe ich den Grundeinsatz meistens. Irgendeinen Vorteil bekomme ich natürlich auch, Turmvorteil, Damenvorteil, wie es kommt."

,,Von mir bekommen Sie auch einen Turmvorteil", erklärte Eberhard und stellte die weißen Figuren eilig auf.

Von der Schachtheorie wußte er kaum etwas, er begnügte sich mit zwei oder drei bewährten Eröffnungen und einigen durchsichtigen Tricks, die er wieder einmal zur Geltung zu bringen suchte. Alles gelang ihm. Er brauchte sich nicht einmal sonderlich zu bemühen: Balthasar machte immerfort die unüberlegtesten Züge. In der vierten Partie vergaß er seine Dame schon beim sechsten Zug in der Schachlinie eines Bauern.

,,Machen Sie einen anderen Zug", sagte Eberhard ritterlich, ,,Sie verlieren sonst Ihre Dame."

,,Was liegt, das pickt", wurde Balthasar halsstarrig, ,,wir spielen pièce touchée."

Eberhard gewann auch diese Partie. Balthasar zückte seine Geldbörse und gab ihm zwanzig Schilling.

„Wie lange haben Sie Zeit?" fragte er Eberhard.

Eberhard sah auf seine Uhr, es war gerade zwei.

„Ich habe noch Zeit genug", sagte er, „und zwar bis sechs Uhr, mein Zug fährt um sieben ab."

„In diesem Fall würde ich vorschlagen, daß der Grundeinsatz auf hundert Schilling erhöht wird."

Das Angebot traf Eberhard unerwartet, im Augenblick war er sprachlos.

„Ohne Vorteil", fügte Balthasar hinzu.

„Ohne Vorteil", stammelte Eberhard.

„Schauen Sie, ich weiß, woran Sie denken. Sie sind ein Herr", setzte Balthasar fort, „bei den bisherigen Partien haben Sie kein einziges Mal kontra angesagt, weil Sie mir eben zu sehr überlegen waren. Ich brauche Ihnen aber nicht leid zu tun. Meine Frau ist sehr wohlhabend, und, unter uns gesagt, letzte Woche erst habe ich eine bedeutendere Summe im Lotto gewonnen."

„Wenn es wirklich so ist", sagte Eberhard und war plötzlich bestens aufgelegt, „von mir aus, wie man so sagt", und er wählte die schwarzen Figuren.

Die ersten Kiebitze kamen gerade bei ihrem Tisch an.

„Ohne Vorteil, Balthasar?" erkundigte sich ein Mann mit Bulldoggengesicht und grinste bösartig.

„Vier Partien habe ich schon verloren", sagte Balthasar erklärungshalber.

„Noch dazu mit Turmvorteil", brüstete sich Eberhard.

„Und will ihnen der Kerl jetzt keinen Vorteil mehr geben?" fuhr das Bulldoggengesicht hartnäckig fort.

„Wieso er? Ich habe ihm Turmvorteil gegeben."

„Sie?" Dem Bulldoggengesicht blieb der Mund offen. Auch die anderen starrten Eberhard wie irgendein seltsames Wundertier an.

„Wird jetzt Schach gespielt oder gequatscht?" warf Balthasar grob ein.

Zum Glück tauchte in diesem Moment der „Schlurfende" im Café-Eingang auf. Mit nur zwei ellenlangen, schnellen Schritten, die an die Bewegung einer aufgezogenen Puppe erinnerten, steuerte er schnurstracks auf den

Schachtisch zu. Auf halbem Weg blieb er prustend stehen, dann nahm er neuen Schwung.

„Nur tapfer weiterlatschen", feuerte ihn das Bulldoggengesicht an.

„Na, was gibt es? Hat sich wieder einer gefunden?" fragte der Schlurfende, als er beim Tisch angelangt war.

„Reize ihn nicht, sonst beißt er", sagte ihm ein rehäugiger Greis hinter vorgehaltener Hand.

Nach einer Königsgambiteröffnung errang Balthasar schon mit den ersten Zügen eine äußerst günstige Position. Die weitere Abwicklung der Partie schien höchst einfach. Mit ständig wachsender Verwirrung zog Eberhard seine Figuren hin und her. Es bedrückte ihn auch, daß Balthasar gleich zu Beginn kontra angesagt hatte. Die Kiebitze wirkten auf ihn ebenfalls störend. Er konnte sich nicht von dem Eindruck befreien, er säße inmitten eines Kreises schadenfroher Gesichter. Und dann geschah etwas vollkommen Unerwartetes, wie eine Rettung durch himmlische Mächte: Balthasar übersah wieder einmal, wie er es schon in den vorangegangenen Partien getan hatte, seine Königin, Eberhard schlug diesmal gierig zu.

„Rekontra", sagte er und sah sich bedeutungsvoll um.

Die Kiebitze waren verdutzt. Balthasar saß gesenkten Kopfes am Schachbrett, wie ein Lausbub, der beim Fußballspielen mit einem schlecht gezielten Schuß Nachbars Fenster eingeschlagen hat.

„Das verstehe ich nicht", meckerte der Rehäugige.

„Jetzt geht er auf H fünf", brummte das Bulldoggengesicht.

„Nicht auf G vier, mit dem Pferd?" wollte der Schlurfende wissen.

Balthasar wartete ab, bis das allgemeinde Staunen sich beruhigte, dann gab er, unter Aufopferung eines weiteren Offiziers, mit Turm und Läufer seinem Gegner ewiges Schach.

Die Blicke der Kiebitze hafteten wie hypnotisiert auf dem Schachbrett. Balthasar saß gebeugt da und murmelte gleichsam unter den Tisch:

„Auch ein blindes Huhn findet ein Korn, ich bekomme vierhundert Schilling."

„Jö-ö-ö", stammelte Eberhard: Denn er hatte die Wendung immer noch nicht ganz begriffen.

„Der reinste Einfaltspinsel", begeisterte sich das Bulldoggengesicht, „wie er im großen Buch steht."

„Demnach, wenn ich nicht rekontra angesagt hätte", begann Eberhard, während er seine Geldbörse umständlich aus der Tasche zog.

„Hätten Sie gewonnen", versicherte ihm Balthasar.

Sie spielten noch drei Partien. Balthasar gewann alle drei mit kontra. Auf diese Weise verlor Eberhard, die gewonnenen zwanzig Schilling abgerechnet, insgesamt 980 Schilling. Als er sich zögernd erhob, war er offensichtlich immer noch genauso ahnungslos wie vor der ersten Partie.

„Es steht also vier zu vier."

„So ist es", bejahte Balthasar.

„Nächstes Mal, wenn ich wieder hier bin, können wir wieder einen Wettbewerb veranstalten."

„Es wird mir immer ein Vergnügen sein", flötete Balthasar voll Höflichkeit und reichte Eberhard die Hand.

„Gott im Himmel, der ist wirklich total meschugge", grinste der rehäugige Greis.

„Wenn Sie wenigstens einen Turmvorteil verlangt hätten", bemerkte das Bulldoggengesicht, „Mensch, mit ihm können Sie doch nicht gleich auf gleich spielen, ich kriege immer Damenvorteil von ihm."

Eberhards Sicherheitsgefühl war plötzlich weggeflogen. „Wieso?" wollte er fragen, aber das Wort blieb ihm irgendwie in der Kehle stecken. In seiner Verlegenheit wollte es ihm nicht gelingen, in den Mantel hineinzukommen; der spitzbärtige Ober half ihm dabei.

„Er hat gesagt, er ist Hausmeister", murmelte er vor sich hin.

„Ja, ja, der Herr Balthasar ist ein großer Schelm. Vor einigen Jahren hätte er einmal sogar Großmeister werden können", berichtete der Spitzbärtige, „aber er hatte nicht genügend Ausdauer. Und dann hat er eine gelähmte

Schwester, wissen Sie, mein Herr. Die muß er auch erhalten."

„Und die wohlhabende Gattin?"

„Er ist nie verheiratet gewesen."

In Eberhard stieg ein Gefühl hoch, es glich einem schon einmal in seiner Kindheit verspürten: als er, mit fünf Jahren, auf einer Kindergesellschaft in die Hose genäßt hatte. Unwillkürlich griff er sich an die Hose, dann drehte er sich vorsichtig um; er wollte das an seinem Nacken haftende Gelächter wegwischen. Die Kiebitze amüsierten sich aber nicht über ihn, sie beugten sich über den Tisch und schenkten Eberhard keinerlei Aufmerksamkeit. So wollte er wenigstens seinen vorwurfsvollen Blick in Balthasar hineinbohren, dieser war jedoch auch beschäftigt. Er war in die Analyse einer seiner Meisterschaftspartien versunken. Blitzschnell bewegte er die Figuren auf den schwarzweißen Quadraten, und diesmal machte er mit dem Pferd keinen einzigen falschen Zug.

Mensch, ärgere dich nicht

,,Und sollte er ‚Mensch, ärgere dich nicht' spielen wollen, hast du unbedingt zu verlieren", sagte Istvan zum Abschied und ging eilig — ich konnte den klappernden Pantoffeln kaum folgen — im diskret beleuchteten Korridor des Sanatoriums davon.

,,Warum?"

Istvan kämpfte mit der Schiebetür.

,,Ziehen."

,,Aber ja, natürlich, immer vergesse ich das. Servus!"

,,Du hast mir noch nicht gesagt, warum ich unbedingt verlieren müßte."

,,Weil der Alte um Geld spielt, und wenn er nicht gewinnt, wird er ganz verzweifelt."

,,Wie hoch sind die Einsätze?"

,,Ein Groschen."

,,Es gibt doch gar keine Eingroschenmünzen mehr."

,,Er hat welche. Er bewahrt sie in einer Blechdose auf. Tagsüber steht die Dose neben seinem Zahnputzbecher, für die Nacht steckt er sie unter seinen Polster, damit sie nicht gestohlen wird."

,,Willst du mich auf den Arm nehmen?"

,,Fällt mir nicht ein. Ehrenwort! Jetzt muß ich mich aber leider beeilen, nächstes Mal werde ich dir's schon erklären." Und damit ließ er mich stehen.

Ich blieb allein im schlecht beleuchteten Korridor und dachte daran, daß ich nachdenken sollte. Nichts fiel mir ein. Genauer: kaum begann irgend etwas wie ein Gedanke in meinem Kopf Gestalt anzunehmen, löste es sich wieder auf, ehe es zu Worten hätte werden können. ,,Häschen", murmelte ich vor mich hin, wußte aber nicht, auf wen sich das Wort bezog, so konnte ich mich auch daran nicht länger anklammern. Die gedankenlose Existenz beunruhigte mich immer mehr. Ich schlurfte in mein Zimmer zurück, warf den Hausmantel ab und kroch ins Bett. Irgendwie gelang es mir, einzuschlafen. Im Traum lag ich wiederum im Bett; über dem Bett ragte, wie eine langhalsige Jagdtrophäe, Tante Mariskas Kopf. Die Tante lächelte liebenswürdig und nickte mehrere Male hinunter.

„Wozu, zum Teufel, muß ich mit diesem schwachsinnigen Baron ‚Mensch, ärgere dich nicht' spielen?" frage ich sie.

„Jeder Mensch hat etwas Gutes an sich", grinste Tante Mariska.

„Und kein Mensch ist ohne Fehl", fügte ich hinzu, denn auch das war ein Lieblingsspruch von ihr.

„Du — du!" Tante Mariska drohte mir. Wie mag sie dies wohl getan haben, ohne Hände, ohne Körper? Im Traum kann so etwas vorkommen. Die Tante drohte mit dem Kopf, als hätte sie Hände gehabt, die wild gestikulierten.

„Na gut", fing ich umständlich an, „nehmen wir an, kein Mensch sei ohne Fehl."

„Genauso ist es", nickte Tante Mariska.

„In diesem Fall", setzte ich fort, ohne zu wissen, worauf ich hinaus wollte. Was mich irritierte, war, ehrlich gestanden, was sie wohl an mir auszusetzen hätte. Nicht als ob ich mich für fehlerlos gehalten hätte, aber von Angesicht zu Angesicht hat auch die Wahrheit einen anderen Geschmack. So zum Beispiel ein Satz wie dieser: „Schau, ich sag's gerade heraus, es ist gar nicht angenehm anzuschauen, daß du immer triefäugig herumgehst." — „Ich bin nicht triefäugig!" brüllte ich Tante Mariska an.

„Niemand hat das behauptet."

„Und was hast du dann an mir auszusetzen?" ging ich in Angriffsstellung.

„O je", seufzte sie.

Da wachte ich auf. Die Krankenschwester stand vor meinem Bett.

„Ihr Abendessen wird kalt", sagte sie.

„Ich habe mit einer Jagdtrophäe eine Diskussion geführt", erklärte ich ihr, ,,einer Jagdtrophäe, die ich in Afrika erbeutet habe." Ich hätte sie gern ein wenig zum Staunen gebracht. Sie staunte nicht.

,,Das ändert nichts daran, daß das Essen kalt wird", erwiderte sie störrisch und wollte den Alpakadeckel aufheben. Sie ließ ihn sofort wieder los.

,,Es scheint noch nicht gänzlich kalt geworden zu sein." Ich wollte grinsen wie vordem Tante Mariska, denn die Schwester hatte plötzlich eine düstere Miene.

,,Es galt nicht Ihnen", entschuldigte ich mich, ,,ich meine, das Grinsen."

,,Das macht nichts." Sie zuckte kaum merkbar mit der Achsel. Ich beobachtete ihre blonden Stirnlocken, die unter der Haube hervorsahen.

,,Wir haben es gern, wenn unsere Patienten gut aufgelegt sind."

,,Wie rührend", rief ich ihr nach.

Sie war inzwischen bei der Tür angelangt. ,,Was soll denn so rührend sein?" Ich sah, wie sich ihr Mund spitzte vor Neugier.

,,Nun, daß man allein für sein Geld so viel Einsicht und Mitgefühl kaufen kann, noch dazu von wildfremden Leuten."

Das Abendessen stand noch immer unberührt auf dem Tisch.

,,Spinatpudding", zeigte sie mit dem Finger darauf, ,,ein sehr gutes Essen ... Ah, so, ich hätte beinahe vergessen, der Herr Baron, ich glaube, Sie wissen, um wen es sich handelt, Ihr Freund, er ist doch schon ziemlich lang bei uns, wird ihn sicher erwähnt haben ..."

,,Er hat ihn erwähnt", sagte ich.

,,Na also, der Herr Baron möchte nach dem Abendessen ‚Mensch, ärgere dich nicht' mit Ihnen spielen."

,,Zu zweit?" fragte ich.

,,Ja, um neun Uhr im Aufenthaltsraum." Und ohne auf eine zustimmende Antwort zu warten, zog sie die Tür hinter sich zu.

Als ich in den Aufenthaltsraum kam, saß der Baron bereits da. Am ehesten erinnerte er an einen unsympathischen Marabu. Wie hypnotisiert starrte er das Spielbrett an, und mir war, als hätte er meine Ankunft überhaupt nicht wahrgenommen. So kam es denn auch völlig unerwartet, als er mich mit seiner Fistelstimme anfuhr:

,,Haben Sie Geld mit?"

,,Leider besitze ich keine Eingroschenstücke", entschuldigte ich mich.

,,Das macht nichts. Ich nehme auch größere Münzen. Zum Schluß wird dann abgerechnet. Welche Farbe wählen Sie?"

,,Ich nehme Grün", sagte ich, ,,das ist die Hoffnung."

,,Hi-hi", kicherte er schrill, wie jemand, der gekitzelt wird. ,,Sie scheinen abergläubisch zu sein. Ich nehme Rot, obwohl Rot die Farbe des Feuers ist, nicht wahr?"

,,Wie wahr", stimmte ich ihm zu.

,,Voriges Jahr ist mir ein ganzer Wald abgebrannt, was sagen Sie dazu?"

Ich sagte gar nichts dazu, ich beobachtete die Hand des Barons, als er mit einer krampfhaften Bewegung die Spielwürfel ergriff. Er würfelte einen Zweier und einen Dreier. Dann kam ich. Mir gelang zweimal sechs. Ich stellte zwei grüne Figuren auf das Ausgangsfeld und wollte wieder würfeln.

,,Was machen Sie denn?" Der Baron starrte mich entgeistert an.

,,Ich habe zweimal sechs gewürfelt ..." begann ich mit der Erklärung.

Er schnitt mir das Wort ab. ,,Das bedeutet, daß Sie dreimal nicht würfeln dürfen."

Während der Partie wurde ich noch mit verschiedenen Abänderungen der Regel konfrontiert, der Baron gewann schließlich. Ich nahm meine einzige Fünfgroschenmünze aus der Tasche und legte sie auf den Tisch.

,,Eine Quittung?"

,,Nicht nötig", winkte ich ab, ,,unter Gentlemen ...", fügte ich hinzu.

„Wenn ich fragen darf, was werden Sie mit dieser Unmenge Geld anfangen?"

Der Baron sah mich besänftigt an.

„Sehen Sie", sagte er. „In letzter Zeit habe ich sehr große Ausgaben, auch dieses Sanatoruim ..."

„Kann ich mir vorstellen. Wenn ich richtig informiert bin, haben Sie hier ein eigenes Appartement, eine eigene Krankenschwester, einen eigenen Arzt und so weiter ..."

„Zwei Groschen die Woche verrechnen mir diese Wegelagerer", runzelte er die Stirn sorgenvoll, „und separat noch einen halben Groschen für Medikamente. Na, das werden Sie aber nicht erwartet haben, wie?"

Das hätte ich tatsächlich nicht erwartet; ich setzte vor Verlegenheit den einen Fuß neben den anderen.

„Jetzt können Sie womöglich glauben, das alles wäre frei erfunden."

Ich wollte protestieren. Er kramte zerknitterte Rechnungen aus seiner Tasche hervor und hielt sie mir vor die Nase. Die Rechnungen waren mit dem Rundsiegel des Sanatoriums versehen, und, soweit ich diese entziffern konnte, lagen die Endsummen zwischen zwei und drei Groschen. „Na?" blinzelte er argwöhnisch.

„Beängstigend", antwortete ich.

„Jeden Tag muß ich spielen, hoffentlich werden Sie jetzt verstehen, warum."

Eilig entfernte ich mich.

„Morgen zur selben Zeit", fistelte er mir nach.

In meinem Zimmer stellte ich lange Betrachtungen über die Sinnlosigkeit des Lebens an. Aber die Person des Barons tauchte am Rande meines Bewußtseins immer wieder auf. Seine Ahnen waren dereinst wackere Raubritter, die ein ganz ahnsehnliches Vermögen zusammengeplündert hatten. Einer seiner Vorfahren siegte sogar in irgendeiner wichtigen Schlacht, das hatte ich noch in der Schule gelernt, Ortsname und Datum verschwanden seither aus meinem Gedächtnis. Ich wollte sie auf irgendeine Weise wieder heraufbeschwören. Durch diese Anstrengung kam ich erneut bei der Sinnlosigkeit des Lebens an.

Na schön, sagte ich mir, nun werde ich mich niederlegen, ich werde einschlafen, dann aufstehen, das Frühstück wird gebracht, die Visite kommt. Genauso geschah es denn auch. Ich gehe besser spazieren. Ich schlurfte in den Park hinaus. Vogelgezwitscher, gute Luft. Das ist es. Man atmet nicht anständig, man geht gebückt. Ich richtete mich gerade. Und zwar zur rechten Zeit. Die blonde Krankenschwester kam mir entgegen.

„Sie dürfen nicht im Park spazierengehen", sagte sie.

Sie maß mich mit einem derart strengen Blick, daß ich zögerte und stehenblieb.

„In Ordnung, wenn die Anweisung es so bestimmt, gehe ich eben nicht spazieren." Dabei marschierte ich gelassen weiter.

Sie rannte mir mit elastischen Schritten nach.

„Bitte zurückzukommen!" rief sie mir zu.

„Ich will nur bis zum Zaun hier gehen", erklärte ich ihr, „ich will nur sehen, was es Neues in der Welt gibt." Jenseits des Zaunes erschien in diesem Moment ein Kinderwagen; er wurde von einer eher dünnen Mutter mit Eichkätzchenaugen geschoben.

„Pippipuppipüppilein", piepste sie zum Kinderwagen. Auch der Kinderwagen piepste irgend etwas Ähnliches zurück.

„Sind Sie denn darauf so neugierig gewesen?" fragte die Krankenschwester.

„Aber nein", ich machte eine wegwerfende Geste, „dieses Pippipuppipüppilein geht mir eher auf die Nerven. Es läßt mich daran denken, daß aus diesem Kinderwagen plötzlich eine unschöne alte Raupe hervorkriechen und ‚Mensch, ärgere dich nicht' spielen wollen könnte."

„Wird man heute wieder verlieren?"

„Wer soll verlieren?"

„Natürlich Sie. Der Herr Baron pflegt zu gewinnen."

„Nein, heute werde ich gewinnen", erklärte ich mit Bestimmtheit. „Es kann freilich sein, daß ich gar nicht spiele", ergänzte ich.

„Und warum sollten Sie nicht spielen?"

,,Ich würde lieber mit Ihnen spielen", sagte ich.

,,Mit mir kann man nicht spielen."

Zum Teufel damit, das ist auch ein langweiliges Gesellschaftsspiel. Dieser kleine blonde Trampel denkt sich, man meint auch, was man sagt, statt daß sie dankbar wäre für meine Höflichkeit.

Bis Mittag sah ich sie zum Glück nicht mehr. Da aber war sie es, die mit strahlendem Lächeln in mein Zimmer kam, um sich zu erkundigen, ob ich wohl wisse, warum man nicht mit ihr spielen könne. Nachdem ich nicht bereit war, zu raten, mußte sie wohl oder übel allein weitermachen.

,,Der Grund ist, wissen Sie, daß ,Mensch, ärgere dich nicht' ein recht gefährliches Spiel ist."

,,Hm."

,,Erst letzte Woche hat der Herr Baron einmal seinen Partner mit dem Küchenmesser gejagt, im Korridor."

,,Ich habe kein Küchenmesser", sagte ich.

,,Auch der Herr Baron hatte keines, er hat sich's in der Teeküche geklaut."

Dann besprachen wir noch einige ähnlich wichtige Fragen, wie schön die Sonne scheine und warum denn die Amseln so laut pfiffen. Ich wurde immer mißmutiger. Ich bemühte mich um eine möglichst ernste Miene.

,,Kann ich Ihnen ein Geheimnis anvertrauen?" fragte ich sie, nachdem sie ausgekichert hatte.

,,Selbstverständlich", sagte sie.

,,Der Baron hat mir seine Sanatoriumsrechnungen gezeigt, mit Endsummen von einem und von zwei Groschen. Glauben Sie, ich werde mir eine neue Brille verschreiben lassen müssen?"

,,Werden Sie mich nicht verraten?"

Ich legte die Hand auf mein Herz.

,,Die Rechnungen sind tatsächlich echt. Genauer gesagt: Sie haben die Zahlen richtig gelesen, aber ... Werden Sie mich wirklich nicht verraten?"

Wieder legte ich mir die Hand aufs Herz.

,,Die eigentlichen Rechnungen werden vom Sohn des

Herrn Baron beglichen, die anderen sind nur so eine Art Spielrechnungen. Der Herr Baron hegt die fixe Idee, ein finanziell ruinierter Mensch zu sein, und was seine Güter betrifft, auch da ist er nur bereit, Kalkulationen von ähnlicher Größenordnung zu genehmigen."

„Wenn das so ist, werde ich heute abend doch lieber verlieren."

Aber ich habe nicht verloren. Auf dem Tisch im Aufenthaltsraum fand ich zwar das Spielbrett mit den grünen und roten Figuren bereitgestellt, aber der Baron kam nicht. Eine halbe Stunde vorher war er an einem Herzschlag gestorben. Wie sich später herausstellte, hatte er sich wegen einer Dreigroschenrechnung allzusehr erregt. Ich betrachtete die Spielfiguren, es war, als ragten Schnäbel aus einem Kinderwagen: Pippipuppipüppilein. Ich spitzte den Mund und versuchte, die eichkätzchenäugige junge Mutter nachzuahmen, ich glaube, der Laut, den ich produzierte, war eher ein Zischen als ein Zwitschern.

„Pippipuppipüppilein, Pippipuppipüppilein."

Und da soll man sich nicht einmal ärgern dürfen!

Die elektrische Eisenbahn

,,Welche Stromkreise soll ich Ihnen einschalten?", fragte die Krankenschwester. Obwohl ihre Frage laut genug war, erreichte ihr Sinn den Patienten nicht. Und hätte er ihn doch erreicht, so hätte er damit einfach nichts anfangen können. Er war mit den Drähten eines elektrisch beleuchteten Christbaumes beschäftigt. Die Drähte rochen nach Harz, Salzmandeln und vielleicht auch etwas nach Rost. Alles in allem war es auf jeden Fall etwas anderes als der Kerzenduft der vorherigen Weihnachten. Er freute sich, daß er sich endlich des Christbaumschalters bemächtigt hatte. Früher war er immer anderen anvertraut gewesen, den Eltern oder seiner großen Schwester. Er wird noch auf den Friedhof gehen müssen und ihr Grab in Ordnung bringen lassen. Für einen Augenblick hatte er das Gefühl, der elektrische Christbaum und seine Schwester lägen im gleichen Sarg.

,,Seltsam ..."

,,Was denn?" fragte die Krankenschwester, während sie langsam den Exponentialstrom einschaltete.

Die nackten Zehen des Patienten begannen sich zu bewegen, sie gingen auf und ab, als wollte er mit seinen Füßen Klavier spielen. ,,Ist es gut so, oder soll ich noch etwas höhergehen?"

Er nickte unbestimmt. Er wollte weder vom Christbaum noch vom ungepflegten Grab ablassen, aber der Strom biß bereits in seine Waden. Er öffnete die Augen. Neben ihm saß einer mit einem Wolfsgesicht, der seinen Arm und seine Füße im Bleibad hatte.

,,Ja, es ist gut", stellte er bestimmt fest, aber gleichzeitig hob er die Hand mit einer abhorchenden Geste.

Die Krankenschwester hatte die Bewegung nicht gesehen. Sie galt ohnehin nicht ihr, sondern der Umgebung, den verschiedenen Schaltvorrichtungen, dem mit dem Wolfsgesicht, dem Wecker, der die Behandlungszeit beendet. Nein, das Chaos hier hat nicht diesen Zweck. Welchen dann? Man muß die Dinge schnellstens ummontieren. Er starrte seine zuckenden Zehen an. Man müßte elektrische Eisenbahn spielen.

Rasch ordnete er die Schienen und stellte die Weichen. Zuerst gab er sich mit zwei Tunnels und einen Bahnhof zufrieden. Der Bahnhof braucht aber eine Ampel. Er stellte den Triebwagen und die Pullmann-Waggons auf die Schienen. Wie viele Räder hatte denn dieser Triebwagen? Sechs oder acht, auf keinen Fall nur vier. Dann wird er Güterwaggons auch noch brauchen. Die Güterwaggons hat er mit Indianern, ungarischen Husaren und deutscher Infanterie beladen. Die Husaren stellte er mitsamt ihren Pferden in die Waggons, obwohl man sie von den Pferden nehmen konnte und die Pullmann-Waggons abnehmbare Dächer hatten. Er hätte sie ja auch in den Speisewagen setzen können, bis er die Garnitur losfahren läßt.

Schau, aber die Husaren konnten nicht stehen, und sitzen konnten sie nur dann, wenn man ihre Hintern auf den Nagel setzte, der aus dem Sattel herausragte. Sonst fielen sie um. Sie hatten wahrscheinlich zu krumme Reiterbeine. Von da aus wirkte dies wie ein ganz unverständlicher Produktionsfehler, wenn er die Vergangenheit durch seine Zehen hin anblinzelte. Ihm gegenüber floß aus einem Wasserhahn ein dünner Wasserstrahl auf weiße Binden. Es ist schon bemerkenswert, daß immer nur die Indianer siegten. Die Husaren und auch die deutsche Infanterie suchten ihr Heil in der Flucht. Die Husaren hatten vielleicht gewußt, daß sie — vom Pferd gestiegen — gleich umfallen.

Der Wecker über seinem Kopf begann zu plärren.

Die Schwester kam, schaltete den Strom mit einer gleichzeitig wirkenden Bewegung ab und band neue Platten an seine Beine. Wie sehr sie das schon langweilt, daß sie sich mit ihm beschäftigt! Er könnte sie einmal zum Abendessen ausführen. Aber wozu?

Vor langer Zeit einmal hat er ein ähnliches molliges Mädchen zum Abendessen eingeladen, und dann sind sie ins Hotel gegangen. Nachdem sie sich geliebt hatten, holte das Mädchen von irgenwo den Nachttopf hervor und hockte sich in der Zimmerecke darauf. Es rauschte genauso wie der Wasserstrahl ihm gegenüber. Damals nahm ihm dieser Anblick sämtliche Lustgefühle, jetzt kam er ihm eher rührend vor. Das Nachtgeschirr hatte an einer Stelle einen Emailschaden.

„Ist es gut so oder soll ich noch etwas högergehen?"

„Es ist gut so."

Einen Dreck ist es gut. Nicht nur seinen Fuß, bis zum Hals durchzuckte ihn ein innerer Ekel. Die ist ja eine Greisin geworden, dort auf dem Nachttopf. Alle, mit denen er etwas zu tun gehabt hatte, sind schrecklich alt geworden. Eingetrocknete Mumien wie dieser Wolgsgesichtige da neben ihm, der blöde seine Glieder einweichen ließ.

Vor seiner Nase schwoll ein riesiger Bizeps an, der gehörte zu Onkel Joe, dem Zirkusmenschen, der immer Trikots trug, wie die entsprungenen Häftlinge in den Filmen. Auf seinem kahlen Kopf und an seinen Armen klebten schwarze Heftpflaster, die Erinnerungen an irgendeine geheimnisvolle Verwundung. Und wie alt er damals schon war! Gab es genügend Zuschauer, nahm er einen verwitterten Dolch, schlug mit der Klinge gegen seine Muskeln und der Dolch sprang klirrend zurück. Die Kinder sahen ihm mit offenem Mund zu, und wenn er mit dem Fuß aufstampfte, stoben sie auseinander.

Wie alt konnte Joe ungefähr gewesen sein? So an die Dreißig. Kaum mehr. Also halb so alt wie er jetzt. Aus dieser Erkenntnis strömte Zeitlosigkeit, ihr Wind ließ die nassen Binden unter dem Wasserhahn flattern. Aus dem weißen Gewoge flogen riesige weiße Falter hervor. Einer flog gerade auf die offene Tür zu, dort angelangt, stieß er mit einem Ball zusammen. Vorher rutschte der Ball zwischen den Händen des zittrigen Alten durch, als trüge er noch immer die Ungeschicklichkeit der nach ihm greifenden Bewegung mit sich, und patschte unbeholfen auf das Linoleum.

,,Greifen Sie bitte mit beiden Händen nach dem Ball."

,,Nicht so."

,,Jetzt ist es fast gelungen."

Das Aufplumpsen des Balles wiederholte sich. Es hörte sich schleimig an wie Frösche, die an die Wand geschlagen werden. Ja, auch er hat Frösche an die Wand geklatscht, und jetzt lernen die vom Schlag Getroffenen Ball spielen. Irgendwie hängen diese beiden Dinge miteinader zusammen. Wie und warum? Es gelang ihm nicht, daraufzukommen. Was kostet ein Ball? Und was kostet eine Schelle? Auch mit diesen Fragen kam er nicht weiter, er hatte nie Kinder gehabt.

Der kleine Alte im Nachbarsaal stand mit dem Rücken zu ihm und versuchte, seine verkrampften Arme hochzurecken. Es sah aus, als wolle er sich bereits ergeben. Die Bälle wichen seinem lahmen Griff aus. Sie wichen ihm höhnisch aus, sie rollten ihm davon. Er konnte von dem Bett aus, auf dem er lag, nicht erkennen, wohin. Er hätte sich am liebsten aufgesetzt, um nachzusehen, aber plötzlich sah er ein, daß jegliche Anstrengung vergeblich wäre: die Bälle rollten alle geradewegs in sein Kinderzimmer, zur elektrischen Eisenbahn, zum Bahnhof, zu den Indianern, Husaren und der Infanterie. Sie werfen alles um, sie zerbrechen den Pfeil und den Kopfschmuck seines liebsten Häuptlings. Das kann man ja nicht einmal mehr kleben? Da muß man stampfen, sich auf den Boden werfen und heulen! Wie kann ein Ball in sein Zimmer rollen, und wem gehört denn dieser Ball überhaupt? Kann man denn nicht einmal mehr in Ruhe spielen?

Doch, man kann, freilich kann man. In einem weißen Spitzenkleid steht seine Mutter über ihm. Sie ist gar nicht verärgert, weil er vorhin so getobt hat. Mutti ist wie ein Engel, so überirdisch. Sie nimmt den Schlüssel, sperrt das Kinderzimmer von außen ab. Das Kind darf doch nicht beim Spiel gestört werden! Wie lieb und verständnisvoll ist doch ihre Stimme.

„Himmelhergott!" Jetzt hat er den elektrischen Strom doch tatsächlich bis an sein Rückenmark gespürt. Können die denn nicht vorsichtiger mit dem Strom umgehen? Mit dem Strom und mit den Bällen. Er sah die weiße Tür, er sah es ganz klar vor sich, wie sie geschlossen wurde, hörte das Schloß schnappen. Die Tür ist versperrt, damit das Kind ungestört spielen kann. Sie wurde versperrt, um die Bälle nicht hereinzulassen, das Leben, die Jahre und das ganze Chaos, das danach kam. Die Tür … er blinzelte zum Wasserhahn hin, von wo vorhin der Falter hochgeflattert war. Die nassen Binden ließen aber keine Flügel mehr wachsen, mochte er sich noch so anstrengen. Die Tür … ja natürlich, die Tür war an allem schuld. Gleich zu Beginn von allem Anfang an. Sie schlossen die Tür von außen ab, sie haben ihn ausgesperrt, und die engelgleiche Mutti hat inzwischen im anderen Zimmer … Was konnte in diesem anderen Zimmer geschehen sein?

Seine Nase empfing den Duft von starkem Parfüm, um seine Schläfen wehte das Rauschen von seidener Unterwäsche. In diesem dänischen Film zum Beispiel, da haben sie die Köchin von hinten gepackt, sie schoben ihr Höschen herunter. Das Höschen war weiß, es hatte Spitzen und war mit einem rosa Band um die Knie gebunden. Vielleicht hatte die Mutti auch ein solches … Und während er arglos mit der Eisenbahn spielte …

„Himmelherrgott!"

Über dem Wasserhahn, von wo der weiße Falter hervorgekommen war, schwebte jetzt sein verwischtes Spiegelbild. Ich bin wie ein trauriges, altes Kamel. Aber auch die alten Kamele haben eine noch ältere Urgroßmutter, der sie ihre Klagen erzählen können, auch die häßlichen Tiere können ihren Schmerz jemand aus der Herde anvertrauen. Er dachte, er würde solche und ähnliche Worte murmeln, aber die Worte rauschten nicht in ihm, sie waren nur im Kraftfeld des Exponentialstromes.

UND SEIN BEIN IST LAHM GEWORDEN! ER WURDE LAHM, UND DAVOR NOCH HATTEN SIE IHN BERAUBT UND AUSGESPERRT …

Als der Wecker läutete, erhob er sich erschrocken. Im anderen Raum fiel der Ball wieder zu Boden.

„Er ist weggerollt",seufzte er.

„Ja." Die Krankenschwester ließ es gelten, sie lächelte nicht einmal. Sie wußte, daß es sich nicht lohnt, sich mit einem solchen sauertöpfischen Alten anzulegen.

Zu Fuß zum Äquator

Krebse graben sich flink in den Küstensand ein. Auf den Wellen des Meeres glitzert kokosmilchweiße Gischt. Seltsamer Vogelgesang ertönt vom Dschungel her. Vor uns wirbelt der Wind trockene Palmenblätter her. Wir sind nicht mehr weit vom Fluß, wo dicke Leguane auf den Steinen ihr Sonnenbad nehmen.

„Hello", ruft Rani.

„Hello", sage auch ich, obwohl wir uns unterwegs schon mehrmals gegrüßt haben.

Ich zeige auf den zum Fluß führenden Pfad.

„Gibt es hier Schlangen?"

„Nein." Tiefe Überzeugung strahlt aus Ranis Blick, seine weißen Zähne leuchten aus seinem tiefbraunen Gesicht.

„Komisch", versuche ich es nochmals, „nach den Büchern gibt es hier überall Schlangen. Kobras und auch schwarze Mambas."

„Nein, es gibt nichts davon." Rani schüttelt den Kopf.

„Wie ist das möglich?", frage ich erstaunt.

„Ganz einfach: die Schlangen werden von den Mungos gefressen", erklärt Rani.

Das hört sich recht beruhigend an, und ich gehe schon mutiger weiter. Rani hopst neben mir einher. Trotzdem sehe ich für alle Fälle manchmal auf den Weg vor meinen Füßen. Und wenn es schon keine Schlangen gibt, so wären doch Skorpione möglich. Inzwischen taucht auch Asoka unvermittelt auf. Sie hüpft, ebenso wie Rani, um mich herum, mal vor, mal hinter mir. Ihr kohlrabenschwarzer Zopf schwingt hin und her.

„Diese Mungos sind sehr nützliche Tiere." Mein Satz hätte Asoka gegolten, aber sie hörte mir nicht zu.

„Die Mungos", wiederhole ich.

,,Was willst du denn mit den Mungos?" schaut sie mich verwundert an.

,,Nun, Mungos fressen die Schlangen."

,,In dieser Gegend gibt es keine Mungos", sagt sie.

,,Und Schlangen?"

,,Natürlich gibt es Schlangen, warum denn nicht?"

Tja, warum denn nicht, wenn es schon keine Mungos gibt. Das ist aber merkwürdig, daß Rani sich überhaupt nicht in die Diskussion einmischt; er läßt zu, daß Asoka, ohne mit der Wimper zu zucken, die Existenz dieser nützlichen Schlangentöter leugnet. Auf dieser wunderbaren Insel, wo Buddhas Zahn aufbewahrt wird und sich die Fußabdrücke Adams auf einem Berggipfel finden, vertragen die verschiedenen Meinungen sich so friedlich wie die Friedhöfe. Buddhisten, Moslems, Christen. Nicht einmal der Tod hat hier etwas Bedrohliches; bunte Flaggen verkünden seine Ankunft. Für Priester gelbe und weiße für einfache Leute. Rani zeigt auf die rußigen Balken des Verbrennungsplatzes.

,,Auch Vater wurde hier eingeäschert, er hat zuviel Arrak getrunken", er sagt es fast heiter.

Der Onkel Asokas wurde von den Wellen verschlungen, samt seinem Katamaran.

,,Wo ist er jetzt?" frage ich Asoka.

,,Wer?"

,,Dein Onkel."

Sie starrt mich an, als ob ich sie auf den Arm nehmen wollte, aber dann tritt ein zartes Lächeln in ihre Augen.

,,Hast du mich nicht verstanden? Er ist nicht mehr."

,,Nein?"

,,Das Wasser hat ihn weggetragen."

Asoka hat wahrscheinlich recht. Trotzdem beschleunige ich meine Schritte; vielleicht auch nur, weil meine Muskeln so besser in Bewegung kommen, vielleicht, weil ich fühlen möchte: ich lebe.

,,Du kannst recht schnell laufen", begeistert sich Rani, ,,obwohl du schon so alt bist. Wenn du stirbst, wird man dich auch verbrennen oder in der Erde vergraben?"

Ich schlucke und beeile mich noch mehr. Wir gehen auf einen alten Buddhatempel zu. Er steht auf einem kleinen Hügel; man kann ihn noch nicht sehen, denn der Dschungel verbirgt ihn vor unseren Augen.

,,Würden wir in dieser Richtung gerade weitergehen, könnten wir den Äquator erreichen", erkläre ich Rani.

Er tut so, als ob er es verstünde, aber ein wenig später fragt er mich trotzdem:

,,Was ist dieser Äquator?"

,,Weißt du, das ist eine Linie, die den Erdball in zwei gleiche Halbkugeln teilt."

,,Wo ist er?"

Ich weise mit meinem Arm in Richtung Meer.

,,Nur ungefähr hundert oder zweihundert Meilen von hier."

,,Woher weißt du das?"

,,Ich habe es gelernt."

,,Aus diesem Buch, in dem du auch über die Schlangen gelesen hast?"

Ich widerspreche ihm nicht.

Rani lacht schallend auf.

,,Du willst also dorthin gehen, um auf dieser Linie zu stehen, ha-ha-ha."

,,Ha-ha-ha", lachte auch Asoka vergnügt.

,,Aber das geht doch nicht, die Haie werden dich fressen."

Ihr Lachen streichelt mich und hört erst auf, als wir in den Tempel eintreten. Asoka und Rani legen dem Buddha Lotusblüten zu Füßen. Auch ich senke die Stirn in meine mit Blumen gefüllten Hände.

,,Buddha schläft." Rani zeigt auf die riesige Statue.

,,Elefant", zwitschert Asoka, weil auch sie mir etwas über die Bedeutung der Bilder des Tempels verraten möchte.

,,Wer nicht ist, der ist nicht", murmle ich zu Buddha.

Von den Wänden hallen meine Worte zurück. Eine kleine Eidechse klettert über Buddhas rotbemalten Handteller hinauf. Ihre winzige Stimme hört sich an, als ob jemand piepsend bellen würde. Vom Meer her ertönt ein anfeuerndes Lied: Hoja, Hoja! Der Männergesang geht plötzlich in den Sopran über. Gebeugte schwarze Schatten verdecken die Mosaike, die Singhalesen schleppen ihre Netze.

Wieviel Uhr ist es um 2 Uhr nachmittags?

Die Existenz der in die Erde gegrabenen Grube schien immer wahrscheinlicher. Aber wirklich erschreckend wurde sie erstmals, als man die Stelle, an der sie sich befand, abtasten konnte. Sie ist da, sie muß dort sein, wo der Mensch lebt. Mit dieser offensichtlichen Selbstverständlichkeit macht sie auf ihr Vorhandensein aufmerksam. Diese Erkenntnis eröffnet aber auch gleichzeitig eine Ausweichmöglichkeit. Man muß fahren, immer weiterfahren, in immer irrealere Gegenden. Dort ist diese Grube nicht mehr so exakt abzugrenzen. Wenn man das bißchen Zeit aufwendet, um mit der Straßenbahn nur einige Haltestellen zu fahren, kann man sie nicht mehr mit der gleichen Selbstverständlichkeit erkennen. Kurzum, wenn sie nicht an einen einzigen Ort gebunden ist, sondern nur „irgendwo" existiert, verliert sie viel von ihrer bedrohlichen Realität. Aber auch auf diese Art kann man ihr nicht völlig entfliehen. Es ist ihm auch in Ratnapura nicht gelungen, wo er die Knappen bei ihrer Suche nach Edelsteinen beobachtete.

„Wie ist es dort unten?" fragte er den in der Tiefe der lehmigen Grube hockenden Singhalesen.

Dieser verstand nicht, was er von ihm wollte — mit der Kerze in der einen leuchtete er auf den in seiner anderen Hand angehäuften Lehm. Er wollte wahrscheinlich zeigen, daß in dem Tonklumpen weder Saphir noch Rubin verborgen war.

Aber wie lange und wohin muß man fahren, um den Gedanken an die Grube zu verdrängen, oder in welcher Form könnte sie mit dem Dasein zusammenfließen, daß der Mensch hier war, hier ist und hier bleibt als ohnmächtiger Kiesel, als Edelstein, als Pflanze?

Während er vor sich hinbrütete, holperte der wackelige

Autobus auf der schlechten Straße dahin. Es fing inzwischen auch zu regnen an. Die Landschaft nahm den Ausdruck verschwommenen Pastells an.

,,Siehst du die Büffel auf den Reisfeldern?" Ria pochte an die Fensterscheibe.

,,Ja."

,,Und die Gummibäume?"

,,Ja."

Der Fahrer hat fröhlich vor sich hingepfiffen. Der Regenschauer störte ihn nicht, es machte ihm auch nichts aus, daß ein Scheibenwischer nicht funktionierte. Mit einer Hand hat er das Steuer gehalten, mit der anderen den Blinker ersetzt.

Auf den hinteren Sitzen des Autobusses saßen Japaner und tranken Whisky. Sie sangen mit hoher, piepsender Stimme, als ob sie zwitscherten.

,,Wohin fahren wir eigentlich?" Ria wandte sich ungeduldig vom Fenster ab.

,,Nach Berewula."

,,Ist es noch weit bis dorthin?"

,,Ich weiß es nicht, frag den Fahrer."

Der Chauffeur drehte sich gemächlich um, ohne die Geschwindigkeit zu mindern.

,,Wann kommen wir an?" erkundigte sich Ria.

,,Das kann man bei solchem Wetter gar nicht wissen", der Fahrer zuckte mit den Schultern. ,,Es kann auch gut möglich sein, daß wir irgendwo steckenbleiben."

,,Und was machen wir dann?"

,,Wir versuchen weiterzufahren", grinste der Chauffeur.

Nicht lange danach hielt er den Wagen plötzlich an, so daß einer der Japaner vom Sitz rutschte. Der Fahrer kletterte behäbig aus dem Wagen und begab sich bei strömendem Regen zu einer Buddhastatue und legte Lotusblüten zu deren Füßen.

,,Werden wir bei allen Buddhas anhalten?" nörgelte eine alte Japanerin.

,,Nein", sagte der ganz durchnäßte Fahrer, ,,nur bei dem, der die Brücke hütet."

Später regnete es schon so stark, daß man gar nichts mehr sehen konnte; höchstens den schwarzen Kranz der an den Palmen hochkriechenden Flughunde.

„Er hat bestimmt Katzenaugen", sagte Ria verwundert. „Am Ende werden wir noch in den Fluß stürzen, unter die Krokodile."

„Wir haben die Brücke schon längst hinter uns gelassen."

„Woher weißt du das?"

„Spürst du nicht, daß die Räder ganz anders rattern?"

„Woran denkst du jetzt?"

Woran wohl? Er hatte wieder den ständig im Lehm ausrutschenden Singhalesen vor sich.

„Daran", sagte er, „wie spät es jetzt zu Hause sein mag."

„Wie spät? Man muß viereinhalb dazurechnen oder abziehen. Ich bringe es immer durcheinander."

Der Mann war plötzlich verstimmt. Er forschte in seinem Gedächtnis nach alten auswendig gelernten Texten, aber es fiel ihm nichts ein. Der Autobus hielt an.

„Hier ist eine Schenke", erklärte der Chauffeur. „Sie können hier Tee trinken. Die Straße ist überschwemmt, und wir können vorläufig nicht weiterfahren."

„Auch Reisen hilft nicht", bemerkte der Mann resigniert, als sie bereits am mit Papier bedeckten Tisch saßen. Er beobachtete die winzigen Krebse, die auf dem Boden herumliefen.

„Nach deiner Operation hast du des öfteren betont, daß du dich nach Sonnenschein, nach dem Meer sehnst. Aus diesem Grund sind wir auch hier."

Der Mann hat ihr nicht geantwortet.

„Du wolltest Palmen sehen, nun, daran mangelt es hier nicht."

Ein penetranter Geruch breitete sich von der Küche her.

„Überall dieser Currygeruch und diese Krebse", sagte der Mann.

„Fahren wir lieber heim?"

,,Nach Hause?" Er starrte die Frau erschrocken an. ,,Nach Hause, nein, dorthin auf keinen Fall." Die Grube stand wieder in ihrer ganzen Wirklichkeit vor ihm. ,,Weißt du, ich habe mich entschlossen, ich werde mich verbrennen lassen."

,,Sprechen wir nicht darüber."

,,Doch, wir müssen auch darüber reden. Schau, auch die Buddhisten lassen sich verbrennen. Und sie haben recht ... Ich will nicht in eine Grube kommen. Ich will, daß du immer emporblickst, wenn du mich suchst, wenn du an mich denkst."

,,Dieser Tee ist zu stark."

,,Du solltest ein wenig Wasser dazu verlangen."

Ria hat mit ihrem Blick den Kellner gesucht, als sie einen großen Waran bemerkte, der beim Eingang der Schenke stand, den Hals reckte und mit seiner herausgestreckten, schlangenähnlichen Zunge zischte.

,,Schau!" Alle wandten sich zum Eingang.

Auch der Wirt erschien, mit seiner Serviette um sich schlagend, und bat die Gäste, Ruhe zu bewahren.

,,Sie brauchen sich nicht zu fürchten", wiederholte er jovial, ,,Sie brauchen keine Angst zu haben."

,,Warum, ist das ein Haustier?" ärgerte sich Ria.

,,Das nicht gerade, aber in dieser Gegend gibt es sie eben", sagte der Wirt zögernd.

,,Und warum jagen Sie ihn nicht weg?" wollten die Japaner wissen.

,,Vermutlich glaubt er an die Reinkarnation und denkt, sein Großvater hätte ihm einen Besuch abgestattet", brummte der Mann halblaut.

Ria starrte das glotzäugige Tier an; sie konnte ihren Blick nicht abwenden.

,,Glaubst du auch daran?" Sie griff nach der Hand des Mannes.

,,Ich?" Der Mann betrachtete ihre rotlackierten Fingernägel.

,,Wir werden uns schon auf ein Zeichen einigen", sagte er dann. Draußen hörte es plötzlich zu regnen auf.

Stein, Schere, Papier

Nachmittags, um diese Zeit, bewegt sich das Ufer mit Millionen Gliedern, so als ob winzige Erdbeben den Sand aufrührten, verschiedene Lebewesen sich hineinwühlen und wieder herauskrabbeln. Das stört aber nur am Anfang. Wenn jemand mit einem Bein durch das Wasser watet, hat er sowieso keine Zeit, darauf zu achten, was unter den Füßen herumläuft. Und schon gar nicht, wenn man eine so liebe Begleiterin hat, wie Sumana es ist. Alle Schritte sind gemeinsame Schritte. Das Wasser spritzt auf und gleichzeitig knirscht der Sand. Sumana muß ungefähr neun Jahre alt sein, aber genau weiß ich es nicht. Wenn ich sie danach frage, zeigt sie mir manchmal acht, manchmal neun ihrer Finger, aber sie macht das blitzschnell nacheinander, sie will mir damit vielleicht zur Kenntnis bringen, daß sie achteinhalb Jahre alt ist. Natürlich könnte sie das auch mit Worten ausdrücken, aber wenn wir ohnehin spielen, warum sollte sie da nicht auf dieser spielerischen Geste bestehen. Wir spielen „Stein, Schere, Papier". Ich habe ihr die Regeln schon erklärt, und zwar geht es so: der Stein macht die Schere stumpf, das Papier wickelt den Stein ein, aber die Schere schneidet das Papier. Sie versteht es bereits, nur manchmal ärgert sie sich darüber, vor allem dann, wenn ich gewinne.

„Schere", sagt sie.

„Stein", sage ich gleichzeitig.

„Schon gut", sie zeigt sich einverstanden und ich ahne schon, daß sie jetzt Stein sagen wird, und sie tut es auch wirklich.

„Papier", sage ich.

„Willst du damit etwa behaupten, daß wieder du gewonnen hast?" Sie schaut mich ziemlich zweifelnd an.

„Natürlich habe ich gewonnen, das Papier wickelt den Stein ein."

„Wozu soll man überhaupt einen Stein einwickeln?"

Ja, sie hat recht, wozu eigentlich? Dieses Argument entmutigt mich.

„Gut." Ich bin einverstanden. „Es ist wirklich kein allzu sinnvolles Spiel, schauen wir lieber das Meer an."

„Was gibt es da schon zu sehen?" bohrt Sumana weiter.

„Was? Nun, zum Beispiel, wie groß es ist, wie es wogt, ständig seine Farbe verändert."

„Darum ist es ja ein Meer. Spielen wir lieber!"

„Aber was?"

„Das von vorhin."

„Wirst du dich auch nicht wieder ärgern?"

„Nein, bestimmt nicht". Sumana lächelt rätselhaft. „Nun, sag schon etwas!"

„Schere."

„Buddha." Sumana zögert keinen Augenblick mit der Antwort. „Ich habe gewonnen."

„Wieso?"

„Buddha zerbricht den Stein."

„Auch die Schere und das Papier, nicht wahr?"

„Jawohl, sie auch."

„Wenn Buddha so ein Spielverderber ist, können wir sowieso nichts machen."

„Buddha ist kein Spielverderber", weist Sumana zurecht. „Aber wenn du das lieber hörst: Er zerbricht gar nichts, er steckt nur alles in seine Taschen."

„Aber dann geht es trotzdem nicht, man kann doch nicht mit jemand spielen, der viel stärker und klüger ist als alle anderen, mit dem kann man nicht ..."

„Also, gibst du nun zu, daß ich gewonnen habe?" Sumana richtet sich stolz auf und mit sichtlicher Zufriedenheit springt sie vor mich hin und wartet auf meine Antwort.

„Ich an deiner Stelle würde mich nicht mit fremden Federn schmücken."

„Wieso mit fremden Federn?"

„Nicht du hast gewonnen, sondern Buddha. Wenn ich gewollt hätte, wäre auch mir so etwas eingefallen."

,,Du hast dir einen noch viel größeren Unfug ausgedacht", ärgerte sich Sumana. ,,Du hast behauptet, daß das Papier den Stein einwickelt. Wo doch alle Menschen wissen, daß ein Stein ein Stein ist und ihn niemand in nichts einwickelt."

,,Buddha aber ist groß, er ist der Größte", füge ich hinzu, damit ich auch etwas sage.

,,So ist es", stimmt mir Sumana zu.

,,Und was macht er jetzt?"

,,Wer?"

,,Wer? Buddha natürlich."

,,Er schläft. Möchtest du ihn sehen?"

,,Nein", ich dämpfe ihre Begeisterung. ,,Letzte Woche bin ich durch ungefähr dreißig Tempel gezogen, ich habe schon genug schlafende Buddhas gesehen, wenn das eine Anspielung sein soll."

Sumana verzieht den Mund, ich habe gefühlt, daß ich sie versöhnen sollte. Während ich darüber nachdenke, zeichnet sich plötzlich jäher Schreck auf ihrem Gesicht ab. Ihr Blick heftet sich auf einen Punkt, wenn ich mich nicht irre, etwa auf die Mitte meines Rückens. Ich kann leider nicht hinsehen.

,,Was ist los?" frage ich kleinlaut.

,,Ein Käfer."

,,Was für einer?"

,,Ein gefährlicher. Wenn er dich beißt, mußt du dich bis ans Ende deines Lebens kratzen."

Da hört sich der Spaß auf. Auch das Wasser spritzt jetzt zorniger um uns herum. Das Grün der Palmen nickt uns hinterhältig zu.

,,Schlag ihn tot", ermutige ich sie. Sie nimmt keine Notiz von mir. Sie löst mit großer Sorgfalt die Schleife aus ihrem Haar und mit dieser nähert sie sich dem Käfer. Es scheint, daß auch sie nicht den Mut hat, ihn mit der bloßen Hand anzufassen. Es dauert minutenlang, bis das Ungeheuer auf die Schleife kriecht. Dann vergehen wieder Minuten, bis es vom im Sand liegenden Band wegkriecht.

,,Warum hast du ihn nicht zertreten?"

„Das darf man doch nicht."
„Auch einen so bösen Käfer nicht?"
„Er ist nicht böse, es ist eben sein Schicksal, zu beißen."
Stimmt. Ein Glück, daß er mich verschont hat. Jetzt bin ich an der Reihe, etwas Gutes zu tun.
„Sollen wir ihn aufwecken?" weise ich über die Bäume hinweg in die Richtung, in der vermutlich auch wieder ein Buddhatempel steht.
„Wie denn?"
„Wir schleichen uns in seine Nähe und kitzeln ihn an den Sohlen. Und wenn er aufwacht, können wir dann zu dritt spielen." Sumana betrachtet mich nachdenklich.
„Weißt du was", sagt sie dann nach einem kurzen Zögern. „Heute spielen wir nur zu zweit".
Auch ich willige in diesen Vorschlag ein.
„Suchen wir uns eine sprechende Muschel und hören wir uns an, was uns das Meer zu erzählen hat."
„Nein, spielen wir lieber das von vorhin, aber sagen wir nichts laut heraus, sondern denken wir es uns nur."
„Na gut, fang an."
„Wurde sie stumpf?" Sie blickt mich ängstlich an.
„Nein, im Gegenteil, sie hat das Papier geschnitten."
„Dann ist es gut." Mit diesen Worten hopst sie vor mir her und klatscht vor Freude in die Hände.
Die Wellen umspielen streichelnd unsere Beine, die Sonne strahlt, irgendwo in weiter Ferne tutet ein Schiff. Alle Ungeheuer hocken wieder friedlich in der Tiefe des Meeres.

Die Brücke am Kwai

Mark starrte auf das Wasser. Er stand auf einer Brücke, zweifelte aber daran, daß diese Brücke hier dieselbe wäre, die er schon im Film gesehen hatte: obwohl der Manager des Hotels fest behauptete, daß die Engländer oder Amerikaner den Film ,,Die Brücke am Kwai" hier gedreht haben. Vielleicht gibt es einen Fluß mit diesem Namen überhaupt nicht. Natürlich gibt es ihn nicht. Dieser Fluß hier heißt Bentota. Er hat sich auch daran erinnert, daß die Brücke im Film gesprengt wurde. Und diese hier — er klopfte mit seinem Fuß an die Planken — steht ganz fest. Die Filmemacher arbeiten mit Tricks. Es kann auch sein, daß sie eine ganz andere Brücke gesprengt haben, dann filmten sie wieder diese hier, als ob nichts passiert wäre. Er hat sich stolz aufgerichtet und versuchte genauso stramm einherzuschreiten wie Alec Guiness. Er war nämlich der Hauptdarsteller: ein sympathischer Major, Oberstleutnant oder Oberst. Der Dienstgrad spielt sowieso keine Rolle. Die Geschichte des Filmes verschwamm schon in seiner Erinnerung. Komisch, daß der Mensch alles vergißt. Aber doch nicht alles. In seiner rechten Hand ließ er einen Stock schwirren, mit der Linken hängte er sich in die Luft ein.

,,Baby", murmelte er halblaut während dieser Geste und versuchte, dazu auch das bittersüße Lächeln des Filmschauspielers nachzuahmen. Für einen Moment hatte er das Gefühl, daß er als Alec Guiness über den Fluß marschierte, Arm in Arm mit seiner ersten Frau. Sie trägt einen Girardihut, die Sonne brennt auf ihre Stupsnase. Man sollte sie mit einem Schleier verhüllen. Aber wozu eigentlich? Die Sonne auf Ceylon kann einer Stupsnase, die vor dreißig Jahren in seinem Leben eine Rolle spielte, nichts mehr anhaben.

Palmenblätter, Kokosnüsse und leere Konservendosen schwammen im Wasser. Mark hatte darauf gewartet, daß ein Krokodil unter den bunt zusammengewürfelten Abfällen auftauchte. Gleichzeitig wußte er aber auch, daß es in dieser Gegend keine Krokodile gibt. Hier, in der unmittelbaren Nähe des Meeres strömt Salzwasser in den Fluß hinein und das irritiert die Augen der Krokodile. Und trotzdem, wer wäre schon erstaunt über ein Krokodil? Wenn er in seiner Phantasie schon diese Uniform mit den unbekannten Rangabzeichen anhatte, und eine Zeit lang der alte Girardihut neben ihm schwebte, wenn er ohnehin auf einer gesprengten Brücke spaziert, dieses und jenes könnte immerhin möglich sein. Es ist auch nicht weiter verwunderlich, daß es ihm schwindelt. Er starrt ja schon lange und verzückt auf das Wasser. Wenn die Brücke nicht zu hoch ist, sich der Blick an die Strömung anhängt, wäre es dann so ungewöhnlich, wenn die Beine sich ihm nachschwingen wollten?

„Ich halte mich so stramm wie Alec Guiness", munterte er sich auf. Es machte ihm Angst, es diesem nicht gleichzutun, da er sich sonst augenblicklich in einen schüchternen kleinen Jungen verwandeln würde und dann auch statt seiner den Kopf hin und her wenden müßte. Diese Landschaft würde den kleinen Jungen bestimmt faszinieren. Er könnte sich von dem herrlichen Anblick der auf beiden Ufern des Flusses ineinander verschlungenen Palmen nicht losreißen. Schau, wie viele es hier gibt, so viele konnte man nicht einmal im Palmengarten sehen. Bananen reifen auf der einen und auf der anderen diese kokosnußähnlichen gelben Früchte, die mit dem unaussprechlichen Namen. Und unten, aus den sich zum Wasser neigenden Büschen, spähen riesige schwarz-gelbe Leguane heraus. Dem Auge eines so kleinen Jungen entgeht nichts, er würde sein in der Scheide steckendes Pfadfindermesser mit seiner nassen Hand fest umfassen — es wäre zu ermüdend, seine Neugierde weiter zu verfolgen. Besonders, wenn von Zeit zu Zeit die Zähne aufeinanderschlagen. Wie kann es einem vor so viel Gelb und Grün schaudern, noch dazu, wenn die Sonne in grellem Goldrot glüht?

Er hat seine Medikamente schon seit Wochen nicht eingenommen. Na ja, und sein Moskitonetz hat so große Löcher, daß sogar die Flughunde hineinfliegen könnten. Die Kuppel des Bentota Beach am linken Flußufer blickt zu ihm herüber. Das ist das exklusivste Hotel in dieser Gegend ... Im Park dürfen die Gäste auf Elefanten reiten, der Eingang ist von Polizisten bewacht. Mark wohnte nicht da, sondern ein paar Meilen flußabwärts, in einer viel bescheideneren Pension. Es schien ihm plötzlich völlig unverständlich, wie er überhaupt auf diese Brücke gelangt war. Der Mensch macht sich auf den Weg — sagte er zu sich selbst und dann kommt er hierher, auf dieses eigenartige Bauwerk, wo auf dem einen Ende seine Kindheit, auf dem anderen dieser Film leise auf ihn zukommen, und er im Grunde genommen trotz allem allein ist mit seiner Angst einflößenden Gegenwart.

Seine Beine waren eingeknickt, sodaß er sich am Geländer der Brücke festklammern mußte. Unvermittelt tauchten schwarze Männer auf. Einer von ihnen griff unter seinen Arm, dann auch ein anderer. Jetzt wurde er schon von beiden Seiten gestützt. Er ließ es zu. Er wird ihnen erklären, wo er wohnt und dann kommt alles wieder in Ordnung. Ja, er wird es ihnen erklären, weil er schon wußte, daß sie in eine völlig andere Richtung gehen. Sie schleppen mich direkt in den Dschungel — der Gedanke blitzte durch seinen Kopf — als die sich auf ihn niederbeugenden Baumkronen die Sonne vor ihm verdeckten. Später hat er diesen Gedanken verdrängt. Im Dschungel kann man doch nicht so herumspazieren. Dort muß man sich mit dem Messer einen Weg durch die verschlungenen Lianen bahnen. Im Dschungel regiert die Dunkelheit. Aber auch hier ist es dunkel. Und trotzdem ist das etwas anderes. Er hat irgendwann in einer Zeitung über ein abgestürztes Flugzeug gelesen, das Platin transportierte. Diese Maschine stürzte tatsächlich in den Dschungel herunter. Der Hubschrauber mit der Rettungsexpedition ist nur ein paar

Meilen vom Unfallort entfernt gelandet, trotzdem dauerte es wochenlang, bis sie sich zum Fluß durchschlugen. Ja, im Urwald leben keine Menschen. Aber wie war es dann möglich, daß die Ladung bis zum Eintreffen der Expedition schon verschwunden war? Raubtiere fressen doch kein Platin. Das ist eingenartig. Er hat sich so gefreut, daß er logisch denken kann. Und dieser Unfall passierte sowieso nicht hier, sondern auf der anderen Hälfte der Welt, irgendwo in Südamerika. Hier, in dieser Wildnis kommen sie schnell vorwärts, nur die hinter ihnen zusammenschlagenden Äste zeigen, daß sie die Brücke schon hinter sich gelassen haben, daß sie im Wald sind. Er wird ihnen schon noch den Namen des Hotels nennen, und dann werden sie noch rechtzeitig umkehren können. Statt dessen wiederholte er ständig den Namen des Flusses Kwai. Die vor und hinter ihm laufenden, ihn stützenden Singhalesen schüttelten verständnislos den Kopf. Wahrscheinlich hängt sein Schicksal davon ab, ob ihm der Name des Hotels einfällt oder nicht. Dies wurde ihm erst in der Enge der kleinen Hütte bewußt, in deren Mitte er saß, besser gesagt, niedergelegt worden und in eine sackartige Decke eingehüllt worden war. Sein Nacken wurde von etwas Hartem gestützt, so daß er die Gegenstände in der Hütte und die um ihn herumhockenden Singhalesen betrachten konnte. Einer von ihnen verstand auch etwas englisch. Er fragte ihn, wie er sich fühle.

„Nun, es muß gehen ..." murmelte er, als ob er die Worte jenes amerikanischen Gastes wiedergeben wollte, der ... — das liegt aber schon mindestens zehn Jahre zurück — ebenso wie dieser alte Film über die Brücke — sich nach dem Abendessen plötzlich vom Tisch erhob und der Länge nach auf dem Teppich hinfiel. Zum Glück war auch ein Arzt anwesend, der ein vorübergehendes Unwohlsein konstatierte. Herzschwäche — stellte er fest. Er wird sich bald wieder besser fühlen. Tatsächlich, der Amerikaner kam wieder schnell zu sich. Nach kurzer Zeit klagte er über Schmerzen im Bein, man zog ihm den Schuh aus und stellte fest, daß der Knöchel gebrochen war. Es war ein ziemlich komplizierter Bruch und man schiente das Bein. Später stellte sich dann heraus, daß der Sturz auch eine Kopfverletzung zur Folge gehabt hatte — daran starb er dann.

Ja, so unerwartet passieren die Dinge. Er dachte an den Amerikaner und der Gedanke an ihn ließ ihn nicht mehr los, sodaß er darüber vergaß, sich auf den Namen des Hotels zu konzentrieren. Dabei störte ihn auch der Ausspruch eines alten Freundes, der sich ungebeten und unabhängig von den Vorfällen in seiner unmittelbaren Nähe in seine Gedankengänge einschlich und ihm nicht mehr aus dem Kopf ging. ZU GUTER LETZT BLEIBST DU DOCH ALLEIN, MEIN GUTER. ES IST EGAL, OB JEMAND DEINE HAND HÄLT ODER NICHT. DIE ANDEREN KÖNNEN DIESER VORFÜHRUNG NICHT MEHR FOLGEN.

„Die Vorführung" — stöhnte er laut auf — in ihm drinnen hörte es sich an, als ob er die Cello-Stimme seines Freundes nachahmte.

„Welche Vorführung?" wollte der Singhalese wissen, der auch ein bißchen englisch verstand.

„Die Brücke am Kwai" — erklärte Mark.

„Hier nicht Brücke über Fluß Kwai — hier nur Brücke über Fluß Bentota" — wollte ihn ein kleiner schwarzer Mann überzeugen, wahrscheinlich derselbe, der schon vorher mit ihm gesprochen hatte.

Es scheint, daß sie auch über Alec Guiness nichts wissen, obwohl er in seiner Uniform eine sehr gute Figur abgegeben hat und dasselbe gilt für den Girardihut. Seine Zähne schlugen immer öfter aufeinander. Sie ahnen auch nicht, daß die Brücke bald in die Luft gehen wird. Aus einer Ecke des Zimmers blitzten ihn die Augen eines Mungos an. Sie glühten wie eine glimmende Zündschnur. Auch die Singhalesen hefteten ihren Blick auf die Augen des Tieres, haben aber in diesen die Explosion nicht wahrgenommen, sonst wären sie bestimmt aufgesprungen.

Wie fliegen die Danaiden?

„SCHAU, SCHAU!"

Wer sagt das? Die Vorsehung? Oder sind es die Gedanken des Affenbrotbaumes, dessen Zweige sich in Richtung der „Labor" genannten Hütte strecken? Aber welche Zweige? Das ist schwer zu sagen. Den Affenbrotbaum hatte der liebe Gott schon in den ersten Tagen der Schöpfung verflucht, weil er ungehorsam war und nicht auf seinem Platz bleiben wollte, sodaß ihm jetzt die Zweige rundherum durcheinanderwachsen. Amufa könnte schwindlig werden, wenn sie auf den Baum hinaufschauen würde. Sie schaut aber gerade vor sich, umso mehr, weil sie einen riesigen Krug auf dem Kopf trägt. Amufa sieht den Schmetterling nicht, der über ihrem Kopf flitzt und auch den Vogel nicht, der diesen Schmetterling beobachtet. Der Schmetterling hat sonderbarerweise keine Angst vor dem Vogel, er fliegt hin und her vor seinem Schnabel und der Vogel schnappt ihn nicht. Nicht weil er weiß, daß diese Danaidenart schon in ihrer Puppenzeit von der Hundemilchpflanze Gift schlürft, sondern weil dieser Schmetterling genauso fliegt wie der andere von vorhin, und der so bitter war, daß er ihn auspucken mußte. So eine unangenehme Erinnerung kann man schwer vergessen. Und siehe, dort fliegt noch einer. Der Vogel kann die zwei nicht unterscheiden. Er weiß nicht, daß dieser Schmetterling eßbar ist, ein feiner Bissen, dieser hatte nicht einmal eine Spur von Gift geschluckt, nur den Flug der giftschluckenden Danaide ahmt er unverschämt nach. Wer kennt sich schon in diesem komplizierten Durcheinander aus? Vielleicht Edwin. Ihn läßt aber im Augenblick die äußere Welt völlig kalt. Er krümmt sich über seinem Mikroskop und beobachtet eine Danaide. Genauer „einen" Unglückseligen, dessen Pinselzunge er gerade amputiert hatte. So ein Schmetterlingkavalier wird ab nun von keinem Weibchen mehr beachtet. Umsonst die Mühe, aus derselben Giftreserve, womit der andere den Vogel verscheucht, die Luft zu parfümieren. Das Weibchen schaut nur so einem Männchen nach, dessen Pinselgreifer gesund und munter leuchtet.

Viele, viele Meilen von hier bestaunt Siegfried einen Löwen. Nur ein Hibiskus-Gebüsch und die geschlossene Tür des Geländewagens trennt die beiden. Möglicherweise heißt das Gebüsch gar nicht Hibiskus, doch für Siegfried bedeutet eine Pflanze ausschließlich philologische Assoziation. Hibiskus, Löwe, klingt gewissermaßen exotisch. Wenn er Pflanzenwissenschaftler wäre oder zumindest Zoologe wie Edwin, würde er sich nicht so unbeholfen vorkommen. Der Löwe jedoch scheint auch unbeholfen oder zumindest traurig zu sein. Von der Traurigkeit des Löwen fällt ihm die eigene ein. Er wollte doch auf diese Safari Lisa mitnehmen. Aber Lisa zeigte kein Interesse, sie wollte lieber am Strand bleiben, in der Nähe des Affenbrotbaumes und der ,,Labor" genannten Hütte. Ja, im Augenblick liegt sie auch dort auf dem kreidefarbenen Sand und um sie herum jagen sich rosige Krebse.

Lisa ist mit den Gedanken bei Edwin und verflucht alle Schmetterlinge. Wen interessiert schon, wie diese Danaiden fliegen oder die anderen übermütigen Schlaumeier, wenn Edwin es nicht merkt, daß sie ausschließlich seinetwegen sich hier, in der tropischen Sonne braten läßt. Man müßte einen Trick ausdenken, irgendeine außergewöhnliche Flugart, welche Edwin auf ihr sonderbares Gift neugierig macht, das eßbar ist, ja, sogar gut schmeckt! Sie hätte es jedenfalls gern, wenn Edwin ein Vogel wäre und sie mit Haut und Haar schluckt.

Die Trommeln dröhnen und laden zum Mittagessen ein. Jambo! sagt ein dicker Neger einem ebenfalls dicken schwedischen Touristen. Amufa ist noch immer unterwegs oder vielleicht gerade zu Hause angekommen. Hast du die Kokosmilch, Amufa? fragt ihre Mutter. Amufa antwortet nicht, stumm stellt sie den Krug vor sich hin. Der Schmetterling flitzt noch immer über ihrem Kopf. Ich mag ihn nicht, er ist bitter! wendet der Vogel den Schnabel von ihm ab. Edwin untersucht die amputierte Danaide unter dem Mikroskop. Der Löwe liegt noch immer hinter dem Hibiskus. Wenn er mich schnappt! seufzt Lisa und reibt sich mit Sonnenöl ein. Ansonsten ist es still und diese Stille besteht aus sich wiederholenden Geräuschen. Anscheinend muß man den Agenblick in eine enge Dose sperren, sonst fällt er zusehr auseinander.

Nehmen wir aber an, daß SCHAU, SCHAU! nicht von der Vorsehnung stammt und auch kein Gedanke des Affenbrotbaumes ist, sondern von Amufa. Sie schaut nicht mehr gerade vor sich hin, sie blickt jetzt auf den Weg hinunter. SCHAU, SCHAU blitzte von dort ein weggeworfenes Papiergeld mit eidechsengrünem Auge herauf, das aus der Hosentasche des dicken schwedischen Touristen herausgefallen ist. Der Vogel über Amufas Kopf würde den Schnabel von dem danaidenähnlichen Schmetterling nicht mit Verachtung wegdrehen, sondern SCHAU, SCHAU schnalzte er, der schmeckt doch gar nicht so bitter! Oder Edwin: des Mikroskops überdrüssig geworden, erblickte auf dem Strand die nur für ihn sich bratende Lisa, sie riebe sich nicht mehr mit Öl ein, sondern ginge in Richtung der „Labor" genannten Hütte los und merkte SCHAU, SCHAU die ist doch nur eine Umarmung weit entfernt. Und Siegfried? SCHAU, SCHAU ein Löwe, was geht mich der an, würde er sagen und kehrte der ganzen Safari den Rücken, damit er noch im Zeichen der Hoffnung rechtzeitig ankommen könnte. Dann müßte man diese in eine neue Dose eingesperrten Augenblicke anders aneinaderreihen. Vielleicht so?

Der schwedische Tourist ignoriert den Trommelklang, SCHAU, SCHAU, GREIFT IN DIE Hosentasche, verflixt! die Hundert Kenia-Schilling, die ich in der Früh eingesteckt habe, sind mir aus der Tasche gefallen! Oho, dort läuft ein winziges, schwarzes Mädchen, hat sie sie vielleicht? Schnell hinter ihr nach! Amufa läuft atemlos, in ihrer Hand das Geld, auf dem Kopf der Krug, der schwedische Tourist an ihren Fersen. Aber wie soll er die flinke Amufa einholen? Darüber können sogar die Mangroven-Bäume nur lachen! Und wenn doch? Es ist vollkommen gleich. Es war schon am Anfang klar, daß dies nicht mehr zur Geschichte gehört. Nein, weil der Augenblick bloß in seiner ursprünglichen Zerstreuung vollständig war.

Romulus, der Waschbär

VORSPIEL

Seit ich in jener vom Staat als fortschrittlich anerkannten literarischen Zeitschrift, deren Kulturredakteur ich bin, günstige Kritiken über drei heimische Künstler geschrieben habe, werde ich hie und da sogar ins Ausland geschickt. Auch dort besteht meine Aufgabe darin, nicht zu entdecken, was die hiesigen Kunstkenner noch nicht entdeckt haben, das heißt, die natürliche, objektive Widerspiegelung des Lebens mit keiner plumpen Subjektivität zu stören. Auslandsreisen dieser Art haben ihren eigenen Mechanismus. Schon auf dem Flughafen blättert man sein Notizbuch durch, worin die als Sachverständige anerkannten Sachverständigen des betreffendes Landes aufgeführt stehen, und dann ruft man aufs Geratewohl einen von ihnen an. Falls der Angerufene inzwischen aufgehört hat, Sachverständiger zu sein — dies stellt sich beim Telefongespräch schon heraus — muß man eine zweite Münze bereitlegen.

„Hallo!" (Wichtig ist nun, möglichst genau erklären zu können, aus welchem Land und von welchem Blatt man gekommen ist. Der Name ist unwesentlich; den kann sich der Sachverständige beim ersten Hören nicht merken, den soll man also sorgfältig und großzügig übergehen; am besten beginnt man gleich mit dem Thema) „Ich bin zu ihrem hervorragendsten und genialsten Bildhauer gekommen, über den ich schreiben möchte ..."

„Sie meinen wohl Rumalka?"

„Wen sonst könnt' ich denn meinen?" (Aus jener Frage wird nämlich gleich klar: ein zweiter Anruf erübrigt sich; die angerufene Nummer ist auch in objektivem, staatlich anerkanntem Sinne, immer noch ein Sachverständiger und kein unschlüssiger Dilettant, der mich ja mit Querfragen und mit Aufzählen einer Reihe von Namen geplagt hatte. Ein einziger Name erweckt ein korporatives Sicherheitsgefühl!) ,,Selbstverständlich habe ich Rumalka gemeint; schon lange bin ich ein Bewunderer seiner gefühlvollen Linien, jener sich abwärts neigenden Krümmungen der Melancholie und des Harms ... Wie sagen Sie, bitte? ... Jawohl ... und besonders der aufwärtsschwingenden Linienführung der Tat und der Kraft, der ungebrochenen und undurchlöcherten Massen .. — Wie bitte?! ... (Hol's der Teufel! Daß ich noch nie eine einzige Rumalka-Statue gesehen habe! ...) ... aber dann gerade die Plastik der suggestiv wirkenden, durchlöcherten Massen ..."

Das genügt schon; das Übrige gehört zum Mechanismus der Verabredung. Der Meister werde sich sehr freuen ... Er wird Sie dann und dann in seinem Atelier erwarten ...

,,Nur sollten Sie dann vor dem Waschbären nicht erschrecken!..."

Vor was für einem Waschbären? Nur kein Staunen! Der Kunstredakteur eines als fortschrittlich anerkannten Blattes darf über nichts staunen. Alle Ateliers sind einander gleich. In einem Atelier befinden sich Statuen und Schnapsflaschen. Im Atelier gibt's einen von Sachverständigen für einen Meister erklärten Meister, mit dem es sich geziemt, über allgemeine künstlerische Themen zu plaudern. Über Skulpturen im allgemeinen. Über eine bestimmte Statue soll sich zuerst der Meister äußern — das kann doch viele peinliche Mißverständnisse im voraus beseitigen.

Wenn man zum Beispiel sagt: ,,Sie verstehen sich vorzüglich darauf, die materiellen Eigenschaften des Stoffes auszunützen und sind imstande, den Gefühlsgehalt des Ausdrucks auch noch durch die ihm anhaftenden assoziativen Wirkungen zu steigern" — da kann kein Unheil entstehen. Sogar ein bißchen impressionistisches Geschwätz kann nichts schaden. ,,Die antiplastische und antikonstruktionelle Formenbetrachtung des Impressionismus, die das Gleichgewicht zerstört, verlangt von der Plastik

Vision und Monumentalität, und das ist allein bei Rodin und bei Ihnen ..." — denn schließlich gibt es überall eine Impression ... und wollte sich der Bursche dagegen wehren, bietet sich leicht eine Überbrückung: „Freilich paart es sich bei Rodin noch mit Naturalismus; Ihr reiner Impressionismus hingegen ... besser gesagt: Ihr Übergangs-Expressionismus, den Sie ja siegreich, mit imponierender Leichtigkeit überwunden haben ..." Nur in Details darf man sich nicht einlassen. Wer in Freihandzeichnen einen Dreier hatte, der darf dies erst nach dem dritten Gläschen Schnaps erwähnen, allerdings lange nach dem Beweis, daß er über eine allgemeine Kunstanschauung verfügt und wenn schon die Hoffnung besteht, daß ihm der Meister mit unsagbarer Offenherzigkeit auf den Rücken klopft und ihm zuraunt: er habe im Freihandzeichnen ebenfalls einen Dreier gehabt. Solche Eröffnungen werden nämlich in diesem Stadium bereits von der Patina der Weihe und des Zunftgeistes geschützt.

Einen Waschbären schützt aber nichts; er steht handgreiflich außerhalb der vornehmen Etikette der Allgemeinheiten.

BEGEGNUNG

Alle Ateliers sind einander gleich. Es befinden sich darin Statuen und Schnapsflaschen. Da gibt es einen von Sachverständigen für einen Meister erklärten Meister, einen Riesen mit flatternder weißer Mähne und mit mächtigen Fäusten ... Wenn er einem mit diesen nach dem dritten Gläschen auf den Rücken klopft ...! Das gehört jedoch gleichfalls zum Metier ...

„Sie sind in der Tat ein tapferer Erforscher der Relation zwischen Massen und Raum!"

„Schade, daß gerade meine besten Plastiken ..."

Er braucht gar nicht weiter zu reden, denn auch dies gehört zum Atelier. Die besten Statuen des Meisters befinden sich keinesfalls im Atelier, die prunken ja in irgendeiner Ausstellung — in Paris, London oder Florenz, es lohnt sich also nicht, eine genauere Umschau zu halten: Hauptsache ist der Gesamteindruck. Und der Waschbär. Was heißt denn Waschbär? Wo mag er nur stecken, jener verfluchte ...

,,In der Bildhauerei ist es freilich unmöglich, die imitativen Elemente völlig auszuschalten; Ihnen ist es jedoch, meinem Gefühl nach, gelungen, die passive Resistenz der Statue zu brechen ..."

,,Darf ich noch ein Gläschen einschenken?"

Bald werden wir beim Freihandzeichnen und Rückenklopfen sein! ... Ich weiß nur nicht, warum ich den Kopf hin und her reiße — sind wir doch, nach den traditionellen Atelier-Riten, schon längst bei Studium der Ausstellungsprospekte, der Preise, des nötigen Photomaterials und der Skizzen ...

,,Suchen Sie etwas?"

,,Nein, ... das heißt ..."

,,Oder betrachten Sie dieses in Arbeit befindliche Werk von mir?"

Einem in Arbeit befindlichen Werk kann man getrost begegnen. Die Meister der Ateliers zeigen ja nie die Taktlosigkeit eines Dilettanten, indem sie uns etwa fragten: ,,Sagen Sie mal ganz ehrlich, was stellt dieses halbfertige Kunstwerk ihrer Meinung nach dar: einen Elefanten oder einen Milchtopf?" Ein in Arbeit befindliches Werk fügt sich in die Gesamtheit des Stoffes angenehm ein, aus dem, bei gebührender Phantasie, sogar Michelangelos Moses seine Knie herzeigen mag. Vielleicht steht gerade dieses Werk in irgendeiner Beziehung zum ...

,,Waschbären."

Gedanken werden manchmal zu verräterischen Worten. Ich sehe, wie das Branntweingläschen in der Hand des ergrauten Meisters zittert, richtiger gesagt: seine Hand zittert, das Gläschen aber ...

,,Also wissen Sie vom Waschbären?"

Nun muß ich schon Farbe bekennen; vorsichtig nicke ich ihm zu.

,,Er ist krepiert."

Nur nicht reinfallen! Worte besitzen in einem Atelier immer nur einen symbolischen Sinn.

,,Der krepierte Waschbär", verallgemeinere ich den Begriff.

Das momentane Schweigen bestätigt es: da ist ein schneller Rückzug am Platze. Ich raffe die Bilder und Prospekte zusammen. Mit einem konkreten Waschbären lasse ich mich nicht überlisten.

,,Der krepierte Waschbär", sage ich, indem ich das in Arbeit befindliche Kunstwerk fixiere, ,,verlangt nicht unbedingt eine statische Komposition, obwohl, um ehrlich zu sein ..."

,,Wissen Sie, woran er krepiert ist?"

,,Nein". (Sogar die Uneingeweihtheit mag positionsmäßige Vorteile haben, falls sie der Erklärung die nötige Neugierde entgegenbringt.)

,,Er ist tollwütig geworden."

,,*Der an Tollwut krepierte Waschbär.*" Als Titel ist das zu lang, und es ist auch schwer zu verallgemeinern.

,,Ich sehe, Sie haben Interesse für den Waschbären. Er hörte auf den Namen Romulus."

,,Ja."

,,Wenn Sie zu sehen wünschen ..."

Einen tollwütig gewordenen und krepierten Waschbären? Na also!

,,... wenn Sie ... seine Brüder zu sehen wünschen, könnten wir in den Tiergarten gehen."

,,Natürlich will ich auch die anderen Glieder der Statuengruppe sehen."

Rumalka hört mir nicht einmal zu, wir setzen uns in den Wagen und stehen bald vor wirklichen Gittern.

,,Schauen Sie sich die Bären an!"

Zwei weißstirnige braune Haarbündel schaukeln an den Gittern.

,,Romulus war noch schöner, er war der wohlgeratenste von den dreien. Sooft wir eine Autofahrt machten, saß er mir immer auf dem Nacken. Er sprang einmal sogar durchs Autofenster hinaus. Ich fuhr mit hundert ... da schaute ich mich um: Romulus war nirgends ... Ich kehrte um und fuhr im Schritt, auf der Suche nach seiner Leiche, etwa zehn Kilometer zurück. Und dabei saß er in einem Baumwipfel ... Es dauerte drei Stunden, bis ich ihn herunterlocken konnte."

Anscheinend bleibt mir nichts anderes übrig: ich muß eine Falle stellen.

„Was fraß denn der Bär?"

„Romulus?"

„Ja."

„Allerhand. Meerschweinchen, Eier, Fisch und Süßigkeiten hatte er besonders gern."

Nein, so geht es nicht! Wir reden doch von zweierlei Sachen ... Ein Bär, der lebt, — und die Bildhauerei ... Laß uns einmal sehen ...

„Ich weiß, warum Ihnen der Bär unentbehrlich war. Bei simultaner Verkörperlichung und synthetischer Komposition von Vorstellungen und momentanen Sinneshalten bedeutete er für Sie neue Bewegungselemente."

„Was Sie nicht sagen ... daran habe ich nie gedacht." Dabei betrachtet mich Rumalka, als wäre auch ich ein Waschbär.

„Jener Bär ist ein physischer Körper gewesen, mit abwärts drückender Gewichtigkeit, mit aufwärts schwingengendem Sprung, mit Materie bergender Konstruktivität ..."

„Und sehr geschickt konnte er waschen ... Er wusch einfach alles."

Darüber könnte ich mich schon ärgern. Ein Waschbär, der wäscht! Mit so einer Tautologie kommt man doch nie auf einen grünen Zweig.

„Und wissen Sie denn, warum die Waschbären waschen?"

„Weil sie Waschbären sind." (Ich darf mich nicht hinreißen lassen!)

„Ja ... Und hauptsächlich: weil sie keine Schleimhaut haben; sie müssen alle Nahrung benetzen, um sie verschlucken zu können ... Armer Romulus ..."

,,Armer Romulus"

Später unternähmen wir noch einen Spaziergang zu den Käfigen der Tiger, Löwen, Leoparden, Geparden und Panther. Rumalka sprach die Raubkatzen beim Namen an, steckte die Hand durchs Gitter hinein, kitzelte ihnen den Bauch und streichelte ihnen den Kopf.

,,Hauptsache ist", erklärte er, ,,daß man sich nicht fürchtet. Die Angst des Menschen hat einen Geruch, den die Raubtiere wittern."

Beim Käfig der schwarzen Panther ermunterte er auch mich, die Hand hineinzustecken.

,,Leonora, Leonora ...", wiederholte er in überredendem Ton, ,,du wirst doch den Onkel nicht beißen!"

Da wandelte ich gerade im Labyrinth des Konstruktivismus, woraus ich keinen Ausweg finden konnte, ich fürchtete, das könnte auch Leonora merken, gab also dem Gespräch eine andere Wendung.

,,Was halten Sie von der futuristischen Plastik?"

Rumalka war mit dem Panther beschäftigt, so wurde der Dialog für eine Weile unterbrochen. Bei den Kamelen hielt er plötzlich inne und wandte sich mir zu.

,,Solange Romulus am Leben war, ertrug ich leichter die Zudringlichkeit der Menschen. Früher, wenn ich auf die Straße ging, deutete man auf mich wie auf ein Plakat. ‚Dort geht Rumalka!' Seitdem ich mit Romulus spazierenging, wurde ich nie mehr beachtet, man sagte höchstens: ,,Schau mal, dort geht der Waschbär!"

Beim Tor des Tiergartens schüttelte er mir herzhaft die Hand:

,,Wir haben uns herrlich unterhalten ... Ich sehe, Sie interessieren sich ehrlich für die Bildhauerei. Am Abend könnten wir eine Bar aufsuchen und dort weiterplaudern. Was meinen Sie dazu?"

,,Ihr Voschlag ist ehrend, aber ..."

,,Ich werde Sie vom Hotel abholen."

,,Sehr ehrend ..., wir konnten ja dem Raumproblem des Kubismus noch keine Zeit widmen."

,,Na sehen Sie ... Auf Wiedersehen. In der Bar geht es

weiter, jetzt muß ich Erdnüsse kaufen — für die Paviane."

LYRISCHE WENDUNGEN

Alle Bars sind einander gleich. Höchstens in der Größenordnung und in den Farbenwirkungen bestehen geringfügige Unterschiede. Diese Bar ist ziemlich groß und ist in Violett gehalten. Da wir ohne Romulus gekommen sind, wird Rumalka begrüßt. Man führt uns zu einer als „Reserviert" bezeichneten Loge, der Musik und den Tanzenden gegenüber. Die den Kubismus betreffenden Fragen werden vom begeisterten Klangorkan des Orchesters so gut wie verschlungen.

„Sie spielen ein bißchen laut", bemerke ich, da ich bereits heiser geworden bin, noch bevor Rumalka mir etwas hätte erwidern können.

„Lassen Sie nur brüllen, da brauchen wir wenigstens nicht überflüssig zu schwatzen. Beobachten Sie die Tanzenden und schenken Sie sich ein. Was halten Sie von diesem Black and White? Es schmeckt doch besser als ein Tritt in den Arsch — nicht wahr?"

Darin hat er zweifellos recht, und einmal wird ja auch das Orchester müde. Rumalkas Lebenslauf steht sowieso in den Ausstellungsprospekten .. wo habe ich sie bloß hingelegt? Aha, gewiß sind sie samt Bildern in der Tasche meines anderen Rocks. In der Tanzpause könnte ich geschickt auf die axialen und zentripetalen Kompositionen überwechseln, könnte eventuell auch Richard Huelsenbeck zitieren. Solche eingebüffelten Weisheiten verfehlen nie ihre Wirkung. Wie fängt es nur an? … „Dada — die amerikanische Variante des Buddhismus — tobt, weil es schweigen kann, und handelt, weil es sich in Ruhe befindet. Ebendeshalb ist Dada weder Politik noch Kunstrichtung, es plädiert weder für Menschlichkeit noch für Barbarei — Krieg und Frieden bringt es in seiner Toga, entscheidet sich aber für das Cherry Brandy flip …" Leider aber, noch bevor ich damit beginnen könnte, nähert sich ein Weibsbild mit maßlosen Augenwimpern unserer Loge. Rumalka beugt sich rasch zu meinem Ohr.

„Sie sollten die Situation nicht mißverstehen: die Dame ist eine Studentin der philosophischen Fakultät, nur verdient sie in den Abendstunden, weil sie ein armes Mädchen ist, etwas für ihr Studium dazu."

Inzwischen erreicht sie schon unsere Loge und legt den Ellbogen ausgerechnet auf die Lehne meines Fauteuils.

Rumalka grüßt sie mit einem Handkuß.

„Sie gestatten ... Leonora!" (Der Panther führte doch den selben Namen!) Ich küsse ihr gleichfalls die Hand.

Leonora nimmt mit den Bewegungen einer Gazelle Platz, streckt ihre Beine unter dem Tisch aus und klopft, im Takt der Musik, auf meinen Schuh. Naserümpfend blickt sie auf den Black and White und bestellt Napoleon-Kognak. Armes Mädchen, denke ich, sie muß Napoleon-Kognak trinken ...

Ich weiß nicht, wie es mit anderen bestellt ist ... mich wühlt der Whisky jedesmal auf. Es beginnt damit, daß ich sämtliche Zitate über bildende Künste vergesse. Und dann fällt mir allerhand Blödsinn ein.

„Wie sich doch die Mädchen ändern! ..." seufzt statt meiner der Whisky.

„Das interessiert mich", klopft Leonora auf meinen Schuh, als führte sie eine Unterhaltung mit mir — statt mit dem Whisky.

„Anfangs sind alle verpißten kleinen Mädchen einander gleich: in Gruppen stehend, kichern sie und fahren dabei mit den Händen vor den Mund."

„Worüber kichern sie denn?"

„Über das Puppentheater des Fritz-Frosches."

„Und dann?"

„Dann ändern sie sich gewaltig: auch später kichern sie noch, doch fahren sie mit den Händen nicht mehr vor den Mund."

„Sie sind ein unverschämter Kerl!" äußert sich Leonora. „Das bitt' ich mir aus!"

,,Tun Sie es nur!" Natürlich sagt dies ebenfalls der Whisky, doch komme ich nicht mehr dazu, dies zu erklären.

Die Philosophiestudentin springt beleidigt auf.

,,Sie können mit Weibern nicht umgehen!" empört sich Rumalka. Am liebsten möchte er den Tisch über mich stülpen. Für eine Weile sitzen wir wortlos. Nun wäre es an der Zeit, mit Huelsenbeck herauszurücken — doch sind die Zitate in mir völlig durcheinandergeraten. Ich kann mich nur noch an den Cherry Brandy flip erinnern.

Während ich darüber brüte, wird Rumalka unerwartet mild.

,,Eigentlich hatten Sie recht, wenn Sie sie fortgejagt haben. Das Mädchen hat ja doch keinen Stil. Und auch die Musik brüllt. Es ist höchste Zeit, den Anker zu lichten und nach einer anständigeren Spelunke zu sehen."

Gehorsam folge ich ihm. — Die anständigere Spelunke ist grün. Auch da bestellen wir Whisky, und auch hier ist vorwiegend der klimpernde Klang der Tschinellen zu hören. Auch da findet sich eine anständige Hochschülerin, die den Napoleon-Kognak bevorzugt. Das Leben birgt ja eine gewisse Monomanie in sich. Die mag es sein, die mir die Geschichte der kichernden Mädchen einflüstert ... Rumalka ist zwar auch diesmal empört, doch läßt er sich etwas rascher als vorhin versöhnen.

,,Ich mag dieses Lokal überhaupt nicht, am klügsten wäre es , weiterzusegeln ..."

Die Farbe der dritten Spelunke ist schwierig festzustellen. Sie ist einfach bunt. Die Tischdecke ebenfalls. Ich warte auf das Erscheinen der Hochschülerin — sie kommt aber nicht. Nur betrunkene Gesellen wanken mit dem Oberleib über den Tischen hin und her.

,,Erkennen Sie's doch an, man soll die Weiber lieben!" klopft mir Rumalka auf den Rücken. ,,Die sind ebenso lieb wie die Viecher ... Schade nur, daß sie reden, doch auch dafür gibt's eine Abhilfe: einfach nicht zuhören!"

,,Schade, daß Romulus nicht da ist ...", werfe ich ein.

,,Schade ... Einmal hat er mich sehr erschreckt. Stellen

Sie sich vor: er hat ein vier Jahre altes Osterei gefressen. Ich mußte den Tierarzt kommen lassen. Hormoninjektionen und so weiter ... Mein Atelier wurde in einen Misthaufen verwandelt."

„Man muß ja tausenden Gefahren trotzen!"

„Genau wie Sie sagen. Apropos, er hat auch einen Wolfshund zerfetzt. Er konnte freilich nichts dafür, wollte mit dem Luder lediglich spielen ... Er wollte ihm die Schnauze waschen — der aber biß ihn. Trotzdem war ich es, der Schadenersatz zahlen mußte."

„So ergeht es manchmal auch dem Kunstkritiker ..."

„Genau! Ich weiß auch nicht, warum Sie sich mit so etwas befassen! Soll ich denn sagen, was ich von der Kritik halte?"

„Sagen Sie's lieber nicht!"

„Halten Sie sich lieber einen Waschbären!"

„Ehrlich gesagt, die Idee ist mir nicht fremd, allein ..."

„Na sehen Sie ..."

In der Halle des Hotels umarmte er mich brüderlich.

„Ich glaube, wir haben einander alles gesagt. Wie heißt denn Ihr Blatt? Schicken Sie mir dann ein Exemplar davon!"

Auf das Freihandzeichnen haben wir ganz vergessen. Dies kam mir aber erst im Aufzug zum Bewußtsein. Man muß schließlich auch an die Zukunft denken, zumal wenn man den nächsten Tag reisen will. Wer wegreist, der weiß genau: im Licht des nächsten Tages wird es einem ganz fremd vorkommen, daß man in einem Fahrstuhl des Vortages gestanden, mit zusammenhanglosen Visionen gehadert und aus dem Augenwinkel den gähnenden Liftboy beobachtet hat.

EPILOG

Erstens: im Flugzeug verdunstet der Whisky. Zweitens: wohin habe ich bloß die Photographien und Prospekte verlegt? Man müßte doch systematisch nachdenken! In der Bar ... Nein, in der Bar hatte ich meinen anderen Anzug an. So bleiben nur der Tiergarten und das Atelier. Ohne Bilder und Prospekte ist es schwierig, eine Kritik über ausländische Meister zu schreiben.

Ich gestehe ein: mit dem Artikel plage ich mich gründlich ab. Im Traum tauchen mir manchmal einige ausgezeichnete Zitate auf ... ich baue an Satzkonstruktionen über axiale und zentripetale Bildhauerei — doch kaum springt mir die Idee mit Bambusschnelle aus dem Kopf, da kriecht Romulus irgendwo hervor und beklettert sie. In seinen Pfoten hält er ein mit Motiven der Volkskunst bemaltes Osterei, woran er nagt. Leonora — Philosophiestudentin und zugleich Panther — läuft unter dem Tisch umher und wirft alles über den Haufen.

Es gibt natürlich einen gewissen Zusammenhang auch zwischen Themen, die am entferntesten voneinander liegen. Darüber denkt aber sowieso jeder selbst nach. Deshalb erscheint es mir am klügsten, dem Beispiel des Neger-Märchenerzählers zu folgen: ICH VERSTUMME, DENN ALLES, WAS ICH SAH, ERZÄHLTE ICH BEREITS.

Buffi

Als Buffi am Abend auf die Waage stieg, machte der Zeiger einen gewaltigen Sprung, und ohne stehenzubleiben, tanzte dieser nervös zwischen hunderfünfundfünfzig und hundersechsundfünfzig Kilogramm. Buffi richtete seine Füße auf der Waage hin und her in der Hoffnung, wenn er sich entsprechend placiert, kippt der Zeiger in die günstige Richtung. Er versuchte die Zahlen seitlich abzulesen, es nützte auch nicht. Es war ihm schwindlig. Seit Mittag hatte er nichts gegessen. Auch da stopfte er nur irgendeinen schäbigen rohen Salat in sich hinein.

,,Wie die Hasen, wie die Hasen ...", murmelte er halblaut vor sich hin.

Es war ihm, als wäre auch die Waage mit dieser Feststellung einverstanden. Wankend ging er zu seinem Bett. In der letzten Zeit konnte er nicht einmal sein eigenes Bett ausstehen. Er träumte andauernd Blödsinn. Heute aber, kaum ist er eingeschlummert, näherte sich der Traum wie weicher Hauch. Unter diesem Hauch verschwand seine eigene gehaßte Weichheit, die ihn bisher überallhin zitternd und matschig begleitete. Er saß in einem großen Saal, inmitten von riesigen, dicken Leuten. Von allen war er der kleinste. Es war fast zum Lachen, so nichtssagend winzig war er! Die anderen verwöhnten ihn lallend. Der Allerdickste umarmte ihn zärtlich, nahm ihn auf seinen Schoß.

,,Na, wie geht's dir, Kleiner?" fragte er ihn.

,,Jetzt gut", flüsterte er glücklich.

,,Wenn du Lust hast, nehmen wir dich in den Prater mit."

,,O nein", sagte er, vom Angebot erschrocken, ,,ich würde sowieso keinen Platz haben im ..."

,,Wo denn? Du denkst wohl nicht an den kleinen Wa-

Wagen?" erkundigte sich gutmütig derjenige, der ihn auf dem Schoß hielt.

Er nickte heftig.

„Wieso das, du kleines Tschapperl. Sowas wie dich kriegt man doch zweimal hinein."

Da waren sie aber bereits im Prater. Aus der Nähe betrachtet, waren alle Kleinwagen wirklich enorm geräumig. Buffi wußte, daß er es sich in jedem bequem machen konnte. Ohne sich daran zu erinnern, wie es dazu kam, saß er bereits drinnen. Der kleine Wagen raste zwischen gedeckten Tischen umher. Sie waren alle mit Leckerbissen überladen: Wunderbare Tortenberge, Grammelpogatschen, Braten mit Rahmsauce und Knödel türmten sich vor ihm. Er hatte das Lenkrad nur mit einer Hand gehalten, es wäre leicht gewesen, die Speisen mit der anderen zu erreichen. Aber er hatte sich zurückgehalten, denn er sah, daß die Riesen ihn hinter den Tischen beobachteten, als hingen sie vom Himmel herunter.

„Warum ißt du nicht?" dröhnte es von oben. Diese Frage kam von einem gezwirbelten Schnurrbart.

„Iß, mir zuliebe", redete ihm derjenige zu, der ihn vorher auf seinem Schoß gehalten hatte.

Auch aus den Gesichtern der anderen Riesen strahlte Aufforderung.

„Ihr wollt wirklich, daß ich esse?" fragte er unsicher.

„Natürlich", klang es im Chor.

Zuerst wollte er die Doboschtorte anpacken und in einem verschlingen. Von dieser Absicht nahm er aber dann sofort Abstand. Es ist besser, wenn er bissenweise schmaust, es sollte den Schein erwecken, er wolle ihnen damit nur einen Gefallen tun. Soviel war er diesen lieben Leuten mindestens schuldig. Je langsamer er ißt, um so länger ergötzen sich jene über seine Bemühungen. Er knabberte winzig kleine Stücke von der Zuckerglasur der Torte und fühlte sich immer leichter.

„Je mehr er ißt, umso kleiner wird er", staunte einer der Riesen.

,,Es ist wirklich erstaunlich", pflichtete der mit dem Schnurrbart bei.

Zwei von den Riesen hoben ihn samt dem Kleinwagen und ließen ihn auf einer Schaukel nieder, die man vorher noch gar nicht sehen konnte, auch war nicht festzustellen, woran sie befestigt war.

,,Hutsch-rutsch", spornte ihn der Bärtige an.

,,Ich fliege", freute sich Buffi.

,,Na, dann wollen wir sehen, ob wir sein winziges Schnäuzchen treffen", sagte ein Neuangekommener gemütlich und machte sich dran, in seiner Hand Eisknödel zu formen.

Buffi schnappte geschickt nach dem Knödel.

,,Interessant, die Knödel schmelzen nicht in der Luft", sagte er fröhlich mit vollem Mund.

Ein Knödel geriet in die falsche Kehle. Daraufhin erwachte er. Hastig nach Luft schnappend, setzte er sich im Bett auf. Die herunterkollernden Tränen kitzelten sein Doppelkinn. Ihm gegenüber an der Wand sah ihn ein magerer Mann mit düsterem Blick an. Er war schwarz gekleidet, wie ein Holzbock, sah jedoch eher einem Hirschkäfer ähnlich. Das mochte aber wohl am Maler gelegen sein. Buffi wagte nicht, ihm in die Augen zu sehen. Er schlich in die Küche hinaus. Sein Blick stieß auf das mit Büchern vollgeräumte Regal. Eins nach dem anderen riß er die Bücher zornig herunter. Einige fielen auf die Erde, und denen versetzte er auch noch einen Fußtritt. Vor ihm lagen Joule- und Kalorientabellen, verschiedene Diät- und Rezeptbücher. Er ließ sie alle im Mistkübel verschwinden.

,,Ich werde essen", drängte sich das wunderbare Wort auf seine Zunge, noch vom Traum inspiriert. Und gleich griff er zu. Den ganzen Vormittag stopfte er sich voll. Von Zeit zu Zeit bildete er sich ein, die Stimmen der Riesen zu hören: ,,mir zuliebe", ,,na, noch ein Stück."

Am Nachmittag ging er im Elefantentrab einkaufen. Dann kochte er und aß. Er kochte und aß. So ging es wochenlang. Leider kehrte der Traum mit dem Kleinwagen nie mehr wieder. Aber er brauchte nicht mehr zu träumen, denn auch tagsüber — wenn er nur wollte, konnte er sich alles ins Gedächtnis zurückrufen. Diese letzten Wochen waren eigentlich die schönsten in Buffis Leben.

An einem Nachmittag, unmittelbar nach dem ausgiebigen Mittagessen, spürte er einen seltsamen Druck an seiner Schläfe. Zuerst dachte er, es sei von anstrengendem Denken. Buffi hatte in der Zeitung ein Labyrinth studiert und wollte eine rasche Lösung finden. Merkwürdig, dachte er, daß die Ratten und Ameisen sich in dem Labyrinth nicht verirren. Natürlich, wenn man systematisch vorgeht, sich bewegt, wie denn? Mit einer Hand tastet man die Wand an, und zwar von der rechten Seite. Wenn man in eine Sackgasse gelangt, dreht man sich so um, daß die Wand, die vorher an der rechten Seite war, jetzt auf die linke Seite kommt. Wenn wir auf diese Weise zu einer bekannten Abzweigung gelangen, dann ... Plötzlich hatte er das Gefühl, er studiere das Labyrinth nicht mehr in der Zeitung, sondern in der eigenen Wohnung. Seine tastenden Hände suchten die Wand. Er konnte nur noch den Topf mit gefülltem Kraut erreichen. Den riß er mit, als er zu Boden fiel.

Zum Glück hielt sich der Hausmeister wegen eines Rohrbruchs in der Nachbarwohnung auf, so daß man ihn rasch fand: sein halbes Gesicht hinter dem Topf versteckt; nur das eine Auge starrte den Hausmeister an.

Am nächsten Tag reisten dann auch die Verwandten an: Onkel Edmund, Tante Wilma und Balthasar, ein hochgeschossener, pickeliger Flegel, der Neffe des Seligen.

Die mit dem Begräbnis verbundenen Vorbereitungssorgen wurden Onkel Edmund zuteil. Er hatte den Sarg bestellt und auch die Todesanzeige formuliert. Balthasar ist andauernd in der Wohnung herumgerannt wie ein Spürhund. Ab und zu hatte er dabei den Kopf in die Höhe geworfen.

„Was suchst du denn?" fragte ihn Onkel Edmund mit zirpender Grillenstimme.

Balthasar rannte weiter, zur Abwechslung bohrte er jetzt in der Nase.

„Nicht einmal Abschied genommen hast du von deinem Onkel", sagte Tante Wilma in weinerlichem Ton.

„Nicht einmal angeschaut hat er ihn", tobte Onkel Edmund.

„Warum soll ich ihn anschauen?" prustete Balthasar, „ich weiß ja, daß er genauso dick ist wie er immer schon war, wenn vielleicht nicht noch dicker. Solange er sich bewegen konnte, war das irgendwie besser verteilt an ihm."

„Du", Tante Wilma hob ihren Zeigefinger hoch. Sie hatte zwar nicht ganz mitbekommen, was Balthasar gesagt hatte, ahnte jedoch, daß er schon wieder unverschämt war.

Später sind die Sargträger angekommen. Tante Wilma wischte gerade den Staub von einem Schrank im Vorzimmer, als sie plötzlich von nebenan auf eine piepsende Stimme aufmerksam wurde. Irgendwer schimpfte wie ein Rohrspatz.

„Herrgottnochmal! Das auch noch!" piepste es drinnen. „Das auch noch. Er paßt nicht hinein!"

„Wer?" kreischte Tante Wilma mit der Neugier der Schwerhörigen.

Onkel Edmund wurde ganz rot im Gesicht und ließ die Tür zuknallen. Wenn er geahnt hätte, wie fröhlich Buffi vor gar nicht so langer Zeit in seinem Kleinwagen herumgerast war, hätte er sicherlich von lauter Überraschung nicht die Tür, sondern seine Hände zusammengeschlagen.

Das verlorene Badezimmer

„Das müssen Sie sich anhören, es geschah haargenau so" — sagte jemand. „Ein deutsches Ehepaar, es kann natürlich auch ein österreichisches gewesen sein, fuhr auf Urlaub nach Italien. Es müssen sehr nette Leute gewesen sein, denn sie hatten auch die Großmutter mitgenommen. Die Großmutter verhielt sich aber nicht erwartungsgemäß, denn an einem der Aufenthaltstage hat sie plötzlich das Zeitliche gesegnet. Unser nettes Ehepaar war am Boden zerstört. Sie sprachen kein Wort Italienisch und hatten vor den italienischen Behörden, vor den möglichen Untersuchungen und auch vor den eventuellen Ausgaben Angst. Deshalb entschlossen sie sich, die tote Großmutter heimlich nach Hause zu transportieren.

Sie besaßen eine Bootsplane, in die sie die Großmutter einwickelten und in den Gepäcksraum des Autos verfrachteten. Danach setzten sie sich in den Wagen, gaben Gas und fuhren heim. Aber irgendwo, kurz vor der italienischen Grenze hatten sie noch etwas Dringendes zu tun. Sie parkten das Auto und gingen fort, um die Sache zu erledigen. Als sie zurückkamen, war das Auto weg, natürlich mit der toten Großmutter. Es blieb ihnen nichts anderes übrig, als das Veschwinden des Autos, allerdings ohne die Großmutter auch nur mit einem Wort zu erwähnen, zu melden. Das Auto, wie ein Wunder, fand sich am nächsten Tag, aber ohne Großmutter. Daheim angekommen, liefen sie zur örtlichen Polizei und gestanden dort reumütig alles. Die Großmutter wird seither vergebens gesucht." — „Diese Story müssen Sie schreiben", sagte dieser gewisse Jemand zu mir und klopfte mir dabei vertraulich auf den Rücken, als Zeichen einer Erfolgszusicherung.

Ich habe über diese Geschichte weder ein Filmdrehbuch noch eine Oper geschrieben, mir ist nämlich in diesem Zusammenhang viel Gespenstischeres eingefallen.

Seinerzeit fuhr ich oft in eine Stadt. In dieser Stadt gab es viele Hotels. Aber es gab nur ein Hotel, zu dessen Zimmern schwarzverflieste Badezimmer gehörten. Die Badewannen erinnerten an Schwimmbassins, die ich nur in Hollywoodfilmen gesehen hatte. Ich war stolz, dieses Hotel mit den sonderbaren Badewannen entdeckt zu haben, und nahm mir vor, ab nun immer dort abzusteigen. Scheinbar stand diesem Vorhaben nichts im Wege. Ich erinnerte mich zwar an den Namen des Hotels, doch der Name jener engen Gasse, in der sich das Hotel befand, war wie aus meinem Gedächtnis gelöscht. Ich wußte, daß ich leicht hinfinden würde, denn die bewußte enge Gasse mündete in die zweite, breitere linke oder rechte Seitengasse eines großen Platzes, dessen Name mir ebenfalls bekannt war.

Ich erkundige mich nicht gern. Als ich das erstemal jenes Hotel mit den schwarzverfliesten Badewannen gesucht hatte, war es auch so. Ich bog wahrscheinlich nicht in die zweite, sondern in die dritte breitere Seitengasse ein. Später suchte ich natürlich auch die erste, zweite und vierte Seitengasse. Aber ich konnte und konnte das Gäßchen, in dem sich das Hotel befand, nicht finden. Um weiter zu suchen, hatte ich leider keine Zeit mehr, ich mußte zu einer Tagung, in deren Rahmen für mein Quartier sowieso gesorgt war.

Von dieser Reise heimgekehrt, kam ich zu Hause sofort darauf, daß ich mich nicht beim Einbiegen, sondern in der Richtung geirrt hatte, statt nach links war ich nach rechts eingebogen. Beim nächstenmal versuchte ich es sofort auf der anderen Seite des Platzes. Die Seitengassen auf der einen Seite ähnelten den Seitengassen auf der anderen Seite des Platzes gespenstisch, so daß ich mich sofort auf die andere Seite begab, die mich jetzt an die vorige erinnerte. Es gelang mir auch diesmal nicht, das Hotel zu finden.

Viermal hatte ich noch den Versuch gemacht, inzwischen entfiel mir auch der Name des Hotels. Viel später erst, als ich erneut in jener Stadt bummelte, fiel mir plötzlich der Name des Hotels wieder ein.

Den ersten Passanten, einen älteren Herrn, hielt ich an und fragte ihn nach dem Hotel. Er blickte mich sonderbar an, und erst nach längerer Pause sagte er:

„Jenes Hotel, mein Herr, hat man bereits vor langer Zeit abgerissen."

„Wann?" fragte ich ihn.

„Vor fünfzig Jahren."

„Aber das i..., aber d..., das ist ja nicht möglich", stotterte ich.

„Nichts ist unmöglich", sagte er bestimmt, „wenn Sie wollen, zeige ich Ihnen, wo das Hotel stand."

Sofort gingen wir los. Wir kamen durch unbekannte Gassen, in die zweite, dritte oder vierte rechts- oder linksseitig beginnende, breitere Seitengasse eines großen Platzes eingebogen, gelangten wir schließlich zu der bewußten engen Gasse.

„Da ist es gestanden", sagte er, „sehen Sie, man hat jene moderne Kaserne an seiner Stelle erbaut."

In der Eile sind mir keine brauchbaren Worte eingefallen, die ich vorgebracht hätte, so dankte ich verlegen für die Auskunft. Ich grübelte aber nachher noch stundenlang über das Hotel nach. Niedergeschlagen verließ ich die Stadt.

Das Schicksal wollte es so, daß ich nach diesem Ausflug lange keine Gelegenheit hatte, fortzufahren. Als ich jedoch wieder auf Reisen ging, kam ich von jener Stadt sehr weit weg. Die Entfernung verstärkte in mir das Gefühl, daß ich wahrscheinlich auch das Hotel vergessen würde, um so eher, da ich mich nicht einmal an den Namen des Platzes erinnern konnte.

Und nun, mitten in der Geschichte über die Großmutter, blitzten plötzlich die schwarzen Fliesen der Badewanne auf. Vielleicht deshalb, weil beide Geschichten solche Ähnlichkeit aufweisen. Aber worin besteht wohl diese Ähnlichkeit? Vielleicht ...? Aber dazu müßte man die unbekannten Enkel fragen, ob ihnen nach einer gewissen Zeit, nach dem tragikomischen Verschwinden der Großmutter, der Gedanke kam, daß die Großmutter vielleicht gar nicht gelebt hatte.

Mein Freund war Spion

Wenn mich als Untergymnasiasten die Langeweile packte, dachte ich an Gumo. Nichtssagendes Gesicht, hastiges Gerede, leeres Geschwätz. Das alles paßte zur Grundfarbe der Langeweile. Als zweiter Sopran sang er die gregorianischen Choräle so eintönig, daß sogar den Noten ohne Hals ein Bart wuchs. Ich glaube, die anderen empfanden es ebenso. In der sechsten Klasse geschah etwas Unerwartetes. Auf einmal wurde Gumo zum Gehirn, ja zum Führer der Klasse: alle gerieten wir in seinen Bann.

Heute läßt sich die drückende Atmosphäre von damals schwer wahrheitsgetreu wiedergeben. Ich kann mich auch nicht mehr erinnern, unter der Schreckensherrschafft welchen Kaisers, des wievielten Direktors und Präfekten wir lebten. Soviel aber ist gewiß, daß unter den vielen damals eingeführten drakonischen Maßnahmen die Entziehung des freien Rauchrechtes von besonderer Bedeutung war. Die sich zu Gruppen sammelnden Klassenmitglieder rebellierten gegen diese neuerliche Verletzung des Gesetzes. Allein Gumo entzog sich dem kollektiven Brummen: Während der Unterrichtspausen stand er etwas abseits von uns; er dachte halblaut, als richtete er die Worte an sich selber:

„Vologesus wird schon Ordnung schaffen!"

Ein anderes Mal sagte er:

„Man muß sich an die Parther wenden."

„Neros Tyrannei ist zu Ende!"

Mehrere von uns versuchten wohl, hinter Gumos Aussagen die vernünftigen Zusammenhänge herauszufinden, und erst nachdem dieser Versuch erfolglos geblieben war und Gumo sich allen weiteren Erklärungen verschlossen hatte, dachten wir an verborgene Tiefen. Man könnte sagen, daß das Geheimnisvolle um Gumos Person nicht nach dem Gesetz der Geschwindigkeit wuchs, sondern sich im direkten Verhältnis zu unserer Neugierde verbreitete und bald so sehr wucherte, daß wir durch die Vermittlung von Gesandten den Kontakt mit Gumo aufzunehmen suchten. Aber Gumo zeigte eine erstaunliche Hartnäckigkeit und hüllte sich, abgesehen von einigen halblaut wiederholten Wortbrocken, weiterhin in männliches Schweigen.

„Der weiß etwas", stellte mein Klassennachbar fest.

Auch andere waren der gleichen Meinung.

„Verprügeln wir ihn!" schlug der größte Raufer der Klasse vor. „Vielleicht können wir etwas aus ihm herausholen!"

Um ein Haar wären wir auf diesen Vorschlag eingegangen. Eigentlich hatte Gumos staatsmännische Flexibilität die Situation gerettet. Nach der Lateinschularbeit, als die Gemüter bis zum Zerreißen gespannt waren, winkte er uns zu sich: er hätte uns etwas mitzuteilen:

„Mir sind gewisse Dinge zu Ohren gekommen", sagte er, sofort zur Sache kommend.

Mein Nachbar stieß mich bedeutungsvoll in die Seite.

„Aber gewisse Umstände mahnen mich zur Vorsicht", setzte er fort, „Deshalb kann ich es nicht vor der ganzen Klasse herausplappern. Jemand könnte mich noch verpetzen."

„Richtig!" brüllten wir.

„Ich habe den Entschluß gefaßt", sagte Gumo, „meine Pläne den von euch gewählten Vertrauensmännern mitzuteilen, jedem nur ein Detail. So werden wir alle die Dinge wissen und auch nicht wissen. Ist das klar?"

„Es ist klar!"

Alles andere ging wie am Schnürchen. Wir wurden Mitglieder der Vologesus-Verschwörung. Dabei spielten die Parther und die verschiedenen neroähnlichen Tyrannen eine außergewöhnliche Rolle. Die Details waren auch weiterhin von einer gewissen Rätselhaftigkeit. Hellwach achteten wir darauf, daß kein einziger Übereifriger diese Finsternis beleuchte. Die drei Kameraden, die Gumo über die Parther ausgefragt hatten, schlossen wir als eventuelle Verräter aus unserer Verschwörung aus. Den Revolutionsmarsch hatte Gumo selber komponiert. Er begann so: ,,Gummi arabicum". ,,Arabi gummicum" war die Fortsetzung. Doch die Übergänge waren besonders reizvoll und abwechslungsreich: ,,Das war das erste Gedicht. Das war das zweite ..." und so weiter, dann: ,,Das war das letzte". ,,Jetzt kommt der Refrain", und schließlich das Frappanteste: ,,Jetzt beginnen wir von vorn ..."

Ich muß gar nicht erwähnen, daß die ausgeschlossenen Kameraden auch das ,,Gummi arabicum" nicht singen durften. Obzwar das ,,Gummi arabicum" genannte Revolutionslied die Eigenschaft hatte, jene, die es nicht singen, nur hören durften, gemütskrank zu machen.

Freilich forderte die illegale Arbeit auch Opfer. Das war in erster Linie beim Lernen zu fühlen. Das ,,Gummi arabicum" nahm nicht nur unsere Stimmbänder in Anspruch. Wenn wir angefangen hatten zu singen, konnten wir einfach nicht mehr aufhören, so daß für die lateinischen Präpositionen, für die Bruchrechnungen, die deutschen Vokabelhefte nicht mehr viel Zeit übrigblieb. Nun, das Geheimnisvolle hat die Eigenheit, daß es Vertiefung fordert. Die Antwort auf viele Fragen suchten wir in uns selber.

,,Gegen wen ist diese Verschwörung eigentlich gerichtet?" Schmaza — ein Jüngling, der überall dabeisein mußte — setzte diese Frage an unsere Brust.

,,Gegen wen? Daß ich nicht lache!" winkte Gumo ihn ab.

Doch alle wußten, daß hinter dieser Frage Geheimnisse steckten, die das ganze Professorenkollegium angingen.

Kurze Sätze dieser Art waren sogar am aufregendsten: Man konnte stundenlang über sie nachdenken.

Langsam war es so weit, daß wir bloß auf einen Wink warteten, um ... Von diesem ,,um" hatte jeder von uns seine eigene Vorstellung, und gerade das war das Interessanteste daran.

Am Morgen begrüßten wir einander mit ,,Salve", am Abend mit ,,Valve", und dieser Gruß galt Vologesus, den Parthern und auch Nero, obwohl wir es nie erwähnten.

Wer war es, der unsere Organisation aufgerollt hatte? Eines ist sicher. Zu Tögyessys Geschichtsstunde traten wir noch in Schlachtordnung an, ausgenommen die drei Spionkanditaten, die, vom „Gummi arabicum" etwas abgekämpft, mit ausdruckslosen Gesichtern auf den Bänken Platz nahmen. Kaum war Tögyessy auf den Katheder gestiegen, als er schon seinen Notizblock hervorkramte.

„Gumo", sagte er ohne jeden Übergang.

Entsetzt sahen wir einander an, denn der Wahrscheinlichkeitsrechnung der Klasse nach waren wir längst beim Buchstaben L angelangt.

„Gumo!" tönte es nochmals vom Katheder, denn die unerwartete Wendung hatte selbst Gumo so überrascht, daß er immerfort Lugossy anstarrte: Er begriff nicht, wieso man ihn mit diesem verwechseln konnte.

Während Gumo sich erhob, entstand um ihn herum ein Schweigen, das das Blut erstarren ließ: vielleicht hörte man sein Flüstern deshalb so laut: „Was war die Aufgabe?"

„Hannibals Überquerung der Alpen", anwortete Tögyessy mit einer unübertreffbaren Bereitschaft.

„Als Hannibal die Alpen ...", begann Gumo.

„Lassen Sie das jetzt", winkte Tögyessy ab. „Ich weiß ohnehin, daß Sie sich nicht vorbereitet haben. Antworten Sie lieber darauf, wer denn dieser Vologesus war?"

Jetzt saß die ganze Klasse wirklich wie gelähmt da. Gumo starrte die Tafel an und gab keinen Laut von sich. Sein Schweigen war imponierend, aber Tögyessy blieb hartnäckig.

„Ich hab' es mir gleich gedacht, daß Sie keinen Tau davon haben. Na und die Parther? Wer waren die Parther?"

Alle bewunderten wir Gumos Geistesgegenwart: Das Kreuzverhör brachte ihn nicht ins Wanken. Doch Tögyessys Schnurrbart — als wäre er ein zorniger Kater — bewegte sich immer schneller auf und ab.

„Wissen Sie, was Sie sind, Gumo?" fragte er und schob den Zwicker auf seiner Nase zurecht.

Mit angehaltenem Atem warteten wir auf die furchbare Entlarvung:

,,Sie sind ein gewöhnlicher Kürbiskopf!" schnaufte Tögyessy. ,,Und wenn Sie es wissen wollen: Vologesus war der König der Parther, noch dazu ein großer Freund und Verehrer von Nero. Na, was sagen Sie dazu? Und wissen Sie, wann Nero gelebt hat? Sie haben keinen blassen Dunst davon, was? Also nehmen Sie zur Kenntnis, daß er — unserer Zeitrechnung nach — im ersten Jahrhundert gelebt hat. Wenn ich wollte, könnte ich es genau bestimmen, aber für einen Kürbiskopf wie Sie ist das schon mehr als genug."

Gumo stand da wie eine Palme über einer öden, ruhigen Insel. Eine Zeitlang sprach niemand, dann schob Tögyessy wieder seinen Zwicker zurecht.

,,Na, setzen Sie sich, Kürbiskopf. Das war eine Vier, so groß wie eine Kanone!"

Das alles geschah während einiger Sekunden, wir konnten gar nicht zu uns kommen. Zuerst brach das Lachen aus dem Mund der drei Spionkandidaten hervor, und bevor wir noch etwas dagegen hätten tun können, brach die ganze Klasse in schallendes Gelächter aus. Selbst auf Tögyessys Gesicht — allerdings kann ich es nicht mit Sicherheit behaupten — zuckte etwas wie ein Lächeln, das aber nicht einmal so lange dauerte wie die Entlarvung der Vologesus-Verschwörung.

Nachher verwandelte sich der Schauplatz — mit einigen Verschiebungen der Kulissen — ins Unkenntliche. Es gibt ein Schlüsselloch, aber man kann nicht durchblicken. Und wenn doch, ist es mehr eine Vision. — Der Tanz der schwebenden Staubkörner. — Die Staubkörner haben gar keine Gestalt, erst später. Aber das ergibt sich schon aus ihrer Farbe, aus ihrem Geruch, aus ihren Worten.

,,Erlauben Sie mir, daß ich Sie begleite?"

,,Die Straße gehört nicht mir, auch Sie können darauf gehen."

Welch ein nettes Staubkorn! Und wo ist Gumo? Bei der Matura war er noch dabei. Aber es kommt immer etwas dazwischen. Die Bänke fallen um. Fliegeralarm! Man muß die Fenster verdunkeln. Es ist schwer, Bohnenkaffee zu bekommen. Tod den Schwarzhändlern! Die Regierung hat abgedankt. Gebildet wird ... Immer dankt jemand ab, immer wird etwas gebildet. Man kann den Veränderungen kaum folgen.

„Erlauben Sie, daß ich Sie begleite?"

Das ist freilich schon ein anderes Staubkorn. Selbst die Worte haben einen anderen Geruch. Ich habe Gumo 15 Jahre lang nicht gesehen.

„Erinnerst du dich, mein Alter ...?"

Sich erinnern ist Lüge. Man erinnert sich an nichts. Man schaut durch das Schlüsselloch. Dort steht Gumo. Besser gesagt, er steht hier im Vorzimmer und klopft auf meine Schulter. Neben ihm zwinkert seine Frau. Und die ganze unerwartete Begegnung ist so grau, so öde, so sinnlos. Wir grinsen gezwungen. Aus keinem von uns ist etwas geworden. Doch wir vermeiden sorgfältig, darüber zu reden.

„Erinnerst du dich noch ...?"

Selbst die schreienden Gobelins an der Wand grinsen. Der eine stellt einen grünen Marabu dar, mit einem Paket im Schnabel.

„Was ist im Paket?"

„In welchem?"

„In dem, das der Marabu im Schnabel hält."

„Du bist ein verdammt witziger Kerl, mein Alter!"

Wieder Klopfen auf dem Rücken. Man muß zumindest eine Stunde aushalten. 15 Jahre, das ist ein großes Wort. Inzwischen kommen auch Gumos Nachbarn herüber. Der Mann ist ein pensionierter Postbeamter. Auch die Frau. Es ist ohnehin egal. Frau Gumo bietet mir Grammelpogatschen an.

„Spielen wir Lorum."

Wenn ich jetzt nicht eingreife und etwas ausfindig mache ... „Ich kann nicht Lorum spielen" — „Es ist doch so einfach, gleich werden wir es Ihnen zeigen." ... Die

Grammeln in den Pogatschen sind hart wie Ziegelsteine ... Doch eines nach dem anderen.

„Manchmal ist mein Kopf voll von alten Dingen. Zum Beispiel: Ein Zinnsoldat liegt auf dem Tisch. Ein ganz verbogener Zinnsoldat. Die Farbe ist von ihm abgeblättert, sein Bajonett und ein Fuß sind abgebrochen. Man kann ihn nicht mehr aufstellen. Eigentlich ist gar nicht der Zinnsoldat interessant, sondern ich und die Katze aus Tibet, die beim Eingang der Pyramide der Pharaonen sitzt."

„Du bist ein verdammt witziger Kerl, eine Katze aus Tibet in Ägypten."

Der Marabu mit dem Paket schaut mich mißtrauisch an. Es ist am gescheitesten, wenn ich meinen Mund halte. Zum Glück läutet es. Gewiß wieder ein Postbeamter.

„Wir haben eine Vereinbarung getroffen", sagt der neuangekommene Gast.

„Ja", antwortet Gumo mit verlegener Liebenswürdigkeit und hantiert herum. Er trägt das Telephonbuch hinaus, dann bringt er es wieder herein. Das ist um so überraschender, als er ja in seiner Wohnung gar kein Telephon hat. Ich betrachte seine Bewegungen, die Worte erreichen mich nur hier und da, aber diese Katze aus Tibet und die Pyramide sind gar nicht so schlecht, sie schmecken nach Zinnsoldaten. Selbst die 15 Jahre sind nicht wichtig. Dies und das vergeht. Und die Kieselsteine in den Grammelpogatschen ... Wer hat gesagt, daß man selbst diese schlucken muß? Daß sie überhaupt eßbar sind ...?"

Vielleicht schreckte ich beim Wort Parther zum erstenmal zusammen. Scheinbar phantasiere ich.

„Wir können Neros Tyrannei nicht weiter dulden, du als Botschafter von Afghanistan ..."

„Vologesus wird die Botschafter ernennen."

„Wer?"

„Wir haben gedacht, du bist eingeschlafen", stammelte Gumo. „Demnach!!!"

Die Postbeamten hüsteln verlegen.

Nein, das kann nicht wahr sein. Nimmt denn Vologesus die vergangenen 15 Jahre nicht zur Kenntnis? Und was gehen ihn Gumo und die Postbeamten an? Man muß die Andenken ein wenig kitzeln.

,,Du, was geschieht, wenn Tögyessy es erfährt?" Aber da sprudelte aus mir schon das Lachen hervor.

,,Laß Tögyessy", winkte Gumo verächtlich ab, und erst jetzt bemerkte ich, daß wir todernst dasaßen, nur mein Lachen hing aus der Gesamtstimmung ungezogen und hysterisch heraus.

Es gibt ein Schlüsselloch. Man schaut hinein und spielt Lorum. Wenn die Postbeamten erscheinen, kommt auch Vologesus zur Sprache.

Offenbar gibt es Stimmungen, die wiederkehren. Die Vologesus-Verschwörung scheint eine solche zu sein.

,,Jetzt wird man uns nicht entlarven", beruhigt mich Gumo.

Um ehrlich zu sein, mich regt das jetzt gar nicht besonders auf. Das ,,Gummi arabicum" genannte Kampflied verdeckt die Gedanken. Auch die Postbeamten schmettern es mit Begeisterung. Es hat die Eigenschaft, daß es nie aufhört. Man kann es immer um eine oder zwei Strophen strecken: Das war die Draufgabe. Das war der Anfang. Oder das war das Ende. Jetzt kommt die Fortsetzung.

Trotzdem könnte ich Gumo fragen, was es für einen Sinn hat, daß ich ihn wöchentlich zweimal besuche und den pakettragenden Marabu anschaue, wo ich doch 15 Jahre hindurch auch ohne das existieren konnte. Ich könnte ihn fragen. Aber wann? Wenn wir allein sind, kommt mir Gumo immer zuvor:

,,Wie ist deine Meinung, mein Alter, über die Ehe?"

,,Meine Meinung über die Ehe ..."

,,Ich verstehe."

Daraus sieht man, wie schwer es ist, sich auch nur über irgend etwas eine Meinung zu bilden. Das Leben zieht sich genauso wie Gummi arabicum, nur ist es viel langweiliger, man kann dazu keine neuen Strophen erfinden. Das gibt es: Kieselsteine in den Grammelpogatschen; Amtsstunden von sieben bis drei.

Die Wege des Schicksals sind ohnehin unergründbar.

Ohne etwas gefragt zu haben, trennte ich mich für eine Zeit wieder von Gumo. Die Mitglieder der Vologesus-Verschwörung wurden einzeln verhaftet, und wir trafen einander erst nach einer Untersuchungshaft von drei Monaten im Verhandlungssaal wieder. Die Richter in den Talaren benahmen sich sehr ernst, hinter unseren Rücken standen zwei Gendarmen.

Das Strafverfahren gegen Gumo und seine Komplizen ... Die wegen Spionage und Landesverrat Angeklagten .. Es folgten unzählige Paragraphen, die ganze Verlesung ähnelte mehr einer Rechenaufgabe. Unser Botschafter von Afghanistan stand mit zitternden Beinen neben dem Staatsanwalt.

„Gumo" rief der Richter mit einer Stimme, die das Blut erstarren ließ. „Sie haben in einer unbestimmten Stunde eines unbestimmten Tages das Telephonbuch des Ortes einer fremden Macht übergeben wollen, mit sämtlichen Telephonnummern, die sich darin befinden."

Gumo neigte reumütig den Kopf.

Der vorgeladene Militärsachverständige vertrat zwar die Meinung, daß das Telephonbuch nicht zu den Staatsgeheimnissen gehöre, aber einer der Volksbeisitzer rief empört dazwischen.

„Und die Geheimnummern?"

Nachher folgten die persönlichen Details, die Rede kam auf gewisse arabische Agenten und auf einen Gummischmuggel, der in einem Militärdepot geschehen war, aber man konnte den Einzelheiten nur sehr schwer folgen, denn der Richter und Gumo verwickelten sich andauernd in Widersprüche.

Bevor das Urteil gefällt wurde, blickte ich verstohlen immer wieder zur Tür: nun wird man sofort die Tür aufreißen, und Tögyessy wird hereinstürmen, seinen Notizblock hervorziehen und vor dem Vorsitzenden des Gerichts stehenbleiben:

„Wer war dieser Vologesus? Na also. Wann hat dieser Vologesus gelebt? Na also. Und wessen Freund war Nero?

Sie können sich setzen, Kürbiskopf, das ist eine Vier, so groß wie eine Kanone."

Doch die Geschworenen setzten sich nicht, im Gegenteil, sie standen auf.

Gumo bekam zehn Jahre.

Der Botschafter von Afghanistan mit Rücksicht auf sein hohes Alter zwei.

Uns andere aber sprach man aus Mangel an Beweisen frei, um so mehr, als die Staatssicherheitsorgane auch ohne Intervention des Gerichtes für unsere Internierung sorgten.

Und nun möge noch jemand sagen, daß das Leben langweilig sei und keine Überraschungen berge. Damit verglichen ist die Katze von Tibet, die nach Zinnsoldaten schmeckt, eine lächerliche Phantasmagorie.

Das Meer

Schon als Sechsjähriger hätte sich Kläuschen gerne das Meer angeschaut.

,,Fahren wir hin!", stach er mit dem Daumen in die Luft.

,,Wohin denn?", fragte ihn die Mutter.

,,Dahin", hob Kläuschen seinen Daumen wieder hoch.

,,Wenn du so blöd bist, fahren wir nirgendwohin", schlug der Vater mit der Zeitung vom selben Tag auf den Tisch.

Kläuschen steckte seinen Daumen blitzschnell in die Hosentasche und wollte das Wort ,,Meer" gar nicht aussprechen. Er befürchtete, durch das Aussprechen dieses Wortes noch mehr Verwirrung auszulösen. Vielleicht gibt es gar kein Meer, vielleicht hat es nur die verlogene, putenrote Tochter der Nachbarn erfunden, um ihn reinzulegen.

Jetzt, als er endlich das Meer erblickte (er sah nicht viel, der Nachmittag verwischte ja fast Himmel, Wasser und Ufer), dachte er gar nicht an das Meer, sondern an die Nummer seines Hotelzimmers, die er total vergessen hatte. An der Rezeption half man ihm aber, indem man ihm den großen, an einem Zelluloid-Blatt befestigten Schlüssel mit der Nummer 42 überreichte, mit dem er genauso wenig anzufangen wußte wie damals mit seinem Daumen. Die Hotelgäste strömten bereits in den Speiseraum, auch er ging also mit. Zum Abendessen braucht man ja keinen Zimmerschlüssel, den Portier wollte er aber nicht damit belästigen, daß er den Schlüssel zurückgab, kaum daß er ihn bekommen hatte. So steckte er ihn nach kurzem Überlegen in die Hosentasche. Der Schlüssel war ziemlich groß, an seiner Hüfte schwoll er wie ein Eselsohr hervor. Er sprach sich selber Mut zu und dachte, daß die anderen es kaum bemerken würden. Als er in den Saal trat, servierten die Keller mit den goldverschnürten weißen Mänteln bereits das Abendessen. Nur noch an einem einzigen Tisch gab es einen freien Platz, dort setzte er sich hin. Außer ihm saßen noch drei Personen am Tisch: eine Frau mit rotem Haarknoten und Brille, ein Mann mit einer fetteigähnlichen Glatze und ein langhaariger schmächtiger alter Herr. Die drei waren in ein Gespräch vertieft und bemerkten Kläuschen vorläufig nicht. Sie unterhielten sich über das Meer. Kläuschen räusperte sich, er hätte sich gerne vorgestellt. Die Frau mit dem roten Knoten bemerkte ihn zuerst.

„Sind Sie auch mit dem Reisebüro Bermuda unterwegs?"

Kläuschen nickte, der Frau genügte das, und sie redeten weiter über das Meer.

Auch am nächsten und übernächsten Tag war das das Hauptthema. Bis dahin verfügte auch Kläuschen über manche Kenntnisse vom Meer. Er fing damit an, daß er seinen Fuß hineinsteckte und dann sofort zurückzog, weil das Wasser kalt war. Dann wartete er darauf, daß endlich ein Wal oder Hai seinen Kopf herausstecken würde, es war aber keiner zu sehen. Hier gab es anscheinend keine solchen Tiere.

„Na, was sagen Sie zu dem Meer?" erkundigte sich die Frau mit dem roten Knoten.

Kläuschen ließ seinen Kopf ratlos hängen, er wollte sich durch unüberlegte Äußerungen nicht in Konflikte verwickeln.

„Wunderbar, phänomenal", schwärmte der schmächtige Alte. „Ich kann mich daran nicht satt sehen", überbot ihn der Fetteig.

„Aber bitte sehr", räusperte sich Kläuschen, mehr konnte er aber nicht hervorbringen, da die Frau mit dem roten Knoten das Wort ergriff. Diesmal beschäftigte sie sich eingehend mit der Farbe des Meeres. Auch Kläuschen dachte über die Farbe des Meeres nach, es fiel ihm aber nur ein einziger Ausdruck ein: dreckig.

,,Dreckig", sagte er laut.

,,So ist es, bitte schön", stimmte ihm unerwartet der kleine Schmächtige zu, ,,ja, hier im Hafen schon. Sie sollten es sich aber in der Nähe von Ceylon oder Tahiti anschauen, na ja, da würden Sie was ganz anderes erleben.

,,Natürlich", gab ihm Kläuschen recht, da er auf die Dauer nicht gerne anderer Meinung war, außerdem wollte er nicht verraten, daß er zum ersten Mal das Meer sah, dieses gewöhnliche Hafen-Meer, und daß er von einem anderen Meer gar keine Ahnung hatte.

Die Tage vergingen gleich und schnell. Die Fahrgäste des Reisebüros Bermuda kauften fast alle Kinkerlitzchen auf, die sie bei den einheimischen Verkäufern — nach allen Mühen und Wonnen des Handels — nur kaufen konnten. Den Rest der Zeit verschluckte das Anstarren des Meeres und das Verzehren der verschiedenen Makkaronis und Spaghettis. Kläuschen wurde während der gemeinsamen Mahlzeiten und Autobus-Ausflüge immer schweigsamer. Eine Wahnidee gewann immer mehr Macht über ihn. Vorläufig war er aber schlau genug, um niemand in sein Geheimnis einzuweihen. Eines Abends aber, als der Urlaub fast zu Ende war, nach einem düsteren, bewölkten Tag, als vom Meer kaum etwas zu sehen war, konnte sich Kläuschen nicht mehr zurückhalten. Als die Rothaarige mit ihrer gewöhnlichen Lobeshymne über die Unendlichkeit des Meeres anfing, unterbrach Kläuschen sie ungeduldig.

,,Für mich ist es zu klein", sagte er, und um seiner Aussage mehr Nachdruck zu geben, klopfte er mit der Gabel an seinen Teller.

,,Was?" schrillte die Rothaarige, und die beiden anderen Tischnachbarn starrten ihn entsetzt an.

,,Für mich ist es zu klein", wiederholte Kläuschen energisch.

Der schmächtige Alte deutete mit unmißverständlicher Handbewegung an seine Stirn und wollte gleichzeitig die anderen um Geduld und Verständnis bitten. Die Rothaarige konnte sich aber nicht beherrschen.

„Unerhört", keuchte sie und fegte aus lauter Aufregung die Serviette vom Tisch hinunter. Niemand hob sie auf, alle starrten Kläuschen an, er ließ sich aber nicht einschüchtern und redete trotzig weiter.

„Für mich ist es zu klein", wiederholte er, „sehr klein, das werde ich Ihnen aber nur schwer erklären können. Wissen Sie, im Verhältnis dazu, daß ich Waise bin, ist es ganz klein.

Der Schmächtige trommelte weiter an seine Stirn.

„Nicht, daß ich meine Eltern lobpreisen will, Sie dürfen mich nicht falsch verstehen, die hatten mich ja nicht einmal besonders gern, wenigstens zeigten sie ihre Liebe nicht — dann aber sind sie plötzlich gestorben. Das ist unbegreiflich, bitte, und das auch, daß man einmal ein Kind war und jetzt ein alter Esel geworden ist, der sich Ihr Geschwätz anhören muß, der mit niemandem mehr Fangen spielen kann, weil auch seine Ehehälfte gestorben ist, ja, auch seine Ehehälfte, genau wie seine Eltern. Im Verhältnis zu diesem Verwaistsein ist ja das Meer ganz klein."

„Unerhört", wiederholte die Rothaarige ständig.

„Ja, unerhört", sagte Kläuschen ihr fügsam nach.

Dieses Wort murmelte er übrigens auch in der Nacht, in ganz tiefem Schlaf. Im Traum fehlten aber seine Tischnachbarn. Er saß allein auf einem riesigen Stein, inmitten einer Felsenlandschaft, auch er ein Riese. Vor seiner großen Zehe glänzte ein winziger Wassertropfen, er wollte seine Zehe in ihn hineinstecken, konnte es aber nicht. Da erscholl von ganz-ganz weitem die unangenehme, heisere Stimme seines Vaters: „Das Meer!" kommandierte er.

„Ja", sagte Kläuschen, „ich sehe es, aber nicht einmal meine große Zehe hat darin Platz."

Rückzug aus Stalingrad

Gegen sechs Uhr sammelte man das Nachtmahlgeschirr ein. Während die Gulaschkanone hinausgerollt wurde, schien es, als ob auch das Löffelgeklapper und die Griesbrei-schlürfenden Laute miteingeräumt worden wären. Die leergewordene Fläche bot eine günstige Stellung für die schweren Geschütze. Glatt ging das Manöver jedoch nicht vor sich, weil auf dem Schneegelände die Pferde immer wieder steckenblieben. Steinstrasser bemühte sich, die Frontlinie vom Ende des Ganges aus zu begradigen. Vorläufig murmelte er nur vor sich hin und spitzte die Lippen, während er mit der einen Hand in zuckendem Eifer nach der Tasche seiner Pyjamajacke tastete. Pucher, der es sich bereits in einem gepolsterten Rollstuhl bequem gemacht hatte, aus dem er die ganze Umgebung gut übersehen konnte, verfolgte mit steigender Wut das Manövrieren Steinstrassers. Er wußte, daß der Angriff nicht anrollen würde, bevor es Steinstrasser gelungen war, eine Zigarette hervorzufischen. Widerwillig stemmte er sich hoch und setzte sich mit seinen an Elefantenhufe erinnernden orthopädischen Schuhen behutsam in Bewegung. Mit Mühe und Not turnte er über das von Schützengräben zerfurchte Steinpflaster. Das Weitere gelang ihm schon spielend leicht. Steinstrassers hin und her zuckender Kopf war doch ein bewegliches Ziel und in Anbetracht der schlechten Lichtverhältnisse war es eine befriedigende Leistung, daß es ihm schon beim dritten Versuch gelang, den Glimmstengel Steinstrasser in den Mund zu stecken. Blieb noch das Aufklappen des Feuerzeuges. Für diese kämpferische Aktivität konnte Pucher nur zwei bewegliche Finger einsetzen. Er beendete sie trotzdem in zwei Minuten.

„Da ... Da ... Dank ...” grinste ihn Steinstrasser an. Die anderen hatten indessen geduldig gewartet.

„Fünfunddreißig Grad minus hatten wir ...", seufzte jemand.

„Vierzig", pfiff ihn Kunz an, der einem wandelnden Periskop ähnlich ohne Unterlaß auf- und abrannte. Sein riesiger Wuchs wurde durch diese Haltung noch unterstrichen. Zum Teufel noch einmal, wie groß wird der erst sein, wenn er sich aufrichtet?

„Vierzig", sagte er noch einmal, und sein Ton duldete keinen Widerspruch, den Blick ließ er spähend umhergehen.

Niemand widersprach, auch Pucher nicht, dem es inzwischen gelungen war, sich zu seinem Rollstuhl zurückzuschleppen. Er saß am höchsten und blinzelte auf seine in winzigen Feldstühlen kauernden Kameraden gleichsam aus der Höhe eines Thrones herab.

Am Rande des Horizonts, am anderen Ende des Ganges, blitzten die Mündungsfeuer der Kanonen auf.

„Tra-tatata ... sss ... hrrrr ... bumm, bummm ..." brodelten die Einschläge von Steinstrassers gespitztem Mund.

Durchdringender Qualm schwebte über der Steppe, drang langsam in die Ritzen der weißgetünchten Mauern, ließ im Verputz nach allen Richtungen Risse entstehen, die sich zu weißen Panzern formten. Auch die Decke geriet in Bewegung. Krieger ließen sich von ihr herab, sie trugen wattierte, die Farbe von Schnee und Kalk tragenden Steppjacken.

Tatterich warf sich auf den Bauch und begann unter Puchers Rollstuhl nach den verschossenen Patronenhülsen zu suchen.

„Tra ... ta-ta ... tra-ta-ta-ta ..."

„Dieses Maschinengewehr stottert" sagte Kunz verächtlich und wie aus der Tiefe einer Grube spähend stemmte er die Stirn den von der Decke herunterkriechenden Kriegern entgegen.

Pucher starrte aus dem Fenster. Auf den oberen Zweigen einer nahen Eiche ließen Krähen ihre Flügel erzittern.

„Hergeschaut!" rief er. „So nahe standen die Iwans! Meine Einheit hielt nämlich die vorderste Verteidigungslinie."

,,Wo denn?" erkundigte sich Kunz milde und hörte auf, hin- und herzulaufen. Er spürte eine leise Übelkeit in der Magengegend. Die sind ja alle übergeschnappt! Alle behaupten, dabei gewesen zu sein, aber insgesamt sind nicht mehr als sechstausend heimgekommen! Und von einem Rückzug kann keine Rede sein, die ganze sechste Armee wurde ja eingekesselt! Genauso erging es dem 79. Panzergrenadierregiment, obwohl es als erstes die Wolga erreicht hatte ...

Nun nahm er genau Pucher gegenüber Aufstellung in zackigem Habt-Acht.

...,,An der Spitze der vordersten Verteidigungslinie ..."

,,So?" gab sich Kunz einverstanden und drehte sich mit langsamer Würde um die eigene Achse. Er bückte sich und deutete mit einer richtungsweisenden Geste auf seinen Hinterteil.

,,Da seid ihr gewesen, genau da, und zwar in der Mitte!"

,,Tra-tatata ... hö ... hö .. hö ..." Steinstrassers Maschinengewehrfeuer schlug in Lachen um. Pucher blinzelte bleich zur Blumenstellage, auf der eine ausgediente, nun als Aschenbecher dienende Bratpfanne stand. Mit seiner geschwollenen Linken ergriff Pucher den Pfannenstiel. Der imaginäre Knall auf dem Hosenboden von Kunz stellte ihn vollauf zufrieden.

,,Zum Schluß wird sich noch herausstellen", sagte er, ohne daß seine Stimme auch nur ein klein wenig erregt gewesen wäre, ,,daß wir niemals in Stalingrad gewesen sind. Die Splitter, die mir immer noch im linken Arm stecken, sind wohl auch nur geträumt!? Deswegen kann man ihn nicht mit Strom behandeln."

,,Am besten teilst du das dem Frontkämpferverband mit. Man würde deine Zulage erhöhen", sagte Fuchs, ein eierköpfiger, kahler Mann, der unmittelbar neben der Bratpfanne an der Blumenstellage lehnte.

,,Mir wurde sie auch erhöht", nickte Kunz. Inzwischen hatte er seinen auf den Hintern weisenden Finger vergessen, dessen erschlafft hängende Zielvorrichtung sich nun auf die unter dem Steinboden verborgene Schlucht einstellte.

„Na freilich", fiel ihm plötzlich die mit Schnee gefüllte Badewanne ein, dieser befehlsmäßige Gefechtsstand im zweiten Stock eines löchrig geschossenen Mietshauses. Zwei Stockwerke höher saßen die Russen und feuerten mit einem Maschinengewehr ununterbrochen auf die Straße und das gegenüberliegende Haus. Sanitäter! Sanitäter! stöhnte jemand. Ja, dieses Stöhnen hörte er auch damals, als er selbst vom Schlag getroffen wurde. Vergangenheit und Gegenwart froren im eisigen Schneematsch zusammen. Ein Arzt in Lackschuhen neben einem Speisenträger mit rußgeschwärztem Gesicht stolperte auf der Straße. Von der Badewanne aus waren beide deutlich zu sehen. Der eine trug einen Gulaschkessel am Rücken, der andere hielt die Injektionsnadel in die Höhe. Die Diskrepanz von dreißig Jahren lief mit und ununterbrochen ratterten die Maschinengewehre. Den Speisenträger traf dann eine Kugel.

„Alles Mögliche ist beim Rückzug gescheh ... eh ... eh ..." stotterte Steinstrasser.

„Feuersalve!" kommandierte Pucher.

Fuchs warf Semmelbrocken aus dem Fenster. Die schwarzen Vögel ließen sich einzeln von den schwarzen Ästen herab.

„Warum fütterst du den Feind?!" entrüstete sich Kunz. „Mit so einer Disziplin ist der ganze Aufmarsch beim Teufel."

„Tra-tata-ta", versuchte Steinstrasser wieder. „Tra ..." Das Weitere wurde vom Knall der zuschlagenden Tür von Saal sechzehn verschluckt. In der Türnische bemühte sich Holobrant, balancierend, die auseinanderrutschenden Füße unter Kontrolle zu bringen. Er hob den Kopf hochmütig über das Schlachtfeld: Jetzt glotzen sie. Sollen sie nur. Es stört sie, daß er bei der Feldpost gedient hat. Und die Partei stört sie auch. Früher oder später wird er die Leute an den Fingern zählen können, die damals beigetreten waren. Man muß elegant über den Korridor gehen und diese Kanaille keines Blickes würdigen.

,,Er geht telefonieren."

,,Was geht uns das an", winkte Kunz mit seinem vergessenen Zeigefinger ab. Pucher ließ sich's jedoch nicht gefallen, er war in seinem Element.

,,Sicher wird er mit einem von seinen großen Tieren sprechen. Hallo, mein lieber Freund Ministerialrat, heute hatte ich eine Privatkonsultation beim Primarius. Er teilte mir mit, man sei mir sehr dankbar, daß ich mich hier in seinem Krankenhaus behandeln lasse. Da sagte ich ..."

,,Kusch!"

Die Stille verteilte sich. Sie wurde von den Wänden aufgesogen. Die weißgestrichenen Tanks waren diesmal nicht zu sehen. Überall blinkten die schwarzen Schienen der Abschlußvorrichtungen von Stalinorgeln. Der Rückzug mußte doch noch abgebrochen werden. Es blieb keine Zeit mehr, nicht einmal für den Abtransport der Flak. Monstrum, der Krankenpfleger, rollte den Paravent hinter der Falltür hervor. Natürlich, der neue Leichnam kommt dahinter, freilich so, daß niemand ihn sehen kann. Auf diesen Trick fällt aber selbst Tatterich nicht herein, er kauert sich vor den Paravent und salutiert.

,,Willkommen ,,Tod" für's Vaterland!"

Das versteht Monstrum nicht.

,,Wer ist denn gestorben?"

,,Eine alte Tante."

Tatterich fragt gar nichts mehr. Monstrum kann noch so geheimnisvoll tun, sich noch so wichtig machen, er weiß ohnehin, das Laken liegt über dem pensionierten Anstreicher aus dem Saal achtzehn. Die anderen Teilnehmer der ,,Schlacht" zeigten nicht einmal dieses Interesse für den Toten. Sie ergötzten sich an dem Anblick von Väterchen, der mit Hilfe seiner vierbeinigen klobigen Krücken dem Klosett zustrebte.

,,Wer nicht kommt zur rechten Zeit, muß warten, was noch übrigbleibt", erklangen die Rufe von überallher.

Pucher gab noch das Seine dazu:

,,Vorwärts, Väterchen, nur nicht den Mut verlieren!"
Väterchen gab auch nicht auf, er kämpfte brav weiter. Er machte das Rennen bis zur halben Strecke, dann kam er gegen die Wirkung des Abführmittels nicht mehr an. An seiner langen, weißen Unterhose begannen sich verräterische Streifen abzuzeichnen.

,,Rekord", bemerkte Fuchs. ,,Heute hat er dreieinhalb Meter mehr geschafft als vorgestern. Ich mache das Fenster auf."

,,Nein, füttere den Feind nicht."

,,Ich will nur lüften."

,,Bei 40 Grad Kälte?" Kunz starrt ungläubig zum Fenster. Hinter der Eiche schweben weiße Knäuel in der Finsternis. Fallschirme. Man muß sich irgendwie zu ihnen vorkämpfen. Es sind schon alle Pferde aufgefressen. Vielleicht finden sich in den Ballen nicht nur Hitlerbilder und Eiserne Kreuze. Vielleicht ... Wut erfaßte ihn. ,,Schon wieder konnten wir keinen Fußbreit an Boden gewinnen. Wir haben sowieso schon zwei Tage vertrödelt!"

,,Schuld daran ist der Siecherl", grinste Pucher.

,,Du brauchst gar nicht zu grinsen, hast ihm doch zugehört wie dem Messias. So einem Grünschnabel, der gar nicht in Stalingrad dabei gewesen ist."

,,Alle sind wir auf ihn hereinreingefallen", verteidigte sich Pucher. ,,Als er vorgestern das erste Mal im Korridor erschien, mit seiner unglückseligen Visage ..."

,,Wa-wa-warte", kam Steinstrasser in Eifer, ,,ich zeig's euch."

Fuchs, der nicht auf die Vorbereitungen geachtet hatte, fing plötzlich fürchterlich falsch zu singen an:

,,Die Mauern wir erklettern, die Türme wir zerschmettern, und in die Stadt hinein. Wer uns den Lauf will hemmen, uns sich entgegenstemmen, der soll des Teufels sein ..."

Beim Singen blieb ihm die Zunge an der Zahnprothese hängen: die ohnehin kaum erkennbare Melodie quoll nur mehr schlürfend hervor.

,,Nein, laß das, jetzt will ich Siecherl sehen." Pucher tätschelte mit einer Hand die Luft.

,,Dann mußt du aber den Rollstuhl Steinstrasser überlassen."

Pucher quälte sich umständlich hoch, auf seinen Platz ließ sich Steinstrasser nieder.

,,Laß auch die andere Hand hängen, nicht nur die Gelähmte."

,,Laß den Mund etwas mehr offen."

,,Streck die Zunge raus!"

Eifrig kamen die Anweisungen. Zuletzt konnte Steinstrasser in entsprechender Positur die Vorstellung beginnen.

,,Kei-ne Hand kann iiiich rühren", jammerte er, ,,und die Speiseröhree ist mir auch ge-lä-lä-lähmt. Von ei-nem Tag zum an-de-ren. Ich ha-be Pul-tible Herose."

,,Multiple Sklerose", warf Fuchs ein.

,,Dabei bin ich e-e-erst vier-und-zwanzig Jah-Jahre alt, jawohl."

,,Na sowas", wunderte sich Pucher.

,,Ja, genauso hat er's gemacht", schäumte Kunz vor Wut, ,,gebrüstet hat sich der Elende, und deswegen wart ihr so hin- und hergerissen. Zwei Abende hat er uns hingehalten, als hätten wir an der Front keine aufregenderen Dinge gesehen."

Steinstrasser, immer noch in Siecherls Rolle, starrte vor sich hin, zuckte mit dem Kopf hin und her: Ein junger hochgeschossener Soldat läuft an ihm vorbei. Bevor er ihn aus seinem linken Augenwinkel ganz erfassen konnte, wurde dem Jungen von einem Schrapnell das halbe Gesicht weggerissen. Er hätte dem Verwundeten nachschauen wollen, aber die Bilderfolge begann von Neuem: der Soldat in Sommeruniform, mit rotgefrorenen Ohren, das Schrapnell, das Blut, und dann waren weder Augen noch Ohren mehr zu sehen.

,,Am 20. November fiel der erste Schnee ..." sagte er laut.

,,Am einundzwanzigsten", korrigierte ihn Fuchs.

,,Tra-ta ... hrrr ... bumm ... bummm ..." Steinstrasser stemmte sich im Rollstuhl hoch und wäre beinahe auf Schwester Danuta gefallen, die ihre weiße Haube zurechtzupfend, eben gekommen war, um den Nachtdienst anzutreten.

,,Schon wieder so etwas spielen?" Holobrant zog gerade mit hochmütig erhobenem Kopf an ihr vorbei. ,,Herr Holobrant nicht sollen so etwas spielen."

,,Diesen Nazi akzeptieren wir ja gar nicht", knurrte Kunz auf.

,,Der hat bei der Feldpost gedient, ich aber war Soldat und habe es bis zum Ende mitgemacht, weil es so sein mußte."

,,Aber jetzt nicht mehr sein muß."

,,Damals mußte es sein" sagte Kunz hartnäckig.

,,Ich Sie nicht verstehen. Statt nach Schlaganfall Hand, Fußgymnastik zu machen, besser machen ..."

,,Klar verstehen Sie nichts. Sie waren ja nicht dabei. Aber ich ... ich lag auf dem Bauch, oben in einer verfluchten Badewanne, bei 40 Grad Kälte, als Angehöriger des neunundsiebzigsten Panzergrenadierregiments. Die Treibstofftanks brannten, wissen Sie, was das für einen Qualm gab?"

,,Ich Sie nicht begreifen". Schwester Danuta fingerte immer aufgeregter an ihrer Haube herum. ,,Warum nicht an Liebe erinnern?"

,,An Liebe?" Kunz starrte die polnische Krankenschwester ungläubig an. ,,An Liebe? Kennen Sie meine Frau?"

Danuta zuckte mit den Achseln.

,,Na eben. Oder Puchers Frau? Auch nicht. Deswegen bleibt sie doch eine alte Hexe. Vierzig Jahre sind wir verheiratet! Verstehen Sie nun?"

,,Worüber unterhaltet ihr euch?" erkundigte sich Steinstrasser neugierig und schob sich zwischen Danuta und Kunz.

,,Über die Liebe", sagte Fuchs erklärend. Tatterich lachte grunzend. Er beugte sich zu Pucher. Eine Weile wisperten sie miteinander. Puchers rundes Gesicht wurde immer heiterer.

„Hatte die Barischnja Brüste! So groß!" Er hob auch die geschwollene Hand, um den Umfang zu zeigen.

„Bummm, bummm ... hrrr ... Feuer!"

„Der soll des Teufels sein ...", summte Fuchs.

Die Fensterscheiben überzog der Rauhreif. Die schwarzen Vögel flogen von der Eiche davon, an ihrer statt erkletterten Soldaten in weißen Steppjacken die Äste: mit ihren Gewehren zielten sie genau auf Kunz. Aus den Wänden dröhnten die weißgestrichenen Tanks hervor.

Danuta beobachtete Kunz. Er erinnerte sie an eine riesige Henne, die im Hühnerhof nach fetten Würmern sucht.

Die Not des Glücks

Damals, als ich bei dem Tischler in der Lehre war, da sagte er immer: Alles hängt davon ab, daß man mit dem Hammer den Nagel auf den Kopf trifft. Natürlich gelang mir das nicht immer. Manchmal schlug ich mir mit dem Hammer auf den Finger. Dennoch, diese Fehlschläge sind es, die mich an den Tischler erinnern. Ohne sie könnte ich mir weder die Werkstatt noch den Nagel, ja nicht einmal den Hammer vorstellen. Ich puste auf meinen Fingernagel und gleich fliegen Hobelspäne vor meinen Augen. Die ganze Werkstatt ist voller Hobelspäne und dazwischen guckt ein Satz hervor: DIE NOT DES GLÜCKS.

Ich versuche, zur Stimmung dieses Satzes Wörter zu leimen. Das Glück, ist grauer Ausdauer, das Glück ... doch das brachte mich nirgendwohin. Dann packte ich den Satz wie ein frisch lackiertes Möbelstück und zeigte ihn Grinsendem Schaukelpferd, dem Akademiker.

„Höh-hö", grinste er den Satz an, „Was ist das? Das hat doch keinen Sinn."

Das sagte er am häufigsten. Seine Antwort überraschte mich also nicht. Grinsendes Schaukelpferd wurde einmal so charakterisiert: Er kann nur zum Milchsäuern benützt werden. Wenn er die Milch angrinst, wird sie sauer. Dann ist er ein nützlicher Mensch — war die Meinung anderer. — Nicht umsonst ist er Akademiker. — Sollte er sich nicht auch auf anderes verstehen? — widersprach ich. — Gewiß sollte er das, aber wer kann es von ihm schon verlangen.

Der Satz lag währenddessen reglos zwischen uns, die Buchstaben wie versteinert von so viel Unverständlichkeit.

„Ich könnte vielleicht DIE NOT DES GLÜCKS durch eine Geschichte veranschaulichen", dachte ich laut nach.

„Hö-hö-hö, durch eine Geschichte ohne Hand und Fuß."

Ohne Hand und Fuß war auch eine von seinen ständigen Redewendungen. Ich verlor den Mut. Die Vergangenheitsform abgerundeter Erzählungen hatte mich übrigens nie begeistert. Nur wo etwas gegenwärtig geschieht, entsteht aus Wirkung und Gegenwirkung jener Zauber ... als Resultat der gemeinsamen Bautätigkeit. Jetzt, in Gegenwart, mit offenem Schluß.

„Spielen wir Puppentheater" schlug ich plötzlich vor, um der störenden Vergangenheit ein Schnippchen zu schlagen.

„Hö-hö Puppentheater ... Und wer sind die Personen?"

„Die erste Puppe ist BLAUSTRUMPF, die zweite Puppe bin ICH, die dritte ist BULDOG."

„Ein Hund spielt auch mit?"

„Buldog ist kein Hund, sondern ein Gelegenheitskumpel. Er sitzt mit Blaustrumpf in der Ecke einer Bierschenke, sie warten auf mich. Ich komme herein: Guten Tag, guten Tag!"

„Hö-hö, dieser Strumpf ist ja gar nicht blau."

„Ich wollte ihn nicht mit Tinte verschmutzen. Und es geht ohnehin um einen ganz jungen Blaustrumpf, der von sich selber nicht weiß, daß er ein Blaustrumpf ist. Ich weiß es auch noch nicht. Guten Tag!"

Es fiel mir schwer, die drei Puppen auf einmal zu bewegen. Ich konnte gänzlich nur auf zwei achten, die dritte entglitt mir ununterbrochen und machte sich selbständig.

„Hö-hö, jetzt erzählen Sie, was Sie tun."

„Wir tanzen. Ich und Blaustrumpf. Buldog sitzt beim Tisch und ..."

„Und was tut er?"

„Ich weiß es nicht. Blaustrumpf beugt sich zu meinem Ohr: Sie sind wie Pascal!"

„Hö-hö, in einer Bierschenke kann man nicht tanzen."

„Wir sind schon nicht mehr in der Schenke. Wir sind irgendwo, wo man tanzen kann. Blaustrumpf flüstert: Sie sind wie Pascal! Dann geht sie mit Buldog nach Hause, ich gehe Getränke kaufen. Ich trete in mein Zimmer, eben als

Buldog schon auf Blaustrumpf liegt und Blaustrumpf wollüstig schreit, obwohl sie vorher noch zu mir sagte: ..."

„Und dann?"

„Dann nichts. Das Wasser des Sees bei Kukutyin hat 23 Grad, und die Eskalation des Warenaustauschverkehrs belebt erfolgreich unsere ökonomische Integration."

„Wer sagt das?"

„Die Not des Glücks. Verstehen Sie nicht? Das ist die Möglichkeit zu überleben. Die Vorführung ist zu Ende, der Mensch begnügt sich mit dem, was vorhanden ist. Pascal gehörte nur zur Vorführung, die Not des Glücks hätte sowieso mit ihm nichts anfangen können. Man muß die Phrasen weiterdreschen, die dem Alltag dienen. Das Wasser des Sees bei Kukutyin ..."

„Das hat weder Hand noch Fuß."

„Soll ich was anderes spielen?"

„Meinetwegen, aber malen Sie diesem Blaustrumpf wenigstens Augen."

„In diesem Akt kommt Blaustrumpf nicht vor. Beachten Sie aber diesen kristallenen Aschenbecher, den ich in der Hand halte. In der nächsten Szene ist der Herzog von Wales die Hauptfigur."

„Hö-hö, der Herzog von Wales ist in England. Warum halten Sie diesen Aschenbecher so fest?"

„Gut, lassen wir den Herzog von Wales aus dem Spiel. Ich stelle Ihnen den ungekrönten König der Kavaliere vor. Verneige dich schön vor Schaukelpferd."

„Das ist ein Aschenbecher."

„Nein. Das ist ein sehr interessanter Herr in mittleren Jahren. Angenehme Erscheinung, gewinnende Manieren, haufenweise Geld. Das Geld dient zum Hinausschmeißen. Darum ist er ein Kavalier. Sogar ein Kavalier reinster Sorte. Selbst die Frauen interessieren ihn nicht aus der Nähe, sondern nur insoweit, als er an ihnen seine Höflichkeit erprobt. Die Leute sollen feiern und saufen, er gibt das Geld dazu. Davon abgesehen, keine persönliche Leidenschaft."

„Ein saudummer Aschenbecher."

„Kein Aschenbecher, ein lebender Puppenheld. Er lebt

so sehr, daß, wenn er in der Stadt auftaucht, sogar die Toilettenfrauen französischen Kognak trinken und sich mit Toilettenpapier taumelnd Kühlung zufächeln. Kann ich den Vorhang hochziehen?"

„Ziehen Sie ihn hoch."

„Schauplatz eine Kaffeespelunke."

„Hö-hö, schon wieder eine Spelunke, warum nicht eine öffentliche Bibliothek?"

„Dort kann man kein Geld ausgeben. Der Kavalier tritt ein: Guten Tag, guten Tag!"

„Sagt er nicht guten Abend?"

„Kann er auch sagen. In der kleinen Spelunke spielt eine steinalte Vettel Klavier. Plim, plim, plim, plim. Kavalier tritt zur steinalten Vettel. — Sagen Sie, verehrte Gnädigste, was verdienen Sie so an einem Abend? — Wenn alles gut geht, hat man mir schon auch mal einen Fünfziger gebrannt. — Der Kavalier greift in seine Brieftasche und zieht einen Tausender heraus. Er steckt der steinalten Vettel die Banknote ins Dekolleté. Von nun an spielt sie nur noch plom-plom und greift daneben. Sie hat Angst, der Tausender sei nur ein Jux und man werde ihn von ihr zurückverlangen. Der Kavalier tritt wieder zu ihr. — Gnädigste finden es zu wenig? Wenn dem so ist: hier ist meine Brieftasche, nehmen Sie sich soviel Geld heraus, wie Sie brauchen. — Das ist der Augenblick, da ich hinstürze, der steinalten Vettel die Brieftasche aus der Hand reiße und den Kavalier aus dem Lokal hinausdränge. Vorhang."

„Und?"

„Und nichts. Das Wasser des Sees bei Kukutyin hat 23 Grad, und die Eskalation des Warenaustauschverkehrs belebt erfolgreich unsere ökonomische Integration."

„Wer sagt das?"

„Natürlich die Not des Glücks. Die Vorführung ist beendet, sie war ohnehin nicht echt."

„Hö-hö, die alte Vettel hat falsch gespielt?"

„Alle haben falsch gespielt. Auch der Kavalier. Ich mußte mich auf die Kulisse der Klavierspielerin konzentrieren, verstehen Sie und gleichzeitig mit einem Finger plim-plim machen, und währenddessen hatte der Kavalier Zeit und Gelegenheit, ein Mädchen unter dem Tisch in den Schenkel zu zwicken."

„Blaustrumpf?"

„Nein."

„Sie haben doch vorhin behauptet, daß der Kerl ein reiner Kavalier sei, den nicht einmal die Weiber interessieren, er sei nur da, um Geld zu verschwenden ..."

„Ja, genau darum geht es. Diese Charakterisierung folgt aus Verteilung der Rollen. Nur wurde die nicht von mir besorgt. Man hat mich übers Ohr gehauen. Man sagte mir, es sei so und so, und ich achtete nur auf die alte Vettel und die Produktion, währenddessen zwickte er den Schenkel meiner Verlobten unter dem Tisch."

„Und Sie haben es bemerkt?"

„Aber wo, ich war mit der Produktion beschäftigt."

„Hö-hö, ich verstehe kein Wort."

„Einmal, als die Not des Glücks nicht wirkte, begann ich nachzudenken und bin daraufgekommen, daß die Rollenverteilung falsch war. Man kann nur zwei Figuren gleichzeitig bewegen, die dritte macht unterdessen, was sie will. Damals hatte ich schon die Begegnung mit Pascal und Blaustrumpf hinter mir, und so entlarvte ich den Kavalier."

„Noch was?" fragte Grinsendes Schaukelpferd.

„Nichts. Oder besser gesagt, immer das Gleiche."

Ich zeigte meine Faust und meinen kleinen Finger. Mit der Faust schlug ich auf den Tisch, den kleinen Finger machte ich krumm und kratzte.

Meine Anstrengung ließ Grinsendes Schaukelpferd völlig kalt, er war damit beschäftigt, den Staub von seinen Lexika abzuwischen. Seine Gleichgültigkeit war erniedrigend, ich hob ein wenig meine Stimme.

„Die Faust, das ist BLÖDER CHEF, mein kleiner Finger die ERGEBENE SEKRETÄRIN."

„Chef heiratet Sekretärin, es hängt mir schon zum Hals heraus", sagte Grinsendes Schaukelpferd gelangweilt.

„Er heiratet sie nicht. Im Gegenteil, beide leben in der

Not des Glücks, sie haben nichts zu tun mit dem Honig des Unglücks. — Blöder Chef: Warum schreiben Sie nicht? Sekretärin: Tip-top-tip-top. Blöder Chef: Wozu schreiben Sie? Sekretärin hört auf. Blöder Chef: Auf was warten Sie? Auf eine gebratene Taube? Sekretärin: Tip-top-tip-top ... Blöder Chef: Wie schreiben Sie? Sekretärin: versteht nicht, blickt auf. Blöder Chef: Als ich noch Anfänger war, ich habe nicht gewagt, vom Papier aufzublicken. Sekretärin schlägt die Augen nieder."

Grinsendes Schaukelpferd war noch immer mit seinen Lexika beschäftigt.

„Jetzt folgt der Schnitt. Zeitmaschine. Außenlautsprecher: Unsere demokratische Entwicklung duldet keine diktatorischen Arbeitsmethoden, keine seelenlose, bürokratische Aktenerledigung!"

„Es hängt mir schon zum Hals heraus" — so Grinsendes Schaukelpferd.

„Von draußen leichter Wirbelwind. Ergebener Kleinfinger kratzt auf der anderen Seite des Tisches. Faust hockt hinter der Schreibmaschine. Kleinfinger: Warum schreiben Sie nicht? Blöder Chef: tip-top, tip-top ..."

„Und?"

„Und nichts. Nichts weiter. Den Schluß habe ich nur hinzugefügt, um Sie zu überraschen. Sie sind aber immun gegen Überraschungen. Und Blöderchef und Ergebene Sekretärin sind es auch. Die Not des Glücks läßt es nicht zu, daß die Rollen wechseln. Das ist das Rührende an der Sache."

„Was?"

„Daß den zweigefleckten Meerschweinchen nie ein dritter Fleck zuwächst. Das ist erschütternd. Das ist die Not des Glücks."

„Die Meerschweinchen haben nicht zwei Flecken. Warten Sie, ich sehe im Lexikon nach ..."

„Bitte nicht, ich korrigiere mich lieber. Zu den soundso vielen Flecken des Meerschweinchens wächst nie ein weiterer Fleck."

„So ist es präziser", er starrte in Gedanken vertieft vor sich hin. „Ich kann Meerschweinchen nicht ausstehen."

„Glauben Sie mir, ich auch nicht. Es gibt aber so viele, sie haben sich unglaublich vermehrt. Früher verteidigte ich mich gegen sie, indem ich sie zusammenklaubte und alle Meerschweinchen in einen riesigen, wackeligen Autobus steckte. Auf einem rutschigen Bergweg flog der Autobus aus der Kurve und stürzte mit seiner Fracht in den Abgrund."

„Warum gaben Sie ihnen nicht Rattengift?"

„Sie mißverstehen mich. Diesen Autobus habe nicht ich gelenkt. Auch der Weg wurde nicht durch mich rutschig. Rattengift ist etwas anderes. Das muß man persönlich geben."

„Na, und ist es Ihnen gelungen, die Meerschweinchen auszurotten?"

„Aber wo. Die Not des Glücks hat dazwischengeredet."

„Wieso, ist sie ein Papagei, daß sie dazwischenreden kann? Und was hat sie gesagt?"

„Erstens gibt es keinen so riesigen Autobus, daß alle Meerschweinchen darin Platz haben. Zweitens, wer weiß, wie viele Meerschweinchen es gibt. Drittens kommen ohnehin immer neue Meerschweinchen auf die Welt, solange der Mensch sich mit ihnen befaßt."

„Na sehen Sie, befassen Sie sich eben nicht mit ihnen."

„Sie haben recht" — ich stand auf.

Er blickte gelassen durch seine Brille auf mich.

„Wo rennen Sie hin? Wir sind noch gar nicht zu unserem Thema gekommen."

„Träumen Sie gelegentlich?" fragte ich ihn schon von der Tür aus.

„Es kommt vor."

„Und was träumen Sie?"

„Hö-hö, ich träume, daß ich Akademiker bin."

Ich gab ihm besänftigt die Hand. Die Meerschweinchen träumen davon, daß sie Meerschweinchen sind. Nicht einmal in die Haut der Unwahrscheinlichkeit gesteckt, denken sie an Autobus und Abgrund.

„Hö-hö", grinste ich ihn an.

„Warum grinsen Sie?" fragte mich Grinsendes Schaukelpferd streng.

„Es ist mir eingefallen, daß ich wahrscheinlich über Ihr Leben schreiben werde, das Leben des Akademikers, der träumt, daß er Akademiker ist."

Im Stiegenhaus lachte ich bereits laut. Warum nicht? Es ist möglich, daß auch das Schaukelpferd ich selber bin. Manchmal schwitzt mir die Handfläche, ich sabbere den Kopfpolster voll, in meinem Ekel hat Schaukelpferd hinreichend Platz. In Schaukelpferd personifiziert sich der Ekel, er tritt aus mir heraus, und ich werde von ihm befreit.

Zu Hause nahm ich die Puppenfiguren erneut hervor, aber ich entschloß mich, so mit ihnen zu spielen, als ob Schaukelpferd der Produktion zuschaute. Hö-hö, spornte ich mich an, denn am Anfang fiel mir die Wandlung schwer. Kaum hob ich Blaustrumpf in die Höhe, überströmte mich eine aufregende Traurigkeit. „Sie sind wie Pascal!" — „Hö-hö, ich?", grinste Grinsendes Schaukelpferd. Die Produktion mit Kavalier und Blöderchef ist mir schon etwas besser gelungen, ich habe sie fast nicht mehr beachtet, so sehr erfüllte mich der Hochmut meines Meerschweinchendaseins.

In der Nacht aber trennte ich mich von Grinsendem Schaukelpferd, genauer gesagt, Grinsendes Schaukelpferd entzweigte sich und verließ mich. Es kletterte auf das Bücherregal und lauerte hinter dem dritten Band der beschreibenden Grammatik. Von dort aus befahl er:

„Alle Meerschweinchen zum Autobus!"

Ich konnte mir nicht erklären, warum auch ich losging, wo ich eigentlich fliehen müßte.

„Sehr richtig, Sie auch. Sie sind das Meerschweinchen Nummer eins. Sie setzen sich dorthin, direkt neben den Chauffeur." — grinste Grinsendes Schaukelpferd.

Wortlos gehorchte ich ihm. Von der Kurve blickte ich nochmals in Richtung des Bücherregals. — Hö-hö — grinste Schaukelpferd. Da stürzten wir schon, und ich wußte, alles wird in Trümmer brechen. Grinsendes Schaukelpferd lachte noch immer. Eigentlich bin ich durch dieses Lachen aufgewacht. Argwöhnisch sah ich mich um. Ich suchte die Quelle des Lachens. Aber aus allen Ecken spähte mir nur Stille und Unordnung nach. Betäubt wankte ich ins Badezimmer. Ich schmierte mir Rasiercreme ins Gesicht und starrte in den Spiegel.

„Siehst du, die Meerschweinchen sind krepiert."

„Hö-hö."

„Schließlich warst auch du unter ihnen. Ja, du, der sich nicht vorstellen konnte, er sei selbst ein Meerschweinchen."

„Hö-hö."

„Du warst auf Dummheiten neugierig, auf Blaustrumpf und Pascal. Du spieltest Puppentheater mit Kavalier und Blöderchef."

„Hö-hö."

„Dabei haben die Meerschweinchen gleich viele Flecken und du bist auch nicht anders, du setzt dich neben den Chauffeur im Autobus."

„Hö-hö."

Wenn ich die Rasur beende, ziehe ich den Pyjama aus und das Hemd an. Es ist warm, heute ist es wieder sehr warm, — dachte ich. Die eine Ecke des Zimmers war voller Hobelspäne, zwischen den Hobelspänen schimmerte ein Satz hervor: DIE NOT DES GLÜCKS. Ich versuchte, Wörter dazu zu leimen. Aber es kam nichts dabei heraus. Ich band meine Krawatte zurecht …

„Und?"

„Und nichts. Das Wasser des Sees bei Kukutyin hat 23 Grad, und die Eskalation des Warenaustauschverkehrs belebt erfolgreich unsere ökonomische Integration."

Der Hermelinvogel

An Bagamerys Hirn, während er sich anschnallte, klammerte sich wie eine Zecke die böse Vorahnung: Diesmal wird der Flug anders werden. Der Motorenlärm dröhnte es in seine Ohren: ANDERS ... ANDERS. Wie aber anders, damit wollte er sich nicht auseinandersetzen. Wie Worte, die ganz einfach nicht davonzujagen sind, meistens eine Art von Gefahr signalisieren. Sie erinnern an eine über alles hinausragende Marien-Litanei, in der die Attribute unter einer Furcht und Andacht bestehenden Mischung stöhnend zusammenbrechen und die geschrumpfte Phantasie ängstlich auf eine bis dahin unbekannt gebliebene, von überall hervorkriechende Drohung zu warten scheint. Was bleibt, ist bloß das eine Wort: ANDERS, ANDERS — MARIA, MARIA. Aber jedes neue ANDERS und jede neue MARIA ist nicht identisch mit dem vorher AUSGESPROCHENEN, denn zu jedem Wort wird irgendein unergänzbarer und deshalb unverständlicher Brocken des Verdeckten kleben bleiben. Die beste Verteidigung scheint die Erfindung einer Gegen-Litanei, wie zum Beispiel: NICHTS GESCHIEHT ANDERS, NICHTS GESCHIEHT ANDERS. Es genügt, daß man sich an diese neugewonnene Wortkette klammert, und schon tritt Ruhe ein. Die Alarmzeichen verschwinden, es kann zur Entwarnung kommen, die Schnallen werden gelöst, und man darf wieder rauchen.

Es kam aber nicht zur Entwarnung. Ungläubig starrte Bagamery auf die Worte: NO SMOKING! Die Maschine war doch schon über 20 Minuten in der Luft! Nichts wird anders werden — wiederholte er störrisch. Doch er wußte bereits, daß alles anders kommen würde. War er jetzt aber so weit, so kam auch schon für ihn die Erleuchtung: Das Attribut, das sich bislang versteckt hielt, dieses Attribut war das Grauen selbst. Von diesem Augenblick an, als ihm diese Bedeutung klar wurde, fand er nichts mehr so schauderhaft. Anstelle des Schauers trat jetzt die Neugier: In Ordnung, anders. Aber wie anders? Das schwere Sausen, bis jetzt wie ein Turban um seinen Kopf geschlungen, hörte auf, die Motoren summten gleichmäßig. Er sah sich die Tragflächen an, die in dem wolkenlosen Nachthimmel wie Sterne glitzernd die Maschine immer höher trugen. Wie hoch werden wir jetzt wohl sein — murmelte er vor sich hin, als ob durch eine Antwort auf diese Frage alles sonnenklar geworden wäre. An der Tür zur Pilotenkanzel, von wo sonst die erklärenden Worte des Kapitäns kommen, blieb es stumm, auch die Stewardessen, die eben noch Zuckerln ausgeteilt hatten, ließen sich nicht blicken. Bagamery hatte immer stärker den Verdacht, daß auch die Passagiere das Flugzeug verlassen hatten. Sie strebten möglicherweise dem Ausgang zu — wie sie es von der Straßenbahn- oder Autobushaltestelle her gewohnt waren: einfach aussteigen.

„Das ist aber doch unmöglich!" Ärger und Verwunderung kamen ihm hoch.

„Was ist unmöglich? Was ist unmöglich?" hörte er eine fadendünne Stimme piepsen.

Bagamery drehte sich nach der Quelle der Stimme um, ohne Erfolg. Er suchte nach einer Fliege, Wespe oder etwas Ähnlichem, das einmal näher oder ferner, aber immer bei den Ohren summte.

„Die Ereignisse gehören systematisch geordnet", beschloß er, „systematisch geordnet."

„Nichts kann man systematisch ordnen", piepste ihm die fliegende Stimme entgegen.

In der Tat schienen sich die Schwierigkeiten zu vermehren. Begannen vor seinen Augen, wie im Kino, die Ereignisse herunterzuspulen, so schien gleichzeitig alles in einer riesigen, grauen Halle der Stille in völliger Unbeweglichkeit zu erstarren. Noch dazu erschien das alles nicht in der gewohnten Größe: die Passagiere, die sich zum Ausgang drängten, ebensowenig, wie die türmenden Stewardessen.

Sie verwandelten sich zu winzigen Figuren eines Taschengeduldspieles, wurden zu Micky Mäusen, Bären oder kleinen weißen Kugelchen, die man nach langem Hin- und Herschwenken, Heben, Senken und Drehen endlich in das kleine Loch hineinzwängte. Und würden sie winzig klein, lägen sie nun samt Flugzeug, Kapitän von einer Glasglocke bedeckt unter einem der hundertzwanzig Sitze. Man hätte sie mit einer leichten Bewegung aufheben, auf die Handfläche nehmen und mit ihnen spielen können; doch das geht nicht, man ist ja angeschnallt, auch brennt die Aufschrift: NO SMOKING! weiterhin. Inzwischen steigt die Maschine weiter. Sie steigt nicht einmal, nein, sie stürzt regelrecht hinauf. Draußen wurde die Nacht bereits aufgerissen, die Flügel wurden von einem weißen Milchdunst zärtlich umhegt. Es gibt weder ein Unten mehr, noch sichtbare Tiefen, die Maschine wird von einer dichten weißen Masse getragen und geschoben. Bagamery drehte den Kopf fahrig hin und her, er wurde durch diese weiße Eintönigkeit immer verstörter, am liebsten hätte er sich selbst auch zu einem unter einen Sitzplatz geschleuderten winzigen Spielzeug verwandelt, das sein Vorleben, das zu einem Nichts verzaubert worden war, wiederfindet. Wohin er sich auch wandte, alles sank in das weiße, große Nichts, auch die Sitze schienen sich darin aufzulösen. Als er vor sich hinmurmelte: „Wie hoch dürften wir jetzt wohl sein?" war ihm klar, daß er auf diese, eher aus einem plötzlichen Einfall hingeworfene Frage, die er einer Unterhaltung zuliebe aus diesen Worten zusammensetzte, keine Antwort erwarten konnte.

„Hier gibt's keine Höhe" hörte er die piepsende Antwort.

„Hier gibt's keine", äffte Bagamery nach. Wobei er fast auflachte, denn er wußte bereits: Wollte ihn jemand erschrecken, hätte er keinen Erfolg. Dazu war hier und in diesem Moment die Stille zu still und die Nacht zu weiß. Hier existierten auch keine Begriffe, wie vorwärts oder rückwärts, wie auch eine Zeitenfolge hier jeden möglichen Sinn verloren hatte. Er war zu Rekonstruktionen unfähig, was war „vorher", was geschah „nachher". Waren es zu erst die Glasriesen, die aus dem weißen Nichts im Nu auftauchten, oder der wundersame Vogel, der anstelle von Federn mit Hermelinhaaren bedeckt mit seinem schwarzen Schnabel, wie um Einlaß bittend, auf das Fensterglas klopfte? Daß es nur nicht bricht! Was? Das Glas? Der Schnabel? Oder vielleicht das Flugzeug gar, das von den ihm entgegenfliegenden Myriaden von Glassplittern zerfressen werden könnte? Ein Klirren war nicht hörbar. Auch der Vogel schien unbeweglich zu sein, wie die Maschine selbst — vielleicht, weil beide die gleiche Geschwindigkeit hatten? Bagamery versuchte es, sich vorzubeugen, aber die Anschnallung hielt ihn zurück. Längst schon bewegten sie sich mal nach oben, mal nach unten in einem mit schneeweißer Watte gefüllten Rohr. Die Richtung konnte ebenfalls nicht stimmen, da der Vogel seinen Schnabel hin- und herschwang.

Sollte man nicht den Kapitän warnen? Freilich wäre das das Richtige. Der Vogel — dessen Augenhöhlen statt mit Augäpfeln mit schwarzen Perlen ausgefüllt waren — müßte sich hier eigentlich am besten auskennen. Ja, man sollte beweisen, daß auch der Vogel mit der Richtung nicht einverstanden war. Auch wäre es nicht ratsam, sich gegen das scharfe Glas zu wenden.

„No, was ist los" schrie er auf, weil es ihn verzweifelt machte, aus der alles umgebenden Masse immer noch nicht herausgefunden zu haben.

„Wie Jonas im Bauch des Fisches", klang es aus dem Wattenebel.

Er hoffte, daß die piepsende Stimme den unerwarteten Störenfried zur Ordnung rufen würde. Statt dessen ertönte jedoch aus der Ferne, der Ruf einer Stewardess':

„Mein Herr, Sie können die Anschnallung lösen."

Bagamery kümmerte sich nicht um die Aufforderung, er stand leichtfüßig auf — keine Schnallen hielten ihn zurück — er streckte seine Hand vor und klammerte sich an den schwarzen Schnabel des Hermelinvogels. Dieser zuckte zusammen und seine riesigen Flügel brachten ihn immer weiter von der Maschine weg.

Der Tag der Fische

Er schwamm bereits seit Wochen, ohne Unterbrechung. Es schien so, zumindest von oben, woher die Möven und Albatrosse ihn mit neugierigen und ziemlich verwirrten Blicken verfolgten, weil er sich auch schlummernd bewegte; die Strömung hat ihn nach Osten getrieben. Seinen Füßen waren bereits Schwimmflossen gewachsen, sein Körper schon mit Schuppen bedeckt. Er hatte zumindest dieses Gefühl, oder besser gesagt, er träumte davon. Aber in dem Moment, in dem er sich ganz diesem Traum hingeben würde, wurde er durch das in seinen Ohren nachklingende Tuten der sich entfernenden Schiffe unsanft in die Wirklichkeit zurückgeholt. Er suchte von Zeit zu Zeit das Wrack eines Flugzeuges oder Schiffes um ihn herum, vielleicht auch nur Fetzen, die der Seide eines Fallschirms oder einer Schwimmweste glichen, aber er hat nichts derartiges gefunden. Nur die Gischt der Wellen blitzte weiß auf dem endlosen Wasser.

Wenn es so ist, auch das könnte sein, daß er in der Badewanne eines Nachbarn sitzt, diese Badewanne hat ein Loch bekommen, das Wasser hat — samt ihm — einen Weg gesucht, später vereinigte es sich mit anderen Gewässern, und auf diese Weise ist er dann hierher gelangt. Es ist wahr, daß er von den Ufern des Alltags losgerissen wurde, in eine unbekannte Ferne gefallen ist, trotzdem könnte er in Gedanken auch den Rand der Badewanne umklammern, den Rand jener Badewanne, die in einem bekannten Badezimmer steht, mit Wänden um sie herum. Hier gibt es aber nirgendwo Wände, nur Wasser …

Es stimmt, daß es jetzt nicht tobte, sogar die weiße Gischt hob sich ab und umarmte ihn jetzt mit einer aalglatten Lüsternheit — aber die Angst der vergangenen Tage warnte ihn vor der Tiefe, in die man nicht hinunterschauen kann, wo geheimnisvolle Ungeheuer hausen, in seiner unmittelbaren Nähe, die ihn jederzeit in seine Füße beißen, ihn zu sich hinabreißen, und dort, wo man schon nicht mehr atmen kann, zerfleischen könnten. Und das wäre noch fürchterlicher, weil ihn dort unten nicht einmal der Tod, sondern die grausame Ruhe der Haiaugen anstarren würde. Er könnte dann, nur an einer Stelle verankert, weiterleben, an den Fühlern des einzigen, ihn beherrschenden Gedanken haftend: Wann werden sich ihm diese Augen nähern? Er fröstelte, obwohl das Wasser nicht kalt war. Er ist wahrscheinlich in irgendein Südmeer gefallen. Die Sonne schwamm strahlend über ihm, und als es dunkel wurde, war auch der Atem der Sterne warm. Er schauderte und dachte daran, wie gut es sei, daß die Dämmerung ihn noch nicht umfangen hat, daß er sich noch eine Weile im Licht fortbewegen konnte. Wenn ihn dann die Nacht umhüllt, wird es noch viel schlimmer. Also, den Umständen entsprechend, hat er ja noch ein wenig Vorsprung. Und auch das ist ihm — eben durch die Erfahrungen der vergangenen Tage — eingefallen, daß auch die Angst müde wird, ebenso wie der Schwung der Arme nachläßt. Man kann nichts ununterbrochen machen, weder sich fürchten noch schwimmen. Auch nicht schwimmen? Nein, schwimmen muß man. Falls er das nicht tut, wird er unrettbar versinken.

Und selbst wenn es so passierte, wenn er in die Tiefe versunken wäre, was würde er schon verlieren? Anfangs scheint ihm, daß dies unendlich viel sei. Zuerst würde ihn die Bewegung verlassen, die ihm eine tempobefehlende Kraft verleiht, und — er konnte dies trotz der Schuppen fühlen —, daß sie ein seine Haut streichelnder Zwang war. Na und? Wenn das geschehen wäre, wäre er auch von der durch die Bewegung verursachten Müdigkeit erlöst worden. Er müßte sich dann — sich vor dem Einschlafen seiner Glieder fürchtend — nie mehr ausstrecken. Er würde sich einfach von der Strömung treiben lassen, ganz egal wohin: nach oben, unten, vorn und hinten — wenn er nur ruhen könnte, wären die Richtungen völlig bedeutungslos. Aber wären sie es wirklich? Wahrscheinlich nicht. Der Gedanke würde schon nach ihnen greifen. Er würde, die Möglickeit des Untergehens erwägend, einen Ausweg suchen. Aber Gedanken machen einem eben immer einen Strich durch die Rechnung. Jetzt fuchtelte er herum, sogar in drei Richtungen gleichzeitig. Er suggeriert, daß man nicht nur von der Bewegung verlassen wird, das wäre noch kein besorgniserregender Verlust, sondern es wird auch das gesamte Tun, das damit verbunden ist, verschwinden. Und doch, auch wenn man sie momentan nicht brauchen kann, von der Warte der Vergangenheit aus betrachtet, sind sie noch immer lebendig.

Während er mit dem Begriff des Tuns kämpfte und diesen einigermaßen einzuordnen versuchte, wurden die Wellen immer größer, hoben ihn empor, wurde er von ihnen hinuntergedrückt, füllte sich sein Mund mit einem scheußlichen Geschmack, als ob er ein Stück Seife geschluckt hätte. Fortwährend spuckend, suchte er den Himmel über sich, der durch aufblitzende Flügelschläge von Linien durchzogen war. Er würde jetzt nicht erschrecken, auch nicht, wenn plötzlich wilde Bestien im Wasser auf ihn zusprängen. Nein, im Gegenteil, er hat dies sogar erhofft, er wünschte, daß ihn die Bedrohung ohne Maske anfalle, gleich einem faßbaren Gespenst und nicht so ungreifbar, mit der drohenden Masse des Ozeans vereint ... Er hat sich bemähnte Landtiere vorgestellt, die wie wahnsinnig auf dem Wasser herumtoben, aber seine Faust stieß nur an die glitschigen Leiber der Medusen. Der Begriff des Tuns wälzte sich eine Zeitlang mit ihm zusammen herum, und sie waren erst dann zu trennen, als sich das Wasser wieder beruhigte.

Wir liebten. Liebten uns. Aßen. Kletterten auf Stangen. Gingen ins Büro. Hockten uns nieder. Er wiederholte diese Worte immer wieder und hoffte, daß sie, wenn er sie mehrmals nacheinander nannte, geheimnisvolle Bedeutung gewännen; sie würden ihm als Zauberformel dienen und ihn dadurch schützen. Er versuchte es auch mit Silben, wie: liebten, lieb-ten-uns; und dann eine nach der anderen heraussprudelnd: aßen, aufstangenklettern, gingeninsbüro; aber je öfter er sie wiederholte, um so absurder wurden sie, am Ende verloren sie ihre Bedeutung und wurden völlig sinnlos. Andere hingegen machen etwas ganz anderes, ermutigte er sich: Singen. Ausgehen. Ihre Rolle spielen. Ihre Rolle spielen. Er wollte sich an diesen letzten Worten festklammern. Ein Stück Holz trieb auf ihn zu und während er diesem auszuweichen versuchte, verschwanden die Worte, und als sie wieder auftauchten, waren sie mit einem Fragezeichen versehen: Ihre Rolle spielen? Ihre Rolle spielen? Die Worte hallten in ihm wider und dieses Echo verbreitete eine schale Traurigkeit, sie trieb ihm seinen eigenen Schweißgeruch in die Nase, und gleichzeitig mit diesem Geruch wurden glänzende Glastüren geöffnet und wieder zugeschlagen, aber es konnte auch sein, daß nur die Flügelschläge der Albatrosse und Möven die Erinnerung an diese Türen widerspiegelten.

Wie viele Anstrengungen, seufzte er, welch ein Gewimmel, und er wurde erst dann ruhiger, als er entdeckte, daß er allein war. Nein, der Mensch ist nie allein, er ist immer von anderen umgeben, Fragen werden an ihn gestellt. Man spricht ihn mit seinem Namen an. Der kreischende Aufschrei einer Feile berührte seinen Halswirbel — es war aber nur ein Aal. Seine Zähne schlugen aufeinander. Man spricht ihn mit seinen Namen an, tut so, als ob man etwas über ihn wisse, oder doch zumindest so, als ob er bereits registriert wäre. Wenn er sich gehen ließe, wenn er sich nicht mehr bewegte, wäre er vielleicht auch von dieser Qual erlöst. Sein Name würde mit ihm zusammen versinken, das Gewimmel wäre beendet, die Türen würden sich für immer schließen. Und wenn sie geschlossen würden, dachte er weiter, könnte auch der Schrei nicht mehr durchdringen. Weil immer jemand schreit: ein Elternteil, ein Lehrer, einer, der glaubt, daß er das Recht hat zu schreien. Manchmal muß man zurückschreien und falls man das nicht tut, wird man ewig vor der Tür bleiben, mit seiner Nase an das Glas stoßen. Dieses Gedränge hat keinen Sinn, ebensowenig wie dieses Gewimmel. Wer draußen bleibt, ist verwaist und auch der — dem es gelingt, dort mit Gewalt einzudringen, wo die anderen im Dunste des Schweißgeruchs ihre Rollen spielen —, bleibt in der Masse immer allein, ausgestoßen aus den Wünschen der anderen, außgestoßen aus den Rollen der anderen, er bleibt allein mit seinen eigenen Wünschen.

Eigene Wünsche? Was ist das überhaupt — ein Wunsch? Er spürte, daß ihn die Nase beißt, es täte so gut, sie zu kratzen. Aber als er seine Haut berührte, wurde ihm klar, daß ihm auch auf der Nase Schuppen gewachsen waren, und diese Berührung entfremdete ihn von sich selbst. Es war ihm, als ob er eine fremde Nase berührt hätte, jemandes Nase, der hinter der Tür seine Rolle spielt. Diese Erkenntnis erfüllte ihn mit Trost. Sie trug auch die Möglichkeit der Befreiung in sich. Ich muß es auch ihr sagen, wir müssen es miteinander teilen — flüsterte er. Gleichzeitig wurde ihm aber auch bewußt, daß dieses Vorhaben unausführbar ist, nicht nur deswegen, weil er an das Wasser gebunden ist, sondern weil die andere keine Schuppen auf der Nase hat. Das können nur die Schuppennäsigen verstehen, aber auf solche, sich selbst ausgenommen, ist er bis jetzt noch nicht getroffen. Mit ihr also könnte er keinerlei Erkenntnis teilen. Mit ihr? Mit Wem? Mit der natürlich, die er liebt, geliebt hat.

Der Begriff des Tuns rührte sich wieder in ihm, weil man auch mit ihm selbst und mit den anderen Versuche unternommen hatte, damit aus zwei Bewegungen etwas Neues entstehen möge, etwas, das man unter verschiedenen Namen kennt — gewöhnlich Lust, und auch — Liebe. Es ist doch unmöglich, daß deren Bedeutung nur so oberflächlich sein soll. Man müßte sie mit magischen Worten herbeirufen: Du, nach Unsterblichkeit schmeckendes, nach Wasserfrosch schmeckendes, nach bitteren Walderdbeerblättern schmeckendes, vor meinem Körper dich öffnendes Medaillon — so müßte man sie rufen, so oder auch anders, mit der Besessenheit des Dichters, schamhaft und schamlos zugleich, mit mörderischem Keuchen und besonders mit der Angst, daß sie, und die, die wir lieben, die wir mit unseren Wünschen verfolgen, imstande seien, unsere schuppige Nase zu kitzeln, besser gesagt, jene Nase, die das Streicheln noch immer wohltuend empfindet; wir müssen um sie besorgt sein, nicht deshalb, daß sie andere Schuppen kratzen könnten, deren Liebkosungen ihnen unbekannt und unbegreiflich sind, wir sollen Angst haben um sie, daß sie ausschließlich bei uns verbleiben, solange nicht etwas zwischen uns, besonders aber zwischen uns und unserer fühlenden Haut wächst, was diese Liebe unbegreifbar gleichgültig macht.

Aber was unbegreiflich ist, das ist doch noch lange nicht gleichgültig! Das klang wieder so erbarmungslos. Zum Glück donnerte es plötzlich, und es begann zu regnen. Das innere Grauen wurde von der äußeren Nässe ersäuft, und es war erstaunlich, daß ein seit Wochen vom Wasser durchtränkter Körper die Nässe spüren konnte. Und trotzdem war es so, vielleicht auch deshalb, weil sie jetzt auch von oben kam, nicht nur mehr von unten strömte, hat sie die Gespenster der Unbegreiflichkeit in alle Windrichtungen zerstreut, die Sonne verdeckt, die schon seit einiger Zeit als ein in die Düsterkeit der im Gedächtnis haftenden Texte einfallender Lichtstrahl existierte, und die zweifelnde Stille in eine solche Farbe einhüllte, daß man meinen konnte, daß ihre eigene Farbe für immer unaufgedeckt bleibe.

Als aber der Sturm vorbei war, meldete sich die Stille gelb. Und dieser Farbeffekt flimmerte nicht nur, sondern er ratschte auch. Sie plapperte von der Qual, das Unbegreifliche zu erobern. Darüber, daß alles unerreichbar ist. Das innere Gewimmel bleibt, auch wenn du vor der Tür stehst, und möchte weiterhin verstehen, definieren, einordnen. Und diese Definitionen gebären immer wieder neue Zweifel. Das ist dann gut, wenn die Bewegung, die in ihre Richtung zielt, ebenfalls zum Erlahmen kommt. Sie existieren nur solange, als man sich abstrampelt. Und wozu soll jemand — der der Scham der Liebe schon entflohen ist und weiß, daß dort, wo es Schuppen gibt, sich das Kratzen nicht mehr lohnt — dann noch weiterstrampeln? Ja, aber diese Negation rührte gleichzeitig wieder die Liebe auf, so wie Eidechsen, mit ihren Schwänzen um sich schlagend, die Aufmerksamkeit auf ihren Kopf lenken. Wahrscheinlich, murmelte ihm das Wasser zu, von unten und aus allen Richtungen — während es auch das eintönige Geplätscher eines nicht ordentlich abgedrehten Wasserhahns nachahmte —, daß es vielleicht dieses Gefühl ist, das man nie, auch nicht mit schuppiger Nase, von sich wegstoßen kann. Aber man braucht es sowieso nicht zu tun, es fliegt schon von selbst weg. Diesen Eindruck haben wahrscheinlich die Vögel hinterlassen. Und alle Tugenden, die dem Tun eine Patina verleihen, schwingen sich weg. Und alle unsere Tätigkeiten, wobei wir uns für die anderen so begeistert, treu, selbstlos und hingebungsvoll bemühten, fliegen davon. Aber was heißt das: für die anderen? Gibt es ein solches Bemühen überhaupt, das unbewußt, oder sogar sehr bewußt, nicht auch seinen eigenen Nabel schleckt? Gibt es einen solchen Kuß, der sich so formt, daß man den Speichel nicht in seinem eigenen Munde spürt? Diesen gibt es nicht. Wenn die Angst um die eigene Person versiegt, fliegt auch die Liebe davon.

Und falls sie das nicht tut, muß man weitergrübeln, bis die tierische Freude beschmutz ist, denn nur die Tiere sind glücklich, weil sie die Fähigkeit besitzen, die glücklichen Augenblicke — die sie gierig verschlingen können — in sich zu schlecken. Aber immer nur erwägen, bewußtmachen, etwas in die Waagschale des Verstandes werfen — ist ein höchst unseliges Unterfangen.

Das Meer umringt ihn plötzlich mit roten Flecken. Er hat an Sokrates gedacht und an einen Schriftsteller; wer war er wohl, ach ja, der, der an einem leichten Schnupfen starb. Er ist nicht gestorben, jubelte er röchelnd, er ließ sich nur einfach gehen, einfach gehen einfach gehen.

Er ließ zu, daß sein Kopf untertauchte. Das Wasser brodelte grinsend und zeigte den weiteren Grübeleien die kalte Schulter, ebenso wie auch den Vermutungen, ob die Badewanne des Nachbarn nun zum Ozean geworden war oder vielleicht das grenzlose Meer zu einer sarggroßen Badewanne zusammengeschrumpft war.

Der Rattenfänger

Bei Einbruch der Dämmerung, wenn die Umrisse der Umgebung noch nicht in der gestaltlosen Nacht verblichen sind, die Dunkelheit aber die Häuser schon leicht übergossen hat, treibe ich mich gern in den Straßen der Vorstadt herum. Die Türme der Innenstadt versinken in Augenhöhe, der Widerhall der Schritte wird lauter, die Gedanken lassen gefiederte Flügel wachsen, kitzeln den Kehlkopf von innen und wollen schon fast als Worte hinausfliegen, überlegen es sich schließlich aber doch: das Herz ist ein wärmeres Nest, dort finden sie Zuflucht. Es gibt hier fast keine Passanten, die Rolläden sind schon heruntergelassen, und auch die großen Lieferwagen der nahen Möbelfabrik sind bereits vorübergedonnert. Weder Straßenbahn noch Autobusse, nur Steine und Himmel. Ein verqualmter, brauner Himmel, doch hinter ihm verbirgt sich etwas Bläue, und bald werden die Sterne aufgehen.

Anfangs zähle ich die Tornischen. Dessen kann man bald müde werden. Dann fällt mir der Rattenfänger von Hameln ein, der so schön Flöte spielen konnte, daß er damit alle sich wie wild vermehrenden Ratten aus der Stadt locken konnte. Es drängt mich, das Geheimnis dieser Melodie zu enträtseln, doch nie gelingt es mir. Dafür fällt mir immer wieder der Marsch aus dem Film „Schneewittchen und die sieben Zwerge" ein, wie die Kleinen „hei-ho! heiho!" mit ihren Spitzhacken auf der Schulter marschieren. Das singe ich vor mich hin, versuche, mit diesen Klängen die Ratten zu beschwören, doch es gibt keine. Nur eine kleine alte Frau schlurft vor mir her. Sie wackelt nervös mit dem Kopf. Manchmal dreht sie sich auch um. Vielleicht singe ich zu laut. Oder sie fürchtet sich. Ihr Hals ist so dünn wie die Flöte des Rattenfängers von Hameln. Und auch ihre Beine sind dünn. Zwischen ihren Knien könnten die Zwerge durchmarschieren, ohne mit ihren Spitzmützen die Strümpfe zu streifen. An ihrem Arm schaukelt eine Einkaufstasche hin und her, genauso wie ihr Kopf. Brot liegt darin, und ein kleines Paket. Leber, Lunge oder anderes Katzenfutter. Diese kleinen, alten Mütterchen mit ihren zerbrechlichen Hälsen halten lieber Katzen als Hunde. Wie kann ihr Gesicht aussehen? Sicher ist es verbraucht und voller Falten. Diese Gesichter haben etwas Rührendes. Ich beschleunige meine Schritte, damit ich sie überhole. Ja, sie sieht genauso aus, wie ich es mir vorgestellt habe. Aber von hinten ist sie mir doch lieber. Ich lasse sie weiterschlurfen, bemerke jedoch ihr Zögern. Ihr wäre es lieber, wenn ich vor ihr ginge. So wechseln wir einander öfter ab, manchmal schwenkt sie ihre Tasche vor mir, manchmal hinter mir. Dabei stößt sie kleine Seufzer aus, die wie die herabrinnenden braunen Schatten die Luft durchlöchern.

Hei-ho! hei-ho! Wo bleiben die Ratten? Wie lange soll ich noch auf sie warten? Ich durchwandere mit der kleinen Alten schon die dritte Gasse: nirgends eine Seele. Und diese Straße hier sieht ganz so aus wie ein Zimmer. Am Gehsteigrand die Tür — wir treten ein. Die Wände sind aus dichten Häusern aufgezogen, nur hie und da ein Garten — das sind die Fenster. Ein schöner, großer Raum für uns beide. Ich bin jetzt ein wenig zurückgeblieben, muß meine Schritte beschleunigen. Nein, doch nicht. Am Ende des Zimmers steht jemand. Ein Polizist. Das Mütterchen steuert ihn an, erklärt ihm etwas; der Polizist nickt.

„Heda!"

Ich überhöre es. Ruhig schlendere ich weiter.

„Stehenbleiben!"

Ich halte inne.

„Die Dame behauptet, Sie wollten sie überfallen."

Ich drehe mich um und fange zu lächeln an. Wenn ich das tue, dann bebt mein ganzes Gesicht. Ich sehe dabei aus — wer hat das bloß gesagt? — wie ein lachender Schwamm. Ich wende meine Visage der Dame zu. Was Dame? Tante. Eine echte Tante.

„Warum glauben Sie das?"

Sie antwortet nicht, sondern blinzelt nur mit den Augen. Sie blinzelt wie die ewigen Lichter zu Allerseelen.

„Vielleicht deswegen?" Ich fahre durch meinen Bart. „Man sagt ja: rote Haar', Gott bewahr'. Aber was soll ich machen? So hat mich meine gottselige Mutter geboren."

Zu diesem biographischen Detail kann auch der Polizist nichts hinzufügen. Das Mütterchen schlägt ebenso verlegen ihre Augen nieder.

„Freilich, mit solchen Händen" — ich halte meine Handflächen hin, die sind wie Schaufeln — „wäre es sehr einfach, jemanden zu erwürgen. Solche Pratzen sind aber für etwas anderes da. Wissen Sie, wozu? Ich schleppe mit ihnen Klaviere und Möbel, hänge diesen Gurt da an meinen Hals" — ich krümme mich etwas und zottle um die beiden herum — „und ho-ruck, ho-ruck! So."

Jetzt lächelt bereits auch der Polizist, zwinkert mir mit seinem Augenwinkel zu. Doch er spricht zum Mütterchen.

„Wo wohnt die Dame?"

„Hier, in der Nähe."

„Hm."

Die alte Frau sagt nichts mehr. Sie macht sich wieder auf den Weg. Ich ihr nach. Entschuldigend wende ich mich immer wieder um, als wolle ich mich erkundigen, ob wir beide genügend Platz auf dem Gehsteig haben. Der Polizist aber nickt nur. Vielleicht denkt er an die Klaviere und schweren Möbel. Ich auch.

Einmal werde ich es wirklich versuchen. Ich stecke meinen Daumen in den Rachen eines wendeltreppigen Hauses und lasse das Klavier bis zur Stirne hinauftanzen, ganz hinauf, bis zum Dach. Jetzt aber muß ich auf andere Dinge achten. Auch diese Straße ähnelt einem Zimmer, besser gesagt, einem Vorzimmer. Hier muß man den Mantel ablegen und den Hut. Wenn man keinen hat, dann die lästigen Gedanken. Das Zimmer darf man nur ungezwungen betreten. Ich rücke meine Krawatte zurecht und mache einen Knoten in mein Taschentuch. Das Knotenbinden ist eine wichtige Angelegenheit, es gehört zum Schweigen.

Ohne das würde die unerreichbare Melodie des Rattenfängers von Hameln weiter in mir herumsummen.

Das Mütterchen wurde später gefunden. Der rote Bart nicht. Den habe ich noch am gleichen Abend in ein Stück Zeitungspapier gewickelt und in eine Mülltonne geworfen. So ist es eben. Hei-ho! Hei-ho! Die Melodie des Rattenfängers fällt mir seither noch immer nicht ein.

Auf der Insel der Toten

In den Glasvitrinen waren verblichene Dogenhüte aufgereiht. Eines der Fenster des Museums stand halboffen und zusammen mit dem hereinfallenden Licht strömte Fisch- und Algengeruch in den Saal. Den Platz unten überschwemmten die fetten und aufdringlichen Tauben. Ein kleiner Neger hockte mitten unter ihnen und ließ es zu, daß sich die gefräßigen Vögel in seinem Kraushaar niederließen, und von dort aus die in die Höhe geworfenen Maiskörner auffingen.

„Schau" — ich zeigte in die Richtung von San Marco.

„Sind wir ins Museum gekommen, um den Platz anzustarren?" — Maria verzog den Mund und ging in den nächsten Saal. Dort fand ich sie, in die Betrachtung des Porträts einer ihr gleichen gelangweilten Greisin vertieft.

„Schön" — bemerkte ich nicht ohne Spitze.

„Du bist auch nicht schön" — gab sie zurück — „niemand ist schön vor dem Tod."

„Ich werde noch mindestens dreißig Jahre leben", sagte ich.

Mehr sprachen wir nicht, gähnten die ausgestellten Gegenstände an, ließen uns vom Strom der Menge mitnehmen, bis wir den Ausgang erreichten. Zum Ärger photographierender Gruppen quälten wir uns irgendwie über den Platz.

Maria drehte sich immer wieder um und suchte mit dem Blick den großen roten Turm. Man winkte von dort oben.

„Es lohnt sich nicht hinaufzugehen, früher einmal ritten die Dogen auf dem Rücken eines Esels hinauf in den Turm, mit dem Lift ist es nicht mehr interessant."

„Nichts ist interessant" — winkte sie ab, den zusammengefalteten Stadtplan in den Händen. In dem scharfen Licht konnte ich gut sehen, daß ihr Gesicht wieder schlecht gepudert war.

,,Wohin schaust du?" — fuhr sie mich an.
,,Auf den Turm."
Wir setzten uns in ein Espresso und bestellten Cinzano.
,,Wie lange bleiben wir hier?" — fragte Maria. Sie kniff die Augen zusammen, so wirkte sie häßlicher als gewöhnlich.
,,Langweilst du dich?"
Wortlos trank sie ihr Glas in einem Zug aus.
,,Zu Hause langweilst du dich auch" — fügte ich hinzu.
Sie nickte wütend.
Sie richtete sich ein wenig auf, und diese Bewegung erinnerte an die Flut, ihr Busen wogte bis in meine Augenhöhe.
Maria die Mächtige, Dicke, Reiche, ich nichtssagend, zerbrechlich, arm. Das ist unsere gemeinsame Litanei. Sie trompetete sie, und auch ich murmelte sie vor mich hin. So war es bis jetzt. Von nun an wird es anders werden. Eine unwahrscheinliche Freude staute sich geil in meiner Kehle, ich beschloß die Kette zu erwähnen.
,,Die Halskette, die ich gestern vormittag ..."

,,Ich will nichts davon hören" — sie schlug auf den Tisch. Sofort erschien der Kellner, beugte sich fragend zu ihr, sie maß ihn von oben bis unten und der Kellner entfernte sich.
,,Ich habe sie gekauft" — sagte ich und befühlte meine Rocktasche.
,,Ich glaube dir nicht, daß du es gewagt hast, sie zu kaufen."
Ich zog sie aus der Tasche.
,,Das ist keine Halskette, das ist ein stacheliges Hundehalsband, wie für einen Schinder. Schon beim Probieren habe ich mich gestochen."
,,Wunderbare Handschmiedearbeit" — Maria griff über den Tisch und wollte sie mir aus der Hand reißen. Sie stieß einen heiseren Schrei aus, die herausragenden Verzierungen schürften ihre Hand auf.
,,Ich habe sie nicht für dich gekauft. Unsere Köchin

wird sich bestimmt darüber freuen. Du hast gesagt, daß man auch ihr etwas kaufen muß."

Wir stritten uns etwa eine halbe Stunde, genauer gesagt, Maria schrie kreischend mit mir. Sie schimpfte mich alles Mögliche. Meine Ohren brannten im Kreuzfeuer schadenfroher Blicke, aber diesmal störte mich selbst das nicht besonders, ich dachte an die Überraschung und ich konnte mich kaum beherrschen. Ich durfte es nicht übereilen. Ich mußte den geeigneten Augenblick abwarten.

Wir waren schon am Fischmarkt, als ich davon anfing. Maria stöberte in verschiedenen stattlichen Meeresspinnen.

„Erinnerst du dich an das Paar auf dem Schiff gestern? Der Bursche trug einen blauen Leinenanzug und das Mädchen ..."

„Ich erinnere mich nicht" — fauchte Maria und hielt mir die Spinnen unter die Nase, aber in ihren Augen blitzte schon die Neugier auf.

„Nun, was ist mit diesem Mädchen?"

„Warum soll ich dich langweilen, wenn es dich sowieso nicht interessiert?"

„Hör zu" — sie schleuderte die Spinne zwischen eingefrorene Aale. „Ich hasse es, wenn du etwas anfängst und es nicht zu Ende erzählst."

„Den ganzen Weg küßten sie einander."

„Und?"

„Und dann muß irgendetwas zwischen ihnen vorgefallen sein, denn nur das Mädchen kam mit uns zum Kloster von Torcello, der Bursche blieb bei der Schiffsstation."

„Und?"

„Das Mädchen war dann nicht mehr dabei, nur der Bursche fuhr zurück."

„Was willst du damit sagen?"

„Nichts. Es würde mich nur interessieren, wo das Mädchen blieb."

„Das ist wirklich kompliziert. Wahrscheinlich wohnt die Mutter oder die Tante des Mädchens in Torcello. Der Bursche hat sie dorthinbegleitet und hat sich dann davongemacht. Er wollte mit der Verwandschaft nicht zusammenkommen."

„So hätte es sein können — aber so war es nicht."

„Nein?" — Maria wurde angesichts meiner Entschiedenheit ganz verwirrt.

„Das Mädchen war zum erstenmal auf der Insel, sie suchte genau wie wir den Weg zum Kloster. Sie betrat den Turm gleichzeitig mit uns, ging geradewegs zum Madonnenmosaik und kniete davor nieder."

Maria blieb heftig atmend stehen. Inzwischen waren wir bereits in der Mitte der Rialtobrücke. An beiden Seiten schaukelte der bunte Kram der Händler im Wind. Ich wußte, es ist jetzt noch ein Kinderspiel, Marias Neugier zu steigern.

„Wahrscheinlich wurde das Mädchen ermordet" — setzte ich in aller Ruhe hinzu, gemessenen Tones. Marias Blick blieb an einem Zeitungsstand hängen. — „Die Zeitungen schaust du umsonst an, es ist unwahrscheinlich, daß sie es schon entdeckt haben. Heute ist das Kloster geschlossen, deshalb fuhren wir ja schon gestern hinüber. Vielleicht waren wir die Letzten, die dort waren, wir zwei, dieser Bursche, das Mädchen und jene singenden Nonnen."

„Demnach ..."

„Demnach ... wenn sie ermordet wurde, ist sie jetzt noch dort" — unterbrach ich sie.

Wir sahen einander an und eilten zu der Schiffsstation am San Marco-Platz. Maria schritt immer schneller aus, so daß ich sie kaum einholen konnte. An Deck des fahrplanmäßigen Passagierschiffes schien es, als wäre ihr Interesse erloschen. Aber das konnte mich nicht irreführen. Sie machte nur Theater, um mich verspotten zu können.

„Immer erfindest du so einen Blödsinn", attakierte sie mich, kaum daß sie sich auf die Holzbank gesetzt hatte. „Wir sind so gut wie die einzigen Passagiere, die anderen steigen sicher in Murano aus."

„Das ist leicht möglich" — pflichtete ich ihr bei —

„heute ist das Kloster geschlossen, wer sollte nach Torcello fahren?

„Aber dann wozu ..." — ihre Platte lief weiter.

Ich ließ mich auf keine Diskussion ein. Ich spazierte auf die andere Seite des Decks. Ich schaute den Wellen zu, die hinter dem Schiff aufschäumten. Wir erreichten die Insel der Toten, den Friedhof von Venedig. Eine Gondel näherte sich dem Ufer. Blumen bedeckten sie, vermutlich brachte man einen neuen Toten. Die Wellen schlugen mit einem glockenartigen Geräusch an die Felsen. Es fiel mir ein, daß ich einst ministriert hatte ... Gib Rechenschaft über dein Leben. Dieser Satz kam aus noch größerer Tiefe. Wem? Keiner ist da, um Rechenschaft abzulegen. Seinerzeit wagte ich es nicht, bei der Wandlung auf die erhobene Hostie zu blicken, aber dann habe ich es doch versucht. Nichts geschah. Ich wurde von keinem himmlischen Blitz erschlagen.

Über meinem Kopf auf der Kommandobrücke stand ein zigeunerhaft aussehender kleiner Mensch und dehnte seinen Brustkorb, wie der Kapitän eines Ozeanriesen. Sein Blick zeugte von Rastlosigkeit und Selbstbewußtsein. Obwohl er bloß ein Pfützenfährmann zwischen den Lagunen war. Hätte er Maria zur Frau, wäre er nicht so selbstsicher. Womöglich würde er sich gar nicht auf die Kommandobrücke wagen. Er würde sich im Maschinenraum verstecken. Von nun an wird es anders werden. Ganz anders. Die Wellen sollen nur läuten, ich werde nicht ministrieren. Weder für Maria noch für den Herrn.

Ein Teil der Unendlichkeit bewölkte sich plötzlich. Blitze zuckten in der Ferne, vertikal und horizontal. Das Wasser wurde grau, aber der Himmel schwebte noch immer blau, zumindest um das Schiff herum, über uns. Der Wind trieb das Gewitter weit weg. Wir legten in Murano und auch in Burano an. Die aneinandergeketteten Anlegepfähle stießen ächzend zusammen. Nur wir beide stiegen in Torcello aus, wie ich es mir vorgestellt hatte.

Ich ging auf dem engen Pfad vor Maria. Die Büsche, die Bäume, die Häuser atmeten Stille. Die geschlossenen Fensterläden der Buden verschwammen in grauer Eintönigkeit. Wir ließen das Kloster und die Ruinen hinter uns. Nirgends ein Laut. Nur aus einer von uns durch einen Kanal getrennten Gärtnerei drang Lärm. Die Gärtner pflückten Artischocken und warfen sie über den Zaun in einen altersschwachen Kahn. Dann verstummten auch diese Geräusche. Wir gelangten in eine dicht überwucherte Talsenke. Ich arbeitete mich durch das Dickicht und bog die unteren Zweige eines Busches, dessen Namen ich nicht kannte, nach oben. Darunter lag das Mädchen. Maria fuhr zurück und hielt ihren Schirm mit einer abwehrenden Bewegung vors Gesicht.

„Woher wußtest du, daß sie gerade hier liegt? — stotterte sie.

„Ich habe es geträumt."

Das Mädchen lag, als bäume es sich auf. Ihr Kopf war starr nach hinten gespannt, und so war der aufgeschürfte rote Streifen an ihrem Hals gut zu sehen.

„Die Kette, ja, die Kette" — flüsterte Maria wie von Sinnen. — „Jetzt erinnere ich mich, ich war mit dem Übersetzungsgerät beschäftigt, ich suchte nach einer 100-Lire-Münze in meiner Tasche, ich schaute mich um und du warst nirgends. Du bist aus dem Kloster hinausgegangen. Ich glaubte, daß ..."

Ich ließ die Zweige zurückschnellen. Marias Doppelkinn zitterte immer noch, wie der Hals einer Gans, wenn sie geschoppt wird.

„Mein Vater hatte eine große Fabrik, dann hat er sie von einem Tag auf den anderen verkauft" — sagte ich. „Er bekam immens viel Geld dafür. Wir aber lebten von da an im Elend. Meine Mutter drang vergebens in meinen Vater, um herauszubekommen, wo das Geld geblieben war. ‚Dieses Geheimnis werde ich mit ins Grab nehmen' — beteuerte er."

„Das ist nicht wahr" — rief Maria — „dein Vater hat niemals eine Fabrik besessen, so konnte er sie auch nicht verkaufen."

„Du könntest recht haben." — Ich beugte mich von

neuem zu dem Strauch. Maria fuhr protestierend zurück. ,,Aber dieses Mädchen hier ist wirklich tot."

Seitdem leben wir etwas besser miteinander. Obzwar Maria einmal versucht hat, über die Torcello-Angelegenheit einen Schleier zu breiten. ,,Glaubst du, daß man diesen Burschen gefaßt hat?"

,,Die Kette" — kanzelte ich sie ab — ,,die Kette."

Sie zuckte zusammen und schlug ergeben die Augen nieder.

Circulus vitiosus

An der Bleiglastür des durch einen Bogen zweigeteilten Saales standen zwei Kerle in weißen Kitteln. Sie ähnelten Ringkämpfern und hatten ihre Arme verschränkt. Ihre Köpfe waren der undurchsichtigen Glasscheibe zugewandt: sie starrten sie unverwandt an, als wollten sie auch damit andeuten, daß sie nicht zu den imposanten Einrichtungsgegenständen gehörten. Die im Renaissancestil gehaltenen Möbel waren wahrscheinlich Ende des vorigen Jahrhunderts angefertigt worden; dies bezeugten auch die reichen und sorgfältig gemachten Holzschnitzereien, für die spätere Handwerker nicht mehr genügend Zeit, Laune und Fingerspitzengefühl besaßen. Die Schnitzarbeit stellte in einem üppigen Wirrwarr Tier- und Menschenköpfe dar: manche hatten den Mund weit aufgerissen, als wollten sie brüllen oder beißen. Ein ähnlich geschnitzter, massiver Schreibtisch stand vor dem mit einem schmiedeeisernen Gitter versperrten Fenster. Hinter ihm saß auf einem Stuhl mit lederner Rückenlehne eine gertenschlanke, blonde Frau, ebenfalls in einem weißen Kittel. Sie saß fast rittlings auf dem Stuhl und ließ ihre Blicke rhythmisch umherschweifen. Sooft sie sich im Fauteuil, auf der Lehne reitend, erhob, spähte sie durch das Fenster und beobachtete unmutig die drei uniformierten Gestalten, die unten im Garten vor der Rosenlaube auf- und abschlenderten; ließ sie sich aber auf den Sitzpolster zurückfallen, wurde sie sofort freundlich und blickte auf den ihr gegenübersitzenden grauharigen, stattlichen Mann, der in einem Anzug mit Schottenmuster mit übereinandergeschlagenen Beinen dasaß und mit einer Hand seine Schläfen massierte. Plötzlich hielt er inne und streckte seine langen Finger zum Schreibtisch hin.

„Jane", sagte er mit angenehmer, dunkler Stimme,

„öffnen Sie, bitte, meinen Schädel und greifen Sie unter meine Gehirnrinde. Dort können Sie die beiden schwarzen Punkte wahrnehmen. Falls Sie nicht gut sehen sollten — hier ist ein Spiegel." Er nahm seine goldene Uhr vom Handgelenk. „Mit der Rückseite können Sie sie mühelos beobachten."

Die Frau antwortete mit ablehnender Gebärde: „Das ist nicht notwendig, Herr Präsident, wirklich nicht notwendig. Ich sehe die schwarzen Punkte gut, auch mit freiem Auge. Sie nähern sich einander aber nicht — man muß also keine unangenehmen Folgen befürchten."

„Ohne Zweifel, so ist es", nickte der Mann.

„Im Gegenteil, sie entfernen sich voneinander", fuhr die Frau fort. „Ich glaube, das ist sehr günstig ..."

„Mag sein", unterbrach der Mann sie. „Es kann eine günstige Konstellation sein, obwohl es schwierig ist, so etwas von vornherein zu beurteilen." Er steckte einen Finger in das Maul eines der Löwen am Schreibtisch. Sie verfolgte seine Bewegung.

„Fürchten Sie sich nicht, Herr Präsident?"

„Ach, davor, daß er mich beißt?" Er lächelte. „Nein, ich fürchte mich überhaupt nicht. In Ihrer Gegenwart werden alle Gegenstände zahm. Sagen Sie, Jane, warum reden Sie mich nicht einfach mit Harry an? Meine Mutter nannte mich auch so. Übrigens, ich habe sie gehaßt, meine Mutter."

„Sie war sicher eine sehr schöne Frau."

Er beugte sich nachdenklich im Fauteuil vor.

„Ich sah sie meistens in Reitstiefeln. Zur Fuchsjagd paßten ihr der rote Frack und der schwarze Hut ganz gut. Sie starb an einer Gehirnblutung, gleich nachdem sie mit ihrem schwarzen Diener geschlafen hatte."

Er sprach dies alles in einem Atemzug, etwas gelangweilt. Die Frau erhob sich von ihrem Sitz und nahm ihren verächtlichen Gesichtsausdruck wieder an.

Vor der Rosenlaube fluchte Sergeant Johns unaufhörlich. Ein sommersprossiger, hagerer Polizist wickelte die Schnur, an der seine Pfeife hing, um seinen Mantelknopf.

Ein dritter, ebenfalls sommersprossiger, stämmiger junger Mann beobachtete die hinter den Wolken hervorleuchtende Sonne und die herabfallenden Blütenblätter. Ein, zwei Blätter blieben an seiner ausgebeulten Hose hängen. Er streifte sie mit einer Bewegung ab und wandte sich zum Sergeanten.

„Der Herr Kommissar wird es schon erledigen."

„Schweinerei!" John machte eine Handbewegung: „Wir sind ihm schon auf der Spur, könnten ihn schon erwischen, und da wirft diese blonde Hexe einfach die Tür vor uns zu."

„Der Herr Kommissar wird es sicher erledigen. Er besorgt die geeigneten Papiere, und damit Schluß."

„Wie alt war sie?" fragte der andere. Doch man merkte, daß ihn die Antwort gar nicht interessierte, seine Worte dienten vielmehr nur als Hebel für den Zorn des Sergeanten. Er spielte weiter mit seiner Schnur.

„Neun", brummte der Sergeant und wurde blau vor Wut. Er schlug sich öfter mit der Faust gegen den Schädel. „Solche Unholde sollte man mit dem Knüppel erschlagen."

„Genau", pflichtete ihm der mit der Schnur bei.

„Und dazu ist es noch möglich, daß die beiden unter einer Decke stecken."

„Mit wem?"

„Mit wem, mit wem", knurrte der Sergeant. „Mit der blonden Bestie da."

Vom Ende des Gartens ertönte ein Hupton, und hinter der Rosenlaube tauchte ein großer, schwarzer Wagen auf. Ein zappeliger älterer Herr sprang heraus und schwenkte Papiere.

„Die Genehmigung!" schrie er schrill. Alle drei salutierten.

„Verdammt noch mal, die Genehmigung ist hier", wiederholte der in Zivil Gekleidete. „Läuten Sie an, Johns, und lassen Sie die Oberärztin rufen."

Es dauerte aber eine Viertelstunde, bis das Tor geöffnet wurde. Der Kommissar rannte die Stiegen hinauf, und hinter ihm Johns mit den beiden weißbekittelten Riesen. In der geräumigen Vorhalle blieb der Kommissar schnaufend stehen, den Kopf noch immer vorgestreckt, als suchte er nur die richtige Wand, auf die er losstürzen könnte.

„Wo ist er?"

„Gut aufgehoben", sagte die gertenschlanke, blonde Frau und wies zur Bleiglastür.

Der Kommissar lief sofort in die genannte Richtung. Die Frau verstellte ihm sanft den Weg.

„Könnte man die Einvernahme nicht hier halten?"

„Kommt nicht in Frage. Ich muß ihn vorführen. Sie können natürlich mitkommen."

„Es ist selbstverständlich, daß Sie ihn nur in meiner Gegenwart vernehmen dürfen. Aber selbst dann muß ich ihn vorbereiten. Übrigens, glauben Sie mir, es besteht kein Grund zur Besorgnis."

„Was?" pfiff Johns hinter dem Rücken des Kommissars.

„Schweigen Sie!" winkte der Kommissar ab. „Diese Angelegenheit geht nur mich und die Frau Oberärztin an. Ist er dort?" er deutete kurz auf die Tür.

„Ja."

„Und hat man es ihm wenigstens weggenommen, dieses ..."

— — — — — — — — — — — — — — — — — — —

„Man brauchte es nicht wegzunehmen. Er hat es selber übergeben."

„Er hat es übergeben. Sehr brav!" pfiff Johns wieder.

„Schweigen Sie!"

„Jawohl, Herr Kommissar!"

„Den Gegenstand haben wir übrigens eingepackt. Der eine Pfleger hat ihn bei sich."

„Man hätte es nicht einpacken sollen."

„Es war nicht sauber."

„Nicht sauber. Man kann wohl sagen, die Frau Oberärztin hat ganz eigenartige Ausdrücke. Und wie lange dauert diese gewisse Vorbereitung?"

„Ich glaube, es wird nicht länger als eine Viertelstunde dauern."

,,Okay, es ist in Ordnung", seufzte der Kommissar. Johns schlug ungeduldig auf seine Pistolentasche.

In dem durch Bogen zweigeteilten Saal strich inzwischen der Präsident über den Bug seiner Hose. Dann zog er sein Zigarettenetui hervor und betrachtete die mit einem Monogramm versehenen Zigaretten. Er wählte die siebente von links und klemmte sie zwischen Zähne, ohne sie anzuzünden.

,,Fünfzehn Schritte", murmelte er halblaut vor sich hin und ging auf die beiden ringkämpferähnlichen Kerle zu. Kurz bevor er bei ihnen ankam, wandten sie ihm gleichzeitig ihre Köpfe zu.

,,Ich dachte, ich rauche eine Zigarette, aber allein schmeckt sie mir nicht. Wollen Sie vielleicht auch eine rauchen?"

,,Danke, Herr Präsident", sprudelten die beiden hervor.

,,Wenn sie Ihnen zusagen, habe ich noch einige Packungen bei mir." Er wartete gar keine Antwort ab, sondern stopfte je ein Zigarettenpaket in die weißen Manteltaschen und ließ dabei einen in ein Ziertaschentuch gewickelten Gegenstand aus der einen weißen Tasche in seine eigene gleiten.

Als Jane zum Schreibtisch zurückkehrte, fand sie sich bereits ihm gegenüber.

,,Es hat lange gedauert", sagte er etwas gereizt.

,,Ziemlich lange, leider", seufzte Jane. ,,Aber Sie wissen, wie diese Behördenorgane sind. Jetzt ist nur eines wichtig: daß wir es bald hinter uns bringen."

,,Wollen die mich mitnehmen?" fragte der Präsident und richtete sich etwas auf.

,,Sie möchten Ihnen nur ein paar Fragen stellen. Eine Formsache, nichts weiter — selbstverständlich in meiner Gegenwart. Und dann kommen wir sofort zurück. Nacher brauchen Sie sich nicht mehr mit dieser dummen Angelegenheit abzugeben. Sie erzählen mir eine ihrer Fuchsjagden, Sie wissen ja, Herr Präsident, wie sehr ich es liebe, wenn Sie ..."

,,Harry", setzte der Präsident frostig hinzu.
,,Sie wissen ja, Harry, wie ich es liebe, wenn Sie mir über Fuchsjagden erzählen."
,,Ich glaube aber, daß ich jetzt nicht in der rechten Stimmung dazu bin. Sie würden besser tun, Jane, wenn Sie meinen Schädel öffneten und die zwei Punkte unter der Gehirnrinde austasteten."
,,Ich wollte gerade darüber sprechen", lächelte die Frau bereitwillig. ,,Die beiden Punkte stehen jetzt nämlich sehr günstig, man kann fast sagen, sie entfernen sich voneinander."
,,Glauben Sie?" Der Mann starrte sie an. Aus seinen Augen strömte Schläfrigkeit und Langeweile.
,,Ich weiß es genau, man sieht es sogar mit freiem Auge."
,,Leider irren Sie, Jane." Er griff in seine Tasche. ,,Die beiden Punkte nähern sich einander gerade." In seiner Hand blitzte plötzlich das Rasiermesser auf.
Der Kommissar und Johns gaben gleichzeitig ihre Schüsse ab, verspäteten sich aber um einige Sekunden. Der rote Strahl floß indessen schon über den Schreibtisch und tropfte auf den mattgrünen chinesischen Teppich.
,,Sie haben doch nicht dasselbe Spiel gespielt!" rief der Sergeant empört und wandte jäh seinen Blick ab.

Die Puppe mit den Spiegelaugen

Die Stimmung in Worten auszudrücken fällt schwer. Eher mit den Sinnen — dem Geruchsinn. Doch auch so verflüchtigt sich das Wesentliche des öfteren. Hary empfindet es ebenso. Er liegt im Bett, in seine Polster vergraben, einen unterm Bauch, einen im Nacken, der dritte plumpst gerade auf den zerlumpten Perser. Es klingt so, als ob ein Kind im Schlaf aufweinte. Dies nimmt Hary allerdings nicht wahr. Die Atemluft im Zimmer ist drückend, plötzlich strömt aus einer Ecke Zimtgeruch auf ihn zu. Schließt er seine Augen, verstärkt sich der Geruch. Langsam wird er so intensiv und durchdringend, daß man davon abbeißen könnte. Die Quelle des Duftes ist ein einziger kleiner Punkt. Jäh beginnt der Punkt zu wachsen, aus seiner Mitte rollen Einkaufswagen, der eine genau wie der andere. Von diesen — mit Rädern versehenen gibt es so viele, daß sie innerhalb eines Augenblicks den Raum überschwemmen. Sie klammern sich auch an Harys Bett — verursachen aber keine Störung; lediglich das Zimmer verändert sich in seiner Dimension, bedingt durch die übergroße Reflexion der Drahtstreifen der Wagen. Ist es unangenehm? Nein, überhaupt nicht; es ist nur ganz von Zimtgeruch eingehüllt. Das Problem ist nur — woran erinnert es Dich? Woran? Weil es bekannt ist. Weil — weil man sagen könnte, es ist geschehen — aber man muß darauf achten, daß es keine verfehlte Feststellung sei. Durch den krampfhaften Versuch sich zu erinnern zerfällt die Stimmung. Man sieht nichts anderes mehr, nur die mit Krampfadern bedeckten Beine von Róza. Sie bewegt sich dort, wo bis jetzt die Wagen standen. Ausrutschen soll sie, auf den Bauch fallen! Nein, Gott behüte! Hary nimmt den letzten Gedanken erschrocken zurück. Er zwingt seinen Mund zu einem Lächeln.

„Ich dachte eben so was Schönes", sagte er.

„Immer denkst Du Dir die wundervollsten Dinge aus", begeistert sich Róza und stellt das Tablett an den Rand des Bettes.

„Kaffee?"

„Ja, und Haselnußkuchen."

„Ich mag nichts."

„Langweilst Du Dich?

„Ja."

„Das ist gut, dann passiert heute noch etwas."

„Heute passiert schon nichts mehr."

„Soll ich Dich umdrehen?"

„Róza!"

„Oh, entschuldige, ich wollte Dich nicht kränk-ken, ich weiß, daß Du Dich auch selb-ber ...

„Was stotterst Du herum, bring die Puppe."

„Die mit den Spiegelaugen?"

„Natürlich die mit den Spiegelaugen."

„Großartig, dann werden wir spielen, nicht wahr! Du wirst sehen, heute werde ich mich besonders bemühen."

„Geh' schon!"

Diesem letzten Satz haftet allerdings kein Zimtgeruch mehr an. Eher der Geruch von Blut und gebratenem Fleisch. Dieser Geruch, der ihr in die Nase dringt, begleitet Róza aus dem Zimmer. Sie geht erhobenen Hauptes und drückt die spiegeläugige Puppe an die Brust. Hary verfolgt jeden Schritt von Róza. Er zählt sie sogar; eins, zwei, vierzig, jetzt erreicht sie das Tor, fünfzig, sechzig jetzt ist sie am Ende des winzigen Gärtchens angelangt. Vor ihr die Landstraße, danach nur mehr Wald. Ein bißchen muß sie warten. Ein Auto kommt hier selten vorbei. Aber heute hat sie Glück. Gleich im ersten Auto sitzt eine junge Frau — allein. Róza schwenkt die spiegeläugige Puppe über ihrem Kopf. Das Auto bremst. Die grünen, mandelförmigen Augen der Frau sind bewundernd auf die Puppe gerichtet. Sie kurbelt das Autofenster herunter.

„Liebe gnädige Frau, wollen Sie nicht eine Puppe kaufen? Betrachten Sie sich diese doch aus der Nähe. So eine haben Sie noch nicht gesehen. Sie hat Spiegelaugen. Wenn Sie hineinschauen, sehen Sie sich selbst als Puppe", erzählt Róza begeistert. Die Frau nimmt die Puppe in die Hand und untersucht sie.

„Was kostet sie?"

„Die ist nicht verkäuflich, aber drinnen im Haus sind noch viel schönere als diese hier."

„Wenn sie nicht zu teuer ist?"

Róza antwortet nicht, sie lächelt hintergründig. Der Puppe mit den Spiegelaugen kann man sowieso nicht widerstehen. Die Frau folgt Róza in das Haus. Hinter ihnen schließt sich kreischend die Eisentür.

„Setzen Sie sich!" wendet sich Róza forsch an die Grünäugige, als sie bereits im Zimmer waren und wies auf einen Sessel.

Die Frau zögert. Die knochigen Hände Rózas umklammern ihre Schultern, sie zwingt sie auf den Sessel und dann, mit erstaunlicher Geschicklichkeit bindet sie sie an.

„Sind Sie verrückt?", bricht es aus der Frau wie ein unterdrückter Schrei hervor, ohne daß dieses Grauen ein Echo hervorriefe. Es war ihr noch keine Zeit geblieben sich im Zimmer umzusehen; den zerschlissenen Perser, den auf den Boden gerutschten Polster. Das Bett, und im Bett Hary.

„Was wollen Sie von mir?" wimmert sie, und in dieser Frage zittert Entsetzen mit.

„Jeder fängt so an", zischt Hary mit seiner Fistelstimme.

„Diese Frau wollte mir eine Puppe verkaufen ..." daran versucht sich die Grünäugige in dieser eindeutigen Situation zu klammern.

„Stimmt — nur daß diese Puppe nicht verkäuflich ist."

„Das macht nichts, ich bezahle trotzdem."

„Was wollen Sie bezahlen?" Hary horcht neugierig auf.

„Ich gebe alles Geld was ich bei mir habe, auch meinen Armreifen, und ..."

„Und?" kichert Róza hämisch dazwischen.

„Und?" fragt Hary drängend.

„Auch meine Uhr ..."

„Auch ihre Uhr, das ist schön, schön", zerknirscht Hary die Worte zwischen seinen Zähnen. „Nur einen Haken hat das Ganze, wir brauchen Ihr Geld nicht, auch Ihr Armband nicht und auf Ihre Uhr sind wir auch nicht neugierig. Wozu das Ganze?"

„Alles vollkommen überflüssig", nickt Róza, „soll ich den Schürhaken holen?"

„Nein, noch nicht, laß sie noch ein bißchen weiterreden."

Jetzt spürt auch die Grünäugige den Geruch von Blut und gebratenem Fleisch. Sie versucht sich aus den Fesseln zu befreien. Der Sessel kippt um, sie fällt vornüber.

„Tut's weh?", fragt Hary besorgt.

„Oh!" Die Grünäugige würde gerne ihre Knie betasten, kann aber nicht, weil ihre Hände gefesselt sind. Ächzend kniet sie vor dem Bett — mit dem auf den Rücken geschnürten Sessel.

„Wie eine Schnecke", applaudiert Róza, „auf dem Rücken ihr Haus, auf der Brust ihr Brot."

Der Applaus von Róza paßt nicht hierher; genausowenig wie die Kuckucksuhr gegenüber an der Wand. Der Blick der Grünäugigen klammert sich verzweifelt an die Kuckucksuhr. Sie wartet, daß sich das Türchen öffnet und der Vogel Kuckuck-rufend herausspringt. Wenn er herausspränge, wenn er zeitgerecht herausspränge ... dieser Gedanke erfüllt sie mit Hoffnung.

„Was jetzt?" fragt Róza, aber niemand antwortet ihr. „Hary ist nämlich ein großer Stier, wenn er Dich aufspießt, Du kleine Hure", setzt sie fort, ohne die Grünäugige anzuschauen.

Die Grünäugige kniet noch immer, da springt das Türchen auf.

„Kuckuck, Kuckuck!"

Róza zuckt zusammen.

„Hols der Teufel", flucht Hary, und krampfhaft zieht sich seine Faust zusammen, „hols der Teufel!"

„Macht nichts", versucht Róza ihn zu beruhigen, „ich

habe sie schon vorhin erschlagen, ja, mit dem Schürhaken erschlagen."

„Wen hast Du erschlagen?" fährt Hary sie an.

„Wen, na wen — die Grünäugige, die ich mit der Spiegelpuppe ins Haus lockte."

„Du allein hast sie erschlagen?" Hary's Stimme klingt drohend.

„Nein, natürlich nicht allein, Du hast mir auch geholfen, noch bevor die Grünäugige gebettelt hat. Du hast sie vergewaltigt — welch ein Mann warst Du" — sie schnalzt mit der Zunge — „welch ein Mann!"

„Quatsch nicht herum ... wo ist die Leiche?"

„Die Leiche? ... Ja, die Leiche .. ich habe sie schon hinausgeschafft, zerstückelt, verbrannt."

„So so, hast Du schon wieder einmal alles allein getan. Ich, der Gelähmte, der Unbeholfene, nicht wahr, der nur auf seinem Bauch liegt ... der ..."

„Aber nein", protestiert Róza, „so war es nicht, ich habe mich nur schlecht ausgedrückt; diese blöde Uhr hat mich ganz verwirrt ... fangen wir lieber wieder von vorne an."

„Wo sollen wir beginnen?"

„Na, bei der Puppe, bei der Spiegelpuppe ... ganz von vorne. Wenn Du die Augen halb schließt, könntest auch Du die Grünäugige sehen, sie zittert wie das Miskolcer Sulz."

„Hol sie der Teufel", flucht Hary, „hol sie der Teufel."

Auf der Fensterscheibe klettert eine Fliege. Wie sie die Mitte der Scheibe erreicht, fällt sie auf das Fensterbrett zurück. Eine Zeit lang zappelt sie am Rücken, dann dreht sie sich um und beginnt von neuem hinaufzukriechen.

„Ich habe sie niedergezwungen, ich war es", zischt Hary.

„Natürlich, Du hast sie niedergezwungen", beschwichtigt ihn Róza, „Soll ich Dich umdrehen, auf die linke Seite?"

„Laß mich in Ruhe!"

„Möchtest Du vom Kuchen essen?"

,,Von welchem Kuchen?"
,,Hier auf dem Tablett. Soll ich Dir was geben?"
,,Nein, jetzt nicht. Weißt Du, woran ich eben dachte?"
,,An die Grünäugige."
,,Jetzt hab ich aber genug von diesem Blödsinn, genug von der Grünäugigen!"
,,In Zukunft will ich versuchen, mich besser auszudrücken."
,,Gut, gut, Du kannst nichts dafür, daß Du keine Phantasie hast. Aber mir brennt mein Kopf, und Funken sprühen hinter meinen Augen, richtige Funken. Dabei war vorhin noch der Augenblick in Zimtgeruch gehüllt. Kleine Einkaufswagen sausten hin und her, das Zimmer war voll von ihnen."
,,Was war in den Wagen?"
,,In den Wagen? Nichts. Nichts war in den Wagen. Gerade das war ja das Schöne. Sie rollten nur hin und her, hin und her — und erinnerten mich an etwas. An eine Stimmung, an eine Stimmung, die ich vollkommen vergessen habe."

Wir haben Ferkelräuchern gespielt

Tante Julie streicht uns gerade Zwetschkenmusbrote. Das Brot von Alex bekommt das meiste ab, obwohl er der Kleinste ist. Wenn wir in unserem Hof spielten, bekämen wir jeder gleich viel Zwetschkenmus; aber bei uns kann man nicht spielen, und auch bei Stefan Birkàs nicht, weil sein Vater die Pferde peitscht und dabei immer wieder flucht. Bei Gretl könnte man schon spielen, aber sie ist kein Mensch, sondern bloß ein Mädchen. Sie kann ungeheuer viele Dummheiten daherreden. Sie behauptet zum Beispiel, daß Schwäne lachen.

„Nein, sie lachen nicht", sage ich ihr.

„Die Schwäne lachen nicht?" Sie blinzelt mich mit ihren schlauen, pechschwarzen Augen an." Doch, sie lachen, ich habe es gesehen, wie sie lachen. Dort habe ich es gesehen, beim anderen Teich."

„Bei welchem Teich?"

Darauf kann sie außer einem Achselzucken nichts mehr erwidern.

„Was willst du werden, wenn du groß bist?"

„Mutti."

Das ist Gretl. Sie ist freilich nur ein Mädchen. Deshalb kann man verstehen, daß sie so dumm ist. Alex dagegen ist ein Junge, doch wenn er zu reden beginnt, verwandelt er sich sofort in Gretl. Und überhaupt ... Unlängst habe ich eine herrliche Glaskugel gefunden; ich habe sie ihm gezeigt.

„Weißt du, was das ist?"

„Ein Ball."

„Eine Kugel ..."

„Das ist ein Ball, den nennt man nur Kugel."

So ein Esel ist er. Und wenn er sogar die größten Zwetschkenmusbrote kriegt. Die anderen Jungen reden kein Wort mit ihm. Und ich werde es auch nicht mehr tun. Das habe ich mir schon gestern vorgenommen, aber er klammert sich an meine Hose. Und kann sein Maul nicht halten. Ich beachte ihn gar nicht. Die Schwalben fliegen tief, es wird regnen. Auch im vorigen Jahr sind sie so tief geflogen. Eine ist unter den Baldachin geraten und hat schrecklich mit den Flügeln gezappelt, gerade über dem Kopf des Herrn Pfarrers. Das war ein Mordsspaß. Das Leben ist schrecklich. Dem Hansi Szijjas ist der Fuß wurmig geworden, und man hat ihn abgesägt. Jetzt läuft er mit einer langen Hose herum, das eine Hosenbein ist mit einer Sicherheitsnadel unter seinem Knie zusammengesteckt. Später kriegt er ein Holzbein. Jetzt hüpft er wie ein Storch unter uns herum. Morgen spielen wir bei ihm. Ich freue mich schon im voraus. Zu Birkàs würde ich auch gerne gehen. Ich bin noch nie dort gewesen. Die haben zu Hause einen Zug, der durch die Wand fährt. Der erste Wagen ist der Stemmwagen, der macht den Weg frei; die anderen sausen nur nach. Ich habe sogar von diesem Zug geträumt. Leider kann Stefan ihn mir wegen seines Vaters nicht zeigen.

„Das Krokodil ist schwarz, sein Kopf ist halb abgeschnitten."

„Hau ab!"

Er hört aber nicht auf. Er faselt dauernd vom Krokodil, daß es gelbe Zähne hat und einen ungeheuer langen Arm. Er quatscht genau so blöd wie Gretl.

„Hast du überhaupt schon einen Zug gesehen?"

„Viele."

„Na, und wie schaut ein Zug aus?"

„Er ist schwarz wie ein Krokodil, fährt aber auf Schienen."

„Und durch die Wand", füge ich hinzu, obwohl ich ihm das nicht hätte auf die Nase binden sollen.

„Durch die Wand fährt er nicht, nur auf Schienen."

So ist er, hoffnungslos blöd.

„Und hat er auch einen Rauchfang?"

,,Der Zug hat keinen Rauchfang. Die Lokomotive hat einen, und eine Brücke dazu ..."

,,Eine Brücke?"

,,Wenn sie keine Brücke hat, kann sie ja nie durch ein großes Loch fahren."

,,Hau ab!"

,,Der Zug hat keinen Rauchfang, nur die Lokomotive. Die Lokomotive ist schwarz wie ein Krokodil."

,,Und hat er Räder?"

,,Ja, drei."

Ich biege in unseren Hof ein und schlage das Tor vor der Nase von Alex zu. Er würde eine Tracht Prügel verdienen. Er verzieht sich noch immer nicht, sondern drängt sich an unseren Zaun. Na warte nur, du ekelhafter Kerl!

,,Und warum hast du keinen Vater, he?"

,,Weil wir eine Kuh haben."

Ich hebe rasch einen geeigneten Stein auf und treffe ihn genau auf den Hintern. Jetzt heult er wieder. So:

,,Bruhaha!"

Genau wie Gretl.

Vater sitzt mit Onkel Birkàs im Flur.

,,Von hinten würde ich sie auch packen."

,,Ah nein, von vorne, Schwager!" Vater beginnt zu lachen. ,,Bei den Zitzen, weißt du! Ich würde ihre blonden Zöpfchen um meine Hand wickeln, und dann los: Vorwärts, rückwärts!"

Ich verstehe nicht sehr viel von dem Ganzen. Offensichtlich wollen sie jemandem eins hinters Ohr hauen. Oder doch nicht, sie reden ja von Tante Julie.

,,Sie ist so resch wie ein Neujahrsferkel. Man müßte sie bloß braten."

,,Du würdest sogar die Knochen ablecken."

,,Ja, Schwager, aber wie!"

Ich weiß, ich würde umsonst fragen. Mit den Erwachsenen kann man auch nichts anfangen. Manchmal reden sie wie wir, dann wieder ganz anders. Sicher, ich erzähle ihnen auch nicht alles. Über Stefans Zug mache ich überhaupt keinen Muckser. Der blöde Alex ist wieder ganz was anderes.

„Wissen Sie, was Alex gesagt hat? Er hat gesagt, er hat deswegen keinen Vater, weil sie eine Kuh haben."

„Höhö", grunzt Onkel Birkàs, „hörst du, Schwager? Na ja, wenn du eine Mutter hättest, würde auch eine Kuh dazukommen. Nicht wahr?"

Er gibt mir sogar einen Klaps auf den Kopf.

Ich werfe meinen Kopf in den Nacken: „Ich brauche keine Mutter."

Mein Vater starrt mich an. Dann packt ihn plötzlich die Wut.

„Scher dich fort, du Taugenichts!"

Und ich gehe. Es ist nicht gut, unter den Erwachsenen zu sein. Ich klettere aufs Bett, wo Mama gelegen hatte. Die kalte Luft ist ihr in den Magen gekrochen, hat man mir erzählt, und konnte nicht mehr raus. Es wird auch stimmen, denn ihr Bauch war ganz geschwollen. Ich erinnere mich aber an das Ganze nur sehr verschwommen. Nur manchmal erscheint ihr Schatten an der Decke: Sie reibt gerade Meerrettich oder hackt Petersilie. Dann fühle ich sogar ihren Atem.

„Du verfluchter Bengel!"

Ja, das ist ihre Stimme. Ich fürchte mich gar nicht mehr vor ihr. Ich denke an Stefans Zug, der durch die Wand fährt, und in den Waggons kann man sicher die verschiedensten Sachen verstecken. Wenn ich nur einmal schlafe, wird es wieder Morgen. Alle wachen auf: Hansi Szijjas, Stefan Birkàs, Eierkuchen und Aasgeier auch. Die vier grimmigen Legionäre. Wir werden unsere Bohrarbeiten zum Mittelpunkt der Erde fortsetzen, oder wir gehen zum nahen Bach Krebse fangen. Nur diesen ekelhaften Kerl müßte ich loswerden.

„Wohin gehst du?"

„Das geht dich einen Dreck an."

„Ich weiß sowieso, wohin du gehst: zu Hansi Szijjas. Kann ich auch mitkommen?"

„Hau ab!"

Ich drücke meinen Schuh nach vorne, und als ich ihn wieder loslasse, fliegt eine ganze Menge Staub in das Gesicht von Alex. Er macht sich gar nichts daraus. Mal hüpft er vor, dann wieder hinter mir herum. Am Ende der Hauptstraße stehen Eierkuchen und Aasgeier.

„Na, hast du auch dein Brüderchen mitgebracht?"

Ich strecke meinen Kopf ein wenig vor.

„Ich stoß' dich in den Bauch, wenn du Geschichten machst", sprudelt Eierkuchen hervor.

„Wem — sein Brüderchen?" frage ich nun schon ganz nahe bei ihm.

„Von mir aus von einem Maulwurf. Man erzählt nur so, daß ihr bald Geschwister seid. Mir ist es Wurst."

Aasgeier stellt sich versöhnend zwischen uns beide. Wir gehen zu den Szijjas. Alex hinter uns her, wie eine Zecke. Hinter der Scheune der Szijjas versammeln wir uns.

„Fangen wir einen Frosch", raunzt Alex.

Stefan Birkàs starrt mich finster an.

„Ich habe ihn nicht gerufen."

„Fangen wir einen Frosch, so einen winzigen, grünen. Wir spannen ihn vor eine Zündholzschachtel, und fertig ist das Flugzeug!"

Nein, das ist nicht auszuhalten. Wenn wir ihn zusammenschlagen, dann heult er. Und am Ende hetzt er Tante Julie auf uns. Und man kann wegen ihm auch nicht bohren, er vertratscht ja alles. Wo es doch gerade heute eine so gute Gelegenheit gäbe. Die Familie Szijjas ist Mais scharren gegangen; nur die Alte ist zu Hause, und die ist taub und auch noch dazu blind. Die Fliegen können ruhig in ihren Mund reinfliegen, sie merkt es nicht einmal. Plötzlich sagte irgend jemand:

„Spielen wir Ferkelräuchern!"

Zuerst erschien uns auch dieser Vorschlag mies. Alex legte sich auf den ausgedörrten Rasen und schloß die Augen.

„Ich bin das Schweinchen."

„Du Trottel!" schrie Szijjas ihn an. „So geht das nicht! Stell' dich auf alle Viere und grunze dabei."

Alex folgte den Anweisungen recht dürftig. Als wir es satt hatten, daß er so untalentiert winselt, warfen wir ihn auf den Boden und wickelten Stroh um ihn herum. Wir banden es mit einem Stück Schnur fest.

Ich weiß nicht, wem die Streichhölzer gehört haben, denn der Wind trieb mir den Rauch ins Gesicht. Anfangs haben wir vergnügt herumgebrüllt, dann entsetzt. Ich glaube, Aasgeier ist vor mir davongelaufen. Dem Szijjas ist der Atem schon beim Tor ausgegangen, dann hat er mit seinen Krücken gefuchtelt.

Im Hof von den Birkàs knallt die Peitsche. Mir hat mein Vater zwei Zähne ausgeschlagen. Morgen wird man uns angeblich alle irgendwohin fortschleppen. Aber bis dahin müssen wir irgendwie durchhalten. Ich bin schläfrig. Eierkuchen taumelt vor mir herum, beißt in den Himmel, phu, der schmeckt wie geräucherter Speck. Ich glotze in sein pockennarbiges Gesicht und fange zu wiehern an.

Das falsche Gespenst

Im Saal herrschte eine Stimmung ähnlich wie in einem fröhlichen Künstlercafé. Diese Ungezwungenheit störte den Richter, der die Verhandlung führte. Er versuchte sich immer wieder ins Gedächtnis zu prägen, daß er für das Kalbsgulasch am Abend sauren Rahm und Zwiebel kaufen müßte. Eigentlich machte ihn auch der Angeklagte nervös: er war allzu gefällig und leutselig. Solche konnte er nicht leiden. Auch der Tatbestand selbst interessierte ihn nicht sonderlich. Er war in seinen Gedanken bereits bei der Urteilsbegründung angekommen. Irgendeinen Verweis mußte man wohl zum Urteil hinzufügen und den Geschworenen noch eine Menge juristischer Argumente in den Mund legen. Ein Pfund Zwiebel und saurer Rahm. Der Angeklagte fing eben zum drittenmal mit der Geschichte an. Der Staatsanwalt unterbrach ihn dauernd. Er könnte es schon lassen. Die ganze Geschichte hing ihm schon zum Halse hinaus. Und dazu noch dieses ständige Kichern der Zuschauer!

„Sie öffneten also mit dem Schlüssel, den sie von Ihrem Opfer bekommen hatten, etwa um halb eins in der Nacht die Wohnungstür und drangen in sein Zimmer ein. Was geschah anschließend?" fragte der Staatsanwalt.

„Ich habe es schon erzählt", erwiderte lächelnd, fast in Habtachtstellung ein etwa vierzigjähriger Mann. „Ich trat ins Zimmer und sah zum Bett, wo Michael selig schnarchte."

„Hatten Sie sich bereits in das Leintuch gehüllt?"

„Ja, ich hatte es schon im Vorzimmer übergeworfen, hatte die weißen Handschuhe angezogen und hielt die drei Kugeln in der Hand ..."

„Hat das Opfer wahrgenommen, daß Sie das Zimmer betraten?"

,,Nein, er hat es nicht bemerkt. Ich mußte ihn wecken."

,,Mit welchen Worten weckten Sie ihn?"

,,Ich blieb in der Tür stehen und schrie mit verstellter Stimme:" ,Die Geisterstunde hat geschlagen! Ich bin gekommen, dich zu holen!'"

,,Worauf das Opfer ..."

,,Worauf sich Michael im Bett aufgerichtet hat. Er rieb sich mit der einen Hand die Augen und griff mit der anderen sofort zum Schachtisch neben dem Bett und zielte mit der Schreckpistole auf mich ..."

,,Er merkte also nicht, daß er nicht seine eigene Pistole in der Hand hielt?"

,,Nein, er merkte es nicht."

,,Und Sie hatten keine Angst, daß er inzwischen doch den Tausch bemerkt hatte und ..."

,,Nein, davor brauchte ich mich nicht zu fürchten, da ich, wie ich es schon am letzten Verhandlungstag geschildert habe, die richtige Pistole bei mir hatte."

,,Also gut, Sie standen in der Tür und riefen dem Opfer Ihren Satz zu. Was erwiderte er darauf?"

,,Halt oder ich schieße!" — Damit trat ich einen Schritt näher. Michael feuerte einen Schuß ab, und ich warf ihm eine Kugel zu. Er schoß ein zweites Mal, ich trat noch näher und warf wieder eine Kugel. Dann ging ich noch einen Schritt näher und ...

,,Das Opfer sagte indessen kein Wort?"

,,Nein."

,,Nicht einmal das Licht hatte er eingeschaltet?"

,,Nein."

,,Wie konnte er dann auf Sie zielen?"

,,Es war nicht ganz dunkel im Zimmer. Ein chinesischer Lampion nämlich, der über dem Bücherregal hing ..."

,,Das haben wir auch schon gehört", unterbrach ungeduldig der Richter den Dialog zwischen Staatsanwalt und Angeklagtem. ,,Jetzt erzählen Sie nur ganz kurz, was nach dem Zurückwerfen der dritten Kugel geschah."

,,Michael jauchzte komisch auf."

,,Jauchzte? Wie soll ich das verstehen?" fragte wiederum der Staatsanwalt.

,,Er gab halt so einen unartikulierten Laut von sich."

Einige der Zuhörer lachten.

,,Und?"

,,Nichts. Es wurde ganz still. Ich erschrak und lief zum Bett. ‚Michael, mach keinen Unfug', rief ich ihm zu, es war ja bloß ein Spaß!"

,,Schöner Spaß", bemerkte der Staatsanwalt.

,,Bitte, mich haben die Vorkommnisse zutiefst erschüttert", seufzte der Angeklagte. ,,Und ich würde gern mein weiteres Leben dafür opfern, daß ..."

,,Lassen wir das", winkte der Richter ab. ,,Die Beteuerungen gehören zum Zivilrecht. Das müssen Sie mit der Witwe und mit Ihrem Gewissen abmachen. Augenblicklich sind wir so weit, daß saurer Rahm und Zwiebel ..." Alle blickten auf den Richter. Er räusperte sich: ,,... wir sind so weit, daß Sie sofort den Hausarzt angerufen haben. Die Polizei haben Sie erst verständigt, nachdem der Arzt die Herzlähmung bereits festgestellt hatte."

Der Angeklagte nickte.

,,Nun, gibt es noch Fragen?" Der Richter blickte zornig auf den Staatsanwalt. Der ließ sich jedoch nicht stören, sondern hielt eine lange Anklagerede, wobei er sich sogar auf die Bibel berief und öfters die Nächstenliebe erwähnte.

,,Das menschliche Leben ist das Kostbarste. Es zu schützen ist in unserem Rechtsstaat unsere höchste Pflicht. Mit verantwortungslosen Spielereien das Leben zu bedrohen, ist eine Todsünde!" schrie er.

Der Angeklagte schlug die Augen nieder. Im Verhandlungssaal krachten die Stühle. Der Verteidiger meldete sich zu Wort. Einleitend sprach er über das untadelige Vorleben des Angeklagten und über seine beständige Freundschaft zum Opfer, dann griff er mit einer theatralischen Geste nach seinem Herzen:

,,Niemanden konnten die Geschehnisse mehr erschüttern als meinen Klienten — ich wollte sagen: Niemanden, außer der gebrochenen Witwe! Dieser Mann, der jetzt vor Ihnen steht, verlor im Verstorbenen seinen besten Freund, seinen täglichen Schachpartner, den Gefährten seiner Jugend. Und warum mußte dieses traurige und nun nicht wiedergutzumachende Ereignis stattfinden? Darauf zu antworten fällt uns nicht schwer. Der Herr Staatsanwalt hat uns mit erschütternden Worten auf die Frage der Verantwortung hingewiesen. Er hat meinen Klienten der verbrecherischen Verantwortungslosigkeit angeklagt. Wir alle aber ..." — er machte mit seiner kurzen, weichlichen Hand eine halbkreisförmige Bewegung in der Luft — „wir, die wir der Aufklärung der Wahrheit dienen, wissen Bescheid, wen eigentlich der Vorwurf der Verantwortungslosigkeit trifft. Die Verantwortungslosigkeit, hohes Gericht, trifft — ohne daß ich das Andenken des Verstorbenen in irgendeiner Weise verletzen möchte — das Opfer. Seine verantwortungslose Prahlerei, wie es auch die gebrochene Witwe so liebenswürdig in ihrer Zeugenaussage bekräftigt hat, war der Grund, der jenen Vorfall auslöste, den wir nun bedauernswerterweise ohne seine Anwesenheit untersuchen müssen, um eine Antwort darauf zu finden. Einen reifen Menschen in den Stunden der nächtlichen Ruhe als Gespenst verkleidet zu erschrecken, ist sicher eine verantwortungslose, ja sogar unentschuldbare Tat. Einem Mann gegenüber aber, der in der Rüstung der Furchtlosigkeit eine ständige Herausforderung darstellt, können wir meiner Meinung nach nur von einem provozierten Aufflammen des dem menschlichen Gemüt innewohnenden Spieltriebes sprechen, selbst dann sogar, wenn dieses Spiel mit unvorhergesehenen tragischen Akkorden endet.

Wir alle haben in den Ausführungen meines Klienten gehört — und auch die Zeugenaussage der gebrochenen Witwe bestätigte es —, wie oft der Verstorbene mit seiner Tapferkeit geprahlt hatte. Ich möchte aus den hier gehörten Aussagen einige Sätze zitieren: ‚Du fürchtest dich nie?' hat mein Klient den Verstorbenen gefragt. ‚Nie!' — ‚und wenn jemand mitten in der Nacht in deine Wohnung eindringt, ein Gespenst zum Beispiel?' — ‚Unsinn, es gibt keine Gespenster.' — ‚Wenn jedoch trotzdem eines vor dir stehen würde?' — ‚Dann würde ich meine Pistole ziehen und ihm sagen: ‚Halt oder ich schieße'!' — ‚Und wenn er trotzdem weiterginge?' — ‚Dann würde ich ihn wie einen Hund abknallen.' Soviel aus den Zitaten. Und es genügt wohl, um bewußt zu machen, wer eigentlich der Spielleiter dieses Spieles mit schlechtem Ausgang war: die kritiklose Prahlerei und die hinfällige Gesundheit des Verstorbenen, mit der mein Klient ja keineswegs rechnen konnte!"

Der Richter blickte während des Plädoyers öfter auf seine Armbanduhr und ab und zu auf die zierliche Witwe in der ersten Reihe. Wenn ihre Blicke sich trafen, richtete er jedesmal sein viereckiges Barett. Im nachhinein stellte er dann immer fest, dies sei ein kindisches und törichtes Verhalten. Als der Lärm im Saal anschwoll, schüttelte er die Glocke, die vor ihm stand. Endlich konnte er inmitten der Geschworenen aus dem Saal ziehen.

Der Freispruch überraschte niemanden. Nicht einmal der Staatsanwalt legte Berufung ein. Der Richter wandte sich nochmals, nun schon sichtlich erleichtert, zur Witwe.

„Sie können selbstverständlich eine Schadenersatzklage einreichen. Das Urteil stellt für solche Rechtsmittel kein Hindernis dar", artikulierte er präzise, in belehrendem Tonfall.

Er wartete, bis die Witwe aufstand und zum Ausgang ging. Er sah noch, daß der Angeklagte, nachdem er die Hand seines Rechtsanwalts geschüttelt hatte, ebenfalls hinausging. Dann verlor er beide aus den Augen.

Vor dem Gerichtsgebäude stand ein roter Sportwagen. Die Witwe stieg ein und ließ die linke Tür offen. Bald darauf tauchte auch der Angeklagte auf und setzte sich neben sie.

„Wird es nicht auffallen, wenn uns die Leute zusammen sehen?"

„Überhaupt nicht. Du hast ja gehört, was der Richter gesagt hat; du kannst eine Schadenersatzklage einreichen, und wir besprechen hier eben gerade die Möglichkeiten."

Als sie die Stadt hinter sich hatten, bog die Frau beim ersten Feldweg ab und fuhr auf eine baumumstandene Wiese.

„Hier sind wir allein", sagte sie und setzte sich neben dem Mann ins Gras. „Na?" Ihr Blick war gespannt. Sie spielte mit ihrem Feuerzeug.

„Soll ich von vorne anfangen?" fragte der Mann.

„Wann hast du diese Geschichte erfunden?"

„Sofort nachdem der Zug mit dir abgefahren ist. Ich war nervös und setzte mich in ein Kaffeehaus. Ich wollte alles noch einmal genau durchdenken. Und dann fiel mir die Geschichte ein. Ich habe sie als Kind von meinem Großvater gehört."

„Hat man sie also schon einmal verwendet?"

„Ja, aber damals ist auch alles genauso passiert, wie ich es erzählt habe. Der Angeklagte wurde auch damals freigesprochen."

„Hast du dich nicht gefürchtet?"

„Nur anfänglich, als ich die Wohnung betrat. Ich glaubte, daß er noch am Leben sei. Aber er war schon tot. Ich untersuchte das Fläschchen mit dem Schlafmittel. Beide Gifttabletten fehlten. Ich nahm das Leintuch aus der Aktentasche, zerknitterte es und warf es auf den Teppich neben das Bett. Dann suchte ich seine Pistole. Es dauerte ziemlich lange, sie war in der Schreibtischlade. Dann feuerte ich mit der Schreckpistole drei Schüsse ab und legte die drei Kugeln auf das Bett."

„Und der Arzt?"

„Hat sofort Herzlähmung festgestellt, wie du gesagt hast. Alles ging wie am Schnürchen. Eine Obduktion kam gar nicht in Frage."

„Nicht einmal dann hätten sie was gefunden. Ich habe es zweimal an Meerschweinchen ausprobiert."

„Die Gespenstergeschichte hat jedenfalls alles einfacher gemacht. Nicht einmal der kleinste Verdacht konnte sich regen. Ich habe mich ja sofort als Täter gemeldet."

„Das war eine herrliche Idee. Ich war zwar bei der ersten Einvernahme etwas verlegen, als man mich über Michaels Tapferkeit gefragt hat. Aber ich habe ziemlich rasch geschaltet und dachte mir, daß nur du das erfinden konntest. Freilich wußte ich nicht wozu."

,,Glaub' mir, das war die einzige Lösung. Als ich dich am Vormittag zum Zug gebracht habe, ist mir der Kopf fast zersprungen: Wenn er nun nicht beide Tabletten nimmt ..."

,,Er nahm jeden Abend zwei Schlaftabletten."

,,Du weißt ja, vielleicht gerade an diesem Abend nicht, und er stirbt vielleicht nicht ... So habe ich es mit eigenen Augen gesehen."

,,Ja."

,,Dich getraute ich mich nicht anzurufen. Ich habe die Polizei gebeten, dich zu verständigen."

,,Sehr klug."

,,Was sagte deine Schwester?"

,,Du kannst es dir vorstellen: Sie tröstete mich und schluchzte dabei wie von Sinnen."

,,Und du?"

,,Ich auch. Eine Frau kann immer weinen." Sie erhob sich und richtete ihr Haar. ,,Wir werden das Trauerjahr abwarten. Und wir reden nie wieder von alledem. Du hast ihn ermordet, du hast ihn zu Tode erschreckt. Das kann man wirklich glauben."

,,Alle haben es geglaubt."

,,Ich hoffe, du glaubst es von nun an auch."

,,Ich?" Er blickte sie erstaunt an. Dann lächelte er. ,,Okay, wenn du es so willst, glaub' ich's."

Sie küßten einander und stiegen in den Wagen. Inzwischen fing es zu regnen an, aber nur in spärlichen Tropfen. Man brauchte nicht einmal den Scheibenwischer einzuschalten.

Der Spaziergang

Die erste Stufenreihe dient dem Zweck, den Schlaf aus dem Körper zu rütteln. Solange man noch in der Wohnung herumtrödelt, hin und her geht, sich wäscht, anzieht, lauert etwas vom Vorhergewesenen, schattenartig, nicht vertreibbar. Willst du es befühlen, wird es flach, verliert die Form, und wenn du imstande wärst, dir darüber Rechenschaft abzulegen, wüßtest du nicht mehr, woran du rührtest, auf welche Weise du dich davon befreien wolltest. Nach der Wende im zweiten Stock rundet das Zucken der Muskeln den Spaziergang, die ungezählten, erst zu machenden Schritte ab. Zwei, drei, vier, vierundzwanzig, fünfundzwanzig. Die Zahlen bedeuten aber nicht mehr die einzelnen Stufen, sie bedeuten den Greißler an der Ecke, etwas weiter das Milchgeschäft, die Trafik, den Zeitungsstand, all das, was ohnedies in Kürze sichtbar werden wird. Vor dem Haustor öffnet sich die Straße. Du denkst nicht mehr daran, daß dich der Schlaf verlassen hat, und nicht nur der Schlaf,auch das Vorhergewesene ist weg, das dich klebrig umgeben hat und am Vorankommen hinderte. Von da an sickern Geräusche und Geschehnisse in das ohnmächtige Denken, Automobile hupen, eine Straßenbahn klingelt.

„Guten Morgen", hat der Nachbar gesagt, nicht der, der unter dir gewohnt hat, der war ja doch gar kein Nachbar, im übrigen ist es interessant, daß niemand in die Wohnung einziehen will, obwohl das Namensschild immer noch an der Tür hängt, oder es ist möglicherweise schon jemand eingezogen, dann hat man eben versäumt, das Namensschild auszutauschen. Es ist freilich so, daß er für dich, auch wenn das Schild ausgetauscht worden wäre, selbst dann in irgendeiner Form weiterhin dort wohnen würde. Eine Gegenwart, auch wenn sie Vergangenheit wurde, bleibt als Reminiszenz bestehen. Als welche Reminiszenz? Was ist Reminiszenz? Auch Vater ging einmal hier spazieren: Vaters Gedenken. Gedenken an jene unten Wohnenden. Und eine Menge zerzauster Reminiszenzen, noch zerzaust vom Hauch des Augenblicks. Kunterbunt sind sie außerdem, auch der Papiersack, von jenem Passanten auf der anderen Straßenseite weggeworfen, klatscht ihnen ins Gesicht. Vater und die Partei unter dir, der einstmals unter dir Wohnende, sie haben nicht das geringste miteinander zu tun. Es ist anzunehmen, daß auch du nichts mit deinem Vater zu tun hast. Die Chinesen haben recht mit ihrer Auffassung, man ähnle seiner Zeit mehr als dem eigenen Vater. Vater konnte zum Beispiel auch diesen rundherum mit Zeitungen tapezierten Stand nicht sehen, wo es gar nicht notwendig ist, hineinzugehen, die Balkenlettern kann man auch so lesen. Vater konnte den Stand nicht sehen, denn die Straßenführung war vor dreißig Jahren anders, sie lag weiter abseits, sie mußte um einen privaten Park herum einen Bogen machen.

Bei diesem Stand bleibe ich immer stehen. Hier ist das drohende Gefühl, mir könnte die Sicherheit des Vorankommens verlorengehen, bereits weg. Ich kann in aller Ruhe herumstehen. Dies ist erst der Anfang des Spazierganges. Noch vielen, vielen Häusern werde ich begegnen, sie grüßen mich dann, kaufen werde ich eventuell auch noch etwas, was heißt kaufen, wozu aber das alles aufzählen, zunächst muß ich einen Blick in die Zeitung werfen. Die ersten paar Schlagzeilen taugen nur dazu, die Lettern ungefiltert an meinen Augen vorübermarschieren zu lassen: die Lettern wären ohne weiters durch Zinnsoldaten ersetzbar, wie die, die ich seinerzeit im Kinderzimmer vor mir aufzustellen pflegte. Es ist nicht so, daß ich die Zinnsoldaten besonders lieb gehabt hätte, ich war nur einsam, vielleicht hatte ich auch Angst. Wenn man Angst hat, muß man sich irgendwo festklammern. Aber warum an den Zinnsoldaten? Weil es nicht möglich war, sich an unserer Köchin festzuklammern. Und dabei hatte sie doch so einen schönen riesigen Busen. Wenn Vater heimkam, lächelte sie nicht nur mit ihrem runden Gesicht, sie tat es auch mit den Brüsten, der Schürze, dem ganzen Körper. Mich hingegen konnte sie nicht ausstehen. Einmal schlich ich mich ganz nah an das Dienstmädchenzimmer heran, sie ahnte es nicht, sie tuschelte gerade mit dem Briefträger. „Wo der junge Herr die Häßlichkeit her hat, kann nur der Teufel wissen." — „Haben Sie auch die Mutter gekannt?" — „Ich habe sie gekannt, bis sie dann plötzlich auf und davon ist, man muß ihr aber lassen, auch sie war schön, nicht nur der Herr. Und jetzt dieser mißlungene Balg ..." — „Wir beide würden bestimmt ein schönes Kind haben", sagte der Briefträger. Ja, es war ihr Gelächter, vor dem ich zu Zinnsoldaten floh. All dies gehört glücklicherweise zum Vorhergewesenen.

Die vor meinen Augen tanzenden Zeitungsbuchstaben hingegen gehören nicht dazu. Und auch das Bild nicht. Es zeigt eine Frau. In der anderen Zeitung gibt es sogar zwei Bilder, von zwei Frauen. Es ist, als hätte ich sie irgendwann gesehen, obwohl keine von ihnen unserer Köchin ähnlich sieht. Diese hier sind zerbrechlich, sie suggerieren nicht, daß man sich an ihnen festklammern könnte. DAS OPFER HAT SICH BIS ZULETZT GEWEHRT! Na ja, das ist nur eine Schlagzeile. Noch zu durchsichtig, um sich über den Sinn den Kopf zu zerbrechen. Schwarze Balken, geschickt von einem Blattrand zum anderen verteilt. Die Bilder sind interessanter, es hat beinahe den Anschein, als würde sich hinter ihnen auch noch etwas anderes verbergen. Die Köchin? Sie ist es auf gar keinen Fall, sie stemmt die Hände in die Hüften, wirft dem Briefträger schelmische Blicke zu und kichert. Mit dem kleingedruckten Text hat sie auch nichts zu tun. IN DEN HÄNDEN DES OPFERS ENTDECKTE MAN AUSGERISSENE HAARE, AUCH DAS VORLETZTE OPFER HATTE HAARE IN DEN HÄNDEN, DIE POLIZEI STELLT TROTZDEM ... In einer Illustrierten sind auch ein Messer und eine Axt zu sehen. Daneben abgebildet ein Maßband, um die Größe abschätzen zu können. Das Maßband rührt an die Gegenstände, bewegt sie ein wenig, aber nicht so stark, daß sie aus der Zeitung fallen, klirren, Lärm erzeugen.

Es haben sich übrigens etliche Leute um mich geschart, auch sie schauen die Zeitungen an. Interessieren sie nur die Bilder oder der Text? Ich weiß es nicht. Man weiß nichts über die andern ... Und über sich selbst auch nicht viel. Höchstens so beim Spazierengehen, wenn die selige Benommenheit des Gefühls der Ohnmacht einen verläßt. Warum selig? Es hört sich eben gut an, oder, weil die Seligkeit tatsächlich im Nest des Unterbewußtseins wohnt? Der Spaziergang tritt jedenfalls aus ihm hinaus, er trägt einen weiter. Der Spaziergang nimmt zur Kenntnis, daß Körper und Gedanken existent sind. Der Körper seinerseits gibt freilich vor, zu dieser feinen Unterscheidung sei er unfähig, ist es ja er, der gewillt ist, die Gedanken mit sich herumzuschleppen. Dies ist aber nur eine heimtückische Pose. Wie könnte auch ein Haufen Fleisch Gedanken in sich bergen, spornt er einen doch fortwährend zu Aktivitäten an: stehenbleiben, vortreten, einbiegen, nicken, den Hut ziehen, die Überlegungen zur Faust ballen. Vor der Köchin? Nein, durch ihre mächtige, truthahnähnliche Gestalt wird der Drang zur Tat stillgelegt. Da öffnet sich die Faust, sogar die Nägel erfrechen sich, hervorzuschauen. ,,Schon wieder hat der junge Herr dreckige Hände, waschen und bürsten Sie sie tüchtig, sonst gibt es Krach, wenn der Herr heimkommt." So ist es eben, und Vater schnalzt mit der Zunge in degoutanter Weise, schlürfend genießt er den Geschmack, ,,sie ist wie Weißbrot." ,,Sie ist nicht wie Weißbrot. Das Weißbrot wird angeschnitten. Marischka kann man nicht in Stücke schneiden." Vater prüft mich angewidert. ,,Du Idiot, wenn du so weiter machst, werde ich dich in die Kadettenschule geben." Dabei hatte ich recht, Marischka ist nur im Ganzen vorstellbar.

In der Auslage betrachte ich die Fische in Aspik. Vaters fünfzigster Geburtstag: Bankett. Auch Fogosch in Aspik gab es, aber ich durfte nichts davon nehmen. Es kamen, scheint es, mehr Gäste, als man erwartet hatte. Dieser

Fisch hier ist kein Fogosch, es ist vielleicht ein Hai, zumindest dem Namen nach. Schmackhaft ist er, ich kann ihn auch ohne Semmel essen. Eine leichte, gesunde Jause.

„Mit der Sicherheit steht es eben so", erklärt der Greißler der vor ihm ungeduldig zappelnden alten Frau.

„Die Polizei schaut nur auf die Falschparkenden", jammert die Alte, „aber, wenn man eine Frau ist, hat man Angst, nach Hause zu gehen, weil ...", und sie errötet schamhaft.

„Wovor haben Sie denn Angst?" frage ich sie.

Zornig wendet sie sich mir zu, um mich mit ihren Habichtsaugen zu durchbohren.

„Nicht davor, was Sie denken, es kann einem aber heutzutage jederzeit der Hals abgeschnitten werden, kürzlich erst habe ich ein neues Sicherheitsschloß anbringen lassen, wissen Sie denn, was das kostet?"

„Der Herr kann doch nichts dafür", sagt der Greißler beschwichtigend.

Sicherheit, Sicherheit, das Wort begleitet mich eine Weile. Ich versuche, eine steckengebliebene Gräte mit der Zunge loszumachen. Wovor mag diese Frau wohl Angst haben? Als Vater, der früher immer von kurz hingeworfenen Kommandoworten umgeben war, im Sarg aufgebahrt lag, strömte er Ruhe aus, ich wagte mich sogar ohne Zureden in seine Nähe. Und nur so vor mich hin, daß es niemand anderer hören konnte, fragte ich ihn, warum ich seinerzeit nicht vom Fogosch nehmen durfte? Er gab keine Antwort. Wäre er am Leben gewesen, würde er mir eine Ohrfeige gegeben oder mich zumindest fortgejagt haben. Da erst wurde mir plötzlich bewußt: er ist tatsächlich gestorben. Ich war erleichtert, vielleicht das erste Mal in meinem Leben.

Seltsam, schon wieder ein Zeitungsstand. Diesen hier habe ich bisher gar nicht bemerkt. Es stimmt, sonst gehe ich ja immer auf der anderen Straßenseite, um die Neuigkeiten in der Briefmarkenauslage besichtigen zu können. Heute empfinde ich irgendwie kein Interesse dafür. Heute denke ich an Vaters Ruhe und an Marischka, die hinter mir wehklagt. Sie tut, als hätte sie niemals dem Briefträger schöne Augen gemacht. Sie fleht, um das Hineinsinken in das Nichts wegzudrängen, obwohl es so erhebend ist. Gestern abend kroch in meiner Badewanne eine Spinne, ich zielte mit der Dusche auf sie. Augenblicklich wurde sie vom Abfluß verschluckt. So mag die Sintflut gewesen sein. Wahrscheinlich ist jedes Sterben so. Irgendwo im Inneren regt sich der winzige Kern des Seins, unfähig, mit seinem Mückenblick den unendlichen Schatten des Nichtseins zu ermessen, der ihn verschluckt. Die Zinnsoldaten der Schlagzeilen setzen sich von neuem in Bewegung. Sie marschieren und marschieren, man müßte sie anhalten. DER TÄTER WURDE GESEHEN, ER FLÜCHTETE IN RICHTUNG DONAU.

Der Täter, ein sonderbares Wort, es lenkt die Aufmerksamkeit auf den Körper. Der Körper ist das Gehäuse der Taten. Es beginnt mich am Kopf zu jucken. Ich greife mir ins Haar. Ein fettiger Klumpen von Schuppen steckt unter meinem Nagel. Ausgerechnet unter dem Nagel, den Marischka des Dreckigseins bezichtigt hat. Pfui! Ich denke an Vaters frisch manikürte Hände. Seine Ohrfeigen rochen nach Parfüm. Sie enthielten keinerlei liebenden Haß. Eher nur die lästige Pflicht: dieser mißratene Balg!

Heute gehe ich auch in Richtung Donau. Nicht zu der Stelle, die in der Zeitung steht. Ich könnte freilich auch dorthin gehen. Dazu müßte ich aber über die Brücke. Wenn ich tatsächlich hinübergehe, werde ich die Möwen betrachten. Sie erinnern an eine lang zurückliegende Polsterschlacht. Sturzflug, Aufsteigen, immer wieder machen sie dasselbe.

„Guten Tag."

„Guten Tag." Schon wieder der Nachbar. Ich begegne ihm heute schon zum zweitenmal. Was er wohl hier macht? Ich könnte ihn fragen, aber ich habe ihn noch nie etwas gefragt, und außerdem habe ich ihn ohnehin zwei Schritte hinter mir gelassen.

Der Nachbar hat auch eine Badewanne. Auch in seiner Wanne könnte eine Spinne herumgekrochen sein. Auch er könnte die Sintflut entdeckt haben. Es ist nicht sein frisch rasiertes, rotwangiges Gesicht, das mir diese Gedanken einflößt, es sind eben Annahmen, nur so. Jene Frauen hatten auch Badewannen. Welche Frauen? Nun, die Frauen natürlich, die in der Zeitung, die mir so bekannt vorgekommen sind, als wäre ich ihnen irgendwann schon begegnet, als ... das ist aber ein sehr trügerisches Spiel. Einmal wurde ich in derselben Weise vor einem Gasthauseingang in die Falle gelockt. In meiner Nase war plötzlich der Geruch von Gulasch. Aber nicht nur Gulasch, der Duft von Vaters manikürten Händen, die Rundungen der Marischka, all dies war in diesem Geruch. Erschrocken hielt ich an, ich hatte das Gefühl, in das Vorgestern gestolpert zu sein.

Erst im Gehen merkt man, wie lang die Brücke eigentlich ist. Ich habe es freilich nicht eilig. Ich beobachte die Polsterschlacht. Eine Frau mit vorgewölbtem Bauch kommt mir entgegen, sie schiebt einen Kinderwagen. Ich wende den Blick ab, die Frau mit dem Kinderwagen erinnert mich an meine Mutter, die ich nicht gekannt habe. Von Bildern her schon. Auf den Bildern war sie schön, das lange Haar glattgekämmt, die Gestalt schlank, stolz. Dieses Bild wird vom Kinderwagen besudelt. Der Kinderwagen klatscht einen Balg mit abstehenden Ohren vor den flachen Bauch meiner Mutter. SPRING IHM IN DEN BAUCH! — ich spitze die Ohren, höre es wieder. SPRING IHM IN DEN BAUCH! Es gibt niemanden, der mich hier auf der Brücke ansprechen würde. Die Aufforderung kommt von der Kadettenschule. Ein rothaariger Junge keucht über mir.

Man brüllt ihm etwas zu. Er stößt mir einen Finger in den Mund. Ich beiße zu. SPRING IHM IN DEN BAUCH! Ja, der Zuruf gilt jenem Jungen, er ist gegen mich gerichtet und nicht gegen Marischka, von deren Rundungen eine derartige Anstrengung nur raupengleich abrollen würde. Haha! Ein Passant bleibt stehen und starrt in mein Gesicht. Was ist denn, darf man nicht einmal lachen? Es treibt mich zum Brückengeländer, hier wird man wenigstens nicht gestoßen. Wenn ich mich nicht verschätze, bin ich auf halbem Weg bis zur Brückenabfahrt, und von dort wiederum ..., wo will ich denn eigentlich hingehen? Ist es nicht gleich? Es ist vollkommen gleichgültig, ich habe Zeit. Es gibt auch keinen Nebel, man hat hier eine gute Fernsicht. Wie weit man sieht? Von einem Ufer zum anderen sehr bequem, aber auch noch weiter. Da ein Kirchturm, dort ein Fabrikschlot. Auf der Schnellstraße entlang dem Ufer jagen Autos einander. Die Photos jener Frauen tanzen mir immer mehr vor den Augen. Dabei will ich doch mit Marischka und meinem toten Vater ein Gespräch führen. Ich habe kein bißchen Angst mehr vor ihnen. So wahr ich lebe, ich habe keine Angst. Selbst meine Fingernägel würde ich ihnen unter die Nase halten, dreckig oder nicht, wen geht das etwas an. Die Erkenntnis versetzt mich in gute Laune, meine Schritte werden länger. Immer schneller komme ich voran, ich bin auch schon am Ziel angelangt. Wo? Nun, eben hier. Die Möwen fliegen auch hier, stürzen sich mehrmals hintereinander nieder, so, als würden sie etwas suchen. Jenen Fogosch in Aspik, und ... wieder flattern die zwei Bilder vor mir, Zeitungsblätter schaukeln, von Möwenschwingen bewegt. Ich blicke meine Hände an, sie halten gar keine Zeitung. Ein glatzköpfiger Mann kommt auf mich zu, hängt sich bei mir ein. Ich lasse ihn gewähren. Er sagt Namen, unbekannte Namen. Ich schüttle den Kopf. Die Namen standen in der Zeitung, sagt er immer wieder. Wie sonderbar, eben habe auch ich an sie gedacht. Das verrate ich ihm aber nicht. Ich halte mich an die Bibel: deine Antwort sei ja, ja, nein, nein. Wie mag zu all dem das Messer hinzukommen, das in der Küche neben dem Weißbrot lag, und die Puppe, die an einen Zierpolster gelehnt war? Ihre Augen weiteten sich in Schrecken, sie hatte Angst, ich würde sie vielleicht auch schlagen. Der Mann mit der komischen Frisur klammert sich immer noch an mir fest. Stumm bewegen wir uns auf einen wartenden Wagen zu. Alle scheinen an die eigene Badewanne zu denken.

Das Erbarmen

Bei der Heerschau ist er allein erschienen. Gestern in der Früh, als er erwachte, waren Johanna und Lancelot auch dabei, seine Freundin und der Verführer. Seitdem sind sie aber ausgerissen. Er könnte sie selbstverständlich wieder zurückrufen, er wußte aber, nichts ist mehr so, wie er es vorige Woche zusammengefügt hat. Johanna heißt eigentlich Sissi, und Lancelot hatte er noch in seiner Kindheit im Kasperltheater getroffen. Zwischen den beiden ist also nichts passiert. Sissi ist ja mindestens zwanzig Jahre älter als die Lancelot-Puppe, jede Mühe ist umsonst. Er zog seine Socken an, die gestrigen, die vor dem Bett lagen. Er horchte vorsichtig beim Fenster hinaus und plötzlich ertönte aus der Ferne das gedämpfte Hundejaulen. Als ob eine Taube turteln würde, dachte er. Zur Taube gehörte auch ein großes Haus mit Garten, Tiere und Pflanzen, mit einem rotbackigen Stubenmädchen und einer stattlichen Köchin, die aber mußte man nicht aufzählen, es wäre ja auch umsonst gewesen, sie moderten alle schon zwischen den eigenschaftslosen Wörtern. Der zerschlissene Perserteppich war aber noch da. Er lag in der Nähe des Taubenturtelns im Salon, und so hatte er bis zu einem gewissen Grad auch mit dem Hundejaulen etwas zu tun. Irma und Barbara wissen davon gar nichts, sie hocken im Nebenzimmer, vielleicht lassen sie gerade ihre Zahnprothesen in dem von weißen Pillen brausenden Wasser weichen, und warten nur darauf, daß er anklopft und die nächste Monatsmiete bezahlt. Es kann aber auch sein, daß sie schon begonnen haben, die neuen Sandwiches fertigzumachen. Jeden Donnerstag machen sie Brötchen, wickeln sie in Seidenpapier, legen sie in einen Korb und begeben sich auf den Weg.

„Der Tod strampelt wie die Geburt", hörte man Irmas heisere Stimme durch die Wand.

„Er stößt seine vier Beine gegen den Himmel", setzte Barbara kreischend fort.

„Und dann erscheint die blutbellende Fee ..."

„Der grüne Galle miauende Engel!"

Die Wand verstummte, und es ertönte wieder das ferne Hundejaulen.

So geht es den ganzen Tag. Voriges Jahr hätte er noch nicht glauben können, daß sein Bewußtsein so eintönig werden kann. Wahrscheinlich kommt es von dem ewigen Seidenpapierrascheln der Hauptmieter und von dem schadenfreudigen Geklingel der winzigen Medikamentenfläschchen. Einmal, das ist aber schon Monate her, erspähte er durch das Schlüsselloch, wie Irma die fertigen Brötchen mit der farblosen Flüssigkeit dieser Fläschchen begoß. Es ist aber möglich, daß er das auch nur geträumt hat und Irma mit der hinter den Strohgarben hervorguckenden Hexe verwechselt.

„Auf der Mauer, auf der Lauer / Sitzt 'ne kleine Wanze, / Auf der Mauer, auf der Lauer / Sitzt 'ne kleine Wanze, / Seht doch nur die Wanze an, / Wie die Wanze tanzen kann!"

Nein, das ist wieder etwas anderes. Das Gedächtnis mischt alles durcheinander. Dieses Lied handelt von der tanzenden Wanze, und die Kinder brüllten es vor diesem Haus mit Garten. Die Hexe aber kroch in der Nacht hervor, öffnete das Ofenloch und stocherte mit dem Schürhaken in den halbverkohlten Säuglingsskeletten umher. Oh, wie viele Arten von Angst klappern unter dem Mantel der Finsternis! Und es gibt niemanden, zu dem man flüchten könnte, denn alle sind gestorben. Mutter, Vater auch, die Tante, das Stubenmädchen, die Köchin, der Kutscher. Nur Irma und Barbara leben ewig. Sie sind aber fremd, sie lebten nie in diesem Haus mit Garten, auch in seiner Kindheit nicht, hier fand er sie, in dieser fremden Stadt, in diesem fremden Zinshaus, als er eine Wohnung suchte. Irma maß ihn forschend mit ihrem Blick, Barbara aber nickte sofort zustimmend:

„Ich vermiete das Zimmer. Und wissen Sie weshalb?

Weil ich der dritte Engel bin, und wenn ich in meine Trompete blase, fällt der Stern herunter, dessen Name Bitternis ist und ein Drittel der Flüsse wird auch zu Bitternis, viele Menschen und Tiere sterben von den Gewässern, da sie bitter geworden sind."

„Es ist nicht wahr, ich bin der dritte Engel", unterbrach sie Irma.

„Du bist der vierte',, beschwichtigte sie Barbara und überreichte den Torschlüssel.

Seitdem schläft er mit dem zankenden Gemurmel der zwei Engel ein. Die Worte stürzen nacheinander in die Schlucht, ganz unten liegt die Bewußtlosigkeit. Das ist gut, man muß aber immer aufwachen, und der ewige Kreislauf fängt von vorn an, das Sockensuchen, die Brötchen, die Hexendiktion der Engel, die zirpenden lämmchenfellweichen Erinnerungen, die überhaupt nicht in diese bedrückende Umgebung reinpassen.

Irma und Barbara gehen bald von zu Hause fort, am Arm schwingen sie den Korb mit den Brötchen hin und her. Wohin gehen sie wohl? Er könnte ihnen nachschleichen, sie trippeln gerade die Stiegen hinunter. Er will aber nicht mehr über die Engel wissen, als er ahnt. Das Erfahren ist das Verderben. Es wäre schrecklich, wenn die letzten zwei Engel seines Lebens auch zum Nichts zergingen, genau wie Lancelot. Zwar ist dieser verdammte Hanswurst wirklich von zäher Natur. Gerade erst jetzt verschwand er, um sich sofort wieder zurückzuturnen, hier zappelt er vor seinen Augen. Wenn er ihn nur unter den Arm klemmen könnte, mit dem stotternden Dialog zusammen, den sie miteinander führen. („Sie Rindvieh, Sie glaubten wirklich, daß Sie mich aus ihrer Erinnerung fegen können? Ich habe mich herrlich mit Sissi unterhalten, sie hatte einen Krötengeschmack, und wenn es bei ihr soweit war, schnalzte sie mit der Zunge, das konnte sie unerreichbar. Erinnern Sie sich an sie?" „Nein, ich erinnere mich nicht." „Sie erinnern sich nur daran, daß ich sie verführt hatte?" „Sie hatten so viele Weiber, Lancelot, Sissi hätten Sie lassen können." „Was für einen Blödsinn schwätzen Sie da zusammen? Sie haben ja gar nicht gewußt, daß sie Krötengeschmack hatte und daß sie mit der Zunge schnalzte, Sie kannten eine ganz andere Sissi, die habe ich nicht einmal angerührt.") Wenn er ihn mit all diesem zu den Engeln reinschleppen könnte, unter dem anderen Arm das alte, an der Fassade gerammte Haus, mit dem Garten und mit dem verdunsteten Zirpen, dann könnte er vielleicht Gehör finden, könnte er einsehen, daß es schon egal ist, und daß man dem ganzen ein Ende bereiten muß, daß er dringend das Erbarmen braucht. Und sie gäben ihm von ihren Brötchen.

Wenn er aber im übergeworfenen Hausmantel anklopft, ist all dies unaussprechbar, nicht einmal soviel kann er hervorstammeln, daß er auf Lancelote gar nicht mehr böse ist, im Gegenteil, er ist ihm dankbar und den Engeln gegenüber wäre er auch dankbar, wenn ... Seine Kehle wird aber eng, er schaut auf den leeren Korb, der über dem Radio hin und her schwingt, die zitternden Vogelköpfe der beiden Engel erstarren in dem Dampf der Teekanne, und die Erinnerungen werden auf einmal stumm. Es gelingt ihm höchstens nur ein — aber das hat auch leicht unter einer Käseglocke Platz — ich dachte, ich schau auf einen Moment rein ... Und etwas später: ich dachte, ich schau rein. Oder, wenn es ihm gelingt, sich zusammenzuraffen, fügt er noch hinzu: Ich habe mich zu einer radikalen Veränderung entschlossen. „Kündigen Sie?" Oh, nein, Gott behüte, er will nicht wegziehen von hier, im Gegenteil, er will für ewig hierbleiben, für ewig, verstehen sie nicht? Die Engel starren ihn unverständlich an, er muß aus dem Zimmer taumeln.

Wie oft wird sich das wiederholen? Wahrscheinlich nie mehr. Weil inzwischen etwas passiert ist, etwas sehr Wichtiges. Die Engel wurden abgeführt. Dann hatte aber die ganze Demütigung vorher keinen Sinn. Und die gerade verklungenen Stimmen auch nicht. Die haben sich vermutlich in den Winden eingefressen und sickern von dort heraus. Die Klingel läutet aber wirklich, und da sich die Engel momentan nicht zu Hause befinden, besser gesagt, für längere Zeit fortgegangen sind, muß er die Tür öffnen. Er schlüpfte in den Hausmantel, und mit dieser Bewegung nahm er gleichzeitig auch eine ganze Menge nicht mit Worten ausdrückbare Gefühle an, die mit den Engeln, mit Lancelot und mit dem alten Haus gleichfalls verbunden waren, und trippelte, die Schritte Barbaras nachahmend, heraus ins Vorzimmer. Draußen stand ein Mann in einem Lodenmantel und grinste höflich.

„Nur ich bin zu Hause", sagte er dem Mann.

„Ich weiß", grinste der andere unaufhörlich, „ich suche ja Sie, darf ich herein?"

„Herein? ..." Aber dann ließ er ihn doch weiter. Im Vorzimmer war keine Sitzgelegenheit, der Mann im Lodenmantel lehnte sich an einen alten Koffer.

„Ich habe die Summe mitgebracht", erklärte er feierlich.

„Welche Summe?"

„Die Summe, welche von dem Klub der Doggenzüchter und vom Verein Schwarzes Pussycat gestiftet wurde für die Belohnung des Ergreifens der Täter. Es ist wirklich eine erhebliche Summe", fügte er hinzu, „hier bitte, unterschreiben."

Lancelot sprang plötzlich zwischen sie und verdeckte den Bogen. Im Vorzimmer lag sowieso schon die Dunkelheit der einbrechenden Dämmerung.

„Ich habe damit nichts zu tun", schleuderte er dem Mann im Lodenmantel entgegen, hinter Lancelots Rücken stehend.

„Selbstverständlich haben Sie", erklärte der Mann im Lodenmantel mit Geduld, „Sie waren ja der Anzeiger."

„Warum hätte ich sie angezeigt?"

„Vermutlich, weil die zwei alten Weiber mit ihren vergifteten Brötchen schon unzählige Hunde und Katzen vertilgt haben, und Sie konnten es nicht weiter mitansehen."

„Mich interessieren keine Hunde und Katzen, höchstens der eine, der mit Taubenstimme jault. Hören Sie?"

Er schaute zu, als der Mann im Lodenmantel seine Hand zum Ohr hält und horcht, dann aber wurde er plötzlich schläfrig, eilte ins Zimmer, schlüpfte bekleidet ins Bett und zog die Decke über sich. Der Mann im Lodenmantel schlich sich nach und nahm am Rand seines Bettes Platz.

„Sind Sie schläfrig?" fragte er teilnahmslos.

„Ich bin sehr müde", sagte er, „wenn ich schlafe, das ist was anderes. Im Schlaf werde ich immer frisch."

„Ich fühle mich genauso", zwinkerte der Mann im Lodenmantel und schlug zufrieden auf die Bettdecke. Die Pantoffel lugten unter dem Bett hervor, die konnte man auf keine Weise verschwinden lassen, dann aber verschwanden sie trotzdem, das Schwimmbassin verschlang sie gemeinsam mit dem Teppich. Das Wasser streckte sich von Wand zu Wand und an den auf den Wellen hin und her taumelnden Tafeln konnte man deutlich lesen: Tiefwasser! Nur für Schwimmer!

„Hier hat man mich unter das Wasser gedrückt, genau hier",zeigte er zur ersten Tafel, „ich fühle noch heute, wie es in meinen Ohren gluckste. Das Wasser hatte einen merkwürdigen Geruch, vielleicht war das vom Desinfektionsmittel, das damals die Schwimmeister verwendeten."

Der Mann im Lodenmantel wandte seinen Kopf ab und tat so, als ob er nicht zuhören würde.

„Ich habe Sie nicht unter das Wasser gedrückt", murmelte er nach langer Zeit.

Er setzte sich im Bett auf und schaute zu, als die Oberfläche des Schwimmbassins von Schienen bedeckt wurde, Brücken spannten sich, Lokomotiven sausten hin und her, ihr Rauch stieg bis zur Decke. „Ich habe immer in so einem Durcheinander gelebt", erklärte er dem Mann im Lodenmantel, „ich habe gar nichts gewonnen, daß Sie die beiden alten Weiber verschwinden ließen."

„Die Präsidenten des Tierschutzvereines sind sehr zufrieden mit ihnen", erwähnte der Mann im Lodenmantel und atmete den Rauch der Lokomotiven tief ein.

In einem Abteil, welches schon einer Straßenbahn ähnelte, klingelte schrill der Schaffner. Er wäre gern auf die vorbeischwebende Straßenbahnstufe aufgesprungen, konnte sich aber nicht vom Bett wegstoßen. Obgleich er schon beide Socken angezogen hatte, sein Hausmantel lag am Stuhl, er müßte nur seine Hand ausstrecken. Er geht hinaus und läßt den Mann im Lodenmantel herein. Jetzt wird es schon viel leichter gehen. Obwohl nicht er ihn am Strand unter das Wasser drückte, er kann ihn als Bekannten begrüßen. Sie haben sich bis zu einem gewissen Maß kennengelernt. Im Vorzimmer hatte er es doch überlegt. Die alten Frauen sind sowieso nicht zu Hause, am besten, er klopft bei ihnen an.

Irma und Barbara saßen unter der Lampe mit dem Strohschirm. Der leere Korb, über dem Radio, schwang hin und her. Jemand muß ihn berührt haben.

„Es läutete", sagte er.

„Wer hat geläutet?" fragten Irma und Barbara auf einmal.

Ihr Kreischen hat ihn verstört. In ihrer Frage lag etwas zur Verantwortung Ziehendes und Drohendes gleichzeitig. Es klang wie die Botschaft durch die Wand: „Und dann erscheint die Blutbellende Fee, der grüne Galle miauende Engel."

„Vielleicht der Schaffner", murmelte er ergeben.

Der dritte Engel riß abwehrend das Lorgnon vor die Augen.

„Gibt es noch welche von den Brötchen?" blinzelte er zum Lorgnon.

„Von welchen Brötchen?" kreischte Irma.

„Von denen, die sie für die Hunde und Katzen anfertigen, weil sie zu denen Erbarmen haben, aber wer denkt an mich?" seufzte er erleichtert, endlich ist es ihm gelungen, es auszusprechen.

Die Engel starrten sich erschrocken an.

„Armer Duzi, armer Duzi", flüsterte Barbara.

Er lachte glücklich auf. Lancelot und Johanna sind ihm eingefallen, der Strand, der Mann im Lodenmantel. Er ist auf alle Fälle gekommen, Irma und Barbara zu warnen, aber wenn niemand auf ihn neugierig ist, ist es auch gut.

Er ging rücklings aus dem Zimmer, währenddessen in der Ferne der Hund aufjaulte. Er hatte Taubenstimme. Vielleicht hat man den Hund auch unter das Wasser gedrückt. Seine Nase, Ohren, Mund wurden voll mit dem Geschmack dieses untergegangenen Strandes.

Der Tunnel

Nachdem seine Identität trotz der Tatsache, daß er die Reise inkognito angetreten hatte, sämtlichen Zugschaffnern, zwei Bahnpolizisten ohne Dienstgrad, sowie dem, den Schnellzug aus purem Zufall zugestiegenen Polizeiarzt bekannt war — können wir der Vereinfachung halber gleich so beginnen: Kriminalinspektor Grünbaum starrte zum Fenster des Speisewagens hinaus.

Der Zug stand noch in der Station, von den die Waggons verbindenden Bremskabeln waren zischende Geräusche zu hören, wie wenn Dampf abgelassen würde. Etwas weiter entfernt nahm sich die Kappe des Bahnhofsvorstandes rot aus, alles zeigte die Vorbereitungen für die Abfahrt. In diesem Moment tauchte eine unrasierte Figur neben dem Zug auf: der Blick des Mannes begegnete dem des zum Fenster hinausschauenden Grünbaum. Er zog daraufhin den Kopf ein und rannte in die Richtung des nächstens Gleises los. Auf ebendiesem Gleis kam gerade eine Verschublokomotive in rascher Fahrt. Der Inspektor konnte deutlich sehen, wie der Mann hochgeschleudert wurde. Die Verschublokomotive raste weiter, der Mann lag auf dem jenseitigen Gleis. Er lag auf dem Rücken, scheinbar reglos, es war aber, als hätte der Körper die Plötzlichkeit der jähen Bewegung noch bewahrt. In der Bauchgegend zuckte ein unwahrscheinlich großer roter Klumpen in pumpengleichem Rhythmus. Der eine Arm schnellte plötzlich hinauf und fiel dann zurück. Einige Schritte entfernt standen ein paar Gepäckträger. Sie beobachteten, ob der Mann sich noch regte, gingen aber nicht näher an ihn heran. Der Schnellzug setzte sich indessen in Bewegung.

„Tja, soviel ist ein Menschenleben wert", seufzte der Speisewagenkellner.

„Soviel", willigte Grünbaum ein.

„Einen Cognac?"

„Ja."

Der Mann scheint mein Inkognito ernstzunehmen, glaubt also, mir wäre übel geworden — murmelte der Inspektor in seinen Cognac hinein, da der Kellner bereits an einem anderen Tisch über die Hinfälligkeit des Lebens schwatzte. Der erste Schluck machte ihn wohlig warm, und er dachte kaum noch an jenen sich in so unangenehmer Weise bewegenden roten Klumpen. Seine Aufmerksamkeit wurde ganz vom Gorius-Rätsel in Beschlag genommen. Er hatte das Gefühl, nach monatelangem, vergeblichem Nachsinnen etwas gefunden zu haben. Es ist klar, in den meisten Fällen wird einer, den der Zug anfährt, zur Seite geschleudert. Es ist nur schade, daß er in den falschen Zug eingestiegen war: dieser fährt ja am Tag, ihm aber würde der Nachtzug die Lösung bringen. Aber warum eigentlich? Er lockerte seine Krawatte etwas. Auch diese sollte die rundherum liebevollen Gedanken nicht daran hindern, sich zu Worten zu formen. Es ist wie mit dem Kropf, man hat es schon im Hals, aber statt es loszuwerden, bleibt's unter dem Kinn stecken. Nur nichts übereilen. Alles systematisch der Reihe nach. Zuerst war der Fall Dr. Gorius: vor acht Monaten wurde er im Tunnel gefunden. Er lag da, als wäre er genau zwischen die Schienen hineingepaßt worden: Schädelbasisbruch! In einer Stunde wird der Zug den Tunnel erreichen. Auch die anderen fünf hat man dort gefunden. Alle waren gutsituierte Personen in bedeutenden Positionen gewesen. Und die Erhebungen konnten nicht einmal zutage bringen, ob die Opfer vorher miteinander in Kontakt gestanden hatten. Nur der Ort ihres Todes war immer derselbe. Alle lagen annähernd an der gleichen Stelle des Tunnels, schön zwischen die Schienen gelegt. Ja doch, einer von ihnen lag etwa dreißig Meter weiter drinnen. Wie lang mag wohl diese Strecke sein? Grünbaum maß die Länge des Speisewagens rasch mit Blicken ab. Das Ergebnis stellte ihn zufrieden. Ja, es mochte genau eine Waggonlänge sein. Also? Er bestellte noch einen Cognac.

,,Der hat's schon gut", bemerkte der Kellner.

Grünbaum nickte ungeduldig, da er befürchtete, er könne aus seinem Gedankengang gerissen werden. Wenn jene Leute alle Selbstmord begangen haben sollten, wozu wären sie so weit in den Tunnel hineingegangen? Und selbst wenn sie hineingegangen wären, hätte die Lokomotive den einen oder den anderen sicherlich zur Seite geschleudert, wie den Unrasierten mit dem eingezogenen Kopf. Plötzlich wußte er genau, was er zu tun hatte. Bei der nächsten Station würde er aussteigen. Die Station lag noch vor dem Tunnel. Er würde mit dem Auto zurückfahren und dann in den Nachtzug einsteigen. Inzwischen hätte er noch Zeit in Erfahrung zu bringen, ob der Schlafwagen immer denselben Platz in der Zugsgarnitur einnimmt, oder ob es auch vorkommen kann — wie im Fall des Diplomingenieurs Weiss — daß der Wagen nur einen Waggon weiter hinten angekoppelt wird. Von da an schien es, als würden sich die Ereignisse der äußeren Zeitebene zu Laufschrittempo beschleunigen. Die Station, ein freier Wagen, die Rückfahrt nahm er kaum wahr. Schon stand er im Zimmer des Bahnhofsvorstandes und sprach mit zwei hohen Bahnbeamten. Einer der Beamten glich dem überlangen Filmkomiker seiner Kindheit ,,Pat". Von ihm erfuhr er auch, daß jener bewußte Tunnel im Föteschraubverfahren gebaut worden war.

,,Ja, so ist es", sagte der an ,,Pat" erinnernde Bahningenieur, ,,heutzutage werden die Tunnels anders gebaut als früher. Seinerzeit wurde der Berg vom Tunnel gehalten, heute hält der Berg den Tunnel."

Grünbaum konnte mit dieser Information nichts anfangen. Er lenkte das Gespräch auf die Schlafwagen. Bis zur Ankunft des Nachtzuges lernte er auch über diesen eine Menge überflüssiger Daten kennen. Er sah seine Schlafwagenkarte an und machte sich auf den Weg zum Abteil Nr. 6. Ein braungekleideter Schaffner stellte sich ihm jedoch höflich in den Weg.

,,Sie ermitteln im Fall Gorius, nicht wahr?"
Er nickte.
,,Für Sie ist das Abteil zwölf reserviert."
Der Inspektor ging folgsam dem Schaffner nach.
,,Aus Sicherheitsgründen", fügte der Braungekleidete hinzu.
,,Kann es auch sonst vorkommen, daß jemandem das Abteil zwölf zugewiesen wird, obwohl seine Karte für ein anderes gültig ist?" erkundigte sich der Inspektor.
,,Aber natürlich, aus Sicherheitsgründen und ..."
,,Und?"
,,Es kommt vor, daß jemand mit einer für Abteil dreizehn gültigen Karte abergläubisch ist. Andere wollen nicht im oberen Bett schlafen, wieder andere ..."
Grünbaum dankte für die Information und streckte sich angekleidet auf der unteren Schlafstelle aus. Später öffnete er seinen Handkoffer, suchte seinen Pyjama, nahm ihn heraus und legte ihn dann doch wieder zurück. Aber natürlich! Jene im Tunnel, sie lagen zwischen den Schienen, alle im Pyjama. Er tastete die Abteilwände rundherum mit den Fingern ab, dann legte er Taschenlampe und Revolver neben sich bereit. In gleichmäßigem Rhythmus fuhr der Schnellzug immer weiter in die Nacht. Von Zeit zu Zeit blitzten die Lichter kleinerer Stationen auf. Gut, so etwas hält wach. Bald wird der Zug den Tunnel erreichen, und bis dahin muß er unbedingt wachbleiben. Selbst für ihn war es unverständlich, wieso er trotzdem einnicken konnte. Als er die Augen wieder öffnete, leuchtete ihn ein braungekleideter Mann mit seiner eigenen Taschenlampe an. Er starrte den Braungekleideten an und sah sofort, daß er nicht jener war, der das Abteil für ihn geöffnet hatte. Das Gesicht war stoppelbärtig, der Hals eingezogen.
,,Aber ..."
,,Sie sind in den falschen Zug eingestiegen", fiel ihm der Schlafwagenschaffner ins Wort, ,,und es zieht immer Unannehmlichkeiten nach sich, wenn man das spätere Geschehene mit dem früher Geschehenen durcheinanderbringt."

,,Es hat also alles hier, im Abteil zwölf stattgefunden? Warum aber wurden gerade diese fünf Menschen aus dem Weg geräumt?"

,,Sie werden doch wohl nicht von mir erwarten, daß ich mir nun über irgendwelche spitzfindigen Erklärungen den Kopf zerbreche. Gleich sind wir im Tunnel, es bleibt keine Zeit mehr dafür."

,,Und wenn wir im Tunnel sind, wird sich der Abteilboden auf Knopfdruck zur Seite schieben, mitsamt dem Bett. Ist es so?" fragte Grünbaum.

,,So ist es", bestätigte der Stoppelbärtige.

Im Fallen wurde ihm noch bewußt, daß er angezogen war. So ist es doch schicklicher, als im Pyjama — dachte er.

Inspektor Grünbaum wurde aber nicht an jener bewußten Stelle im Tunnel gefunden: man fand ihn im Speisewagen. Sein Oberkörper lag auf dem Tisch. Der Polizeiarzt, der aus Versehen in diesen Zug eingestiegen war, konnte nur noch den Herzstillstand und das Vorhandensein eines umgekippten Cognacglases feststellen.

,,Soviel ist ein Menschenleben wert", seufzte der Kellner zum zweiten Mal schon, denn es fiel ihm nichts anderes ein.

Fata Morgana

oder wie aus dem Geräusch der Müllwagen und aus den übrigen Nebenprodukten des Gedächtnisses eine genügend progressive, jedoch nahezu nostalgische Abstraktion wird

Miro steckt seinen Zeigefinger in die Farbe: Punkti, Punkti, Strichi, Strichi, fertig ist das Bild. Und dieses Rindvieh hat es wirklich geglaubt, keine Täuschung, keine Zauberei, so entsteht ein Gemälde, nicht nur für das Fernsehen, auch in der Wirklichkeit. Er hätte sich gern einige Bilder Miros ins Gedächtnis gerufen, aber nur die schlecht angestrichene Wand und in deren Mitte sein letztes Ausstellungsplakat starrte ihn an. ICH GRATULIERE DIR MEIN ALTER. Dieser Satz schmiegte sich irgendwie zum Plakat und noch das, was ein lauter Nörgler dem ausgestellten Kunstwerk widmete: EIN EINZIGES STREICHHOLZ UND DAS GANZE BRENNT!

Er stützte sein Kreuz mit zwei schmutzigen Polstern, sodaß er jetzt im Bett beinahe sitzen konnte. Der Tisch gelangte auf diese Weise in sein Blickfeld. Zwischen einigen Kerzenhaltern aus Messing, auf einem Löschpapier und einer Schreibmappe lag die Zeitung von gestern. Er konnte die Schlagzeile sogar entziffern: DER MÖRDER AUS BADGASTEIN NOCH IMMER NICHT GEFASST! Eine Weile versuchte er, sich an Miro und an die Worte, die sich auf den Zeitungstitel bezogen, zu klammern. Er wußte, wenn in ihm diese Anstrengung nachließe, würde das Zimmer umstürzen und trübe Szenen vor ihm durcheinanderpurzeln, die man in keine einheitliche Geschichte gießen könnte. Die Bewegungslosigkeit stärkt die Aufmerksamkeit — fiel ihm ein — aber rechtzeitig spürte er, daß ihn diese Bewegungslosigkeit auch ermüdete. Zuerst verschwand die Wand. Die Umrisse des Tisches tanzten noch vor seinen Augen als leicht geneigter Horizont. Als auch dieser versunken war, erschienen vor ihm die riesenhaften weißen Leichen am Boden des im Parkett eingelassenen Bassins. Ihre Gesichter waren mit Haaren bedeckt, es schien jedoch, als ob diese Haare Frauengesichter verdeckten. Vielleicht weil sie unter dem Wasser so aufgebläht waren? Alle lagen nackt da, man konnte sich bei ihren Körpern nicht zurechtfinden: das Licht der Deckenbeleuchtung verwischte sie, und in der steten Bewegung schmolzen die Brüste, die Hüften, die Lenden und die Linien der Schulter zusammen. Die über das Bassin ragenden Felsen und auch sein schlecht ausgewundenes Badetrikot strömten Kälte aus, obwohl er das Trikot in ein Nylonsäckchen gegeben hatte, wenn er ungeschickte Schritte machte, berührte es stets seinen Schenkel. Inzwischen verließ er bereits das Felsenbad. Er bewegte sich auf dem hohen Bergweg und erreichte die Brücke, unter der der Wasserfall toste. ,,Hier lassen die Forellen ihre Bäuchlein aufblitzen" tönte es von der anderen Seite der Brücke herüber. Er sah sich um. Niemand war zu sehen. Hier ist Nebel, ein sehr starker Nebel, stelle er fest und rieb sich die Augen. Die aus dem Nebel auftauchende Erscheinung machte ihn schwindelig. Gähnende Tiefe griff nach ihm. Am letzten Brett der Brücke stand er, nach dem es keinen Weg, kein Geländer, nur Abgrund gab. Er wollte umkehren. Dazu war aber nicht genug Platz. Wenn er sich bewegte, würde er in das Dorf abstürzen, das sich plötzlich mit einer Wiese, weidenden Kühen und Lämmern unter seine Füße schob. Man müßte rückwärts gehen. Freilich nur um einen Fußbreit. Immer nur einen Fußbreit. Das Gleichgewicht soll auf die ersten steigenden Fußballen gelegt werden, damit sie sich aus der geraden Richtung nicht hinausschwingen. Der Nebel verstärkte sich wieder. Die kräftige Alpenluft schnitt ihm in die Lunge, er versuchte durch die Nase zu atmen. Bald war er außer Atem. Husten reizte seine Kehle. Wenn er ihn nicht unterdrücken könnte, stürzte er ab. Kaum hat er aber daran gedacht, als ihm die krächzende, die Schläfen sprengende Anstrengung in das Trommelfell heulte.

„Ich stürze", sagte er laut, währenddessen spürte er, daß er auf festem Boden stand. „Ich stürze", wiederholte er nochmals, denn er wußte bereits, daß nicht er, sondern sein Großvater hustete.

„Der Hund des Todes bellt", klang es durch den Nebel, und zusammen mit der Stimme tauchte vor seiner Nase das Gesicht seines Großvaters auf.

„Immer hat er diesen Satz gesagt, solange gerufen, bis er starb."

„Du warst mein liebster Enkel."

„Er lügt schon wieder."

„So wahr ich da stehe, du warst mir unter allen der allerliebste. Von dir wußte ich, du wirst es sowieso zu nichts bringen."

„Zur Ausstellung kam er trotzdem nicht."

„Oh, damals war ich schon lange. . .gleich nach dem großen Spaß, als du weiße Ölfarbe in die Zahnpastentube von Stefan geschmuggelt hast und er mußte seine Zähne mit Terpentin reinigen. . ."

Während er seinem Großvater zugehört hatte, vergaß er die Brücke und den Abgrund völlig. Auch die Brücke und der Abgrund vergaßen ihn. Er befand sich bereits in einer ganz anderen Gegend. Die Sonne schien, und in diesem Glanz erschien es ganz selbstverständlich, daß er allein war. Er guckte auf die Blechdächer der Sommerhäuser und auf die Kronen der Tannen, die über diese Dächer hinaufragten. Hier geschieht nichts, flüsterten die Häuser und die Tannen, genauer, hier geschieht immer etwas und das ist, als ob. . .Er grübelte darüber jedoch nicht, es beruhigte ihn, daß er den Gedanken nicht nachlaufen mußte. Später befand er sich, ohne daß er sich zurückgesehnt hätte, öfter am letzten Brett der verfallenen Brücke. Er hustete und stürzte um sich schlagend in die Tiefe.

„Was machst du?" rief ihm sein Großvater nach.

„Ich gehe spazieren."

„Richtig, richtig" hallte es hinter einem schwarzen steifen Hut hervor, den der Alte schwenkte.

Das Stürzen und der Sonnenschein wechselten sich

rasch ab, und er sah sich in weiteren Bildern durch die Lichtstreifen, die den Ortswechsel ersetzten. Nicht diese Bewegungen und das Durcheinander beunruhigten ihn, sondern ein hinter ihm hinkender Schatten. Der Kopf des Schattens war in ein großes Tuch gewickelt, das auch sein Gesicht verdeckte. Verdeckte es vielleicht die Schwarzpocken oder einen Knüppel? Das Ende des Stockes schaute unter seinem Rock hervor. Furchterregend und heimtückisch war dieser Schatten, er wäre ihn gern losgeworden. Der Knüppel schwang sich aber von selbst in die Luft und schlug hin und her. Zu Beginn war das jedenfalls so, dann aber wuchs ihm der Knüppel an seine zusammenzuckende Hand. Eine hagere alte Frau lag vor ihm mit zerschlagenem Schädel. Sie war wie ein zertretener Spatz, wie ein. . .Er begab sich in Richtung der Sommerhäuser mit den Blechdächern und den hochwiegenden Tannen, obwohl er damit riskierte, den Zug zu versäumen. Wenn er ihn verpaßte, war sein Fluchtplan dahin; er bewegte sich jedoch noch einige Minuten in die entgegengesetzte Richtung, weil er keineswegs umkehren konnte. Ohne Fahrkarte erklomm er den Schnellzug. Dem Schaffner überreichte er den schwarzen steifen Hut seines Großvaters, der ihn in den Speisewagen hineinkomplimentierte.

,,Obwohl wir kein Mittagessen mehr servieren" erklärte der Schaffner, während er ihm den Tisch zeigte.

Er sah sich im Speisewagen um, aber von den Reisenden kannte er niemanden. HIER GESCHIEHT NICHTS, GENAUER, HIER GESCHIEHT IMMER ETWAS. Die Sommerhäuser mit den Blechdächern und die über ihnen montierten Tannen schauten durch die Fenster des Wagens herein. Er zog den Vorhang herunter, damit er sich mit diesem sonderbarem Satz nicht abplagen mußte. Da bemerkte er das Mädchen. Sie kam direkt auf ihn zu. Zu einer Abwehr blieb ihm keine Zeit, die Blondine im rosafarbenen Tüllkleid fiel ihm um den Hals.

,,Ach, nun bin ich doch im Himmel, trotz der großen Sünde! Nun bist du mein, nun halte mich fest, mein teurer Tommy, wir sind vereint! Wie schön ist's im Himmel!

Auch meine Eltern sind da, meine süße Mutti, wie schön, Väterchen! Verzeih, ich konnte nicht anders. Nun laß dein bestes Lied erschall'n, doch, wenn du meine Lippen küßt, wenn du, oh, Tommy. . ."

Er wollte protestieren, er heiße nicht Tommy, aber das Mädchen umarmte ihn so fest, daß er Angst hatte, er müßte wieder husten.

„Ist Georgina fort? Gottlob, ja, sie ist nicht mehr hier. Tommy, habe ich dir doch ein wenig weh getan? Nicht gern, nicht gern. Aber ich konnte es nicht ertragen, sie sah mich mit so heißen Blicken an und wollte mich ins Wasser stoßen. Es ist so kühl. Nimm deine Harfe und spiel und sing! Oh Tommy, mein Tommy, wie ich dich liebe! Wie konntest du deine arme kleine Bärin verstoßen, so weh, so weh tut mein Herz. . ."

„Sie sind doch. . ." nur soviel konnte er sagen.

Das Mädchen nickte.

Jetzt fiel ihm auch der Name ein.

„. . .Hedwig Courths-Mahler!"

„Persönlich", flüsterte das Mädchen und schlug die Augen nieder. Aus ihren Mundwinkeln floß eine grünliche Flüssigkeit in dickem Strahl herunter und beschmutzte ihr rosafarbenes Tüllkleid.

„Oder lieber so?" fragte sie mit tiefem verführerischen Baß.

„Ja, lieber so, wischen Sie sich nur Ihren Mund ab!"

Auch der Schaffner kam plötzlich von irgendwoher, verneigte sich und begann ein langes Gedicht aufzusagen. Er plapperte, damit er schneller fertig würde, aber der Refrain war deutlich zu verstehen:

„Er küßte sie, sie küßte ihn,
Ein Vöglein sang im Eschenbaum."

„Wer ist Georgina?" fragte er den Schaffner, aber dieser zuckte nur mit den Schultern. Das Mädchen starrte ihn noch immer mit verdrehten Augen an.

„Komm zu mir, besteige mich" brummte sie.

„Wo?" blickte er ratlos nach rechts und links. Der Speisewagen war voll von Reisenden.

Der Schaffner besann sich wieder zuerst. Er unterbrach die Deklamation, begleitete sie nach vorne und öffnete die Tür zu einem Nebenabteil des Speisewagens. Das Mädchen zog sich nackt aus und setze sich in seinen Schoß. Sie fuhren lang so. Es war still, nur das Rattern des Zuges war zu hören. In der Bauchgegend verspürte er die gleiche Kühle wie im Felsenbad, als sein schlecht ausgewundenes Badetrikot seinen Schenkel berührte. Er griff hin, um die Hose von sich zu schieben, aber das Mädchen ließ dies nicht zu. Manchmal machte der Schaffner die Tür auf, aber das störte die beiden nicht.

„Können Sie Bridge spielen?"

„Nein," antwortete er schnell, erschrak jedoch, als er darauf kam, daß er nicht ahnte, auf wessen Fragen er antwortete. In seinem Schoß saß eine nackte Frau mit zusammengepreßten Lippen.

„Sind Sie noch immer nicht darauf gekommen?" donnerte die vorherige Baß-Stimme. „Ich bin nämlich ein Bauchredner."

„Bereits auch bei Courths-Mahler?"

„Ja."

„Warum haben Sie das nicht früher eingestanden?"

„Weil mich der Schaffner hier nicht hereingelassen hätte. Ich habe aber keine Zeit zu warten, in der nächsten Station muß ich aussteigen."

BEREITS IN DER NÄCHSTEN STATION! BEREITS IN DER NÄCHSTEN STATION!

Dieses innere Echo paßte sich an das Rattern des Zuges an. SIE GAB MIR IHRE ADRESSE NOCH NICHT! SIE GAB MIR IHRE ADRESSE NOCH NICHT!

Er preßte die Hände an seine Ohren, um das Rattern der Räder zu dämpfen. Plötzlich wurde es still. Da spürte er, daß er nicht mehr im Zug war. Der Zug war wahrscheinlich vorher entgleist. Vielleicht durch das Läuten, das vorhin den Speisewagen erschütterte. Er hörte es wieder, obwohl die Dunkelheit auch die Schienen verschluckte.

Es läutete. Die Türglocke seiner Wohnung schrillte. Er

warf seinen Bademantel um und zog den Riegel weg. Zwei Männer mit grimmigem Äußeren standen vor der Tür und zeigten fortwährend ihre Ausweise. Er ging vor ihnen gehorsam ins Schlafzimmer. Wortlos folgten sie ihm. Auf dem Tisch lag die Zeitung von gestern. Man konnte den großgeschriebenen Titel lesen. DER MÖRDER AUS BADGASTEIN NOCH IMMER NICHT GEFASST! Der größere Detektiv zeigte auf die Zeitung.

„Gestehen Sie?"

„Hieß sie Georgina?" wandte er sich dem kleineren Detektiv zu. Die Handschellen klickten inzwischen an seinem Handgelenk. Er versuchte sich vorzustellen, was danach folgen würde, wenn man ihn im Stiegenhaus herunterführte. Es kamen bestimmt die Nachbarn heraus und machten erstaunte Gesichter. Das Allerwichtigste ist, den Blick nicht niederzuschlagen. Gehobenen Hauptes müßte er dann zwischen ihnen vorbeiziehen. Man würde ihn vermutlich mit dem Gefangenenwagen zur Polizei bringen. Er mußte vielleicht auch die Einzelheiten des Mordes schildern. . .

Es kam jedoch ganz anders, denn es läutete wieder. Er machte die Augen auf. Zuerst bemerkte er seine Weckeruhr, die ihn steif und grimmig anstarrte. Mißtrauisch horchte er und wollte sich damit nicht abfinden, daß das, war er hörte, das gewohnte Gerassel der Straße sei, daß die Koloniakübel der Müllabfuhr geleert wurden. Dann suchte er die Handschellen an seiner Hand, dabei fiel ihm das Mädchen im Speisewagen ein. Neben der Weckeruhr fand er eine Kaffeetasse, auf ihrem Boden war noch ein wenig Kaffeesatz geblieben. Er steckte seinen Finger hinein.

„Punkti, Punkti, Strichi, Strichi, genauso wie Miro, hehe, genauso wie Miro." Er wollte die Umrisse des Mädchens auf die Papierserviette schmieren, aber der Kaffeesatz reichte nicht dazu.

Den knopflosen Pyjama faßte er frierend auf seiner Brust zusammen und begab sich zu seinen Farbtiegeln. Es war ihm schwindelig, er spürte, daß die Brücke bald aufhören und er sofort abstürzen würde. Neben den Farben lag ein abgenützter, schwarzer, steifer Hut gleichgültig herum. Strichi, Strichi, Punkti, Punkti, murmelte er, und die Erkenntnis, um wieviel leichter es für ihn gewesen wäre, die Adresse des Mädchens noch im Zug zu verlangen, stimmte ihn traurig.

Es geschieht nichts

In der Redaktion hing eine Uhr an der Wand, an ihrem Pendel taumelte ein Frauenzimmer in Tirolertracht. Sie schaukelte aber nur dann, wenn man das Kettchen mit der Hand herunterzog. Die Uhr setzte sich dann in Gang, und an ihre Glasscheibe klopfte hysterisch ein Vogel von undefinierbarem Aussehen.

Zum Glück hielt die Attraktion nicht lange an, denn der Schlüssel der Uhr war schon zu Beginn verloren gegangen. Die Uhr lief, wenn man sie mit der Hand in Gang setzte, nach einigen Schaukelbewegungen des Pendels ab. Der Mann, der in Ermangelung einer besseren Beschäftigung der Tiroler Dame gerade beim Schaukeln half, warf keinen Blick auf den ekelhaften Vogel. Er versuchte, sich an sein Gespräch mit dem Chefredakteur heute früh zu erinnern. Schon der Beginn war ziemlich verworren gewesen. Kaum hatte der Alte seine Aktentasche auf den Schreibtisch gelegt, wandte er sich an ihn:

„Sagen Sie mal, Peters, gibt es wirklich so viele Morde wie in ihren Krimis?"

„Es gibt in jedem guten Krimi Morde", antwortete er erwartungsvoll, denn er wußte nicht, worauf der Chefredakteur hinauswollte.

„Schon, schon ... Wir werden aber bald die ganze Menschheit ausgerottet haben, wenn wir so weitermachen. Und die Konkurrenz wird immer größer. Wir brachten das ‚Ungeheuer von Hannover'. Das Abendblatt begann sofort mit dem ‚Schrecken von Düsseldorf'. Wir brachten Petiot, dann die ‚Analyse eines Massenmordes' und ihre drei neuen Krimis ..."

Dann blieb die Unterhaltung stecken. Man brachte die neueste Auflage herein, und der Chefredakteur biß sich die Lippen an einem unangenehmen Druckfehler wund.

Der Lektor versuchte die Schuld auf die Druckerei zu schieben. Später lief auch der Hausdichter ein, er schwenkte seine neuesten Werke.

,,Das müßt ihr lesen!" schrie er begeistert. Die Hölle der läutenden Telefone brach los, dann brachte die Sekretärin die Jausenwürstchen. Peters hatte Zeit, über die Bedeutung des abgerissenen Gesprächs zu grübeln. ,Da will mich einer absägen', dachte er. Daß gerade er die Menschheit ausrotte ... Laut Statistik wird es im Jahr Zweitausend sieben Milliarden Menschen auf der Welt geben. Und die Chinesen erst! Die vermehren sich ja wie Karnickel. Es ist ganz sicher, daß ihn jemand absägen will. Und er hatte an diesen Krimis doch so schön verdient. Jack, den Bauchaufschlitzer, hat er auch als Buch erscheinen lassen. Möglicherweise steckt der neue Reporter dahinter. Der geht in letzter Zeit in der Redaktion herum wie der Große Wirbelwind. Er wird aber nicht klein beigeben. Der Chef sollte nur etwas Zeit für ihn haben.

Der Chef empfing aber bis Mittag Besucher, und wenn er dazwischen für einige Minuten alleinblieb, verspürte Peters ein schwaches Zittern in der Magengegend und wagte nicht einmal sich zu räuspern. Er freute sich fast, als zu Mittag alle weggingen, auch der Chef, und er die Tirolerin schaukeln konnte.

Er bemerkte gar nicht, daß der Chefredakteur hinter ihm stehenblieb.

,,Na, Peters, haben Sie über die Sache nachgedacht?"

Er wandte sich erschrocken um.

,,Was haben Sie denn, ich bin nicht der Bauchaufschlitzer."

Ja, jetzt war es ihm ganz klar, daß der neue Reporter ihn abgesägt hatte.

,,Und was haben Sie sich ausgedacht?"

,,Ja ... die Chinesen ..." stotterte er, aber der Chefredakteur fiel ihm ins Wort.

,,Ich habe auch nachgedacht, und wissen sie, worauf ich gekommen bin? Wir müssen einen Antikrimi bringen."

,,Antikrimi?"

,,Ja. So einen Krimi, in dem nichts geschieht."
,,Auch kein Mord?"
,,Nicht nur kein Mord, sondern nichts, rein gar nichts."
Peters starrte den Chef verständnislos an.
,,Verstehen sie mich?"
,,Natürlich", nickte er bereitwillig.
,,Na, dann schreiben sie es."
Dieser Satz schmierte verlegene Freude in sein Gesicht. Der Chefredakteur kannte ihn bereits gut genug und klopfte ihm auf die Schulter.
,,Sie haben also keine Ahnung, woran ich denke?"
,,Doch, doch, im Großen und Ganzen schon, nur ..."
,,Sehen sie, Peters, sie haben bisher Krimis geschrieben, die voller Aktion waren, Morde, Rauschgiftschmuggel, in dem einen wurden sogar, wenn ich mich richtig erinnere, ganze Haufen Diamanten geraubt ... Und da lebt mein alter, pensionierter Onkel, er liest vormittag die Zeitung, dann ißt er zu Mittag, nach dem Essen geht er ein Stündchen spazieren, dann schmökert er wieder in den Zeitungen, er ißt zu Abend und legt sich schlafen. Ich beobachtete sein Leben schon seit langem. Mit ihm geschieht nichts. Eine haarsträubende Geschichte, wie?"
,,Ja."
,,Also das sollten Sie schreiben. Wir müssen nur noch einen guten Titel finden."
,,Wenn wir davon ausgehen, daß nichts geschieht ..."
,,Großartig, ich sehe, Sie haben schon begriffen. ‚Es geschieht nichts', das ist der beste Titel. Sie können damit gleich beginnen. Sehen Sie sich nach einem geeigneten Objekt um."
,,Wieviele Spalten?"
,,Das überlasse ich ganz ihnen."
Als er sich auf den Weg nach Hause machte, rieb er sich zufrieden die Hände. Vor einigen Stunden dachte er noch, man wolle ihn absägen, und jetzt kommt auf einmal diese unerwartete Bestellung. Zwei Wochen lang braucht er nicht einmal in die Nähe der Redaktion zu kommen. Der Chef ist ziemlich verschroben, aber man kann mit ihm

auskomen. Es wird leicht sein, so einen Onkel hervorzukramen. Zu Hause streckte er sich mit wohliger Erleichterung auf das Sofa. Er ging seine Bekannten durch und hatte das Gefühl, er könne bis an die Ellenbogen in Langeweile wühlen. Der beste Ausgangspunkt wäre, den Verlauf eines Tages zu schildern. Da könnte er sogar bei einem seiner Tage anfangen: Morgen wird er absichtlich nichts unternehmen und am Abend wird er, wie in einem Tagebuch, seine Beobachtungen aufzeichnen.

Am nächsten Tag wachte er fröhlich auf, sah sich im Zimmer um und versenkte sich zufrieden in die ihn umgebende trostlose Leere. Das Fenster ging in den Hof, und es war auch morgens dunkel. Sonst erhellten die aus- und eingehenden Mörder dieses Halbdunkel etwas. Sie glotzten ihn aus den Mustern der verwaschenen Tapete an oder setzten sich in den klapprigen Fauteuil und rauchten eine Zigarre. Jetzt aber hatte er Gelegenheit, unabhängig von ihnen seine Möbel zu betrachten. Das kleine Zimmer war voller Staub, Spinnweben und Unordnung. Man müßte Ordnung machen, kam ihm in den Sinn, aber dann verwarf er diesen Gedanken. Auch der Onkel des Chefredackteurs macht keine Ordnung, vormittags liest er bloß die Zeitung. Im Aufräumen ist Bewegung, Aktion. Außerdem hat es nicht viel Sinn. Letzte Woche hatte er aufgeräumt und jetzt steht doch wieder alles kopf.

Während er darüber nachdachte, zog er sich bequem an, fischte die Tageszeitungen aus dem Briefkasten, öffnete die Vorhänge und begann, nacheinander die Artikel zu lesen.

Nach einiger Zeit hatte er das Gefühl, er habe schon alle Zeitungen gelesen, obwohl er erst bei der Hälfte war. Ihm war, als hätten sie letzte Woche dasselbe geschrieben. Er hatte aber die Blätter nur flüchtig lesen können, denn Jack der Bauchaufschlitzer riß sie ihm mit einer unerwarteten Bewegung immer wieder aus der Hand. Sonst gingen sie zu zweit auf Mord aus, aber jetzt hatte er Zeit, die langweiligen Unfallberichte, die Sportnachrichten, die von Sieg und Niederlage unbekannter Mannschaften berichteten, zu lesen. Verständnislos las er die Torverhältnisse, dann widmete er auch diesen größere Anteilnahme, denn es war erst 11 Uhr. Langsam überkam ihn eine sonderbare Müdigkeit. Er hätte diese Frauensperson in Tiroler Tracht gerne geschaukelt, aber gleichzeitig wurde ihm bewußt, daß er nicht in der Redaktion war. Er ist zu Hause, und hier kann er höchstens an den Spinnweben ziehen. Er kann das Mittagessen kaum abwarten. Im Gasthaus an der Ecke gibt es gebackenes Hirn. Schon auf dem Weg ins Gasthaus spürte er den Geschmack auf der Zunge. Dieser Geschmack belebte ihn etwas, aber der Kellner brachte ihm mitleidig bei, daß sie schon seit einer Woche kein Hirn mehr geliefert bekommen hatten. Es gab nur Grenadiermarsch und Würstchen. Peters entschied sich mit selbstquälerischer Leidenschaft und im Interesse des zu entstehenden Antikrimis für den Grenadiermarsch. Er konnte das Zeug nicht leiden, es kam auf dem Speisezettel der Betriebsküche ziemlich oft vor. Manchmal, wenn es ihn davor schon graute, ließ er in seiner Phantasie einen seiner Gentlemandiebe erscheinen, und in seiner Gesellschaft spießte er die Kartoffelstücke auf seine Gabel, als speise er Lachs in einem eleganten Londoner Restaurant. Jetzt aber hat er sich entschlossen, den Grenadiermarsch allein zu vertilgen. Schon beim ersten Bissen hatte er ein beklemmendes Gefühl. Er war noch nie in seinem Leben in London gewesen. Er verstand selber nicht, wie er von diesen Restaurants schreiben konnte. Auch New York und Paris kannte er nicht. Bisher hatte ihm das nicht gefehlt, aber jetzt blieben ihm die Kartoffelstücke fast in der Kehle stecken. Nach dem Mittagessen machte er sich von neuem über die Zeitungen her. In einer gab es ein Kreuzworträtsel, aber ein Druckfehler ließ die Spalte für 82 waagrecht und 103 senkrecht frei, so kam er auch mit dem Kreuzworträtsel auf keinen grünen Zweig.

In der Kammer fand er ein ziemlich hartes Stück Brot, etwas Butter und Tomaten. Er ernannte seinen Fund zum Abendessen. Solange er das Brot zwischen den Zähnen hatte, dachte er mehrmals: ‚Es geschieht nichts'. Als seine

Kehle völlig ausgetrocknet war, biß er in eine Tomate.

„In Monte Carlo war ich auch nicht", murmelte er halblaut, „und auch an der Französischen Riviera nicht". Später sann er über die Farbe des Meeres nach, die er schon auf verschiedene Weise beschrieben, aber noch nie gesehen hatte. Dann setzte er sich vor seine altmodische, klapprige Schreibmaschine und beschloß, die Vorfälle des Tages zusammenzufassen. Eine Zeitlang war er sich nicht schlüssig, in welcher Person er es schreiben sollte. Am einfachsten schien es, er schriebe den Antikrimi in der ersten Person, später konnte er ihn ja noch umschreiben. Aber das Schreiben ging ihm schwer von der Hand, von Zeit zu Zeit grinste ihm Jack der Bauchaufschlitzer hämisch über die Schulter. Den mußte er auf jeden Fall verjagen. Lang stierte er auf die verschimmelten Wände, aber von dort zwinkerte ihm aus einem nassen Fleck einer seiner Rauschgiftschmuggler zu. Er trug einen grünen Smoking und vor seinem rechten Auge glitzerte ein riesiges Monokel. Peters nahm sich zusammen, um aus dem Monokel den zugegipsten Fleck eines schlecht eingeschlagenen Nagels zu zaubern, aber das Monokel funkelte nicht nur, es sprach auch.

„Trinken wir vielleicht ein Glas Gin, Alter?"

Er stand gehorsam auf, trat zu dem zerkratzten Barschrank und öffnete ihn. Zwischen den schmutzigen Gläsern fand er eine leere Schnapsflasche, die er in den Schrank zurückstellte. An diesem Tag gelang ihm keine einzige Zeile.

Die nächsten Tage strichen auch so dahin, nur am Abend des vierten Tages ging die Maschine, wie durch einen Zauber los. Sogleich als er sich hinsetzte, fühlte er, daß sich etwas um ihn herum verändert hatte. Zuerst kam ihm zum Bewußtsein, daß er ganz allein im Zimmer saß. Er suchte vergeblich nach dem grünen Smoking und dem weißen Monokel. Er sah nur verschimmelte Wände und den im nachhinein verputzten Fleck. Er ging sofort an die Arbeit. Zuerst wollte er den vergangenen Tag festhalten, dann kam er aber darauf, daß die vergangenen Tage einander gespenstisch glichen. Er schrieb den Titel auf und unterstrich ihn mit einer strichlierten Linie:

Es geschieht nichts

Nach dem Titel schrieb er gleich weiter. ,,Im Zimmer, wo ich wohne, herrscht immer das gleiche Halbdunkel. Sogar schon in der Früh. Man muß das Licht einschalten. Aber auch dann wird es nicht hell, die Dunkelheit wirkt nur grau, und das Licht kräuselt sich über dieser Dunkelheit. Das Zimmer ist immer gleich, die Möbel, die Wände, die Fenster. Jeder Gegenstand strahlt Zeitlosigkeit aus. Es war, als hätte schon jemand in diesem Zimmer gewohnt. Vielleicht war es gerade ich, und der, der vor mir hierher gezogen war, war auch ich. Fortan wird auch immer jemand hier wohnen, und auch der werde nur ich sein. Inzwischen sterbe ich, werde delogiert, doch nach meinem Tod ziehe ich hierher zurück. Denn zu dieser Öde hier gehöre nur ich. Die Fliegen, die manchmal in dieses Zimmer fliegen, kommen bald um. Es scheint mir manchmal, ich höre Worte, es ist aber nur meine eigene Stimme, die die Stille stumpf und unheimlich werden ließ. Wenn die Möbel des Krachens schon müde geworden sind, durchdringen Nachrichtenfetzen aus dem Radio meines Nachbarn die Wand. Es ist aber möglich, daß sie nicht aus dem Radio des Nachbarn stammen, sondern von viel weiter herkommen, aus sehr alten Zeiten. In diesem Zimmer ist jede Neuigkeit schon bekannt. Die Zeitungen sind von gestern, und die gestrigen erinnern an die von vorgestern. Aus der Küche tickt der Minutenzeiger des Weckers, manchmal schlägt statt ihm ein Fleischklopfer durch die Decke den Takt. Gleich schnell, gleich laut. Bis zum Abend klopft die Decke eine unglaubliche Menge Fleisch. Das Ende ist kaum abzuwarten, es wäre auch unnütz, denn ich weiß, morgen beginnt das Ganze von neuem."

In den zwei Wochen, die er von der Redaktion als Extra-Urlaub bekam, schrieb er noch fünf bis sechs Seiten zum Antikrimi. Eigentlich hat er mehr geschrieben, aber er hat einige Seiten zerrissen. Auf einer Seite kam ihm eine

Speisekarte in die Quere, auf der nur eine Speise stand: Grenadiermarsch. Der Bewohner des Zimmers aß ständig Grenadiermarsch. Auf der anderen Seite verschwand die Ausgangstür des Zimmers, man konnte nur durch die Wände verkehren, auch da nur bis zum Gasthaus an der Ecke, denn darüber hinaus war alles aus Papiermaché: die Spielhölle von Monte Carlo, die Adriaküste, verirrte sich der Bewohner des Zimmers auf diese Felder, riß das Papier unter ihm ein, und er fiel auf den Grund einer tiefen Schlucht, worauf er sich in seinem gewohnten Zimmer wiederfand.

Als er in der Redaktion erschien, schlug ihm der Chefredakteur freundlich auf die Schulter.

„Sie haben gründlich abgenommen, sie sind bleich wie Pergament, sie arbeiten bestimmt sehr fleißig."

Peters nickte stumm.

„Und wie weit sind sie mit dem ...!"

„Es geschieht nichts".

„Ja, mit der Un-Story?"

„Ich brauche noch zwei Wochen Urlaub", sagte er bestimmt. Seine eigene Stimme ließ ihn aber zusammenfahren. Vorher hätte er nie gewagt, darum zu bitten, doch jetzt ließ ihn die Anwesenheit des Chefredakteurs unberührt. Es war ihm, als wäre er noch immer allein, als hätten die Worte ohnehin keine Bedeutung. Es geschieht ja nichts, und es ist vollkommen gleichgültig, ob er die zwei Wochen bekommt oder nicht.

„Mir scheint, Peters, sie haben das Thema gut angepackt, und jetzt wollen sie's nicht loslassen. Aber ich will dann darinnen keinem Bauchaufschlitzer begegnen, hehe..." lachte der Chefredakteur und schlug ihm erneut auf die Schulter.

Peter bedankte sich nicht einmal für den neuen Urlaub. Er ging wie in Trance nach Hause und gustierte den ganzen Tag nur die beschriebenen Blätter. Am Abend entschloß er sich, die erste Seite umzuarbeiten. Etwas fehlte, etwas aus der Atmosphäre des Zimmers. Er hatte es nicht zufriedenstellend beschrieben. Lang runzelte er die Stirn.

Dann zählte er alles zusammen, was er im Zimmer sah. Er saß inmitten einer fürchterlichen Unordnung. Seit drei Wochen hatte er nicht aufgeräumt. Es fiel ihm jedoch nichts Besonderes auf, es war alles wie gestern, wie vorgestern, wie immer, wie ewig. Dann fiel ihm doch etwas ein. Er spannte einen neuen Bogen in die Maschine.

„Das Zimmer, das ich bewohne, ist immer gleich. Es zerfällt in zwei gleich große Teile, ein Teil ist eine Redaktion. Die zwei Teile werden durch Spinnweben voneinander getrennt, man kann aber leicht hindurchgehen. Die Netze sind nur dazu da, das ständige Halbdunkel des Zimmers wie mit einem Nebelstreifen zu zerteilen. In dem einen Teil gibt es eine Uhr, an der sich eine Frauensperson in Tirolertracht schaukelt. Wenn man mit der Hand an ihrem Rock zieht, steckt der Chefredakteur seinen Kopf aus der Uhr, und schreit ‚Kuckuck'. Man kann dieses ‚Kuckuck' aber nur in dem einen Teil des Zimmers hören, im anderen Teil klopfen dauernd Weckeruhren Fleisch. Sonst geschieht nichts. Es geschieht nichts. Es geschieht nichts." Den letzten Satz schrieb er automatisch wiederholt nieder, dann strich er ihn wieder aus.

Die zweiten zwei Wochen verstrichen fast unbemerkt. Er schrieb nur selten, zumeist dachte er über sein Leben nach. Es gab Tage, an denen er nicht einmal essen ging. Er aß das trockene Brot und die Tomaten, beides zusammen nannte er Grenadiermarsch.

Als er am Morgen aufwachte, zog er sich eilig an. Er wollte nicht zu spät in der Redaktion ankommen. Die Schuhe ließ er stehen. Es fiel ihm ein, daß er nur durch den Nebelvorhang der Spinnweben in die andere Hälfte des Zimmers zu gehen brauchte. Wenn er dann am Rock der Tirolerin zieht, springt der Kopf des Chefredakteurs gleich unter Kuckucksgeschrei hervor.

„Ich verlängere meinen Urlaub", sagte er zum Kopf des Chefredakteurs.

Der klopfte ihm mit dem Schnabel die Antwort herunter:

„Es geschieht nichts. Es geschieht nichts."

In der Redaktion fiel niemandem auf, daß er nicht kam. Sie waren damit beschäftigt, die Thesen der zwischenstaatlichen Gewerkschaftskonferenz zu publizieren. Peters konnte ungestört am Rock der Tirolerin ziehen und zupfen. Seit einiger Zeit grübelte er über seine letzte Geliebte nach. Er hatte vor zwei Monaten mit ihr Schluß gemacht. Nach dem Bruch fühlte er keinerlei Leere. Es muß aber gesagt werden, daß zu dieser Zeit Jack der Bauchaufschlitzer sein täglicher Gast war, und der konnte Dutzende Weibergeschichten erzählen. Jack hatte immer wohlgeformte Weiber mit leicht schräggestellten Augen. Die Geliebte Peters war ihnen nicht einmal entfernt ähnlich. Sie war knochig, vierschrötig und schielte leicht. Sie machte aber manchmal Ordnung, sie kochte das Abendessen, und wenn sie beieinander lagen, verströmte sie auch etwas menschliche Wärme. Ihr Fehler war, daß sie nie etwas Neues sagen konnte. Manchmal sprach sie vom Wetter, manchmal von den Marktpreisen. Wenn Peters ihr etwas aus seinen Krimis vorlas, stach sie mit ihrem knochigen Finger in die Luft und sagte: „Das ist gut" und schielte auf ihren Finger. Dieses in die Luft-Stechen reizte Peters sehr. Daß sie den eleganten Damen des Bauchaufschlitzers nicht ähnelte, ärgerte ihn. Doch jetzt tat ihm leid, daß er sie verlassen hatte: in Wahrheit gehörte diese knochige Frauensperson auch zu der Öde des Zimmers. Die anderen hatten auch hierher gehört. Peters versuchte, sie in eine mathematische Ordnung zu bringen. Es fiel ihm nicht schwer, sie waren nicht zahlreich. Neun oder zehn Frauen teilte er der Ordnung „y" zu. Die hatte er für Geld bekommen; leichte Frauen, an deren Gesichter er sich kaum noch erinnerte. In die Ordnung „x" reihte er vier Frauen, die sah er öfter, aber nicht regelmäßig. Er hatte zu ihnen kein dauerhaftes Verhältnis. In der Gruppe „a" verblieben nur drei Frauen, die, mit der er gebrochen hatte, dann eine kugelrunde, stupsnasige Blonde und ein rotwangiges Dorfmädchen, das ungeheure Mengen Himbeersaft trinken konnte. Aber auch deren Gesichter vermischten sich vor seinen Augen. Peters fügte dem „Es geschieht nichts" an diesem Tag noch hinzu:

„In dem Zimmer, in dem dauernd Halbdunkel herrscht, saß eine grobknochige, rotwangige und schielende Frau, sie trank dauernd Himbeersaft und stieß mit ihrem Stupsnäschen gegen die Decke, die Fleisch klopfte. Wenn ich bemerkte, daß sie da saß, schlief ich mit ihr, oder ich jagte sie fort, es war aber eigentlich ganz gleichgültig, was ich tat, sie bewegte sich nicht, saß nur auf dem Stuhl und hatte in Wirklichkeit keine Ahnung, daß ich auch da war. Manchmal fragte sie mich, wie ich heiße. Als ich es ihr sagte, tat sie, als hätten wir einander bekanntgemacht, aber nach Jahren fragte sie erneut nach meinem Namen. Sie kannte mich ganz und gar nicht, obwohl wir mit kleineren Unterbrechungen immer in dem einen Zimmer gewohnt hatten."

Von den Frauen fiel ihm noch eine Frau ein, seine Mutter. Er konnte sich aber nicht einmal mehr an ihr Alter erinnern. Er wußte nicht, ob sie alt oder jung war. Sie war vor mehr als dreißig Jahren gestorben, als Peters noch in die Elementarschule ging. Anfangs paßte diese Erinnerung gar nicht ins Zimmer. Er setzte sich wieder an die Maschine und versuchte, sie niederzuschreiben:

„In der vierten Klasse der Elementarschule haben alle gräßlich dünne Beine. Es gibt welche, die tragen eine Matrosenbluse. Jeder denkt, er habe Eltern, auch die Waisenkinder denken das. So dachte auch ich, und ich suchte einen Bilderhaken, den ich in die Wand schlagen und an dem ich das Bild meiner Eltern aufhängen wollte. Den Haken konnnte ich aber nicht in die Wand schlagen. Ein großes Stück Verputz fiel herunter, und ich übertünchte das Loch. Erst dann konnte ich glauben, daß ich keine Eltern habe, daß ich gleichzeitig Vater und Mutter bin, daß ich auch an ihrer statt lebe, besser noch: daß sie eine Zeit lang an meiner statt gelebt haben. Die Uhr mit der Tirolerin hat aber keiner von ihnen gesehen, und das kann einen schon nachdenklich stimmen."

Er schrieb nur, um nicht zu denken. Die Erinnerung machte ihn immer nervöser. Er konnte und konnte nicht an das Ende der Geschehnisse kommen. Hinter dem verwaschenen alten Bild hing ein noch älteres, verwascheneres. Er holte die Zeitungen hervor. Er las die Unfallstatistiken, dann die Kurznachrichten. Er las ganz mechanisch, aber bei einem Nachrichtenmosaik blieb sein Auge stehen, das las er noch einmal laut:

„In Saudi-Arabien, wo auch heute noch den Dieben die Hand und den entflohenen Sträflingen der Fuß abgeschnitten wird, wurde eine Erleichterung des Strafvollzuges gewährt. Die Verurteilten dürfen ab jetzt bei Vollzug der Strafe narkotisiert werden."

Er staunte die Zeitung an und fühlte in seinen Gliedern einen stechenden Schmerz. Er kannte schon lange diesen lieben arabischen Brauch, und der hatte ihm noch nie weh getan. Im „Kurier des Scheichs" hatte er selbst eine Menge Leute verstümmelt. Jetzt hatte ihn aber dieses Narkotisieren aufgewühlt. Lautlos beriet er sich mit den Buchstaben, wurde aber nur verwirrter. Solange sie nicht narkotisierten, tat es nicht weh. Jetzt, wo sie narkotisieren, ist sein Zimmer voll mit brüllenden Arabern. Er hört gräßliche Schreie, und als er sich die Ohren zuhält, hört er sie noch lauter als vorher. Es scheint, man darf nicht narkotisieren. Dieses Argument hielt er aber doch für unglaublich und plump.

Von da an kämpfte er oft mit verstümmelten Arabern. Er zog den Wecker nicht auf, weil er aus seinem Ticken das Bersten von Knochen und das Sausen der Äxte heraushörte. Aber die Decke amputierte mit ihrem Fleischklopfen die Glieder weiter. Peters lief in dem von Spinnweben zweigeteilten Zimmer, von den Geräuschen gejagt, auf und ab. Als er schon sehr erschöpft war, klammerte er sich an das Kleid der Tirolerin, und da erschien der Kopf des Chefredakteurs, Peters sagte ihm:

„Ich verlängere meinen Urlaub."

Der Chefredakteur antwortete aber in letzter Zeit gar nichts. Sein Schnabel wies lautlos auf Peters.

Peters sagte versuchsweise:

„Nur das schmerzt nicht, was unglaublich ist."

Die Tirolerin schaukelte sich gelangweilt.

,,Was glaubhaft ist, muß narkotisiert werden. Ja … Ja, man muß das ganze Leben narkotisieren … Denn sonst … Aber wie ist es, wenn man narkotisiert, wie ist es dann?"

Der Schnabel des Chefredakteurs schnappte unerwartet nach ihm.

,,Ich verlängere ihren Urlaub nicht!" sagte der Chefredakteur.

Peters glotzte lange verzweifelt auf den Kopf des Chefredakteurs. Der Kopf zog sich langsam in die Uhr zurück, die Uhr in die Wand, und er bemerkte, zu Tode erschrocken, wie aus der Uhr ein ganz zerkratzter Fensterrahmen wurde. Er ging rückwärts bis in die Küche vor der unerwarteten Erscheinung zurück. Ihn schwindelte, er sollte sich irgendwo festhalten. Die Hähne des Gasherdes blitzten ihn schwarz und rot an. Sie sind genauso wie die Knöpfe des Mannes im grünen Smoking. Der eine ist aus Rubin. Er torkelte zum Gasherd und öffnete alle fünf Hähne.

Die Redaktion wurde erst am dritten Tag von der Polizei benachrichtigt. Man fand auch die Fragmente von ,,Es geschieht nichts". Mehrere lasen sie, konnten aber nichts damit anfangen.

Am Grab hielt der Chefredakteur die Abschiedsrede für den Verstorbenen. ,,Wir verabschieden unseren Mitarbeiter am würdigsten …" begann er, blieb dann aber plötzlich hängen. Er hatte sich nicht vorbereitet und wußte nicht weiter. In seinen Gedanken rumorte unaufhörlich ,,Jack der Bauchaufschlitzer".

Auch der neue Reporter stand da. Er wollte dem Chefredakteur gern soufflieren, aber was er dachte, hätte man nicht laut sagen dürfen.

,,Am würdigsten verabschieden wir ihn, indem …" begann der Chefredakteur wieder.

,Indem wir uns ehrlich eingestehen, daß er ein unbegabter Kerl war', setzte der Reporter in Gedanken hinzu.

Nach der Ansprache legten sie zwei Kränze auf das Grab, und der Chefredakteur stieg in das Chefredakteursauto. Bevor er die Tür schloß, sah er den neuen Reporter besorgt an.

„Das Zeug von Peters ist unbrauchbar, wie?"

Der Reporter nickte zustimmend.

„Was machen wir jetzt mit der Fortsetzungsseite?"

„Wir werden irgendeinen Krimi suchen."

„Schon, schon, aber etwas Neues! Wissen sie was? Einen Eskimo-Krimi ... Das hat es bisher noch nie gegeben!"

„Sagen wir: Tschio, das nasenreibende Ungeheuer ...", meinte der Reporter etwas eilfertig. Doch dann beeilte er sich, der Situation entsprechend ernst dreinzuschauen.

„Nicht schlecht, nur der Name klingt nicht so ganz nach Eskimo," sagte der Chefredakteur und schloß die Tür des Autos, das eine dem Trauerfall gemäße Farbe trug.

Die Wüstenspinne

Als ich an der Tür des Privatdektivs Hans Herzog anklopfte, überkam mich jene merkwürdige Beklommenheit, die ich zuvor nur aus den Klagen erfolgloser, mit ihren Minderwertigkeitskomplexen ringender Leute kannte. Früher habe ich mich über ihre Klagen lustiggemacht, solchen Burschen mit verschwitzten Händen hätte ich am liebsten ins Gesicht gesagt: „Warum, zum Teufel, stecken Sie Ihre Nase in Sachen, die Sie nichts angehen oder die Ihnen unangenehm sind?!" Der Mißerfolg erzeugt höchstens Mitleid, verstehen aber können wir nur, was wir selber mitgemacht haben. Es überraschte mich, daß ich mich so eingehend mit meiner Verfassung beschäftigte, früher wäre mir leid um die Zeit gewesen für derlei Grübeleien. Nachdem ich mein Studium beendet hatte, geriet mein Leben in die gerade Bahn und es gab keine Hindernisse. Ich brauchte von niemandem Hilfe oder Gefälligkeiten und hatte eine anscheinend gesicherte Stellung, so lange, bis die Firma vor drei Monaten in Konkurs ging. Seither bin ich ohne Stellung. In den ersten Wochen machte mir meine Situation keine großen Sorgen. Es ist mir bisher nicht schlecht gegangen, es wird mir auch später gut gehen. Anstellung, Anstellung! Nur wer sich auf seinen Lorbeeren ausruht, hat etwas zu befürchten. Ich meldete mich, auf Grund von Annoncen, bei zwanzig verschiedenen Stellen. Hans Herzog war die einundzwanzigste. Bei ihm habe ich bereits so geklopft, daß es bestimmt auch diesmal mißlingen mußte. Als ich eine gemurmelte Aufforderung zu hören meinte, öffnete ich die Tür.

Hinter dem uralten, mit Stößen von Akten beladenen Schreibtisch saß ein breitschultriger, etwa sechzigjähriger Mann mit blauen, blitzenden Augen.

„Ich komme wegen der Annonce", sagte ich.

,,So, wegen der Annonce." Er wühlte in den Papieren. ,,Sie sind der..."

Ich sah sofort, daß er nicht fand, was er suchte, und stellte mich vor.

,,Wollen Sie meinen Lebenslauf hören?"

,,Können Sie ihn erzählen?" fragte er.

Er schien mich jetzt erst genauer anzusehen. Wieder beschlich mich jene merkwürdige Beklommenheit. Seine Augen hatten ein boshaftes Lächeln.

,,Nun, ich habe schon schwierigere Aufgaben bewältigt." Ich hörte, daß meine Stimme belegt klang vor Erregung. Herzog blätterte in einem Akt.

,,Geben Sie sich keine Mühe", sagte er, ,,das Wichtigste ist, daß ich die Daten kenne. Wenn ich mich nicht irre, haben Sie mir Ihren Lebenslauf ja bereits geschickt." Er wies auf die vor ihm liegenden mit Maschinschrift bedeckten Blätter. Da ich dicht vor dem Schreibtisch stand, konnte ich die Schrift ohne weiters erkennen, und es fiel mir nicht schwer, festzustellen, daß das nicht mein Lebenslauf war, in den er sich jetzt vertiefte. Ich wollte ihn darauf aufmerksam machen, doch er kam mir zuvor.

,,Es haben sich recht viele gemeldet." Er stach mit dem Bleistift nach den Geburtsdaten des unbekannten Menschen. ,,Aber ich habe Sie ausgewählt. Wissen Sie, warum?"

,,Darf ich mich setzen?" fragte ich.

,,Warum denn nicht? Nehmen Sie Platz!"

In einer Ecke des Büros befand sich eine Sitzgarnitur, und ich schob einen der Fauteuils an den Schreibtisch.

,,Jeder glaubt, Privatdetektiv sei ein abenteuerlicher Beruf. Mit Hubschraubern jagen wir Kokainschmuggler und dergleichen."

Er winkte erbost ab. ,,Sie haben glücklicherweise kein romantisches Naturell."

Ich nickte. ,,Wann können Sie anfangen?"

,,Eigentlich..." begann ich.

,,Umso besser", sagte er. ,,Wenn es Ihnen egal ist, ich brauche ab sofort einen Assistenten. Und damit Ihnen nicht langweilig wird, betraue ich Sie mit einer recht schwierigen Aufgabe. Sie müssen Ihren Vorgänger finden."

„Meinen Vorgänger?"

„Er ist vor drei Wochen spurlos verschwunden."

„Die Polizei..."

„Was wollen Sie mit der Polizei?"

„Ich meine, ob Sie es schon gemeldet haben, ob..."

„Lassen Sie die Polizei, verdammt!" Herzog machte wieder eine erboste Handbewegung.

„Wo soll ich mit meiner Suche beginnen?" fragte ich.

„Natürlich in seiner Wohnung." Herzog kramte eine Weile in der Schreibtischlade und zog einen Schlüssel hervor. „Da ist der Schlüssel", sagte ich. „Soll ich die dazugehörige Wohnung suchen?"

„Nicht ganz", Herzog lächelte, „wenn das der Fall wäre, hätte ich mich an einen Schlosser gewendet. Da haben Sie die Adresse." Er reichte mir eine Visitenkarte. „Sie werden leicht hinfinden", fügte er noch hinzu. Ich sah ihn an, etwas aus der Fassung gebracht, als er sich plötzlich erhob und mir auf die Schulter klopfte. „Man darf sich über nichts wundern, auch das gehört zu unserem Beruf".

„Gut", sagte ich. „Dann kann ich ja gleich losgehen."

„Warum haben Sie es denn so eilig? Sie wissen doch nicht einmal, wie ihr Vorgänger ausgesehen hat."

„Dürr, blond, mit Brille."

„Sie raten herum." Herzog blickte mich ernsthaft an. Sein vorher zur Schau getragenes Wohlwollen machte einem kühlen Ausdruck Platz. „Korpulent, schwarz, blauäugig...So, genau so sah er aus." Er schlug mit der Hand auf die Karte und dabei sprang das Ausweisfoto aus den Papieren. „Er ist ungefähr so alt wie Sie, oder ein paar Jahre älter."

„Lebt er noch?" fragte ich, weil mir zu meinem Ärger nichts Klügeres einfiel.

„Das eben sollen Sie ja aufdecken", stellte Herzog fest und sah auf seine Uhr.

„Ja, ich glaube, ich habe Ihnen alles Nötige gesagt. Da ist der Schlüssel und die Adresse. Gehen Sie nicht vor acht Uhr abends hin".

„Warum nicht?" wollte ich fragen, aber ich unterdrückte die Frage rechtzeitig. Ich nickte. Als ich die Hand bereits auf die Klinke legte, rief er mir nach: „Ihre Gehaltsansprüche haben wir noch nicht geklärt."

„Die habe ich schon in meinem Stellengesuch genannt."

„Soviel kann ich Ihnen nicht bezahlen..." und nach einigem Zögern nannte er eine Summe und fügte hinzu: „Soviel hat ihr Vorgänger auch bekommen. Nicht mehr, nicht weniger."

„Meinetwegen", sagte ich, ohne darüber nachzudenken, ob das nun Leichtsinn oder Gleichgültigkeit war. Dies war das erste Mal, daß ich mich so blindlings auf eine Abmachung festlegte.

Ja, doch, so ist es passiert. Vorher war es genau so passiert. Und auch nachher wird es genau so passieren...Ich verstrickte mich in ein Wort, während ich bereits mein Auto startete. Der Startschlüssel gab ein ungewohntes Geräusch von sich. Was war denn das?! Es wäre interessant, nachzuforschen, inwieweit die Gedanken eines Menschen sich auf seine Hände übertragen und sie ungeschickt machen. Ich stieg auf das Gaspedal, ich war daran gewöhnt, es immer eilig zu haben, wenn ich irgendwohin unterwegs war. Indes ich mir zwischen hupenden Autos den Weg aus dem dichten Stadtverkehr erzwang, wurde mir erst bewußt, daß ich ja diesmal ungeheuer viel Zeit hatte und über den ganzen freien Nachmittag verfügen konnte. Nur wußte ich nichts Rechtes damit anzufangen, also fuhr ich aufs Geratewohl weiter.

Nach einer halben Stunde rascher Fahrt geriet ich in eine Gegend, in die eine Tafel mit der Aufschrift HIER WOHNT NIEMAND MEHR gut hingepaßt hätte. Hier wohnt niemand mehr, wiederholte ich, obwohl der Satz nicht viel Sinn hatte, denn ich erblickte sogar zwischen den Bäumen hin und wieder Menschen. Aber ihr Anblick trug nichts dazu bei, das Gefühl, sich in einer verlassenen Gegend zu befinden, zu verscheuchen. Freilich, kann sein, daß weniger die Gegend so verlassen war, sondern ich war allein. Ich gehörte zu niemandem, und so sagte ich mir vor: Ich gehöre nicht zu ihnen. Von der Hauptstraße bog ich in eine Nebengasse ein und von dort gelangte ich in den Wald. In der Mitte einer Lichtung stand ein Baumstrunk. Er sah aus, als habe man ihn eben erst aufgestellt, als Bank oder als Sitz. Ich stieg aus dem Wagen und setzte mich darauf. Vielleicht bin ich dann auch ein wenig eingeschlummert, denn ich sah den kerzengeraden Tannenbaum vor meinen Augen in verschiedener Gestalt, bald als furchteinflößende Hexe, die von hoch oben auf mich heruntergrinste, bald als Zwerg, nicht größer als ein Pilz, der aber plötzlich zu wachsen anfing und zum riesigen Tannenbaum wurde.

Jedenfalls begann es bereits zu dämmern, als ich mich auf den Weg machte. Ich brauchte keinen Blick auf die aufgeschriebene Adresse zu werfen, seltsamerweise hatte sie sich meinem Gedächtnis schon im Büro vorhin eingeprägt. Gegen halb neun kam ich vor dem Haus an.

Erst als ich das düstere Tor dieses grauen Miethauses öffnete, streifte mich ein Gefühl der Furcht. Am Ende erwartete mich dort ein Hinterhalt. Die Adresse, der Schlüssel, der spurlos verschwundene Unbekannte und die Seltsamkeit der Umstände verbanden sich in meinem Inneren. Der Aufzug funktionierte nicht. Zu Fuß erstieg ich den dritten Stock.

Kaum hatte ich den Schlüssel einmal umgedreht, sprang die Tür auf. Ich fuhr erschrocken zurück. Es war, als habe hinter der Tür jemand gewartet. Zum Glück fand ich den Lichtschalter gleich. Mit dem jäh aufflammenden Lichtschein zugleich vernahm ich Stimmen; es war ein merkwürdiges, leises Ächzen. Waren so die Stimmen der nichtgeborenen Kinder im Bauch der Mütter, die Stimmen jener, die spüren, daß sie nie dort herauskommen? Vorsichtig ging ich durch das enge Vorzimmer auf das Zimmer zu. Als ich die Hand auf die Klinke legte, dachte ich unwillkürlich: Wenn dort drinnen eine Leiche liegt, kann man doch auch mich verdächtigen. Doch das Zimmer gemahnte mich eher an das Leben als an den Tod. Vor dem gemachten Bett stand ein Tischchen mit einer Kognakflasche, zwei Gläsern und Resten von Salzgebäck. Der Vorhang war nicht zugezogen. Zu den offenen Vorhängen gehörte jemand, der auf die Straße hinabgeblickt hatte, und dann war ihm eingefallen, daß er noch etwas vor hatte, und er war unvermittelt weggegangen; vermutlich würde er gleich zurückkommen. Unwillkürlich sah ich mich nach der Eingangstür um und erwartete, daß sich ein Schlüssel im Schloß drehen würde. Daß es zu diesem Zimmer noch einen Zugang gab, eine Glastüre, fiel mir erst später auf, vermutlich war ich vorher zu sehr in Gedanken gewesen. Es mußte also noch ein Zimmer da sein, und auch eine Küche und Nebenräume, die ich ebenfalls durchsuchen mußte. Die Glastür blinkte so seltsam. Sie blinkt nur, weil es dahinter eine Lichtquelle gibt, sagte ich mir langsam und deutlich vor. Dann stieß ich die Glastür mit einer raschen Bewegung auf.

In der Ecke des Nebenzimmers saß in einem bequemen Lehnstuhl — mein neuer Chef. In der Hand hielt er einen Gegenstand von sonderbarer Form. Er starrte mich geradezu gleichmütig an. ,,Sie suchen wohl die Leiche?" fragte er.

,,Ja, wo ist sie?" fragte ich lauter als sonst.

,,Es sieht aus, als hätte sie schon jemand beiseite geschafft. Vielleicht gibt es auch keine Leiche", fuhr er fort. ,,Aber, warum sind Sie so aufgeregt? Haben Sie etwa Angst?".

,,Ich". Ich wollte verneinen, aber ich schwieg, weil er nur eine abwinkende Handbewegung machte. ,,Natürlich haben Sie Angst. Nur Besoffene und Idioten haben keine Angst. Leider gehört die Furcht zu unserem Leben. Merken Sie sich eins, es gibt Dinge, vor denen man einfach davonrennen sollte."

,,Ich will doch meinen Vorgänger suchen", warf ich ein.

„Na, natürlich." Jetzt lächelte er wieder. „Und was haben Sie bisher in Erfahrung gebracht?"

Ich erzählte ihm von dem Kognakglas, den nicht zugezogenen Vorhängen und dem Salzgebäck.

„Das ist alles?"

Ich schluckte. Das von den ächzenden Stimmen wollte ich ihm denn doch nicht erzählen. Was hätte ich denn sonst noch bemerken müssen?"

„Nuuun...", er dehnte das Wort und wies auf den Gegenstand in seinem Schoß. „Ich habe eine alte Zither gekauft. Wissen Sie, was das ist?" Doch er wartete meine Antwort gar nicht ab. „Das ist ein uraltes Musikinstrument. Ich habe es bei einem Antiquar gekauft. Es gibt so sonderbar ächzende Töne von sich. Haben Sie die vielleicht gehört?"

Ich nickte.

„Davon haben Sie aber kein Wort gesagt, oder irre ich mich?"

Ich schluckte wieder einmal.

„Vermutlich haben Sie nichts gesagt, weil Sie dachten, es sei nur eine Sinnestäuschung gewesen." Er betrachtete mich eine Weile prüfend, und ich betrachtete eingehend das Teppichmuster zu meinen Füßen. „Auch das Nachsinnen und Spintisieren gehört zum Leben. Man braucht sich nicht dafür zu schämen...Und nun, werden Sie die Suche weiter fortsetzen?"

„Jeder, der lebt, ist verdächtig", erklärte ich und warf mich in Positur. Er grinste nur. „Wiederholen Sie doch nicht immerzu diese alberne Phrase. Zu solchen Sätzen paßt nichts als eine Polizeiuniform."

„Wieso?" fragte ich. „Ist das, was wir tun, denn etwas anderes?"

„Und ob, ganz etwas anderes". Er lächelte selbstgefällig. „Wissen Sie, es ist zwar wahr, daß auch wir fahnden. Nur müssen wir von Zeit zu Zeit auch etwas aufdecken. Dafür kriegen wir unsere Moneten. Mit „jeder" kommen wir nie auf einen grünen Zweig. Um auf etwas draufzukommen, braucht man Glück und Zufall. Meiner Meinung nach ist es besser, für den Anfang davon auszugehen, daß keiner verdächtigt wird. Das ist viel zielführender. Wenn es dann wirklich einen Verdächtigten gibt, können Sie sich auf ihn stürzen wie ein Schießhund. Haben Sie schon mal gesehen, wie Hunde einen Hasen jagen? Man kann doch nicht alle Hasen zugleich verfolgen, nicht wahr? Außerdem hat der Satz einen Haken. Warum soll nur jeder, der *lebt*, verdächtigt sein? Vielleicht hat auch den Mörder schon einer umgebracht oder er ist überfahren worden." Er lachte genüßlich und legte die Zither auf den Teppich. Dann drückte er sich den Hut in die Stirn, reckte sich und erhob sich aus dem Lehnstuhl.

„Sie wollen, daß ich dableibe?"

„Warum nicht, oder wissen Sie etwas Besseres? Wenn Sie einen Rat von mir annehmen wollen, kann ich Ihnen nur sagen: hier, das ist der verdächtigste Ort, denn hier hat er ja gewohnt. Die Zither lasse ich auf alle Fälle da. Vielleicht bekommen Sie Lust, darauf zu spielen!"

„Danke, sehr nett", sagte ich.

„Brauchen Sie sonst noch etwas?" Er sah mir geradewegs in die Augen. So gern ich ihm noch ein paar Fragen über meinen Vorgänger gestellt hätte, wollte ich mich diesem eisigen Blick nicht länger aussetzen.

„Er war korpulent, schwarz und blauäugig" sagte er, als könne er Gedanken lesen.

„Das hatten Sie mir schon gesagt."

„Mehr kann ich auch jetzt nicht hinzufügen...Höchstens noch, daß das da eine gut eingerichtete Junggesellenbude ist. Da ist frische Bettwäsche, im Eiskasten stehen Getränke und Konserven und, noch etwas, fast hätte ich es vergessen: Tonbänder sind auch da."

„Tonbänder?" Ich sah ihn verständnislos an.

„Ja. Sie sind hochinteressant. Sie finden sie hier im Kasten."

„Glauben Sie, daß mir bei Musik eher etwas einfallen wird. Haben Sie die Zither deshalb hier liegen lassen?"

„Na, ja", er schüttelte scherzend den Kopf, „soweit will ich Ihnen doch nicht entgegenkommen. Auf diesen

Bändern befinden sich nicht Musikstücke, sondern etwas anderes. Vielleicht sogar Angaben, die Sie auf eine Spur führen, wer weiß..."

„Sie haben die Tonbänder bestimmt schon abgehört?"

„Ich? Ja, natürlich."

„Und wenn Sie dabei nichts kapiert haben, dann sollen Sie *mir* mehr verraten?'

„Mehr — das habe ich nicht behauptet. Aber vielleicht etwas anderes. Auch das wäre etwas." In der Tür blieb er nochmals stehen und streckte die Hand aus, um auf die Zither zu deuten.

„Gute Unterhaltung!"

Die Tür fiel ins Schloß. „Gehen Sie nicht!" rief ich ihm nach, doch das Echo davoneilender Schritte blieb die einzige Antwort. Ich blieb in einer fremden Wohnung allein zurück. Er wird bald zurückkommen, erklang es beruhigend. Wer? Ich warf einen Blick nach dem Schrank, denn von dorther kam die Frage. In der obersten Lade fand ich die Tonbänder, die mit einem Schildchen versehen waren. BEGEGNUNG entzifferte ich. Ich spannte das Band mit dem römischen Einser ein und schaltete den Apparat an, aber erst nach dem fünften Versuch fand ich die richtige Schalttaste. Eine angenehm klingende Männerstimme ertönte. Ich fuhr zusammen, denn ich hatte das Gefühl, daß sie gar nicht von dem Tonband kam, sondern aus dem Lehnstuhl mit mir sprach:

„Jetzt, da ich mir nach einigen Wochen die Geschehnisse wieder in Erinnerung rufen will, tut es mir bereits leid, daß ich die Erlebnisse der Begegnung nicht sofort auf Tonband festgehalten habe. Ich bin nicht vergeßlich, aber die Stimmung ist sehr veränderlich, besonders wenn... Was heißt besonders, würde Herzog abwinken, lernen Sie endlich genau formulieren, Zeit, Ort, Person...Ich will versuchen, mich daran zu halten. Es war um dreizehn Uhr zehn, da irre ich mich bestimmt nicht, weil ich die auffällige Dame beobachtet hatte, die sich zu dieser Zeit mit ihrem Kavalier in der Nähe des kleinen Restaurants getroffen hatte. Den Namen des Lokals erwähne ich nicht, ich habe ihn in meinen früheren Berichten ohnedies genannt. Die Dame verspätete sich. Hinter der Zeitung verborgen beobachtete ich die Umgebung. Zur Eingangstür sah ich wiederholt hinüber. Niemand stand dort. Auf einmal fiel mir auf, daß doch jemand neben der Tür stand, und zwar mit dem Rücken zu mir, die Person stand da, als wartete sie schon lange dort. Der Hut, die Frisur, die Falten des Mantels erschienen mir bekannt. Hoppla, ich hab's! Das ist doch...Charlotte! begrüßte ich sie. Sie drehte sich nach mir um. Ich hatte mich getäuscht...Entschuldigung, stammelte ich. Sie lächelte mich an und sagte: Ich wußte, daß du mich ansprechen würdest. Aber...Erkennst du mich nicht? sagte sie. Ich schüttelte den Kopf. Obwohl wir jahrelang zusammen gelebt haben? Sie lächelte noch immer. In ihrem Lächeln war etwas Zeitloses. Wann denn? fragte ich völlig verwirrt. Sie neigte das Haupt. Vor fünfzig Jahren. Vor fünfzig Jahren? fragte ich und räusperte mich. Warum bist du denn so erregt? Du willst doch nicht behaupten, daß du damals noch gar nicht gelebt hast? Fragend zog sie die Brauen in die Höhe. Warte, ich werde dir bald alles erklären. Ich habe gar nicht bemerkt, wann sie fortging. Eine Woche lang bin ich ihr nicht wieder begegnet, obwohl ich täglich zur gleichen Zeit vor der kleinen Kneipe auftauchte. Interessanterweise kam auch die andere Dame nicht. Manchmal glaubte ich, ich hätte vielleicht das Gasthaus verwechselt, mich geirrt, oder mich verirrt, an einen anderen Ort. Diese Vorstellung erzeugte eine Art Schwebezustand, und ich versuchte, mich an die Anweisungen meines Chefs zu klammern. Das Wichtigste ist, daß man weiß, wo man sich befindet, daß man sich im Raum und in der Zeit zurechtfindet, alles andere ergibt sich von selbst. Endlich, am siebenten Tag, sah ich sie wieder. Sie war genau so gekleidet wie das letzte Mal, als wir uns getroffen hatten. Na? fragte sie, bin ich Dir eingefallen? Ich schüttelte den Kopf.

So, du willst mich loswerden? sagte sie. Aber nein, ich will dich doch nicht loswerden, antwortete ich. Viele möchten ihre Vergangenheit gern loswerden, aber das gelingt meistens nicht...Na, schön, fügte sie hinzu, du brauchst nicht die Nase zu rümpfen, komm, gehen wir ein wenig spazieren. Sie hängte sich bei mir ein, und so machten wir eine Runde um den Platz vor dem Gasthaus. Anfangs gingen wir stumm nebeneinander her. Sie betrachtete die Tauben, die vor unseren Füßen trippelten. Ich mag Tauben nicht, sagte sie, sie ruinieren die alten Gebäude. Weißt du, wo die Mühlgasse ist? fragte sie plötzlich übergangslos. Ich nickte. Dort haben wir gewohnt. Sie errötete dabei. Aber darüber wollte ich jetzt eigentlich nicht mit dir reden, sondern über einen bestimmten Mittwoch: es war der 1. Dezember 1926. Ich warf ein: Du hast dir das Datum aber gut gemerkt. Ja. Damals war nämlich die Versteigerung, sie begann pünktlich um drei Uhr. Ich starrte sie verblüfft an: Was für eine Versteigerung? Sie warf mir einen zornigen Blick zu. Das hast du auch schon vergessen? Wir haben doch ganz nahe der Versteigerungshalle gewohnt, und damals haben wir uns unter anderem auch diese...Sie verstummte und betrachtete wiederum die Tauben. Na, egal, demnächst bringe ich dir den Katalog mit. Meinetwegen, sagte ich nachgiebig, bring ihn nur mit, aber, wo lebst du eigentlich jetzt? Innerlich platzte ich fast vor Neugier. Sie lächelte gütig. Derzeit nirgends. Ich flüchte nämlich nicht vor meiner Vergangenheit...Anscheinend flüchtest du auch nicht vor der Vergangenheit deiner Mutter. Wieder zog sie fragend die Brauen in die Höhe: Vor der Vergangenheit meiner Mutter? Meine Mutter habe ich gar nicht gekannt. Sie starb am Kindbettfieber. Interessant, daß ich dir alles und jedes nochmals von vorn erzählen muß. Ich wollte etwas entgegnen, da stand sie plötzlich nicht mehr an meiner Seite. Ich berührte meinen Arm, und der fühlte sich zugleich lauwarm und kühl an, so als streifte ihr Frühjahrsmantel noch immer meinen Arm. Danach sah ich sie einen ganzen Monat lang nicht wieder. In dieser langen Wartezeit reifte in mir der Gedanke, meine Erinnerungen an die beiden Begegnungen auf Tonband zu sprechen, um sie zu verewigen. Gestern fing ich mit der Arbeit an. Die ganze Nacht hörte ich dann die Bänder ab. Etwas fehlte darauf: Ihre Stimme. Gewiß, ihre Stimme fehlte. Als mir das auffiel, graute bereits der Morgen, und da erklang endlich die Stimme: Ich wußte, daß du mich ansprechen würdest. Aber...erkennst du mich nicht? Obwohl wir jahrelang zusammen gelebt haben. Vor fünfzig Jahren. Warum bist du denn so erregt?

Du willst doch nicht behaupten, daß du damals noch gar nicht gelebt hast? Warte, ich werde dir bald alles erklären. Na — bin ich dir eingefallen? So, willst du mich loswerden? Viele möchten ihre Vergangenheit gern loswerden, aber das gelingt meistens nicht. Na schön, du brauchst nicht die Nase zu rümpfen, komm, gehen wir ein wenig spazieren. Ich mag Tauben nicht. Sie ruinieren die alten Gebäude. Weißt du, wo die Mühlgasse ist? Dort haben wir gewohnt. Aber darüber wollte ich jetzt eigentlich nicht mit dir reden, sondern über einen bestimmten Mittwoch; es war der 1. Dezember 1926. Ja. Damals war nämlich die Versteigerung, sie begann pünktlich um drei Uhr. Das hast du auch schon vergessen? Wir haben doch ganz nahe der Versteigerungshalle gewohnt, und damals haben wir uns unter anderem auch dieses...na, egal, demnächst bringe ich dir den Katalog mit...

Ich starrte entsetzt auf das Magnetophon und spulte das Band ein Stück zurück. Und plötzlich vernahm auch ich eine weibliche Stimme vom Tonband, eine angenehme, bekannte Frauenstimme. Das ganze war einfach unwahrscheinlich. Ich glaubte, ich sei einer Sinnestäuschung erlegen. Ich sah mich nach der Zither um. Die lag auf dem Boden wie zuvor. Und nun hörte ich, ohne es zu wollen, sogar meine eigene Stimme:

„Wo lebst du eigentlich jetzt?"

Derzeit nirgends, tönte es aus dem abgestellten Magnetophon, ich flüchte nämlich nicht vor meiner Vergangenheit...

„Anscheinend flüchtest du auch nicht vor der Vergangenheit deiner Mutter."

Vor der Vergangenheit meiner Mutter? Meine Mutter

habe ich gar nicht gekannt. Sie starb am Kindbettfieber. Interessant, daß ich dir alles und jedes nochmals von vorn erzählen muß...

Ich kippte hastig zwei Kognak und suchte das andere Tonband heraus. Es überraschte mich nicht, daß ich da ebenfalls eine Frauenstimme hörte:

,,Ich habe den Katalog mitgebracht. Hier ist er, in der Handtasche. Bevor ich ihn dir gebe, möchte ich dich auf etwas aufmerksam machen. Der Katalog ist fünfzig Jahre alt.

Damals habe ich noch gar nicht gelebt.

Fängst du schon wieder damit an? Fünfzig Jahre sind keine lange Zeit, wenn wir die Ereignisse verkehrt ablaufen lassen. Die Zeit erscheint nur dann lang, wenn man in die Zukunft plant.

Kann man denn auch rückwärts planen?

Natürlich. Man muß sogar in erster Linie dorthin finden.

Mein Chef hat behauptet, daß meine Orientierungsfähigkeit nicht besonders gut ist.

Ich kenne deinen Chef nicht.

Natürlich nicht, aber er hat immer gesagt...

Die Ansichten fremder Leute interessieren mich überhaupt nicht.

Meinetwegen. Aber abgesehen von seiner Ansicht ist mein Orientierungssinn wirklich schlecht. Ich kann mich sogar in einer Stadt verirren, und erst recht im Dschungel der Vergangenheit.

Die Vergangenheit ist kein Dschungel.

Nein?

Nein. Die Vergangenheit ist eine Wüste.

Na also. Dort würde ich mich noch leichter verirren. Dort gibt es nur Sand, nichts als Sand. Ein Sandkorn ist wie das andere. Wie soll man sich dort zurechtfinden?

Man muß kleinere Schritte machen. Man muß sich auf Käferfüßen bewegen, dann verändert sich die Wüste plötzlich.

Wie denn?

Unter den neuen Sandkörnern erwacht plötzlich das Leben, oder, wenn dir das lieber ist, es tut sich der Abgrund der Vergangenheit auf.

Das klingt schön, aber ich kann nichts damit anfangen.

Warte, ich werde es dir sofort erklären. Es gibt eine Wüstenspinne, die mit ihrem Saft aus den gleichförmigen Sandkörnern einen Deckel erzeugt. Den legt sie über ihre Höhle. Außen ist nichts zu sehen, aber wenn du dich auf Käferfüßen fortbewegst, gibt der Deckel unter dir auf einmal nach und du stürzt in die tote Zeit. Besser gesagt, in eine lebendige Welt, von der du nur geglaubt hast, sie sei tot. Sie bildet sich unter deiner Sohle zur Höhle um.

Und wo steckt die Spinne dann?

Sprich jetzt nicht von der Spinne. Wichtig ist der Katalog. Der ist auch in der Höhle. Gib mir die Hand.

In die tote Zeit?

Nicht in die tote Zeit. Das habe ich nur vorderhand gesagt, damit du mich besser verstehst. Ich hoffe, daß du inzwischen von selber draufgekommen bist, daß die Zeit nicht stirbt, sie versteckt sich nur vor uns. Momentan versteckt sie sich in meiner Tasche. Nimm den Katalog mit nach Hause und studiere ihn durch. Ich habe die Gegenstände, die wir kaufen wollten, angekreuzt. Ich habe sogar die Ausrufpreise angezeichnet und den Verkaufspreis, für den du sie bekommen kannst. Übereile nichts. Wenn du kleine Schritte machst, kommst du rechtzeitig in der Versteigerungshalle an. Wir wohnen ja ohnedies ganz nahe, nur drei Häuser weiter...

Hier endete der Dialog, der Rest des Tonbandes war leer. Ich habe es trotzdem bis zum Ende ablaufen lassen. Die Stille war erfüllt von der lauernden Anwesenheit der Wüstenspinne.

Die Vergangenheit ist eine Wüste, wiederholte ich einige Male laut.

Das kann schon sein, antwortete das Tonband.

Nur der Deckel soll sich nicht unter mir bewegen.

Man muß es abwarten, man muß es abwarten, klang es aus dem Gerät.

Am folgenden Tag schlief ich sehr wenig. Das Abhören der restlichen Bänder nahm meine Zeit in Anspruch. Über diese Bänder könnte ich aber kaum noch zusammenhängend berichten. Ich kann höchstens sagen, daß die Wüstenspinne zu mir sprach. Sie sprach bald mit ächzender Stimme, bald wieder in einer Fistelstimme. Wenn ich die Zither zupfte, war es, als redete sie mit mir. Sie ermunterte mich vor allem, den Katalog zu suchen. Hin und wieder beklagte ich mich bei ihr und gestand ein, daß ich mich noch immer nicht auskannte in der Wüste.

Früher oder später fühlt sich dort jeder wie zu Hause.

Die Sandkörner sind einander sehr ähnlich.

Das ist nicht wahr.

Möglich, daß es nicht wahr ist, ich will nicht lügen...manchmal unterscheiden sie sich ein wenig.

Das klingt schon besser.

Ja, und in solchen Zeiten fühle ich mich zu beengt in meinem Studierzimmer, es kann aber auch sein, daß es ein Kinderzimmer ist. Ein fremder Junge sitzt drinnen.

Wie heißt er?

Das weiß ich nicht, er zeigt seine Zeichnungen her. Es sind Schlachtenbilder mit vielen Pferden und Kriegern. Auch die Waffen sind sehr schön gezeichnet.

Wer hat sie gezeichnet?

Angeblich dieser fremde Knabe.

Und du beneidest ihn, weil du nicht so gut zeichnen kannst.

Ich? Ich bin nicht neidisch.

Doch.

Weißt du, daran kann ich mich nicht mehr erinnern. Ich sehe nur die Umrisse des Zimmers und die Zeichenblätter, die vor uns liegen; in einem Glas ist Himbeersaft, dann kommt jemand, eine schlanke Dame kommt mit noch jemandem herein.

Die Mutter des Knaben.

Möglich, daß sie es ist, sie betrachtet nämlich seine Zeichnungen so erfreut.

Na, siehst du, jetzt kennst du dich in der Wüste schon gut aus.

Der Deckel bewegt sich trotzdem nicht. Der Deckel bewegt sich trotzdem nicht.

Obwohl ich sehr kleine Schritte mache, obwohl ich mich auf Käferbeinchen fortbewege. (Diese letzten Sätze sagte ich für mich, als Bestätigung.)

Als sich jedoch mein Chef telefonisch meldete, beklagte ich mich mit keinem Wort. Auch von den Tonbändern erwähnte ich nur das erste.

,,Na, haben Sie den Katalog schon gefunden?"

,,Ja, er war in der untersten Lade. Im selben Schrank wie die Tonbänder."

,,Konnten Sie feststellen, was an dem bewußten Tag bei der Versteigerung gekauft wurde?"

,,Den Bleistiftzeichen zufolge drei Sachen. Eine goldene Dose, eine goldene Taschenuhr und ein Fächer."

,,Können Sie genaue Angaben über diese Gegenstände machen?"

,,Gewiß. Ich hole mir den Katalog ans Telefon. Hallo ... also: eine goldene Dose. Vermerk: Gold des quatre couleurs mit einem rennenden Hirsch auf der Deckelplatte, reiche Ornamentierung am Rand, französischen Ursprungs, 18. Jahrhundert, Gewicht: 87,5, Maße: 8,5x5,5. Rufpreis: Eintausend, Verkaufspreis: Eintausendvierhundert. Lt. Katalog ein Zuschlag von 22 Prozent Luxussteuer, der dazuaddiert wird. Eine goldene Taschenuhr, auf dem Deckel eine bäuerliche Tanzszene, vielfärbiges Email, sorgsame Arbeit. Schweizer Herkunft. 1830. Rufpreis 200, Verkaufspreis: 270. Ein Fächer, 15teiliger vergoldeter Elfenbeinrahmen mit bunten Schäferszenen auf dem Papiergrund: deutscher Herkunft, 18. Jahrhundert, Format 27,5; Rufpreis 15, Verkaufspreis: 50."

,,Wozu haben die wohl den Fächer gebraucht?"

,,Für eine Dame sicherlich, vielleicht auch als Geschenk. Übrigens wollten sie auch einen Weihwasserbehälter und einen großen Gobelin kaufen, aber sie taten es dann doch nicht."

„Und wissen Sie schon, wo sie gewohnt haben?"

„Falls das Haus noch steht, wird das nicht schwer herauszufinden sein. Es ist auf dem fünften Tonband genau beschrieben. Ich weiß sogar, nach welcher Seite die Wohnungstür hinausgeht."

„Vielleicht finden wir die Gegenstände auch. Gegenstände sind manchmal sehr eigenwillig. Sie überleben vieles, mit ihnen läßt sich besser rechnen als mit solchen Definitionen wie etwa, daß eine Wüstenspinne die Vergangenheit auf ihrem Rücken trägt."

Da wurde unser Telefonat unterbrochen, ich hörte nur noch, wie er selbstzufrieden etwas in die Hörmuschel murmelte. Von meinem Gehalt war nicht geredet worden, ehrlich gesagt, es interessierte mich auch nicht mehr. Ich war in das Studium der letzten Tonbänder vertieft. Immer häufiger wurde der Text unterbrochen, auf manche Sätze folgten lange Pausen, in denen nur ein leises Krabbeln zu vernehmen war, als ob die Wüstenspinne den Deckel für ihre Höhle herstellte. Im allgemeinen sprach eine Männerstimme aus größerer Entfernung, genauer gesagt kam sie wie ein Echo aus der anderen Ecke des Zimmers, manchmal erklang eine Frauenstimme. Es hörte sich an, als beantwortete sie seine Fragen. Beim letzten Tonband kannte ich mich nicht recht aus, obwohl ich es mehrmals anhörte. Anfangs eine Serie krabbelnder Geräusche, dann sprach plötzlich der Mann in sehr müdem Ton:

Mir scheint, es gelingt mir nicht, mich mit ihr zu treffen.

Wir treffen uns dann bei der Versteigerung — das klang wie aus dem entfernten Winkel des Zimmers.

Gut, ich werde zur vereinbarten Zeit dort sein.

Achte nur genau auf das, worauf ich dich aufmerksam gemacht habe.

Ja. Ich werde auf Käferbeinen kommen, sonst geht die Tür nicht auf, sonst geht die Tür nicht auf, sonst geht die Tür nicht auf ...

Die letzten Worte wiederholten sich mehrmals wie auf einer kaputten Schallplatte. Das war die letzte Information auf den Tonbändern, die ich fand. Ich freute mich ehrlich, als das Telefon läutete. Aufgeregt riß ich den Hörer empor und war innerlich darauf gefaßt, die höhnische Stimme meines Chefs zu vernehmen. Zu meiner Überraschung meldete sich aber die Frauenstimme, die ich auf dem Tonband gehört hatte.

„Werden Sie auch kommen?" fragte sie.

„Ja", erwiderte ich unwillkürlich, obwohl ich das deutliche Gefühl hatte, daß ich hätte nein sagen müssen.

„Gut. Sie sollen die Wohnung aber nicht betreten. Versprechen Sie mir das?"

„Ich verspreche es ..." stammelte ich und der Hörer fiel mir fast aus der Hand. „Hallo?" ... Es knackte nur noch, niemand antwortete, stattdessen schreckte mich neuerliches Läuten hoch. Ich sah auf das Telefon, aber diesmal war es die Türglocke. In der Tür stand mein Chef.

„Sind Sie bereit?" fragte er geradewegs.

„Wozu?"

„Wir sehen uns dieses Haus einmal an."

„Jetzt gleich?"

„Natürlich."

„Soll ich den Katalog mitnehmen?"

„Sie können ihn mitnehmen."

Während ich den Mantel anzog, sah er sich prüfend in der ganzen Wohnung um. Die Zither lag immer noch auf dem Teppich. „Damit haben Sie anscheinend nichts anfangen können?" bemerkte er.

„Doch", widersprach ich, „sie ist manchmal von selbst erklungen."

„Vielleicht gibt es Mäuse in der Wohnung, und eine davon ist drübergelaufen."

„Hier gibt es keine Mäuse", sagte ich.

„Egal, wenn es keine gibt, dann eben nicht. Ein wesentlich größeres Übel ist, daß Sie sich nicht bei der meteorologischen Wissenschaft erkundigt haben, was für ein Wetter am 1. Dezember 1926 war."

„Wozu sollte das denn gut sein?"

„Na, hören Sie mal, sollte es regnen, hätte ich einen

Schirm mitgenommen." Ich blickte aus dem Fenster. Strahlender Sonnenschein herrschte draußen. Aber kaum hatten wir die Mühlgasse betreten, fing es an zu regnen. Der Chef warf mir einen abfälligen Blick zu.

„Es wäre doch besser gewesen, sich an einen Meteorologen zu wenden, wie Sie sehen."

Wir hatten das Haus bald gefunden. Ein Wagen parkte davor. Herzog inspizierte die Nummerntafel und nickte zufrieden.

„Es ist sein Wagen", sagte er.

„Dann ist er wohl in der Wohnung ..." ich brach mitten im Satz ab, und der Chef sah mich erstaunt an.

„Seither?" fragte er. Er sprach das Wort merkwürdig gedehnt aus, und ich hatte das Gefühl, in mir hätten sich Zeit- und Raumbegriffe auf den Kopf gestellt. Ich versuchte, kleine Schritte zu machen, auf Käferbeinen zu gehen, weil sich ja die Tür sonst nicht auftun würde. Vor dem Eingang blieb ich plötzlich stehen. Mir fiel ein, was sie am Telefon von mir verlangt hatte.

„Sie kommen nicht mit hinein?" Der Chef wollte mich durch die Tür komplimentieren.

„Nein, ich warte lieber draußen. Eventuell ..."

„Was, eventuell?" Er beendete den Satz nicht. „Na, ist auch gut. Ich kann ja auch allein nachsehen, ob die Taschenuhr, die Dose und der Fächer da sind."

Eventuell, suchte ich mir selbst einzureden, als ich allein war, eventuell ist es besser, wenn ich hier aufpasse und alles beobachte; den Eingang, das Auto und die Fremden, die auf der Straße vorbeigehen. In Wirklichkeit aber waren es nicht diese Worte, die mich im Bann hielten, sondern der Duft und die Farbe der vergangenen Wochen umnebelten mich. Die erste Zeit erinnerte mich mit ihrer Farbe an grünleuchtende Lampen. In meinen Augen blinkten grüne Lichter, die sich von Zeit zu Zeit bläulich verfärbten. Dagegen müßte man sich durch eine Brille schützen, die man an einer Schnur um den Hals gehängt trug. Nun spürte ich sogar den Duft des Lichtes. Vielleicht war das in dem Zimmer jenes fremden Knaben, der seine

Zeichnungen herzeigte. In dem Zimmer machte sich übrigens auch unser Hausarzt zu schaffen, indem er die Quarzlampe bald dahin bald dorhin richtete. All das, der Eindruck oder auch das Gefühl, das ich bald im Nacken, bald wieder auf der Zunge empfand, veränderte sich sehr rasch und wurde zum Geruch nach Senfgurken. In der Schale dieses Geruches wimmelte es von meinen Bekannten, nur konnte ich ihre Gesichter und Blicke nicht deutlich sehen. Ich hätte sie gerne den Namen nach eingeordnet, doch da tat sich plötzlich ganz unerwartet die Wohnungstür auf und mein Chef streckte den Kopf heraus.

„Die Wohnung ist total leer."

„Total leer?" wiederholte ich.

„Ja, weder Gegenstände noch Menschen sind darin."

„Na, dann können wir ja wieder gehen", sagte ich.

„Nicht so schnell. Ich bleibe noch hier, vielleicht kommt inzwischen jemand. Die Tür war offen, das ist sonderbar. Eine leere Wohnung, die nicht versperrt ist."

„Ich warte draußen."

„Gut!" Das vernahm ich schon wieder durch die geschlossene Tür. Übrigens war es das letzte Wort von ihm, das ich zu hören bekam. Als ich mich, unter der Traufe des Hauses gehend, entfernte, war es bereits dämmerig. Es nieselte immer noch. Da wußte ich bereits, daß er aus dieser leeren Wohnung nicht mehr herauskommen würde. Vielleicht war ihm übel geworden, vielleicht hätte er Hilfe gebraucht, ich hätte vielleicht nachschauen müssen — aber das fiel mir erst drei Tage später ein. Ich hörte pausenlos die Tonbänder an und dachte an die Wüstenspinne, die ihm in einem unbeobachteten Augenblick den aus dem Sand der Vergangenheit angefertigten Deckel unter den Füßen weggerissen hat.

Die Polizei verständigte ich erst, nachdem ich dreimal ergebnislos im Büro von Hans Herzog, Privatdetektiv, angerufen und sich niemand gemeldet hatte. Ich glaube, daß ich da einen Fehler gemacht habe. Mein Chef hatte recht. Es zahlt sich nicht aus, sich an die Polizei zu wenden. Seit diesem Zeitpunkt fragt man mich fortwährend aus. Obwohl ich doch alles ganz ausführlich berichtet habe. Das gewisse Datum und die Wüstenspinne habe ich aber nicht erwähnt. Besonders der eine junge Detektiv ist sehr aggressiv. Er gibt sich nicht mit den Adressen der Wohnungen zufrieden. Auch das Argument, daß das Auto ja vielleicht immer noch vor dem Haus in der Mühlgasse stehen könnte, nützt nichts.

„Welches Auto?" Seine Stimme klang grob und höhnisch.

„Die Nummer habe ich mir nicht gemerkt, aber ich weiß von meinem Chef, daß dieses Auto meinem Vorgänger gehört hat."

„Und wo steckt Ihr Chef und Ihr Vorgänger?"

„Die sind spurlos verschwunden", auch das wiederholte ich weiß Gott wie oft.

„Wohin? Und wann?"

„Wohin? Wann?" Ich muß mich zusammenreißen. Ich darf die Geduld nicht verlieren. Ich muß alles erschöpfend und ganz genau darlegen, damit mich auch die verstehen. Leider kann ich mich so schlecht konzentrieren auf ihre Fragen. Unentwegt tauchen Gegenstände vor meinen Augen auf und nehmen meine Aufmerksamkeit gänzlich in Anspruch. Das Studium eines Gobelins beschäftigt mich besonders. Er schwebt ständig vor meiner Nase. Der Brand von Troja. Im Vordergrund des Gobelins steht ein gepanzerter Held und erklärt den anderen irgendetwas. Ich wüßte gerne, was. Der Gobelin ist groß, 3,12x3,35 m. Er stammt etwa vom Anfang des 17. Jahrhunderts. Eigentlich begreife ich nicht, warum wir ihn nicht gekauft haben. Vielleicht war er zu teuer. Der Soldat dort stellt jetzt eine Frage. Es wäre gut, wenn man an seinen Mundbewegungen ablesen könnte, was er fragt. Vielleicht fragt er, wie das Mädchen oder diese Frau, meine Frau, geheißen hat, mit der ich vor fünfzig Jahren in der Wohnung in der Mühlgasse gewohnt habe.

Balthasars Evangelium

UND DAS LEBEN WIRD ZUM EINZIGEN TIEFEN ATEMZUG! Dieser Satz strömte nicht aus Balthasars Gemüt, der eher müde als heiter auf dem asphaltierten Weg dahinging, sondern aus irgendetwas oder an irgendjemand errinnernd, etwa so: wer könnte das behauptet haben? Zugleich auch so: Schau, schau, eine Wahrheit erdröhnt im Orgelton, wobei es gänzlich ausgeschlossen ist, daß in der Nähe Orgel gespielt werden kann. Der Satz änderte sich jedoch unerwartet in eine Gemütsart, und Balthasars Füße verloren den Halt am glatten Straßenbelag, er schritt auf dem Kies eines Waldpfades, pfeifend suchte er nach seinem seitlich hängenden Pfadfinderdolch mit der schusseligen, zugleich sich wundernden Bewegung. Alles ist noch möglich. Die aufblitzenden Neons glichen einem durch die Bäume dringenden düsteren Sonnenlicht, von seinen Schuhen sprangen Kieselsteine in Richtung der die Pilze und Blumen verdeckenden Sträucher. Der Mensch geht, schlendert dahin, ruhig, selbstsicher, da alles noch möglich ist. Schon war seine Müdigkeit verflogen, er holte einen tiefen Atemzug, um sich mit dem Leben zu identifizieren. Er sah sich doppelt, in Beobachtenden und Beobachteten geteilt, den Berghang hinaufkletternd, aber es überraschte ihn auch nicht, daß er in seinem Bestreben nicht den so nahe winkenden Gipfel erreichte, sondern sich vor dem Gebäude der Nationalbank befand. Der Platz um ihn war wie ausgestorben, die Steine, die Blumen, die Pilze verschwanden, nur die Bank und der Asphalt starrten ihn an. Von unten, von der Seite, aus jeder Richtung. Auch dann, wenn er sich umdrehte? Ja, auch dann! Es schien, als wäre er in eine Falle geraten, die vergitterte Auslage der Bank kam ihm jetzt noch näher. Eine Reihe Gitter, eine Reihe Glas. Oder eine Reihe Monokel. Jedes Monokel blinzelt: Betreten des Rasens verboten! Warum ist das Betreten des Rasens verboten? Balthasar konnte dieser Verordnung nicht zustimmen, er protestierte aber noch nicht dagegen, er dachte, dies sei auch eine der überflüssigen Anweisungen, welche zur Langeweile des ereignislosen Lebens passen. Es gibt sie, damit nichts Besonders geschieht, und es wurde ihm schon fast bewußt, daß auch jetzt nichts passieren wird. Er zuckte nicht einmal, als hinter der Auslage die Stimme erklang.

„Balthasar!" hallte der den ganzen Platz erfüllende Ruf, der selbst die Gitter zum Beben brachte.

„Ja", eilte gierig Balthasar mit der Antwort, um sie nicht zu versäumen, um auf seine Gegenwart hinzuweisen und auch darauf, daß er eigentlich schon lange warte, angesprochen zu werden.

„Balthasar", erscholl es wieder, „du bist geboren, um Weihrauch und Myrrhe dem darzubringen, in dem das Wort Gestalt annahm."

„Gestalt annahm, Gestalt annahm", rollte das Echo den Asphalt entlang gleich einem flinken Ball. Unbändig streckte Balthasar sein Bein nach ihm aus, um ihn wegzuspitzeln, er besann sich jedoch, dies könnte als unschicklich gedeutet werden. Unmöglich, daß er den Ball tritt, er, dessen in Kirchen kauernde Kindheit ihm noch gegenwärtig in den Knien kribbelt. Umsonst klingelt die Straßenbahn, das ist das Läuten der Wandlung, die Klingel des ‚Alles ist noch möglich', und auch dieses Satzes: UND DAS LEBEN WIRD ZUM EINZIGEN TIEFEN ATEMZUG!

Er suchte die Stimme, er wartete, daß sie auch Wort wird, daß sie Gestalt annimmt. In der Ferne jaulte ein streunender Hund, dies konnte jedoch Balthasars Aufmerksamkeit nicht ablenken, seine Augen klebten am Glas. Hinter der Scheibe stand ein weiß gekleideter Engel, seine ausgebreiteten Flügel hüllten den Vorraum der Bank ins Dunkel.

„Grüble nicht über die Länge meiner Flügel", schrie der Engel gereizt.

,,Nein, nein", rechtfertigte sich Balthasar, ,,ich weiß es ja, fünf Sing und fünf Sing sind ... ei, wie viel sind das doch?"

,,Das ist gleichgültig", winkte der Engel ab, ,,ich möchte mit dir über dein Leben sprechen."

,,Über mein Leben", wiederholte Balthasar gehorsam.

,,Du lebtest schlecht, hast vieles verfehlt, obwohl ich dir auf dem Waldpfad beistand, erinnerst du dich?"

,,Und wie, gerade zuvor, kaum bevor ich ... ich hier ankam, fast zugleich ..."

,,Was stotterst du da, das sind schon gute dreißig Jahre her."

,,Dreißig Jahre?" starrte er mit weit aufgerissenen Augen den Engel an.

,,Ja, genau dreißig Jahre." Die Stimme des Engels war traurig.

,,Du weißt alles", flüsterte Balthasar. ,,Es ist unnötig, mir den Kopf über Rechtfertigungsgründe zu zerbrechen, du weißt auch das ..."

,,Ich weiß", schnitt ihm der Engel das Wort ab.

Balthasar jedoch wollte nicht verstummen, er wollte gestehen, er sehnte sich zu beichten.

,,Ich sah den Schrecken in den Augen der Hunde und auch den Blick ihrer verrückten Herren, der einem Nagelhalsband gleich sich um ihren Hals schlang."

,,Gut, gut, du hast es wahrgenommen, weil du von neugieriger Natur bist."

,,Hätte ich die Leine aus der Hand des fremden Herren reißen sollen? Und selbst wenn ich so gehandelt hätte, wohin mit dem Hund? Du kennst meine Wohnung, du weißt, wie eng ich wohne, wie hätte dort ein zweites, sich nach Liebe sehnendes Wesen Platz gefunden?"

,,Du warst immer von ängstlicher Natur, Balthasar, du dachtest, es genüge, sich in deinem Inneren über andere zu erbarmen, den jedoch, der in deiner Nähe lebte, wolltest du mit deinem eigenen Schicksal bedecken."

,,Es war kalt und im Haus fand sich keine andere Decke."

„Am Ende bliebst du doch allein. Warum, darüber ist jedes Wort überflüssig. Ich will nicht, daß du über deine Vergangenheit winselst. Ich will, daß du die Offenbarung wahrnimmst. Jedermann hat das Recht, sie wenigstens einmal mit aufmerksamem Herzen zu hören. Freilich kann es vorkommen, kaum daß ich anfange, daß das Böse erscheint und nicht zuläßt dein Leben zu erlösen, wirst du mich vor dem Bösen schützen?"

Balthasar zog sich vertrauensvoll heraus. Aber er hatte nicht einmal Zeit, die Genugtuung konnte in seinem Inneren kaum ausströmen, da erschien ein dunkler Schatten auf der anderen Seite der Scheibe. Mit seinen riesigen, in Krallen endenden Händen, näherte er sich dem Engel. Balthasar sprang zur Tür. Die Tür war zu. Dann bemerkte er den Stein, den jemand nach den Straßenbauarbeiten liegen gelassen hatte. Balthasar nahm die hinter den Gittern blitzende Scheibe ins Ziel. In diesem Augenblick ertönte die Alarmanlage. Balthasar erschrak nicht. Er hörte zur Wandlung klingeln. Der Engel und der Schatten verschwanden. Menschen sammelten sich auf dem Platz, umzingelten Balthasar. Vor der Nationalbank fuhren Polizeiautos mit Sirenenton auf. Jemand gab ihm einen Stoß, er fiel auf den Asphalt, er verlor das Bewußtsein.

Viel später saß er vor einem älteren Herrn, der goldumrandete Augengläser trug. Er saß ruhig, Andacht erfüllte sein Herz. Er hatte das Gefühl, alles gesagt zu haben, und die Stille neigte sich gleich einem demütigem Punkt hinter das Evangelium.

„Wir glauben Ihnen alles", erklärte der Polizeireferent mit den goldumrandeten Brillen, dies sagte er jedoch nur so dahin, damit die Schande der Ungläubigkeit ihm nicht sofort die Zunge zeigte.

Die Meldung

Als ich das Haus des Polizeichefs erreichte, gehörte meine Aufmerksamkeit zwei Umständen: den glanzvoll beleuchteten Fenstern des Hauses und der in völlige Dunkelheit gehüllten Gasse. Auf mein Läuten öffnete das Hausmädchen, es trug eine Haube.

,,In der ganzen Stadt ist der Strom ausgefallen", blinzelte ich das Mädchen an, vom plötzlichen Licht drinnen geblendet.

,,Ohne Zweifel", nickte sie zweimal und ließ mich im Vorzimmer zurück. Das Echo dieser Antwort war an der mit englischen Stichen überladenen Wand hängengeblieben, es klang zeitlos und fremd. ,,Ohne Zweifel", wiederholte ich, und mit diesen Worten suchte ich aufs Geratewohl den Salon. Auf dem Flur brannten beiderseits vielarmige Kandelaber, blühende Äste, und es schien, als würden sie sich mit mir vorwärtsbewegen. Ich bemerkte keine Schalter, scheinbar waren sie von den Bildern verdeckt.

,,Schau, schau, Sie sind auch hier?" donnerte es hinter meinem Rücken. Ich zuckte zusammen, schielte rückwärts. In greifbarer Nähe stand ein mir unbekannter, dürrer, weißhaariger Mann. ,,Na, Sie können hier doch wirklich nicht fehlen", fügte er noch gemütlich hinzu und tätschelte meine Schulter. Dann beugte er sich zu meinem Ohr und flüsterte: ,,Wissen Sie, daß man Erich auch eingeladen hat? Sie sind überrascht, nicht wahr?" Er wartete nicht auf Antwort, drängte mich vor sich her zur Salontür. Unzählige Kerzenlichter verwischten die Gesichter der Anwesenden zu bedrückenden Schemen, als wir eintraten. Ich konnte unmöglich zusammenzählen, wer aller da war. Erleichtert entdeckte ich den Hausherrn. Ich hatte bereits befürchtet, die Adresse verwechselt zu haben und in fremde Gesellschaft eingedrungen zu sein. Er eilte mir entgegen und zog mich mit sorgenvoller Miene beiseite, zur Tür seines Arbeitszimmers.

„Ich habe Erich auch eingeladen". Er klammerte sich mit unhöflicher Geste am Aufschlag meines Mantels an.

„Man hat mich bereits darauf aufmerksam gemacht", bemerkte ich vorsichtig.

„So, so, aufmerksam gemacht", wiederholte er. „Na, umso besser. Hätte ich ihn vielleicht nicht einladen sollen? Hier ist er ja, unter Aufsicht, nicht wahr? Außerdem habe ich ihn eigentlich Ihretwegen ... ich dachte, es kann nicht schaden, wenn Sie sich mit ihm zwanglos unterhalten können ..."

„Habe ich richtig verstanden? Zwanglos?"

„Ja", verschmälerte sich der Mund des Hausherrn lustlos. „Ich verrate doch kein Geheimnis. Wozu auch die Geheimnistuerei zwischen uns. Früher oder später werden wir strengere Vorsichtsmaßnahmen treffen müssen. Und dann bleibt für so ein Gespräch kaum noch Gelegenheit."

Ich beobachtete seine Hände. Zwischen Ring- und Mittelfinger hielt er eine winzige Zigarre fest. Der Aschenkegel der Zigarre nahm zu und ich wartete darauf, daß er auf den Teppich fallen würde. Er schien aber steif und fest aus dem Zigarrenstummel zu wachsen.

„Natürlich, wenn es Ihnen gelingen würde, ihn zu überreden, daß er die Meldung zurückzieht ..." setzte der Polizeichef fort.

„Dann wären die erwähnten Vorsichtsmaßnahmen auch nicht nötig ..."

„Doch, ja. Die sind auf jeden Fall notwendig. Die augenblickliche Situation verlangt es. Um mich präziser auszudrücken: unsere Freunde erwarten von uns eine bestimmte Vergeltung." Das Wort Freunde klang heiser und er seufzte dazu. „Ich kann wohl ohne voreilige Prophezeiung sagen, es wird nicht so heiß gegessen wie gekocht. Wenn wir Zeit gewinnen, können wir die Aufmerksamkeit von den Geschehnissen ablenken. Es gibt ja genug neue Methoden in der „Werbung". Dann können wir Erich einfach fallen lassen ..." Er drehte sich mit tänzelnder Bewegung auf den Fersen herum. ,,Niemand wird sich um ihn kümmern ..."

Die Zigarrenasche war immer noch nicht heruntergefallen, was mich nervös machte.

,,Haben Sie gewußt, daß der Stromausfall kommt?" fixierte ich die beharrliche Zigarre.

,,Woher hätte ich es wissen sollen?"

,,Nun, diese Kerzen und Kandelaber", stotterte ich.

,,Ich mag sie, die Kerzenlichter. Sie vielleicht nicht?" blinzelte er rätselhaft und zeigte auf die alten Möbel des Salons. ,,Kennen Sie Erich überhaupt?" fragte er dann, als wollte er meine Neugier vom Barockkasten neben uns ablenken.

,,Persönlich hatte ich noch nicht das Vergnügen."

,,Der dort, der hagere, blonde Mann, der sich auf das Kanapee zurückgezogen hat, ist Erich."

,,Soll ich einfach zu ihm?"

,,Wenn Sie es für wichtig halten. Sie müssen aber nichts überstürzen." Endlich landete die Zigarrenasche auf dem Teppich, wo sie zerfiel.

,,Heruntergefallen", sagte ich erleichtert.

,,So ist es", stimmte der Hausherr zu und nahm eine rundliche Kleine, die gerade vorbeikam in den Arm.

,,Sie sind auch da?" lachte mich die Rundliche an, ich sah sie zum ersten Mal.

Ich wollte ihr widersprechen, sie mußte mich mit jemandem verwechseln, doch statt dessen lachte ich galant zurück und ging dann zum Buffettisch, der bereits gehörig gerupft aussah. Der hagere alte Herr, der mich im Vorzimmer angesprochen hatte, betrachtete mit Geier-Blick die ausgeplünderten Schüsseln.

,,Kennen Sie den lateinischen Spruch: Was bekommen die zu spät Kommenden?" richtete er seine Gabel gegen die Pastetentrümmer.

,,Natürlich", sagte ich. ,,Nur, ich bin eigentlich überhaupt nicht hungrig."

Ich glaube, in diesem Augenblick trat Erich zu mir. Er

hielt keinen Teller, nahm nicht einmal vom Buffettisch Kenntnis, er suchte meinen Blick.

„Kann ich mit Ihnen sprechen?" sagte er ohne Einführung.

„Solche Abende sind dafür wie geschaffen", sagte ich ein wenig umständlich.

„Solche Abende sind sinnlos", unterbrach er mich. „Aber gerade darum müssen wir etwas daraus machen."

„In Ordnung", nickte ich. „Schießen Sie los. Außer dem Hausherrn kenne ich hier niemanden."

„Ich kenne alle", musterte mich Erich noch immer. „Das sollte Sie aber nicht verstimmen, ganz im Gegenteil, ich will doch gerade darum mit Ihnen plaudern."

„Sie meinen statt mit Ihren Bekannten?'

„Richtig. Sehen Sie zum Beispiel die junge Dame dort. Nicht dort, wo Sie hinschauen — neben dem Hausherrn. Sie hat ein rosa Crèp de Chine-Kleid an. Wissen Sie, warum sie diese süffisante Freundlichkeit ausstrahlt?"

„Darauf könnte ich so schnell keine Antwort geben."

„Weil ihr die Selbstbeherrschung fehlt."

„Im Gegensatz zu Ihnen." Ich schaute in die Richtung, wo die junge Frau stand, um mich aus Erichs Wolfsaugen zu befreien.

„Ja, ich übe ununterbrochen Selbstdisziplin. Jetzt auch. Um die Wahrheit zu sagen, es fällt mir überhaupt nicht schwer. Ich bin im Internat aufgewachsen, dort schätzt man übertriebenen Individualismus nicht besonders." Er machte eine kleine Pause. „Sie sind überrascht? Im Augenblick bin ich auch bemüht, mich erwartungsgemäß zu benehmen, mehr kann ich wirklich nicht tun." Er breitete die Arme aus. „Diese Fügsamkeit wird immer schwieriger, am Ende sogar unmöglich. Das werde ich aber nicht mehr abwarten."

„Was denn?"

„Daß ich durch die Einlieferung in eine geschlossene Anstalt von dieser Gesellschaft befreit werde."

„Setzen wir uns", schlug ich vor. „So mit dem Teller

herumzustehen ist mühsam. Außerdem stehen wir im Wege, jeder will dieses leere Büffet stürmen."

,,Gut, setzen wir uns auf das Lederkanapee, früher bin ich auch dort gesessen."

Kaum hatten wir uns gesetzt, tauchte ein untersetzter Kellner auf und erkundigte sich, womit wir unseren Durst zu löschen wünschten. Erich lachte den würdigen Kellner an und zeigte mit enervierter Handbewegung: kein Bedarf, kein Wunsch.

,,Er hat Angst, daß man ihn vergiftet", warf ich gesellig dem Kellner zu. Der kleine Mann schmunzelte.

,,Ich habe keine Angst", protestierte Erich. ,,Jetzt nicht mehr. Am Anfang schon. Am Anfang hat jeder Angst.'

,,Ich habe es doch nicht ernst gemeint. Man redet manchmal Unsinn", gab ich entschuldigend zu.

Wir saßen ziemlich lang wortlos beisammen. Erich suchte nicht mehr nach meinem Blick, er studierte die Teppichmuster. Wozu viel herumreden — dachte ich, am besten ich spreche ihn direkt an, es dauerte aber noch eine Zeit, bis ich mit dem Kern der Sache herausrückte.

,,An Ihrer Stelle würde ich diese Meldung zurückziehen."

,,Warum?" Erich hob den Kopf und hielt wieder Ausschau nach mir.

,,Aus Selbstdisziplin", platzte es aus mir unbeherrscht heraus.

,,So, das ist aber interessant", schaute mich Erich anerkennend an.

,,Schauen Sie, bedeutsam ist nicht der Grund, sondern die Tatsache, daß Sie sie zurückziehen. Es würde vieles erleichtern."

Er schüttelte ungeduldig den Kopf.

,,Ich will gar nichts erleichtern. Am Anfang war das vielleicht anders. Ich war feige ... Ich wäre bereit einzugestehen, daß ich die ganze Meldung nur ausgedacht habe. Später aber .. später fiel mir Ilona ein ... Sie sah übrigens ein bißchen der süffisant freundlichen, jungen Dame ähnlich ..."

„Ilona kenne ich nicht." Ich zuckte automatisch die Achseln.

„Doch. Ich habe sie in der Meldung auch erwähnt. Sie wurde getötet."

Ich tat, als hätte ich die letzte Bemerkung überhört. Ich musterte die Gesellschaft. Alle benahmen sich so, als hätten sie sich im voraus geeinigt, uns gegenüber Gleichgültigkeit zu zeigen. Der Hausherr ignorierte uns förmlich, und wenn er zufällig in unsere Nähe gelangte, wandte er uns den Rücken zu und bemühte sich, so weit wie möglich Abstand zu halten. Dieses Benehmen ließ gleichzeitig auch vermuten, daß mich hier niemand beauftragt hätte, daß ich alles auf eigene Faust machte, in eigener Verantwortung. Zeitweilig trat der stämmige Kellner vor, kümmerte sich jetzt aber ausschließlich um mich, von Erich nahm er keine Notiz. Die Kerzen leuchteten nicht mehr so hell. Vielleicht waren sie des Rauchschluckens müde, oder wir waren es, die vom Licht und Gespräch genug hatten. Möglicherweise sind noch andere Sachen ins Gespräch gekommen, die Wörter zerfallen jedoch schnell im Gedächtnis. Seltsamerweise nicht bei den Memoireschreibern, sie wagen es, bestechlich-leichtsinnig Dialoge zu rekonstruieren. Es ist möglich, daß wir uns auch über Drachen unterhielten. Ja, aller Wahrscheinlichkeit nach wurden sie erwähnt. Ich grübelte über die Kandelaber des Polizeichefs nach und über den Anachronismus, mich womöglich ins 18. Jahrhundert verirrt zu haben. Erich diskutierte das mit mir. Er behauptete, ein Irrtum um nur zwei Jahrhunderte wäre eine Kleinigkeit, kaum der Rede Wert. In einer Welt, wo einmal riesige Drachen gelebt hätten und jetzt die Zivilisation Maschinendrachen baue, sei der Bodenhumus ohne Kerzentropfen bereits derart unwahrscheinlich, daß ihn der Mut der Leute wundere, so bedenkenlos herumzutrampeln. „Womöglich stolpert noch jemand über einen hier vergessenen Drachenschädel", bemerkte ich nicht ohne Spitze.

„Könnte leicht passieren", stimmte mir Erich zu. „Über das Untier von Loch-Ness wird zum Beispiel genug geredet, es hilft uns aber nicht weiter."

„Natürlich nicht. Sinnvoller wäre es, wenn wir uns mit Ihrer Meldung beschäftigten."

Wir kamen aber nicht mehr dazu, und falls, dann ist sie mir total aus dem Gedächtnis entschwunden. Erichs Wesen jedoch und die Stimmung unseres Beisammenseins erfüllten mich mit überwortlichen Vorstellungen. Irgendwie spürte ich, daß ich Erich bereits über den Tod hinaus kannte, ihn vielleicht sogar drüben kennengelernt hatte. Er ist wie der immerwiederkehrende Traum von meiner Mutter. Hier steht er neben mir, und ich weiß, daß er nicht existiert. Trotzdem kann ich mit ihm gut darüber plaudern, was passieren wird. Klar, als ich das Haus des Polizeichefs verließ und Erich die Hand zum Abschied gab, sah ich in seinem lebendigen Blick auch den des Toten und den Wunsch, mich bald wiederzutreffen. Wahrscheinlich hatte er auch erwähnt, daß er bereits als Schuljunge Meldungen erstattet hatte, als Aufpasser verpflichtet, dem Klassenvorstand die Abwesenden zu nennen, die in der Pause Randalierenden zu melden; daß sich bereits seine Ahnen mit Ähnlichem beschäftigt hatten und er mir diesbezüglich ein Original-Schriftstück zeigen würde. Ich bin sicher, daß wir den Sachverhalt bereits am ersten Abend durchgesprochen hatten und auch, daß er zwei fachmännisch geschliffene Knopffußballmannschaften besitzt, die er mir gelegentlich zeigen würde. Denn als er am nächsten Tag bei mir anklopfte, empfing ich ihn in Kenntnis all dessen.

„Haben Sie Ihre Knopf-Fußballmannschaft mit?" fragte ich, als ich ihn in mein Zimmer geleitete.

„Ich habe es doch versprochen", sagte er, errötete ein wenig und legte ein Päckchen auf den Tisch.

„Und das habe ich auch mitgebracht", sagte er. Aus seiner Manteltasche holte er eine ramponierte Papierrolle hervor, der er ein Dokument entnahm, es ausbreitete und glättete. Ich betrachtete die Knöpfe. Sie waren verschieden groß und jeder hatte eine andere Farbe. In meiner Kindheit spielte ich nie Knopffußball, ich hatte daher keine Ahnung, was man damit anfangen kann.

„Prudentes ac circumspecti nobis honorandi", deklamierte er feierlich, ohne auf das Papier zu schauen.

„Ich kann nicht Latein", zierte ich mich.

„Ich auch nicht", winkte er ab. „Der Reiz dieser alten Dokumente wächst nur durch eine unbekannte Sprache."

„Trinken wir etwas", schlug ich vor. „Alkoholdunst paßt zu Geheimnissen."

„Ich will keine Geheimnistuerei, im Gegenteil, ich will etwas erklären. Deshalb habe ich den Schwur des „Vormunds" mitgebracht. Er gehörte einem meiner Ur-Ur-Großväter, könnte also irgendwie auch mein eigener sein, wenn man die Erinnerung der Zellen erwägt. Oder glauben Sie nicht daran?"

„Ich habe mich damit noch nicht eingehend beschäftigt", sagte ich. „Aber für so ausgeschlossen halte ich nicht, daß eine Nachricht hier irgendwie über uns schwebt: Wünsche oder Sorgen, die von unseren Ahnen in das Weltall gestöhnt oder ausgeatmet wurden."

„Gut", sagte Erich. „Ich stelle mir unter Erinnerung der Zellen etwas anderes, etwas Faßbares vor, aber diese Annahme paßt auch. Ich wollte ja über eine Eidformel reden. Mit ihrem vollständigen Wortlaut werde ich Sie nicht belästigen, ein Auszug davon klingt so: „... ich schwöre hiermit als neu erwählter Vormund in Gott unbefleckten Mutter Gottes Mariae, allen Heiligen und Auserwöhlten Gottes, daß ich dieser Stadt-Freyheiten und Gerechtigkeiten, so viel mir immer möglich ist, verfechten, schüzen, erhalten und Nachtheil warnen und abwenden, dessen From und nutzen befördern und vermehren, so als wenn es meine selbsteigene Sache wäre, mit allem gehörigen Eyffer annehmen, selber ohne Rücksicht der Personen, Sie mögen reich oder arm, und was Nation seyen, ohne Leudenschaft, Eigennutz, furcht, freund- oder feindschaft, auf orth, wie solche in der genannten Burgerschaft Instruction enthalten ist, befördern will. So wahr, als mir Gott helfe, die allerseeligste unbefleckte Mutter Gottes Maria, alle Liebe heilige und Auserwöhlte Gottes ..."

„Ist es gut, wenn jemand rücksichtslos engagiert ist?"

Ich fragte mehr in der Absicht, den höflich Aufmerksamen zu mimen, als aus Nörgelei. Erich zögerte einen Augenblick. Es war mir gelungen, ihn aus der Rolle zu stoßen, in die er bereits geschlüpft war.

,,Darauf kann ich jetzt keine präzise Antwort geben", schnatterte er. ,,Ich bin aber der Meinung, daß wir einige Prädispositionen gewiß ererben, zum Beispiel das Verantwortungsgefühl der Gemeinschaft gegenüber. Man weiß schon im zarten Alter, daß man nicht allein dasteht, die anderen sind auch vorhanden. Sie erwarten die Meldung des ,,Vormundes", den Rapport des Klassenvorstandes: die Namen der Abwesenden, der Randalierenden. Oder glauben Sie, daß jeder das Leben für sich erzählt?"

,,Es wäre allerdings manchmal die bequemste und vielleicht auch die angenehmste Methode", bemerkte ich, um die Frage der Spitze zu nehmen.

,,In Ordnung", ließ Erich es dabei bewenden. ,,Ich habe nicht die Absicht, Antworten herauszupressen, dazu fehlt mir auch die Zeit ..."

,,Wieso, wollen Sie weggehen? Fühlen Sie sich vielleicht nicht wohl bei mir? Oder haben Sie sich schon anderswo versprochen, in diesem Fall natürlich ..."

,,Nein, darum geht es nicht", unterbrach er mich grob. ,,Ich habe leider keine Zeit für Höflichkeiten. Ich sehe ein, es ist unhöflich, daß ich mich nicht einmal umgeschaut habe, darauf verzichte ich aber immer."

,,Oh, bei mir gibt es auch nicht viel zu sehen."

,,Ich sehe nur das Abstechende, das scharf Abweichende, wenn die Person mit der Umgebung nicht harmoniert. Manchmal bin ich fast froh, daß ich nichts wahrzunehmen brauche. Wie zum Beispiel jetzt. So bleibt mir die Hoffnung, daß meine Aussage ein Zuhause findet."

,,Gewiß .."

,,Sie müssen wissen, daß ich den mir vorbestimmten Wohnraum, den ich vorübergehend bewohne, in letzter Zeit kaum verlassen habe. Dabei liegt diese Garçonniere oder Zelle im 20. Stockwerk und ich bin nicht schwindelfrei. Ich weiß auch, daß man mich beobachtet, und sogar hierher begleitet hat. Es ist möglich, daß ich Sie nie mehr besuchen werde können."

,,Ich werde versuchen, es mit dem Polizeichef zu arrangieren ..."

,,Das hilft auch nicht. Er ist ebenso machtlos. Oder wenn es milder klingt: er kann nur das machen, was man von ihm erwartet ... Infolge dessen ..." er wischte sich die Stirn, die sich mit winzigen Schweißperlen bedeckt hatte. ,,... muß ich schleunigst auspacken, auch wenn alles ein wenig verwirrt klingen mag ..."

,,Die Meldung kenne ich im Großen und Ganzen, nur die Details ..."

,,Nicht über Details, über den Sinn müßten wir reden. Damit Sie es auch einsehen, ich mußte die Meldung machen. In einer Welt, wo wir schön gekleidet herumspazieren, uns mit Komplimenten schmücken, stolz auf Ergebnisse und unseren Wohlstand sind — nun, kann man da die nackte Grobheit dieser Welt versteckt lassen?"

,,Nehmen Sie sich doch endlich einen Schluck", sagte ich.

,,Wenn es Sie beruhigt". Er griff nach dem Glas und leerte es in einem Zug. ,,Sehen Sie, ich passe mich an. Auf diese Meldung jedoch konnte ich nicht verzichten."

,,So vieles könnte man melden", seufzte ich, als wollte ich ihn anheizen.

,,Ich bin kein Superpedant", sagte Erich und zerdrückte beinahe sein Glas.

,,Man müßte die lärmenden Hausmeister melden, die von den stillen Hausherren heimtückisch zum Schreien angeheuert werden, die Krüppel, die sich vor uns entblößen und uns den Appetit verderben. Soll ich fortsetzen?"

,,Nein. Ich kenne diese Aufzählung. Einmal wollte ich auch mein Gewissen auf diese Art beruhigen. Mit den Begriffen der Unendlichkeit und Unentwegtheit habe ich auch experimentiert. Diese sind dafür sehr geeignet, daß man sich mit gar nichts ernst beschäftigen muß: wir sterben ja alle, das Meer ist größer als der Bach, der Berg ist hoch, aber der Himmel noch höher. Wir können uns aber noch so betrügen" — er hob seine Stimme — „diesen Täuschungsslogan brauchen wir für das Bemühen, die Ordnung unseres alltäglichen Lebens aufrecht zu erhalten."

„Einverstanden. Deshalb ist es wichtig, daß Sie die Meldung zurückziehen."

„Egal, ob sie wahr ist, oder nicht?"

„So oder so."

„Gut, ich ziehe zurück", sagte Erich vollkommen unerwartet. „Ich ziehe sie zurück, vorausgesetzt, Sie glauben, jede ihrer Zeilen ist wahr."

„Abgemacht", reichte ich ihm die Hand.

„Moment, nicht so. Das wäre eine voreilige Einigung. Sie müssen mich von Ihrem Glauben überzeugen."

„Alles Mögliche kann passieren", murmelte ich ausweichend.

„Sie meinen hier, in unserer geordneten Welt?"

„Warum nicht?"

„Glauben Sie mir, daß ich die Reise unternahm?"

„Es ist nichts Unglaubliches daran."

„Natürlich nicht. Fast jedes Reisebüro bietet sie an. Trotzdem war ich vorsichtig. Als ich die Meldung vorbereitete, stützte ich mich dabei nicht nur auf die vorhandenen Reiseprospekte, sogenannte Kartenpreise, ich fixierte ganz genau, wo wir mit Ilona wegfuhren und wo wir ankamen: die Hotels, die Restaurants, die Stationen ..."

„Ich habe es gelesen ..."

„Nun glauben Sie mir, daß wir auf diese Weise zu dem Ort am Meer gelangt sind, den ich als letzte Station unserer Reise angegeben hatte?"

„Wenn ich mich recht erinnere, haben Sie sogar die Zahl der Serpentinen aufgezählt, die zum Tor der Felsenstadt geführt haben."

„Ja, ich kenne nämlich unsere Bürokratie. Eine kleine äußerliche Unzulänglichkeit genügt und sie beschäftigt sich nicht mehr mit dem Wesentlichen der Mitteilung."

„Ich bin nicht so schikanös. Ich glaube ja, daß Sie dorthin gefahren sind."

„Mit Ilona."

,,Ilona kenne ich nicht, aber wenn Sie es behaupten ..."
,,Ich behaupte nichts. Glauben Sie mir?"
,,Es war abgemacht."
,,Man kann kein Vertrauen im voraus zusagen."
,,Warum denn nicht?"
,,Weil ich damit nicht zufrieden bin. Später wird es sich sowieso herausstellen, ob Sie mich mit Ihrem Vertrauen hineinlegen wollten, oder ob sie mir wirklich glauben. Wo sind wir stehengeblieben? Ah ja, beim Stadttor. Darüber hing eine Werbetafel mit cyrillischen und arabischen Buchstaben: Exkursion-Werbebüro. Es klang seltsam, aber wir sind trotzdem eingetreten. Ilona ging voran, daran kann ich mich genau erinnern. Uns gegenüber erstreckte sich eine hohe graue Mauer, nirgends ein Fenster, nur ein schmales Tor. Viel schmäler als das vorige, das hinter uns donnernd zufiel. Vor der Mauer ein schlackiges Terrain voll von Menschen, Tausende von Menschen, ihre Zahl konnte man nur annähernd abschätzen. Es waren welche in sportlicher Kleidung, die Trainingsanzüge mit verschiedenen Abzeichen geschmückt. Die Uniformierten haben sie beiseite geführt. Die anderen wurden in die Richtung des Tores getrieben ..."
,,Ich will Sie nicht unterbrechen, aber was verstehen Sie unter ,,Anderen"? Um eine Menschenmenge vorzustellen, genügen die Worte ,,viele Leute" nicht. Ich muß mir darunter Kleider, Gesichtsfarben, behaarte und glatte Gesichter vorstellen, diese verwischen sich dann zu Händen, Köpfen, Armen, das geschieht aber erst später. Zuerst wird ausgesucht, klassifiziert und gewogen: es gibt die Nahestehenden und die weit Herumstehenden, so wie Sie es vorhin mit den Sportleuten gemeint haben. Apropos, was ist mit denen geschehen? In der Meldung kommen sie nicht mehr vor."
Erich schaute mich ganz verloren an.
,,Über viele Details kann ich wirklich keine Rechenschaft ablegen."
,,Das überrascht mich nicht. Vergessen Sie es. Der Traum und die Fantasie des Menschen sind verschwom-

men. Die Wirklichkeit dagegen besteht immer aus winzigen Details."

„Mit anderen Worten; dieses gewisse Vertrauen ist bereits verdunstet?"

„Oh nein", sagte ich. „Dem Traum und der Fantasie kann man auch Glauben schenken. Sie besitzen manchmal sogar mehr Suggestion als die Wahrheit."

„Ich habe nur die Wahrheit gemeldet", fuhr Erich auf. „Ilona und die anderen sind nicht durch Traum oder Fantasie in die Tiefe gestürzt."

„Sondern", sagte ich naiv und nahm aus der Fußballmannschaft einen ganz flach geschliffenen Knopf in die Hand.

„Der war in meiner B-Mannschaft Mittelstürmer", sagte Erich. „Die Uniformierten waren die Mörder. Sie trieben uns in die Richtung des Tores, das brauche ich wohl nicht mehr zu wiederholen."

„Hinter der Mauer folgte gleich die Schlucht?"

„Ja, eine vollkommen steile Felsenmauer, bis ins Meer herunter."

„Und es geschah alles plötzlich, während Sie sich auf dem Platz aufhielten? Nichts deutete auf das herankommende Ereignis?"

„Sie sind auf mein Vorgefühl neugierig? Es genügt mir, wenn Sie sich mit den erzählten Fakten begnügen."

„Schauen Sie, Erich, ich war bereit, alles mit Haut und Haar zu glauben, was in der Meldung steht, Sie waren damit nicht zufrieden. Ich hätte einen Vorschlag; versuchen Sie kurz zusammenzufassen, was ich glauben soll."

„In Ordnung", sagte Erich und warf sich im Sessel mit Lederrückenlehne zurück. „Glauben Sie mir, daß man von dieser am Felsen gebauten Stadt, von der Mauer herab die Leute in Blechsäcke gestoßen hat? Diese Säcke reichten bis zum Meer. Später warf man Kalk, Erde und Stein auf die aufeinanderliegenden Leichen. Ilona war unter ihnen. Ilona, die ich geliebt habe."

„Das ist alles?" fragte ich mit gleichgültiger Stimme.

„Ja, alles. Und das ist jetzt geschehen, heutzutage, wo

wir so viel über Menschenliebe, Fortschritt, über das allgemeine Wohl quatschen."

,,Aber was glauben Sie, warum hat man diese Menschen hinuntergestürzt?"

,,Ändert es etwas an der Grausamkeit des Vorfalles?"

,,Ich suche immer nach Erklärungen. Ich glaube, es hat alles eine Ursache, unsere Geburt vielleicht auch."

,,Wenn ich Ihnen sage, daß die Leute deshalb dort landeten, um das Ufer zu verbreiten, weil es nicht genug Steine, Erde, Kalk und andere Baumaterialien gab, daß das Menschenfleisch deshalb gebraucht wurde, — sind Sie dann zufrieden?"

,,Zufrieden bin ich nicht, aber schließlich ist es ja Ihre Meldung gewesen und nicht meine. Eine Frage hätte ich noch: wieso ist es möglich, daß allein Sie entkommen sind?"

,,Diese Frage kenne ich. Der Polizeichef hatte sie mir oft genug gestellt, anstatt die Liste der Toten aufzustellen."

,,Na gut, lassen wir es also."

,,Sie mißverstehen mich. Ich will Ihnen jede Frage beantworten. Ich fühle mich verpflichtet, alles aufzudecken. Sie haben mich gefragt, wie ich entkommen bin und warum gerade ich. Der Zufall muß dabei eine große Rolle gespielt haben. Zuvor hat mir jemand meinen Rucksack heruntergerissen. Ich suchte nach ihm und blieb zurück. Als ich wieder zur Mauer kam, waren wir nur noch wenige. Ilona habe ich verloren, nur noch ihren Aufschrei konnte ich hören. Die Reflektoren sind ausgeschaltet worden ..."

,,Gut, gut", warf ich ungeduldig ein. ,,Die Fortsetzung kenne ich. Als man Sie in die Tiefe stieß, konnten Sie sich an der Kante eines, wie nannten Sie es? — Blechsackes — festhalten. Sie hingen dort bis zum frühen Morgen, dann kletterten Sie bis ans Meeresufer hinunter. Dort wurden Sie von einem Fischerboot aufgelesen. War es so?"

,,Ja. Glauben Sie mir?"

,,Warum sollte ich es nicht?" Ich versuchte, ein gemütliches Gesicht zu schneiden, aber als ich Erichs zusammenzuckende Augenbrauen sah, gab ich es auf. ,,Warum sollte ich es nicht glauben?" wiederholte ich bockig. ,,Was für einen Vorteil hätte ich davon, wenn ich Ihnen nicht glaubte? Und was hätten Sie davon? Wenn Sie diese verdammte Meldung nicht zurückziehen, wird man Sie früher oder später in eine geschlossene Anstalt sperren."

,,Dort bleibt mir auch noch die Hoffnung ..."

,,Was für eine Hoffnung?"

,,Daß ich einen Pfleger von der Wahrheit meiner Meldung überzeugen kann ..."

,, An Ihrer Stelle wäre ich nicht so optimistisch. Die meisten Leute glauben an gar nichts, höchstens an ihre eigene Unsterblichkeit."

,,Das ist falsch. Nicht daran muß man glauben, sondern an die Mission. Der Mensch ist nicht für sich selbst auf der Welt."

,,Glauben wir daran", stellte ich fest.

,,Schwören Sie, daß Sie daran glauben. Schwören Sie in Gott unbefleckten Mutter Gottes Mariae, allen Heiligen und Auserwöhlten Gottes, so wie das der ,,Vormund" tat."

,,So macht man es?" fragte ich und streckte zwei Finger in die Höhe. ,,Jetzt steht nichts mehr im Wege, daß Sie die Meldung zurückziehen. Oder reicht das noch immer nicht?"

,,Doch. Das ist genug", artikulierte Erich langsam. ,,Gott sei mit Ihnen." Er hob sich müde und langsam vom Sessel. Ich begleitete ihn zur Tür.

,,Sie können die Fußballmannschaften behalten. Die A- und B-Mannschaften, alle. Als Erinnerung an mich."

Das war unsere letzte Begegnung. Irgendwie fühlte ich auch die letzte Gelegenheit, ihm noch etwas zu sagen, während wir an der Tür herumstanden.

Von wem habe ich eigentlich seinen Tod erfahren? Die Zeitungen haben darüber nicht berichtet, der Rundfunk nicht. Jedenfalls wußte ich es schon, als der Polizeichef mich anrief. Er war voller Dankbarkeit und Liebenswürdigkeit.

„Ich habe geahnt, daß es Ihnen gelingen wird", sagte er mit voller Zufriedenheit ins Telefon.

„Ja", sagte ich, „Erich ist es auch gelungen. Er konnte aus dem Fenster springen, trotz der Bewachung auf Schritt und Tritt."

„Aber bevor er es tat, hat er die Meldung zurückgezogen", sagte der Polizeichef begeistert. „In der letzten Minute. Ist das nicht herrlich?"

„Herrlich", sagte ich und ließ den Hörer fallen.

Seitdem war ich zweimal bei ihm. Ich hätte gern mit ihm über Erich gesprochen, aber die Umstände haben mich daran gehindert. Am meisten hat mich die Beleuchtung gestört. Ich habe fortwährend die Kerzenlichter gesucht, die damals Erichs Gesicht beleuchteten. Diesmal brannten Luster bei dem Hausherrn. Das nahm mir die Lust, ein Geständnis abzulegen. Und jetzt habe ich keine Zeit, ich muß die Meldung vorbereiten. Darüber unterhalte ich mich natürlich nur mit den Mitgliedern der Knopffußballmannschaft. Laut getraue ich es nicht auszusprechen, damit niemand meinen Plan durchkreuzen oder mit abwehrender Belehrung abwinken kann: der Schwur des „Vormundes" verpflichte heutzutage niemanden mehr.

Minervas Eulen

Weder zum Düngen von Hegels Andenken noch von irgendeinem anderen …

Als Johny Kay in jenen inneren Hof geriet, der an allen vier Seiten von hohen, gelben Mauern umgeben war — freilich sind alle inneren Höfe so ummauert, oder ist auch das nur eine voreilige Annahme? —, nieselte der Regen sanft in den himmelwärts aufgesperrten Mund des morgendlichen Halbdunkels. Ja, das Licht verbreitete sich zweifellos von unten her, denn es war noch vollkommen dunkel. Man konnte auch die Wächter nicht sehen, die in einem der obersten Zwischenräume hausten, die die Mauern in Stockwerken teilten. Erst später konnte man wahrnehmen, daß es nur sechs waren, die mit stechendem Blick in den Abgrund des Hofes hinunterspähten: vier Engel und zwei Ochsen, die im Türkensitz hockten.

Johny Kay nahm auch jetzt keine Notiz von ihnen. Er grenzte sich sogar von seinem eigenen Namen ab und hielt sich streng daran, nur einer unter den anderen zu sein. Daran konnte er sich schon deshalb klammern, weil er genauso im Matsch herumrannte wie die anderen kahlgeschorenen Männer und Frauen, die das Gewebe ihrer bunten Fetzen nicht gewand-, sondern zeltähnlich umriß, so daß ihre Nacktheit hier und dort herausschlüpfte. Manchmal berührte er seinen kahlen Kopf und spürte, daß die Hand feucht wurde, wahrscheinlich hatten auch die anderen beim Streicheln ihre Köpfe feuchte Hände.

An einen Namen hätte man sich nicht so anklammern können. Ein Name ist etwas viel Unwirklicheres, als kollerte er von einer Waschpulver- oder Mundwasserreklame herunter; die abgeblätterten Buchstaben fügten sich vor seinen Zehen plötzlich wieder zusammen, eigentlich nur, um ihnen einen Tritt versetzen zu können. J. K. spielte eine Zeitlang damit herum, den Buchstaben, die seinen Namen bildeten, Tritte zu versetzen. Diese Beschäftigung erzeugte plumpsende Töne, als hätten seine Stiefel einen Sack berührt, der mit einem leichten Material vollgestopft war. Die kahlen Kameraden schwangen ihre Beine hin und her, doch sie versetzten Tritte den Leichen, die auf dem Boden ausgestreckt lagen. J. K. wich den Toten aus. Sogar sich selber gegenüber bewahrte er Distanz, indem er die Ansprache in dritter Person niemals mit irgendeiner schulterklopfenden Zutraulichkeit verschandelte.

„Schauen Sie", sagte er, „Sie werden diesen dreckigen Leichen niemals Tritte verpassen, nicht weil in der Reinheit etwas steckt, was man aufbewahren könnte und auch nicht, weil die Wächter, von denen man ohnedies nichts sieht, aufpassen. Überhaupt nicht deswegen."

Inzwischen wurde es immer heller, und dadurch wurde die Düsterkeit des mit Leichen und Exkrementen bedeckten Hofes, so ihn jemand begutachten wollte, immer augenfälliger. Doch niemand beachtete den Hof. Auch nicht die Wächter, deren Blicke nur den Bewegungen der Gestalten folgten, die in eine Richtung rannten. Die Engel strengten schielend ihre Augen an, um ein Kettenglied des Kreises in Evidenz zu halten. Der eine Ochse wischte seine Augengläser und summte das Weihnachtslied „Ihr Kinderlein, kommet" vor sich hin. Von unten konnte man das nicht so klar ausnehmen, die Melodie erinnerte an das schleimige Eiweiß, das aus der gesprungenen Eierschale der Zeit hervorsickerte; es tropfte auf einen der anderen hinunter und auch auf die klebrigen, kurzen Borstenhaare von J. K.

„Ihr Kinderlein, kommet, ihr Kinderlein, kommet", auch das war ein Text, dem man Tritte versetzen mußte, schade, daß er hoch oben schwebte und nicht vor seine Füße fiel. J. K. machte eine ausholende Armbewegung, um ihn zu verscheuchen.

Merkwürdig, es gibt eine glänzende Glaskugel, sie zerspringt und rollt weg. Jemand in kurzen Hosen, mit dünnen Beinen jagt ihr nach. Dann schups, die Kugel fällt in eine Pfütze, in die Pferde uriniert hatten, so kann man sie nicht mehr herausfischen. Na, wenn schon! Ein größeres Übel ist, daß der Hintern der Menschen brennt, zu viel Greueltaten haben sich daraufgeklebt, man kann nicht mehr heraustasten, wo die Haut und wo die Unterwäsche ist, die Fäulnis hat sich vermischt. Das ist unangenehm, auch der Hunger. Mit stumpfgenagten Nägeln ist es schwer, irgend etwas zu kratzen. Die Wächter haben sicher schön manikürte Hände. Auch die Ochsen. Vielleicht, weil sie hoch oben leben. Nur die Eulen leben noch höher. Diese freilich schlafen zu dieser Tageszeit. Sie nehmen von J. K. und den anderen keine Notiz. Oder zählen sie im Traum bereits ihre Beute? Das ist kaum anzunehmen.

„Die Eulen, die Eulen!" J. K. wußte nicht, ob er das gebrüllt oder geflüstert hatte. Ändert jedoch die Lautstärke auch nur irgend etwas an der Ansprache? Kaum. Sie fügt etwas hinzu, Liebe, Angst, Leidenschaft. Was? Leidenschaft.

„Verstehen Sie das?" fragte J. K., als wäre er einer unter den anderen. Er zuckte mit der Schulter, verstand nicht. Auch der Hof verstand ihn nicht und hüllte sich in Schweigen; nur der Chor der mit Tritten traktierten plumpsenden Leichen hallte wider. Es nieselte noch immer, J. K. fühlte es nicht, nur wenn er einen Gedanken mit einem Kopfstoß hinter sich zu bringen versuchte, da richtete er sich auf, und ein Regentropfen oder der Speichel von „Ihr Kinderlein, kommet" tropfte und benetzte wohltuend seine rissigen Lippen. Er wieherte. Aber nicht darüber. Eine noch undefinierbare Ahnung ließ das Gewieher in seinem Mund gurgeln. Er fürchtete, daß er — wenn es hervorbrach — traurig wurde. Deshalb behielt er es einstweilen für sich, seine Backenknochen zuckten hie und da vor Anstrengung.

„Und die Eulen, die Eulen", wiederholte er, „doch die schlafen ja." Kaum hatte er es hervorgebracht, als er draufkam, worin er sich verwickelt hatte. „Wie Lämmer hat man uns geschoren", skandierte er vorsichtig. Das aber war von der Seite der Wächter nicht sehr aufmerksam den Eulen gegenüber. Die Eulen brauchen das Fell und die Federn, denn ohne sie sind sie nicht fähig, die Kadaver zu verdauen, gewiß nicht!

Er richtete sich auf und beschleunigte die Schritte. Auch die anderen gingen schneller. Eine nur aus Haut und Knochen bestehende Frau lief an der Spitze; sie ging manchmal in die Hocke, als verrichtete sie ihre Notdurft. Bei dieser Bewegung schüttelte sie sich jedesmal, hob hastig die Hand vor die Augen, ihre verdorrte Brust schlüpfte aus der Bluse hervor. J. K. überlegte, in welcher Richtung sie sich wohl fortbewegten, dem Süden oder dem Norden zu. Zwischen den beiden Richtungen bestand zweifellos ein großer Unterschied. Gegen Süden werden die Fledermäuse immer größer. Merkwürdig, am Ende verwandeln sie sich in fliegende Hunde. Und zählt das etwas? Nein, auch das zählt nicht.

Das einzige von Bedeutung war dieses Rundherum-Rennen, diese monotone, bis zur Auflösung dauernde Ewigkeit. Das andere, die Himmelsrichtungen, das „Ihr Kinderlein, Kommet", na, und die Glaskugel, das war nur das Vorgepiepse des Ganzen. Er sah, wie einige von den Leichen, denen sie vorhin noch unbändige Tritte versetzt hatten, in die Knie fielen. Scheinbar waren sie müde geworden. Das war alles. Sein Körper glühte, der lauwarme Matsch kitzelte seine Sohle.

„Hüh", rief er, „hüh", und er lief der mageren Frau nach. Er befürchtete, daß sie, wenn er sie nicht rechtzeitig ereilte, zusammenbrach.

„Hüh, auch Sie?" schrie er sie an, als er schon unmittelbar hinter ihrem Rücken schnaufte.

„Auch ich", antwortete die Frau keuchend.

„Noch nicht, bloß nicht", schrie sie J. K. an. „Laufen wir noch ein bißchen."

„Wie lange?" fragte die Frau.

„Bis die Dämmerung hereinfällt."

Dann wurde es Abend. Minervas Eulen flogen mit langsamer Würde auf.

Das gelbe Haus

Seit Wochen zeichne ich das *Haus.* Ich muß mich beeilen, aber die Einzelheiten halten mich immer wieder auf. Es kommt auch vor, daß ich hungrig bin, da geht die Arbeit nicht so von der Hand wie sonst. Nicht daß ich keine Inspiration hätte, im Gegenteil: wenn in meinem Magen die Leere zu schreien beginnt, füllt sich plötzlich mein Kopf mit Bildern, sogar mit verschiedenen auf einmal, und es ist schwierig zu wählen. Am meisten macht mir die Tür des *Hauses* zu schaffen. Wenn ich die Tür zeichne, kann man nicht sehen, was dahinter ist. Trotzdem ist eine Tür notwendig und auch ein Dach. Das Dach kann man freilich abmontieren. Würde Bubu es abnehmen und hineinschauen, so wäre sie erstaunt. Aber sie schaut nicht hinein. Es kommt vor, daß ich sie tagelang nicht sehe. Wenn sie erscheint, ist ihre Miene zuckersüß. Sie küßt flüchtig meine Stirne und läuft schon davon; im Weggehen ruft sie noch zurück:

„Zeichnest du noch immer das Haus?"

Ich antworte ihr gar nicht, Bubu ist so elegant, daß meine Worte sie zerknittern würden. Wenn sie schon fort ist, möchte ich sie zurückhalten, aber das kostet viel Mühe, und ich kann meine Energie nicht vergeuden, ich muß meine ganze Kraft für die Fertigstellung des *Hauses* aufwenden. Wenn ich schon vollkommen erschöpft bin, verlange ich von Maria etwas Milch. Maria ist meine Mutter, daran kann ich mich genau erinnern, obwohl sich ihr Gesicht ständig verändert. Sie hat keine Zähne und stößt beim Sprechen häßlich an. Meistens verpetzt sie Bubu:

„Schon wieder geht sie strabanzen", seufzte sie.

Laut Maria ist nämlich Bubu meine Frau, und Bubu müßte mit mir zu Hause sitzen. Aber auch sie kümmert sich nicht um mein *Haus,* und das ist gut so, wenigstens muß ich mich nicht rechtfertigen. Die Lösungen sind ohnehin nicht endgültig, und gewisse Dinge verstehe ich selber nicht. Das hängt davon ab, ob ich Bubu für gut oder für schlecht halte. Ich kann aber in dieser Frage niemanden um Rat bitten. Marias Meinung kenne ich viel zu gut, und außer ihr gibt es nur einen bärtigen Mann, mit dem ich reden könnte; er ähnelt ein wenig dem Arzt, ist aber eher ein Gemälde. Er hängt an der Wand, gerade mir gegenüber. Ich erinnere mich an die Zeit, da man ihn noch nicht dorthin gehängt hatte, da ist er noch auf seinen eigenen Füßen gegangen und hat graue Flanellanzüge getragen. Damals haben wir miteinander nicht über Bubu geredet. Er hat sich noch vor Bubus Erscheinen in ein Gemälde verwandelt. Daher sagt er, wenn ich ihn über Bubu ausfrage, gar nichts.

Das, und auch die Stille, erschweren mir ausgiebig das Bauen des *Hauses*. Die Stille macht die Bewegungen taub. Ich muß das Radio sehr laut aufdrehen. Die brüllenden, wimmernden Musiktöne regen mich immer zur Arbeit an. Es steckt in ihnen etwas wie ein antreibender Knall, gegen den muß man sich wehren und Konturen ziehen, hinter denen man sich dann verstecken kann. Dadurch wird die Gefahr rund und sie bekommt keine dreieckige Stirne.

Noch bevor ich mit dem Zeichnen des *Hauses* begonnen hatte, saß ich im Badezimmer und dachte über Bubu nach. Drinnen in der Wohnung war ein fürchterliches Geschrei, Bubu und Maria rauften miteinander. Dann kam auch der Hausmeister herauf, und sie brachen die Badezimmertür auf. In der großen Eile konnte ich nicht einmal die Hose anziehen, und das war so lächerlich. Da faßte ich den endgültigen Entschluß, Mauern zu errichten, durch welche der Hausmeister nicht hereinkommen konnte.

Zuerst beschloß ich; es wird ein ganz kleines Haus sein, das schützt gut, niemand hat darin Platz. Wenn aber ich hineinschlüpfen will, blase ich es auf wie einen Luftballon. Nur daß sich die Maße später gegen mich selber richteten. Im Grundriß eines einzigen Karos des karierten Heftes hatte nichts Wesentliches Platz. Ich konnte es auch nicht in Stockwerke unterteilen. Ohne Stockwerke aber kann man nichts anfangen. Auch in Dantes Komödie sind die Stockwerke wichtig; es gibt eine Hölle, ein Purgatorium und einen Himmel. Auch mein Haus kann diese Dreiteilung nicht entbehren. Es braucht einen *Keller*, das ist die Vergangenheit, eine neue Fläche, zumindest so groß wie ein Karo; das vorhandene *Erdgeschoß* ist die Gegenwart, und die Zukunft, das *Dach*, muß man aufstellen, und wo bleibt die Einrichtung? In jedem Stockwerk braucht man eine Bubu, eine Maria und auch ein Gemälde, das früher in grauen Flanellanzügen herumgegangen ist und einen Bart trägt wie der Arzt. Wenn ich alle drei in das Karo stelle, bleibe gerade ich draußen, der Hausmeister wird kommen und mir die Badezimmertür an den Kopf knallen.

Neuestens baue ich das *Haus* bereits auf vier zusammengeklebten Zeichenblättern. Im *Erdgeschoß* macht mir nur mehr die Tür zu schaffen. Die Tür verdeckt die Ereignisse, aber an ihren beiden Seiten kann ich meine Figuren aufstellen. Wichtig ist, daß keine von ihnen mit den Füßen den Boden berührt, auch nicht das Gemälde. So schweben auch Dantes Seelen, und die Gegenwart ist tatsächlich voller Bewegung. Deshalb kann man nichts von ihr verstehen.

Bubu fragt: „Zeichnest du noch immer?"

Maria: „Bubu geht noch immer strabanzen."

Das Gemälde: sagt nichts.

Das wiederholt sich von früh bis abends, aber keiner hält ein, nicht einmal für einen Augenblick, sie fallen einander ins Wort, auch die Stille des Gemäldes kreischt mitten hinein, sie springen auf den Zehenspitzen vom Boden hoch, sie schweben. Nur die Zukunft und die Vergangenheit sind regungslos, ich habe ganz bestimmte Vorstellungen von ihnen. Wenn das Schweben der Gegenwart nicht wäre, könnte nichts ihr Gleichgewicht stören.

Da ist zum Beispiel der *Keller*, es ist ganz einfach seine Fläche auszufüllen. In der Mitte brennt der Reisighaufen, um den herum wir unsere Hände wärmen. Alle sitzen wir nackt da, Maria, Bubu, ich und auch das Gemälde. Wir sind kürzlich mit dem Raumschiff von einem Stern gekommen, dessen Namen wir vergessen haben, wir haben auch vergessen, daß wir mit dem Raumschiff gekommen sind, nur der Schrecken der Flucht lebt in uns, wir mußten durch enge Höhlen kriechen, die sich immer mehr verengten, und während dieses langen Kriechens schälte sich das Gedächtnis von uns ab. Wir spüren nur den Geruch voneinander. Wir sitzen bewegungslos da. Wenn wir uns bewegten, stritten und schliefen wir miteinander. Aber da fiele das Bild sogleich um, und der *Keller* stellte sich auf den Kopf. Man könnte die Wärme des Feuers und den Geruch voneinander nicht mehr so gut fühlen. Auch Bubu fiele aus dem Bild und es stellte sich heraus, daß sie mit einem anderen Raumschiff gekommen ist, oder daß sie in einer Höhle gelauscht und dort auf uns gewartet hat. Das aber würde bereits die Ruhe und den Zauber des *Kellers* verletzen. Den *Keller* kann man ohnehin nicht verlassen, weder eine Treppe noch ein Ausgang führt zum *Erdgeschoß*, von wo man die alarmierende Bewegung hört, doch sie fällt in die Flamme des Feuers und verbrennt.

Maria hat freilich den *Keller* schon vergessen, sie zieht sich nie vor mir aus, obwohl wir damals nackt nebeneinander gesessen sind. Bubu hat sich früher noch ausgezogen, aber jetzt tut sie es auch nicht mehr. Sie schläft in ihrem eigenen Zimmer und sperrt die Tür ab. Das Gemälde habe ich nie nackt gesehen, nur manchmal hat er vor mir den Schlitz geöffnet, wenn wir auf einem Ausflug gewesen sind und nebeneinander uriniert haben. Mehr war von unserer Nacktheit nicht geblieben. Wenn sie einmal sterben, werde ich sie alle ausziehen. Das Gemälde leider nicht, er hat darauf gar keine Hose, er hat nur bis zur Mitte im Rahmen Platz. Einmal habe ich versucht, was von ihm fehlt, auf die Wand zu malen. Maria begann fürchterlich zu stöhnen, Bubu wieherte, dann ließen sie die Wand neu streichen. Im übrigen benahmen sie sich, als gäbe es keinen *Keller*.

Bubu fragt: „Zeichnest du noch immer?"

Maria: „Bubu geht noch immer strabanzen."

Das Gemälde: sagt nichts.

Aber mich können sie nicht in die Irre führen. Wir saßen nackt ums Feuer und beschnüffelten einander. Die alamierende Bewegung vom *Erdgeschoß* fällt ins Feuer und verbrennt. Auch der Knall. Vom *Keller* aus kann man gar nicht erfahren, was geknallt hat. Alles ist ohnehin so unwahrscheinlich. Das Gemälde nimmt eine Spielzeugpistole in die Hand, stellt sich vor den Spiegel, setzt sie an die Schläfe und drückt auf den Hahn, die Spielzeugpistole kracht schauerlich, noch lauter als damals, als der Hausmeister die Badezimmertür aufgebrochen hatte, oder zumindest ebenso laut. Das Gemälde röchelt und blutet, sein Gehirn spritzt auf den Spiegel. Maria verkauft später seine Flanellanzüge.

„Einige Groschen hab' ich für sie bekommen", klagt Maria, und man weiß nicht, ob sie das Gemälde oder die Anzüge bedauert. Man müßte ihr den Spielzeugrevolver zum Ausprobieren geben, ebenso auch Bubu. Es wird nicht weh tun, nur ein Knall. Wenn das Experiment gelingt, kann ich beide ins *Dach* bringen.

Das *Dach* habe ich übrigens nach dem neuesten amerikanischen Prospekt eingerichtet. Ich habe die Gebrauchsanweisung Wort für Wort auswendig gelernt. Nach dem Knall muß man vor allem auf die Geschwindigkeit achten. Längstens in drei bis sieben Minuten muß man mit der Konservierung des Toten beginnen. Man muß sofort die Luft auspumpen. Man muß das ganze Blut abzapfen und es mit irgendeinem chemischen Gefriermittel vermischen. Das präparierte Blut muß man wieder in den Körper einspritzen, der dann sofort auszukühlen beginnt. Dann lege ich Maria und Bubu in den tiefgekühlten Sarg, der in Aluminiumfolie gewickelt ist; die Temperatur des Sarges senke ich mit Hilfe des flüssigen Stickstoffs auf -190°. Nur was ich mit dem Gemälde anfangen soll, weiß ich nicht, und ich müßte mich auch um meine eigene Leiche kümmern. Das Endziel ist, daß alle vier Aluminiumröhren nebeneinander kommen. Das füllt die ganze Fläche des *Daches* aus, und wenn ich das alles geregelt habe, wird das niederträchtige Schweben des *Erdgeschosses* aufhören. Das *Dach* wird so bewegungslos werden wie der *Keller*. Jedoch vom *Erdgeschoß* aus gesehen rumort es sowohl im *Dach* wie im *Keller*, und das ganze ist so, als wären Mäuse auf den Dachboden geraten. Gespensterspuk der Mäuse! Mir graust vor Mäusen. Vom *Erdgeschoß* aus gesehen läuft alles hin und her. Es kommt sogar vor, daß Bubu oder Maria, die nackt um das Feuer herumsitzen, mit einer brennenden Reisigfackel auf das *Dach* hinauflaufen. Natürlich zergehen in der Hitze die Aluminiumröhren und Bubu und Maria schweben verdoppelt auf das *Erdgeschoß* herunter, und alles beginnt von vorne, und wenn ich daran denke, bekomme ich sofort Kopfweh. Und nicht nur davon bekomme ich Kopfweh, auch die finanziellen Sorgen quälen mich. Ich weiß nicht, woher ich das Geld nehmen werde. Ein einziger Sarg kann auch zehn- bis zwölftausend Dollar kosten.

Marias und Bubus Beziehung zum Geld ist vollkommen lächerlich.

Zuerst versuchte ich es bei Maria, Maria verwies mich sogleich an Bubu.

„Bubu geht ständig strabanzen, sogar unter ihrer Haut steckt Geld."

Als ich von Bubu Geld verlangte, schaute sie mich groß an, aber trotzdem fragte sie mich, wieviel ich brauche. Ich sagte es ihr: genau achtundvierzigtausend Dollar. Sie schnitt eine häßliche Grimasse und lachte gemein. Dann fuchtelte sie herum und sang einen albernen Schlager:

„Drei Pengö für'nen Platz
Dafür geht's nicht, Schatz ..."

Ich erklärte ihr, daß ich das Geld für keine Geliebte sondern für die Särge brauche, daß ich auch an sie gedacht habe, auch ihr ließ ich einen machen. Da schlug sie die Hände zusammen und brüllte Maria an:

„Ja, hab' ich es nicht gesagt ... Von nun an übernehme ich keine Verantwortung mehr, wenn du ihn nicht fortbringen läßt, geh ich selber und veranlasse es."

Auch Maria brach in ein fürchterliches Geschrei aus. Sie sprachen von mir, aber so, als wäre ich gar nicht da. Ich gab auf ihre Worte bewußt nicht acht, um ihre Lage nicht zu erschweren. Ich versuchte lieber, das Gleichgewicht des *Daches* und des *Kellers* wieder herzustellen. Als sie des Streitens müde waren, fragte Bubu:

„Du zeichnest noch immer?"

Maria: „Bubu geht ständig strabanzen."

Das Gemälde: sagt nichts.

Damit bin ich auf das Erdgeschoß zurückgekommen, dort war die größte Unordnung. Was immer ich auch suchte, nichts fand ich an seinem Platz. Vom vielen vergeblichen Suchen war ich erschöpft, endlich kam unter den alten Zeitschriften die *Göttliche Komödie* zum Vorschein. Obwohl ich sie gar nicht suchte. Aber ich verlor mich so, daß ich darin blätterte:

„Als unseres Lebens Mitte ich erklommen,
Befand ich mich in einem dunklen Wald ..."

Ja, das ist wahr, anscheinend ergeht es jedem so. Über das Tor des *Erdgeschosses* schrieb ich mit Blockbuchstaben:

„Die ihr hier eintretet, laßt jede Hoffnung fahren."

Die Inschrift konnte man nur von außen lesen. Das war gut. Das schreckte ab. Von innen aber sah man die Inschrift nicht, und die, die dort schwebten, nahmen ohnehin den Platz zwischen dem *Keller* und dem *Dach* ein, und dieser zweifache Frieden stumpfte die Armseligkeit der Bewegung ab. Wehe denen, die sich bewegen! Auf meinem Schreibtisch kroch eine Ameise. Ich holte meinen Pantoffel und schlug die Ameise tot. Es blitzte mir durchs Hirn, daß ich auch den Ameisenkadaver in das *Dach* bringen müsse, das aber bedeutete neuerdings zwölftausend Dollar. So ließ ich ihn lieber im *Erdgeschoß*.

Wegend des Todes der Ameise hatte ich immerhin ein wenig Gewissensbisse. Als ich sie näher betrachtete, erinnerte sie mich an eine Kröte. Ich hatte diese Kröte als kleiner Bub mit einem halben Ziegelstein totgequetscht. Der Tod der Tiere ist noch viel grauenvoller als der der Menschen. Sie kommen unwissend ums Leben, ohne zu ahnen, das es ein *Dach* und einen *Keller* gibt. Die Käfer bewegen auch noch mit abgerissenem Kopf die Fühler und die Beine, statt sich sofort im Frieden des *Daches* auszustrecken. Der Ameise konnte ich trotzdem nicht helfen. Ich hatte keinen freien Rohrsarg. Ich tröstete mich damit, daß die Ägypter nur Auserwählten Pyramiden errichteten. Meine Auserwählten sind: Bubu, Maria und das Gemälde. Mit ihnen bin ich im Raumschiff angekommen, wahrscheinlich sind wir schon immer beisammen gewesen, und wenn sich einer von uns losriß, verlor alles seinen Sinn. Die Unordnung des *Erdgeschosses* entspringt auch dieser Angst. Eigentlich begann sie schon damals, als sich das Gemälde mit dem Spielzeugrevolver in der Hand vor den Spiegel stellte. Damals schien es eine Zeitlang so, als hätte er uns treulos verlassen, aber jetzt hängt er dort an der Wand, und wenn er auch nichts sagt, kann man doch zu ihm sprechen. Wenn ich ihm glaubhaft machen könnte, daß im *Keller* auch Bubu mit am Feuer gesessen ist, hätte ich das wichtigste Hindernis beseitigt. Maria wäre auch nachher eigensinnig gewesen, aber das gehört zu ihrer Natur. Was immer ich über Bubu sage, sie reitet immer auf der gleichen Sache herum:

„Bubu geht ständig strabanzen."

„Das Gemälde meint, Bubu geht nicht strabanzen, das Gemälde weiß, daß Bubu gut ist."

Maria würde ihre Hände in die Hüften stemmen:

„Aber dein armer Vater hat dieses Frauenzimmer ja gar nicht gekannt."

Am klügsten wäre es, Maria und Bubu in einen gemeinsamen Sarg zu legen, das wäre billiger und auch nützlicher. Bubus Güte und Schlechtigkeit und Marias Güte und Schlechtigkeit kann ich nur als Einheit verstehen, als Streitgespräch zweier Stimmen. Sonst sind Bubu und auch Maria entweder gut oder schlecht. Und das ist beängstigend. Als wir noch alle um das Feuer saßen, waren wir vielerlei, Maria, Bubu und auch das Gemälde wohnten in mir und ich in ihnen, wir waren zugleich alle vier und jeder für sich. Wir spürten einer den Geruch des anderen, und er glich dem eigenen Geruch. Wenn Bubu nur gut oder schlecht ist, sperrt sie ihr Schlafzimmer mit dem Schlüssel ab. Man kann nicht zu ihr hineingehen. Aber in meinem *Haus* kann sich keiner vor dem anderen verbarrikadieren. Ich habe Riegel konstruiert, die sich vor der Neugierde öffnen. Sie sind ziemlich unhandlich. Aber die Neugierde ist stark. Ich möchte zum Beispiel Maria bespitzeln, wenn sie im Badezimmer vor sich hinträumt. Ich würde behutsam in ihren Bauch zurückkriechen. Bubu würde mich überall suchen, sie würde auch die Türen der Schränke öffnen, aber sie würde mich nirgends finden. Maria würde scheinheilig schweigen, nicht um die Welt würde sie verraten, daß ich in ihrem Bauch bin. Ich käme erst hervor, nachdem Bubu verzweifelt das Suchen aufgegeben hätte.

„Der ist verduftet", sagt sie, „obwohl ich oft genug wiederholt habe, daß wir etwas unternehmen müßten."

Wenn Bubu das sagt, spüre ich sofort eine eisige Bitterkeit im Mund, etwas Ähnliches wie beim Vereisen meines Zahnes. Jemand spreizt meinen Kiefer auseinander, weißbekittelte Engel ringen mit mir und feilen Glas. Ich will nicht, daß Bubu etwas unternimmt, aber ich kann nichts dagegen tun. Diese Unbeholfenheit gehört auch zum Schweben des *Erdgeschosses.* Die Engel aber bedrohen mich ständig. Auch wenn Maria ihre Nägel feilt oder den Teig, der sich ans Nudelbrett geklebt hat, mit einem stumpfen Messer abkratzt. Meine Wirbelsäule schmerzt davon, ich weiß, die Engel nähern sich. Ich möchte aufheulen, aber wenn ich aufheule, entsteht ein noch größeres Durcheinander. Maria und Bubu behaupten, sie hätten Angst vor mir, ausgerechnet vor mir, der sich über ihre Särge den Kopf zerbricht. Ich denke auch an das Gemälde, das alle vergessen haben. Maria jammert vergeblich ... der arme, gute Verewigte ...

Auch sie kümmert sich nicht um das Gemälde, nur um Bubu.

„Sie geht schon wieder strabanzen."

Wenn sie sich um mich kümmerte, hätte sie von gewissen Dingen eine ganz andere Meinung. Neulich fragte ich sie, ob das Gemälde Blut hätte. Sie ahnte nicht, was für eine Falle in meiner Frage steckte. Sie blinzelte stumpfsinnig und schüttelte heftig den Kopf. Auch daraus sah ich, daß sie vollkommen vergessen hatte, daß das Gemälde früher getupfte Krawatten getragen und die Suppe schlürfend gelöffelt hatte. Sein Schlürfen war ohrenzerreißend gewesen, aber niemand hatte sich getraut, es ihm zu sagen. Maria vergißt alles, und Bubu auch. Deshalb kann man mit ihnen nicht spielen. Vorgestern, als ich mich unter den Tisch gehockt hatte, fuhr mich Bubu gereizt an:

,,Was ist denn das schon wieder für eine Viecherei?!"

Ich erklärte ihr, daß ich klein sein möchte. Wenn man groß ist, hat man oft keinen Platz im *Haus*.

,,Du kannst gar nicht mehr kleiner werden", schrie sie, ,,und wenn das so weitergeht, wird man mich dort einliefern, wo ..."

Während sie schrie, beobachtete ich ihr Gesicht, die eine Seite war mit Rouge verschmiert, scheinbar hatte sie wieder einer geküßt, und sie hatte vergessen, die Spuren abzuwischen. Die arme versteht es nicht, daß wir mit dem selben Raumschiff angekommen sind, sie will den anderen glaubhaft machen, daß sie zu ihnen gehört. Die aber werden sicher erkennen, daß sie fremd ist. Das ist meine einzige Hoffnung.

Endlich bedeckte ich auch die Leere oberhalb des Daches. Ich zeichnete einen großen Ziegenbock. Das war die Sonne, oder der erste Stern. Auch Vergil hat geglaubt, daß bei der Erschaffung der Welt allein der Ziegenstern geleuchtet habe. Natürlich weiß ich, daß das nicht stimmt, aber es macht nichts, wenn das *Haus* von außen albern und einfältig aussieht, wichtig ist, daß drinnen das Bewußtsein lebt, das zugleich Brunnen und Schornstein ist.

Solange ich mich nicht auf den Kopf gestellt hatte, glaubte ich, daß der Plafond das Höchste sei, aber dann kam ich plötzlich darauf, daß der Teppich der Himmel ist, der Teppich mit dem grünen Libellenmuster, ihn hatte unser Raumschiff beim Landen entzweigerissen. Unter uns klafften nur die nackten Felsen des Plafonds, jeder Gipfel war weiß gestrichen; und sie ähnelten einander so sehr, daß die vielen Punkte ineinanderflossen. Wir prallten an einen der Punkte. Da tanzten Feuerringe vor meinen Augen, und ich mußte mich aufsetzen. So kam ich in den *Keller*. Als wir noch ums Feuer hockten, war Bubu noch die Kleinste, aber dann wuchs sie. Sie verwandelte sich in einen mächtigen Panther, in einen so großen wie der, vor dem auch Dante zurückgeschreckt ist. Ich versuchte, mich mit ihm anzufreunden, lud ihn ins Kino ein, kaufte ihm Bonbons und Blumen. Aber der Panther legte sich auf den Rücken und spreizte seine Schenkel. Darüber war ich entsetzt, trotzdem lief ich nicht davon. Ich begriff, was er wollte: ich sollte in seinen Bauch kriechen. Anfangs gelang mir das auch, der Panther schnurrte und war lieb zu mir, aber später geschah etwas Eigenartiges. Mein Kopf wuchs, er wurde fürchterlich groß. Mit einem so großen Kopf kann ich mit dem Panther nichts anfangen. Im *Dach* muß man auch diese Maße ins rechte Verhältnis setzen. Fünf bis sieben Minuten vor der Vereisung kann ich mit dem Zentimetermaß an Bubu, vielleicht auch an Maria und dem Gemälde alles abmessen. Die beste Lösung wäre, wenn wir alle ineinander Platz hätten. was in uns steckt, ob gut oder schlecht, ist endgültig. Die Taten der Gegenstände und Personen, die außen stehen, sind unberechenbar.

Bubu fragt: „Du zeichnest noch immer?"

Maria: „Bubu geht schon wieder strabanzen."

Das Gemälde: sagt nichts.

Aber vielleicht sagen sie alles nur und schweigen nur, um meine Aufmerksamkeit abzulenken. Hinter ihren Rücken lauern schon, von den Worten und der Stille verdeckt, die weißbekittelten Engel, sie stürzen sich auf mich und spreizen meine Kiefer auseinander. Man kann von den Absichten der außenstehenden Dinge nichts ahnen. Ein bellender Hund oder eine miauende Katze ist zu allem fähig, wenn es einem aber gelingt, sowohl den Hund als auch die Katze hinunterzuschlucken, verwandeln sie sich in etwas Endgültiges. Sie bellen, sie miauen in uns, und wenn sie auch beißen oder kratzen, gehört dieses Beißen und Kratzen auch schon uns. Manchmal möchte ich Bubu, Maria und das Gemälde hinunterschlucken und auffressen, daß sie mir niemand nehmen kann. Oder in sie hineinkriechen, aber immer schreckt mich etwas ab. Vielleicht haben sie in mir keinen Platz. Ja, es gibt schlechte Tage, wo sie mit mir nicht einmal ins *Haus* hereinkommen wollen.

,,Was ist denn das für eine Ziege über dem Haus?" spottet Bubu.

,,Das ist keine Ziege, das ist der erste Stern."

Für Maria ist die Tür zu klein.

Das Gemälde hat kein Blut.

Aber es darf nicht sein, daß mich irgend etwas abschreckt. Nachdem ich im *Haus* das Gleichgewicht hergestellt haben werde — warum sollen sie dann nicht hereinkommen? Im *Erdgeschoß* werde ich auch die Schaukeln montieren, damit das Schweben leichter geht.

Zuerst setzte ich das Gemälde auf die Schaukel. Er war es, der seinerzeit am Ehrenplatz des Tisches saß.

Ich rief ihn sogar dreimal an, aber er rührte sich nicht. Ich ermutigte ihn:

,,Hutsch-rutsch."

,,Hutsch-rutsch."

,,Hutsch-rutsch."

Als ich es zum drittenmal sagte, wieherte mir der grauenvolle Knall ins Ohr. Mörtelbrocken spritzten mir in die Augen, ich glaubte, zu erblinden. Maria kam atemlos aus der Küche hereingelaufen. Sie rang die Hände. Das Gemälde lag auf dem Teppich mit dem Libellenmuster. Es war von der Schaukel gefallen. Der Rahmen war zerbrochen und die Leinwand an drei Stellen eingerissen. Aber so zerstört, wie es jetzt war, war die Ähnlichkeit viel größer. Ich sah, wie er seinen Schlitz öffnete, und ich sah auch, wie er sich vor den Spiegel stellte. Obwohl meine Augen brannten. Aber Maria hatte das gar nicht bemerkt, sie kniete neben dem Gemälde und weinte. Ich wollte sie trösten.

„Er hat das Schaukeln sicher schon verlernt", begann ich.

„Du Unglücksmensch", seufzte Maria.

„Macht nichts, ich werde sein Blut abzapfen und es vereisen lassen."

Daraufhin jammerte sie noch lauter.

Dann kam auch Bubu nach Hause. Im ersten Augenblick nahm sie an Marias Kummer kaum Anteil.

„Um diesen Kitsch ist wirklich nicht schade." Später ging sie trotzdem mit Maria in die Küche, und sie flüsterten lange miteinander.

Ich wartete darauf, daß sie zu streiten begannen. So lange pflegten sie nicht miteinander in Ruhe zu sprechen. In ihrem Einverständnis lag etwas Erschreckendes. Ich begriff, daß ich mich künftig noch mehr beeilen mußte. Ich breitete die Zeichenblätter vor mir aus, aber die Arbeit ging mühsam. Der Tisch war voller Mörtel. Einige Brocken waren unter das Zeichenblatt gerutscht, und wenn mein Bleistift hier ankam, knirschte er eigenartig.

Der *Keller* ist fertig. Aber für die Särge muß ich irgendwo einen Kredit aufnehmen. Leider kenne ich außer Maria, Bubu und dem Gemälde niemanden. Es ist wahr, daß vor meinen Augen zeitweise Gestalten mit ungewissen Konturen erscheinen, aber kaum sind sie erschienen, lösen sie sich auch schon wieder auf. Ich habe Angst vor ihnen, die meisten haben faltige weiße Kittel an. Im ganzen brauche ich nur achtundvierzigtausend Dollar. Es gibt überall eine Menge Geld. Maria klagt zwar, daß die Milch teuer ist, auch Bubu klagt, aber sie kauft sich fortwährend neue Kleider. Irgendwo gibt es viel Geld, man muß es nur suchen. Man könnte es auch gegebenenfalls unter dem Haus vergraben.

Ich habe mich sehr geplagt, ich bin ganz verschwitzt. Erst als auf der Straße die Neonlampen eingeschaltet wurden, fand ich die Kiste unten am Rand des Zeichenblattes. Aber ich wagte nicht, den Deckel zu öffnen. Ich wußte nicht, was drinnen war. Den ganzen Abend dachte ich über den Inhalt der Kiste nach. Waren Schmuckstücke darin, so mußte man sie zuerst verkaufen. Wer wird sie schätzen? Ich verstehe nichts von Edelsteinen. Zu Weihnachten habe ich für Bubu einen Ring gekauft. Am Silvesterabend hat sich herausgestellt, daß er falsch war. Woher habe ich damals das Geld für diesen Ring genommen? Ich griff in meine Tasche und ... Interessant, ich habe gar keine Tasche. Jemand hat sie zugenäht. Möglich, daß es Maria war. Ich starrte lange auf meine Hand. Meine Finger bewegten sich zappelnd. Manchmal geriet die eine Hand über die andere und machte halbkreisförmige, winzige Bewegungen. Als füllte ich eine Flüssigkeit um, als hielte ich winzige Gläser zwischen den Fingern. Möglich, daß ich das schon irgendeinmal getan habe und es mir jetzt wieder eingefallen ist. Ich weiß nur nicht, ob das noch vor dem *Keller*, im Raumschiff oder später war. Vermutlich später. Ich muß mit einer ungeheuren Menge an Gläsern zu tun gehabt haben, daher die vielen bimmelnden Töne in mir. Eigenartig, damals hat auch jemand anderer gebimmelt, ganz nahe. Vielleicht die Straßenbahn. Ich ging einsam durch die Straßen, die Autos konnten mir kaum ausweichen. Ich fragte Maria, wie man hinunter auf die Straßen käme.

Aber Maria tat, als wisse sie es nicht. Ich habe sie schon wieder betrogen: Ich will gar nicht auf die Straße hinunter. Ich muß das *Haus* bauen, und basta. Auf der Straße ist die Luft ohnehin ganz dünn, die vielen Autohupen saugen sie völlig aus; wenn ich auf die Straße käme, müßte ich ersticken. Maria weiß das nicht und plappert Blödsinn.

„Du darfst nicht auf die Straße, weil die Tiger dich sonst auffressen."

Auf der Straße gibt es aber gar keine Tiger. Nur Leere. Die Leere der nicht existierenden Tiger. Deshalb wage ich nicht, die Kiste zu öffnen, vielleicht würde ich sie auch dort vorfinden. Aber Maria versteht auch das nicht.

,,Geht Bubu schon wieder strabanzen?" fragte ich sie, weil ich gerade gehört habe, daß sich die Tür schloß.

Maria antwortet nicht, ihre Augen sind voller Tränen. Weshalb heult sie jetzt? Das Gemälde hat sie schon in die Küche hinausgetragen, sie sagte, sie wolle es einrahmen lassen.

,,Kümmere dich nicht um Bubu", seufzt Maria. ,,Komm, ich stutze dir den Bart."

Das ist höchst merkwürdig. Sie stutzt mir so selten den Bart. Während des *Haus*-baus habe ich vollkommen darauf vergessen. Hätte ich vor dem Spiegel keine Angst und wäre der Spiegel nicht blutig, ich würde nachsehen, wie lang mein Bart schon ist. Aber man kann keine Zeit an solche Sachen verschwenden.

,,Jetzt habe ich keine Zeit, ich muß die Kiste öffnen."

,,Welche Kiste?"

,,Die, die ich unter dem Haus ausgegraben habe. Möglich, daß Edelsteine drinnen sind, dann muß man sie schätzen lassen."

Maria ist nicht im geringsten an der Kiste interessiert. Mit dem Taschentuch trocknet sie sich die Augen. Sie ist immer so undankbar, wenn ich an sie denke.

,,Sobald ich die Kiste öffne, kaufe ich sofort die Särge, für dich, für Bubu, und auch für das Gemälde."

Maria sieht mich an, als wollte sie, daß ich in ihren Bauch krieche. Ich weiß gar nicht, wann sie mich das letztemal so angesehen hat. Vielleicht im *Keller*. Wenn sie mich so ansieht, verdient sie, daß ich ihr das ganze *Haus* erkläre. Aber sie will um jeden Preis meinen Bart stutzen. Im *Erdgeschoß* ist ständig Unordnung, ein ewiges Schweben, jeder will etwas anderes. Obwohl nur eine Sache auf einmal wichtig sein kann. Aber die Worte verjagen die Konzentration.

,,Soll ich dir Milch bringen?" fragt Maria weinerlich.

Ich will sie schon nicht mehr sehen. Sie soll mich in Ruhe lassen. Ich will allein sein. Ich muß meine Kiste öffnen. Und ich habe keine Tasche.

Maria rechtfertigt sich wieder wegen der Tiger.

,,Du hast selber gesagt, daß auf der Straße Tiger sind."

,,Blödsinn, auf der Straße sind keine Tiger, auf der Straße ist nichts, auf der Straße ist Leere."

Bei dem letzten Wort zuckte ich zusammen. Ich konnte kaum erwarten, daß sie das Zimmer verließ. Als ich allein war, stemmte ich den Deckel der Kiste auf.

Was ich befürchtet hatte, traf zu. Die Kiste war vollkommen leer. Ich griff hinein. Wenn zumindest ein Tiger drinnen wäre, er würde mich in die Hand beißen, aber nur die Glasphiolen von vorhin klingelten zwischen meinen Fingern. Vom Zeichenpapier starrte mir die schwarzschattierte Grube entgegen. Ich habe zwei Tage lang vergebens gearbeitet. In der letzten Zeit ist mir nichts gelungen. Auch das Gemälde ist von der Schaukel gefallen, und Maria will mir den Bart stutzen. Zwischen diesen beiden Dingen besteht sicher ein Zusammenhang. Wenn ich ins *Dach* hinaufkönnte, käme ich sicher dahinter, aber dorthin führt keine Stiege. Auch in den *Keller* kann man nicht hinunter. Maria heult und will mir den Bart stutzen. Auf der Straße, wo es keine Tiger gibt, regnet es. Man muß schnell die Tür des *Hauses* schließen, damit die Teppiche nicht naß werden. Das Gemälde hat oft schmutzige Schuhe getragen, besonders, wenn er mit dem Gewehr über der Schulter nach Hause gekommen ist. Dann hat er einen Fasan oder einen Hasen aus seinem Rucksack geholt. Maria hat ihm den Balg abgezogen, und die Schrotkörner, die sie unter der Haut gefunden hat, hat sie mir gegeben. Ich habe die Bleikörnchen allen gezeigt: ,,Diese Schrotkörner haben einmal in den Köpfen der Häschen und der Fasane gelebt", aber niemand hat es mir glauben wollen. Maria hat mich auch damals so angesehen wie jetzt, nur hat sie damals nicht geweint. Das Gemälde hat gelacht, sich auf die Knie geschlagen und sich über die lebenden Schrotkörner gefreut.

,,Wenn deine Schrotkörner leben, können sie auch Junge bekommen, was?"

Darauf wußte ich keine Antwort.

,,Schade, daß sie keine Jungen bekommen", bedauerte

das Gemälde, ,,wenn sie Junge bekämen, müßte ich keine Munition mehr kaufen."

Heute weiß ich, daß Schrotkörner keine Jungen bekommen, auch Bubu nicht, auch Maria nicht. Ich auch nicht, das Gemälde auch nicht. Es gibt von jedem von uns nur den Einzigen. Wir können uns nicht aufspalten. Junge zu kriegen, ist so gräßlich und erbärmlich, als pißte man sich die eigene Seele aus dem Leib. Sicher will Maria nur deshalb so gern, daß ich in ihren Bauch zurückkrieche, weil sie mich nicht zur Welt bringen will. Und sie hätte das auch gar nicht gekonnt, sonst wären wir nicht mit demselben Raumschiff angekommen, und als wir noch im *Keller* um das Feuer hockten, hätte ich ihre Brust nicht betasten können. Aber so war es, und kein Mensch hat etwas dabei gefunden.

Ich muß das Radio sehr laut aufdrehen, weil ich nichts zustande bringe. Von der Stille werden die Bewegungen taub. Die brüllenden, wimmernden Töne der Musik regen mich zur Arbeit an, und jetzt habe ich eine Ermutigung wirklich nötig, denn mir brummt der Kopf, ich habe vergebens gegraben, ich bin erschöpft. Zwar wird Maria sofort wütend hereinstürzen und das Radio ausschalten.

,,Dieses Gebrüll kann man nicht aushalten, davon platzt einem das Trommelfell."

Aber Maria zeigt sich nicht. Was sie wohl macht? Ich stelle das Radio noch lauter ein. Auch jetzt kommt sie nicht. Ich gehe in die Küche und suche sie. Sie steht vor dem Küchenfenster und starrt in die Ferne.

,,Erwartest du jemanden?"

,,Ich?" protestiert sie weinend, aber ich sehe ihr an, daß sie lügt.

,,Komm herein, ich zeige dir das *Haus.*"

Willig folgt sie mir und sagt kein Wort, weil das Radio brüllt.

,,Siehst du, das ist die Tür des *Hauses.*" Ich zeige sie ihr.

,,Jetzt sperre ich sie zu, damit niemand herein kann.

Wenn ein Fremder hereinkommt, wirft er im Zimmer alles durcheinander."

Sie nickt heftig.

,,Und man könnte auch nicht in den *Keller* und unters *Dach* flüchten, weil es keine Stiegen gibt."

Maria ist heute anscheinend vernünftiger als sonst. Sie widerspricht nicht, sie ist mit allem einverstanden, nur beim Rasseln der Schlüssel erschrickt sie. Auch Bubu ist ein wenig blasser als sonst. Ich warte darauf, daß sie loslegen:

Bubu fragt: ,,Du zeichnest noch immer?"

Maria: ,,Bubu geht schon wieder strabanzen."

Das Gemälde: sagt nichts.

Aber das erfolgt nicht. Maria wischt sich die Augen. ,,Er hat nicht erlaubt, daß ich ihm den Bart stutze", seufzt sie.

,Das ist jetzt egal", winkt Bubu wütend ab. ,,Hast du gepackt? Sie werden gleich hier sein."

Freilich weiß ich, was immer sie auch sagt, daß von den weißbekittelten Engeln die Rede ist, ich habe ja schon seit Wochen auf sie gewartet. ,,Vexilla regis prodeunt inferni!" Man müßte sich wehren. Sie kommen gerade jetzt, wo die Kiste leer ist. Ich habe nichts, womit ich sie bestechen könnte. Ich brauche eine kleine Galgenfrist. Ich muß die Zeichnung fertigmachen ... ,,Vexilla regis prodeunt inferni!" Woher weiß ich dieses lateinische Zitat plötzlich wieder? Aus der *Göttlichen Komödie*? Oder von noch früher? Sie kommen mit weißen Fahnen und mit weißen Bomben, sie waren es, die unser Raumschiff zerschmettert haben.

Die arme Maria weint. Sie glaubt, ich habe nicht an sie gedacht. Bubu weint nicht, sie schminkt sich die Lippen, obwohl ich auch ihr einen Sarg kaufen wollte.

Es klopft laut an der Tür. Vergeblich brüllt das Radio. Ich höre es doch. Man darf die Tür nicht öffnen.

,,Öffne nicht, Bubu! Wir sind miteinander am Feuer gesessen, Bubu ..."

Aber es ist schon zu spät. Das Radio spielt so laut, daß Bubu nicht hört, was ich ihr zurufe.

Vexilla regis prodeunt inferni! Sie sind schon ganz nahe.

Möglich, daß ich etwas verwechselt habe. Möglich, daß der *Keller* das *Dach* ist. Wie der Scheiterhaufen ist das Feuer. Alle stehen in Flammen, Bubu, Maria, das Gemälde und Ich.

Man müßte das Ganze umzeichnen, aber dazu bleibt keine Zeit mehr. Ich bemühe mich allein. Niemand hilft. Bubu und Maria stehen entsetzt da, sie lassen zu, daß man meiner Hand den Bleistift entwindet, daß man mir die Kiefer auseinanderspreizt, als hätte ich niemals ein *Haus* für sie gebaut.

„Hilfe, ich kann das Feuer nicht anrühren, Hilfe ..."

Die Engel wickeln das Feuer in weiße Leintücher.

Wüste

Die echte Wüste endet nicht in einer Oase, die echte Wüste ist grenzenlos. Sie ist auf keiner Landkarte zu finden: sie ist im menschlichen Herzen. Sie streut Sand in die Adern, in die Nerven, in die Gedanken. Die echte Wüste bedeckt, dem Treibsand gleich, das Grün der Erinnerungen und der farbenprächtigen Nutzgarten der Zukunft. Sie ist jedoch kein Treibsand, der sich bändigen ließe; diesen Sand kann man unmöglich bezwingen: da wächst kein Paprika, keine Tomate! Die echte Wüste breitet sich plötzlich in einem aus, als wäre sie schon immer da gewesen, und von da an dauert sie ewig. Charakteristisch für diese Wüste ist, daß sie keine unverkennbare Schakalstimme, Kamelstimme, Löwenstimme hat: in ihr klingen alle Stimmen fast gleich — gleich stumpf oder gleich laut. Egal, ob die Spitalsklingel läutet oder die diensthabende Pflegerin weckt:

„Das Hämoglobin von Patient B auf Nummer 13 ..."

„Wieviel Azeton enthält der Urin?"

„Und die Leukozyten von R auf Nummer 12?"

„Wie schaut denn die Diastase aus?"

„Was kommt zuerst: die Appendixoperation oder der Ulkus auf Nummer 7?"

Egal, wann es kommt! Die Sandkörner fallen aufeinander; Hämoglobin und Azeton, Leukozyten und Erythrozyten, die einschläfernden, murmelnden Stimmen der Krankenschwestern — alles verwandelt sich in Sand; auch der weiße Kittel, den man anzieht, wenn man in die Wüste aufbricht; und man kann sich nachher nicht einmal mehr an den ersten Schritt erinnern, denn man war schon zuvor aus der Wüste aufgebrochen ... Man vermag das Gestern auf keine Weise vom Heute zu unterscheiden. Höchstens mit Hilfe des Vormerkkalenders — vielleicht! Aber dann fallen auch die Kalenderblätter zu Boden und verwandeln sich in Sandkörner, sie vereinigen sich mit dem gelben Sandmeer, das sich ohne Grenzen und ohne Maß erstreckt. Hie und da zucken die Muskeln ein bißchen zusammen. Da schwingt sich der Leib in ein gelbes Boot, die Hände ergreifen gelbe Ruder — ein Chirurgenmesser oder eine Pinzette: es glänzt, während es gehandhabt wird, weiß zwischen den Gazestreifen auf, aber dann wird selbst dieses Weiß besudelt und verwandelt sich in eitrigblutigen Sand: Das Boot versinkt in der Flut, die Handbewegung verliert sich im Karawanenzug vorangegangener und nachfolgender, einen Rhythmus nachäffender Bewegungen. Irgendwo, hoch über der Wüste, fliegen unsichtbare Aasgeier; sie scheinen die vergessenen Stimmen in den Schnäbeln zu haben. Sie schnattern und kreischen. Singvögel sind sie keinesfalls, sie erinnern eher an die entsetzliche Musik der Knochensäge. Dabei lassen sie, zwischen den Flügeln, sogar den Himmel über die Wüste ein wenig durchschimmern. Es kann aber natürlich auch sein, daß dieser Himmel nur in den Brillen des Professors aufblitzt.

„Sagen Sie, Berta, haben Sie schon amputiert? Noch nicht. Nun, dann machen Sie sich bereit! Die Nummer 13 amputieren Sie!"

Die Schnäbel schnattern. Scheußlich knirscht die Säge. Nicht Knochen werden da durchgesägt, sondern Eisen — oder Holz. Wenn man es nur glauben könnte — aber das Blut spritzt so gräßlich umher!

„Gefäßklemme, bitte ... Gefäßklemme ... Noch!"

Die wellig zersägte Haut sieht aus wie eine sich entfaltende Blume, oder wie ein mit Lanzen gespickter Kampfstier. Das ist aber noch Himmel, noch keine Wüste. Man hört noch, wie das abgetrennte Bein in den Mülleimer poltert. Dann allerdings fallen unzählige Beine und Arme auf jenes erste Glied, und da bedarf es keines Beweises mehr, daß tatsächlich nur Eisen und Holz zersägt werden. Auch der Assistent sieht nicht mehr so vorwurfsvoll drein: „Berta, wie halten Sie denn die Säge?! ..." Er kann nicht mehr so dreinsehen, denn: erster Assistent ist schon längst er selbst! Er ist es, der jetzt das Personal des Operationssaales anherrscht: „Warum werfen Sie die amputierten Körperteile in den Mülleimer?! Die Putzfrau kriegt doch einen Schock!" Beim ersten Fall konnte man noch menschlich sein. Das alte Mütterchen macht erschrockene Vogelaugen ... verzweifelt schlägt es mit den Händen um sich ...

„Herr Doktor, wo haben Sie meinen Fuß hingetan? Wo ist denn mein Fuß?! Schauen Sie doch — er ist nicht mehr da ... und ich habe das Gefühl, als wären mir dafür gleich zwei andere gewachsen ... Da, da ... wo gar nichts mehr da ist — ist das Leintuch schwer wie Blei!"

In der Wüste ist Platz für alles — und für nichts. Ein einzelnes Sandkorn glitzert trügerisch auf — dann geht es unter zwischen all den anderen. Vielleicht war es gar nicht das erste Mütterchen, das so sprach, sondern ein anderes Sandkorn. Vielleicht der dicke Metzger, oder der Diabetiker, der Lateinprofessor ... Die Wüste hat ja keinen Rand. Wenn sie doch einen hat, muß man ihn wohl viel weiter draußen suchen. Vielleicht bei den Prüfungen, als er das Anatomie-Rigorosum machte. Damals hat er sicherlich Angst gehabt, und die Angst hat eine unverkennbare Stimme: Schakalstimme, Kamelstimme, Löwenstimme. wenn doch wenigstens die Vögel schnattern wollten. Aber sie wollen nicht. Als wäre der Himmel schon damals von einem Sandführenden Samum verhüllt gewesen. Das aber erscheint unmöglich, denn damals hat er doch Martha kennengelernt. Er hat sich nicht vor der Anatomie gefürchtet, weil die Begegnung mit Martha in dem Weinlokal so unglaublich war.

„Aus Ihnen wird einmal ein berühmter Chirurg ... Ich fühle es."

Das war alles, was sie sagte. Mit den anderen redete sie nur Dummheiten und verspottete sie: sie lächelte jeden an. Aber dieser eine Satz, und nur er, hatte Flügel. Die trugen einen empor. Wie lange konnte man fliegen? Fünf Jahre lang: bis zur Promotion. Vielleicht auch nur bis zum ersten Zweifel, ob er sie sofort heiraten sollte oder nicht:

vorher wollte er doch noch seine Studie über die Bauchspeicheldrüse beenden — aber da befand er sich bereits in der Wüste. Irgendwie hatte da auch Gisel die Hand im Spiel gehabt. Martha hatte sich's zu lange überlegt, sich ihm hinzugeben. Gisel bot sich ihm schon beim zweiten gemeinsamen Nachtdienst an. An der Klinik hat schließlich jeder eine Freundin. Und Martha ist so fern. Auch die philosophische Fakultät ist fern. Und man kommt immer seltener dazu, Literatur zu lesen. Auch die Bücher sind Sandkörner. Martha ist ein Gemälde, das Gedichte murmelt — und ein Chirurg ist über und über mit Blut bespritzt. Ihm spritzt es manchmal sogar ins Gesicht — dann eilt Gisel herbei und wischt ihm die roten Sandkörner ab. Sie verlangt nichts, zieht sich stumm wieder zurück; wagt nicht einmal, ihn beim Vornamen zu nennen, sie sprechen nicht einmal, wenn sie auf dem Dienstbett beisammen liegen ... Herr Doktor, Sie werden gerufen! .. So ein Blödsinn! ... Daß sie auch dann noch ... Einen solchen Automaten kann man doch nicht lieben! Das ist auch nur die Wüste ... — Herr Doktor, Sie werden gerufen — Gehen Sie doch zum Teufel! — Gisel senkt die Lider und schleicht aus dem Zimmer. Die Bauchspeicheldrüse tritt ein ... und Martha stiehlt sich aus der Wüste fort.

„Herr Doktor, der ... Nummer 7 ..."

„Was ist denn mit dem Siebener los?"

„Er hat Schmerzen."

Wer ist denn eigentlich der von Nummer 7? Da steht sein Name auf der Tafel: Paul Abraham. Er hat einen alttestamentarischen Namen, und der paßt gewissermaßen zu ihm; zwar wäre ihm der Name vor der Operation wohl kaum eingefallen. Da hieß er vielleicht anders. Es war eine einfache Bauchoperation. Obwohl die Leukozyten ihm schon damals bedenklich erschienen. Vielleicht ist mit der Gallenblase etwas nicht in Ordnung ... Vielleicht mit dem Blinddarm. Der Blinddarm gehört auf jeden Fall heraus, und die Gallenblase auch. Na, da geht gleich alles in einem Aufwaschen! Aber auch mit der Leber stimmt etwas nicht ... Ja, die Leber ist angegriffen. Man muß Nummer

7 wieder zumachen. Nummer 7 hat einen schönen alttestamentarischen Namen, der wirklich gut zu ihm paßt. Nummer 7 wird sterben.

,,Herr Doktor, ich habe so starke Schmerzen ... obwohl doch die Operation gelungen ist, nicht wahr?"

Was soll er Nummer 7 sagen? Klari hat ihn schon während des Eingriffes so vorwurfsvoll angeblickt. Obwohl sie Ärztin ist. Klari ist seit drei Jahren seine Geliebte. Sie nennt ihn beim Vornamen, trotzdem hat sie ihn während der Operation vorwurfsvoll angesehen, als ob er was dafür könnte, daß Nummer 7 Krebs hat und sterben wird. Klari weiß anscheinend nicht, daß die Wüste voll von Toten ist. So viele Tote gibt es, daß man sie nicht zählen kann. Klari plaudert im Korridor ahnungslos mit dem jungen Internisten. Es gehört sich zwar nicht, zu lauschen. In der Wüste ist das aber egal, dort fließen die Stimmen ohnedies ineinander, und woher hätte er ahnen sollen, daß sie von ihm sprachen.

,,Lieben Sie ihn noch?" — ,,Ja!" Die Augen des Internisten sind noch glänzend und lebhaft — ihm ist noch kein Sand in die Augen gefallen.

,,Gelungen ... natürlich ist sie gelungen ..."

Gisel beißt sich wahrscheinlich hinter seinem Rücken auf die Lippen. Obwohl sie ein disziplinierter Mensch ist. Gisel weiß, daß die Ärztin und er ... Sie weiß auch, daß Nummer 7 sterben wird. Die Operation ist nicht gelungen ... Dieser ewige Zwang zu lügen! Gelegentlich muß er selbst Klari anlügen, etwa, wenn sie fragt, ob er sie liebt ... Trotzdem — als ihre Hände sich zum erstenmal fanden ... es war nach einer Operation ... Was war das nur für eine Operation gewesen? Da glaubte er, nun würde alles anders, als wäre ... in der Wüste plötzlich eine Oase entstanden. Aber wie es schien, war nichts anders geworden. In der Wüste ersticken die Palmen ... Sie ersticken ... ersticken. Darum muß man immer wiederholen: ja, doch, ich liebe dich. Nummer 7 stirbt nicht. Der Eingriff ist gelungen, und der Glanz in den Augen des Internisten ist vergeblich.

„Morphium, bitte!"
„Jawohl."
„Ich gebe Ihnen jetzt eine Injektion, darauf werden sie gut schlafen."
„Ja."
Ja, ja, ja ... In der Wüste ersticken die Palmen. Auch Nummer 7 wird ersticken. Alles Sterben ist Ersticken. Man müßte einmal mit Klari reden: Ihr ehrlich eingestehen, was für eine gewaltige Wüste das Ganze ist. In der Wüste kann man aber auch nicht richtig miteinander reden. Die Worte und Sätze lösen sich auf und verwandeln sich in Sandkörner.
„Der neue Internist tanzt ständig um dich herum."
„Hast du es auch schon bemerkt?"
„Er ist in dich verliebt."
„Ist das so schlimm?"
„Durchaus nicht."
„Und wenn er mich verführt?"
„Viel Vergnügen."
Da griff Klari mit beiden Händen nach seinem Arm.
„Das meinst du doch nicht im Ernst! Das kann dir doch nicht egal sein!"
Der Internist hat so lebhafte, glänzende Augen. Warum greift er nicht energisch zu? Warum schleppt er sie nicht fort?
„Nicht egal, nicht egal ... — Egal!"
Daß Nummer 7 sterben muß, weil er Leberkrebs hat, das klingt wahrscheinlich logisch. Was aber unglaublich ist, daß er und Klari seit drei Jahren miteinander leben. Sie wäscht ihm manchmal die Hemden, sie hat ihn sehr gern. Obwohl ein Mensch dem anderen stets fremd bleibt. Wie kann man nur zu einem wildfremden Menschen ins Bett schlüpfen?
„Weil dein Körper so gut riecht!"
Das sagt Klari. Und wenn er seinen Körpergeruch von der Chemikerin im Labor herstellen ließe? Das wäre weißgott ein Triumph der organischen Chemie! „Meine Liebe, hier haben Sie meinen Geruch! Umarmen Sie die Pipette, küssen Sie die Retorte!" Klari wünscht sich ver-

mutlich sogar ein Kind, sie wagt nur nicht, es einzugestehen. Sie ist schon achtundzwanzig. Da sehnen sich die Weiber meistens nach einem Kind, weil sie Angst haben, daß sie sonst zu alt dafür werden. Aber man kann doch nicht gut ein Kind in die Wüste setzen, die die Welt ist. Dort gibt es keine Milch — nur Sand gibt's. Säuglinge können den Sand nicht beißen. Klari ist eine Abenteurerin, sicher will sie ein Kind, und dabei hat sie nicht einmal begriffen, daß so etwas ein Experiment ist. Klari will die Liebe und den Geist materialisieren. Sie wickelt ihre Gedanken in eine mit Gänsefett getränkte Watte, und es wird kinderbildendes Plasma daraus. Oder aber - falls sie noch nicht gänzlich verlernt hat, was sie an der medizinischen Fakultät gelernt hat — sie hasardiert: sie spielt eine Art Kegelspiel, bei dem die Zellen, vom Willen unkontrolliert, regellos hin- und herrollen, sich durch Zufall vereinigen, und das Ergebnis ist der Stammhalter, der Kronprinz, den man lieben soll, auch wenn er mit zwei Köpfen zur Welt kommt; und wenn er Leberkrebs haben wird, kann man ihn nur wieder zunähen ... Das Warten auf das Kind führt noch tiefer in die Wüste: ein einziges, mit dem Tod endendes Leben wird zu einer unendlichen Exitusserie. Der Fortpflanzungstrieb des einzelnen versorgt die Wüste mit zahllosen, ausgedörrten Gebeinen. Klari ist achtundzwanzig und fürchtet das Altwerden: so alt ist sie aber nicht, daß sie jenes Alter ganz vergessen hätte, da das Kind noch vom Klapperstorch gebracht wird. Er aber ist fünfundvierzig und hat längst völlig vergessen, seit wann er jenes Alter vergessen hat. Mit achtundzwanzig ist man noch imstande, Storch zu spielen, da kann man, weil man selbst ein Wunder ist, den Platz des Wunders einnehmen, das davongeflogen ist. Aber mit fünfundvierzig verwandeln sich Störche in organische Chemie, sie verlieren die Federn, und ihre Skelette vermischen sich mit dem Sand. Mit fünfundvierzig ist nicht einmal der Augenblick erinnerlich, wann man seine Eintrittskarte in die Wüste gelöst hat. Vielleicht war es gestern, vielleicht ist es schon viel länger her, und wo immer die Erinnerung sich weitertastet, sie findet nichts weiter als Sand.

An der Hochschule hatte er eine sympathische, gleichaltrige Kollegin namens Eva. Ihr Name diente als Gedächtnishilfe für die anatomische Lage der Gallenblase. Oben liegt, geformt wie ein Ellipsoid, die Gallenblase, darunter die Vene, und darunter die Aorta: EVA. Ellipsoide-Gallenblase, Vene, Aorta ... Einmal wurden die beiden vom Regen überrascht und flüchteten in eine Telephonzelle. Dort küßten sie einander und damit verbrachten sie fast die ganze Nacht. Ellipsoide — Gallenblase — Vene — Aorta ... Nichts ist ihm von diesen Küssen im Gedächtnis geblieben, als die anatomische Lage eines Organs. Wenn es nicht mehr zu bedeuten hatte, wieso hatten sie es nur stundenlang in der ungeheizten Telephonzelle aushalten können, obwohl er nicht einmal einen richtigen Wintermantel besaß? Vielleicht, weil die universelle Wüste damals noch vom Wunsch verschleiert war, einen Wintermantel zu besitzen.

„Herr Doktor, Nummer 7 liegt im Sterben."

„Sagen Sie es der Frau Doktor; ich habe eine Operation."

„Die Angehörigen von Nummer 7 ..."

„Giiisel ...!"

„Jawohl!"

Ellipsoide Gallenblase-Vene-Aorta. Was mag Eva heute von dieser Telephonzelle denken? Sie könnte ihm diese Frage brieflich beantworten ... Aber welchen Sinn hätte es, ihr überhaupt zu schreiben? Sie hat inzwischen wohl auch schon längst die Wüste betreten: sie ist auch fünfundvierzig. Sie ist Oberärztin in einem Krankenhaus in der Provinz. Voriges Jahr hat er sie auf einem kardiologischen Kongreß getroffen. Sie ist immer noch eine schöne Frau, nur dicker als früher, und ganz ergraut. Ihre Augen blitzen lustig, wahrscheinlich denkt sie anders als er über die Telephonzelle. Aber das konnte er sie nicht gut direkt fragen: damals klang ihm einzig die Zauberformel in den Ohren: Ellipsoide Gallenblase-Vene-Aorta! Sie tranken einen Kognak, „auf die schönen alten Zeiten" — wie Eva sagte. Was dachte sie sich eigentlich dabei, was heißt „gu-

te alte Zeit?" War damit die anatomische Formel gemeint ... oder die Telephonzelle? Auch Begierden werden zu Sandkörnern. Denn auch Begierde ist nichts weiter als organische Chemie. In jedem von uns steckt ein Reagenzglas; darin brodeln Säuren, Fette und Salze. Dann tritt die Reaktion ein, die Flüssigkeit wechselt die Farbe, sie beginnt zu verdampfen, und dann ist es aus. Eva, Gisel und Klari sind mehrmals wiederholte Reaktionen; das ganze Experiment muß von vorne begonnen werden, damit das Prüfglas etwas zeigt. Ellipsoide Gallenblase-Vene-Aorta. In der Telefonzelle küßte er die Regentropfen von Evas Wangen. Sie schmeckten kühl wie Tau.
Was heißt schon wie Tau! Es schmeckte wie jede andere Flüssigkeit. Dennoch hatte er nie Gisel die Regentropfen von den Wangen geküßt, weder ihr noch einer anderen Frau, nicht einmal Klari. Vielleicht kommt es daher, daß es in der Wüste niemals regnet. Beim Kardiologischen Kongreß klopfte ihn Eva auf den Rücken: ,,Auf die gute alte Zeit!" Mit dicken, gepolsterten Händen klopfte sie ihm den Rücken. Auf ihrer Oberlippe schimmerten graue Barthärchen. In den schönen alten Zeiten waren diese Barthärchen noch ein blonder Flaum. Es gibt keinen Astralleib und kein Plasma. Auch die Liebe altert. Sogar die Begierden altern, sie werden zum grauen Schnurrbart, und eine Fettschicht legt sich um die Telephonzelle statt jener eisig-frischen Regentropfen. Ellipsoide Gallenblase — Vene — Aorta ... Und jetzt wieder eine Gallenblasenoperation. Wenn keine Komplikationen auftreten, ist das in vierzig Minuten erledigt. Befinden sich die Steine bereits im Gallengang, dann wird es freilich etwas länger dauern ... Nummer 7 exitiert. Meistens gelingen solche Operationen. Sie gelingen ... gelingen. In jedem Leben gibt es etwas Bedeutendes. Den Rhythmus der Arbeit oder die Ehre ... Was aber ist das wirklich Bedeutende daran? Was er in den letzten zwanzig Jahren getan hat, ist vielleicht gar nicht wichtig. Man könnte auch ganz anders leben. Aber wie? Man muß Geld verdienen, man muß essen, schlafen, lieben ... einer muß natürlich auch Gallenblasen heraus-

schneiden. Warum ausgerechnet er? Weil er die Universität absolviert hat? Wie, wenn er jetzt lieber Flöte spielen würde? Dann würde eben ein anderer operieren, und auch der wäre sicher durch unzählige andere ersetzbar. Den Wichtigkeitskomplex gibt es nur in den Köpfen der Füchse. Ob der Professor sich tatsächlich für so wichtig hält oder nur die Rolle eines wichtigen Menschen spielt? Er wird nächstes Jahr mit der Arbeit über die Bauchspeicheldrüse Privatdozent werden und hätte es auch schon viel früher werden können ... nur — in der Wüste ist nichts dringlich. Der Professor wird erst in zehn Jahren in Pension gehen. Jährlich werden etwa dreihunder Operationen durchgeführt. Wieviel macht das? Zehnmal dreihundert ... Ja, das Pensum bis dahin ist dreitausend Eingriffe, wenn nicht mehr, und mindestens ebenso viele Assistenzen. Und die meisten Operationen sind die Langweile selbst. Lauter Appendices ... und die Krampfadern- die sind am widerlichsten. Nichts Überraschendes, nichts Unerwartetes. Bruch, Magen, Gallenblase, Struma ... das sind keine interessanten Fälle ... Eine Speiseröhrenplastik, gewiß! Das kommt aber nicht oft vor.
Hie und da ein ungewöhnlicher Unfall mit inneren Verletzungen. Ein oder zwei komische Fälle. Der uralte Mann etwa, der sich die Genitalien abgeschnitten hat, weil er „nicht Soldat werden wollte!" Und gelegentlich bringt einen auch der Professor zum Lachen, weil er wie ein Korporal flucht. Zwar schien er sich das neuerdings abgewöhnt zu haben — ausgerechnet jetzt, wo sie seine Stimme auf Band hatten aufnehmen wollen. Sogar im Operationssaal brachte man getarnte Mikrophone unter. Der Verschwörung hat sich auch Klari angeschlossen. Der Professor war aber sanft wie ein Lamm: kein ungehöriges Wort kam über seine Lippen. Umsonst versuchte man, ihn während der Operation zu ärgern: es nützte nichts. Zuletzt schickte man einen Pfleger zu ihm mit der Meldung: die Matratzen seien angekommen. Es ist natürlich nicht seine Sache, sich um die Matratzen zu kümmern, das gehört zum Ressort des Spitaloberarztes. Der Professor war entschlossen,

sich nicht gehen zu lassen, und schickte den Pfleger höflich fort. Der aber wurde ein zweitesmal hineingeschickt: Der Spitaloberarzt sei nicht da! Daraufhin sandte der Professor ihn zur Oberschwester: ,,Die ist auch nicht da, Herr Professor". — Da endlich brach das Ungewitter los! — ,,Dann, Sie Rhinozeros, gehen Sie zu ... zum Henker!" - Na endlich! Naturam expellas furca, tamen usque recurret. Endlich! Endlich gibt's etwas zu Lachen. Aber worüber eigentlich? Und wie lange? Kann man denn in der Wüste lachen? Doch, aber auch aus dem Lachen werden wieder nur Sandkörner. Außerdem: was ist so komisch daran, daß der Professor schimpft? Naturam expellas furca, tamen usque recurret. Jeder ist, so wie er ist, und wenn er sich auf den Kopf stellt! Wie sähe der Professor aus, wenn er sich auf den Kopf stellt? Das ist eine völlig irreale Vorstellung. Der Professor ist eine Autorität, aber beim Kopfstehen würde ihm die Brille herunterfallen. Es ist durchaus denkbar, daß er überhaupt nie in Pension geht. Mit siebzig werden ihm Flügel wachsen: damit wird er operieren. Wenn der Professor den Siebziger erreicht hat, wird auch Gisel eine alte Schachtel sein, und die Gallenblasen-Anatomie wird endgültig veraltet sein: sie wird dann schon einen weißen Bart haben, mit dem sie die Telephonzelle einspinnt. Und Klari? Was wird aus ihr werden? Klari wird keine Kinder haben. Sie wird sich damit abfinden müssen, daß sie bei ihrem Chirurgen in der Wüste bleibt; gemeinsam werden sie Sand schaufeln. Jedes Jahr dreihundert Operationen und ebenso viele Assistenzen. Und von Zeit zu Zeit geht einer ex, den man wieder zugenäht hat.

Das ist kein Grund zur Sentimentalität. Man wird von Tag zu Tag abgestumpfter. Man braucht nur bei Nummer 14 Visite zu machen. Nummer 14 wurde von einem Auto überfahren, seine beiden Füße sind zerquetscht, er schläft mit offenen Augen und klaffendem Mund. Man hätte ihm sofort beide Füße amputieren müssen. Nun ist es zu spät. Auf den zerquetschten Gliedern von Nummer 14 kriechen Würmer. Aber wer weint ihn schon eine Träne nach, umgeben von so vielen amputierten Armen und Beinen, unter den Leichnamen aus zwei Jahrzehnten ... Dort ganz unten, da liegt der jüngere Bruder: er wollte ebenfalls Arzt werden und promovierte am selben Tag wie er. Auch er ist von einem Auto überfahren worden. Der Professor hat ihn operiert — er konnte ihm nicht helfen. Zehn Jahre lang trug Mama um ihn Trauer, dann war sie selber soweit, daß ihr nicht mehr zu helfen war; sie hatte Magenkrebs und wurde ebenfalls vom Professor operiert, der nach diesem Eingriff zwei Tage lang nicht fluchte. Wenn man ihm damals den Pfleger wegen der Matratzen geschickt hätte! ... Diese Art von Einfällen kommen einem nur in der Wüste — die Matratzengeschichte und die Sache mit Mama ... „Sie Rhinozeros, scheren Sie sich zum Teufel!" Aber der Professor hat ja gar nicht geflucht — es gab ja keine Matratzen. Nur Mama lag mit geschlossenen Augen da; wäre sie damals gerettet worden ... aber das war nicht möglich ... Die Störche sind davongeflogen ... Sogar die Wüste hat ihr Gutes: Das Gedächtnis arbeitet nicht allzu intensiv. In der Wüste ist Platz genug für alles — und für nichts. Aus Mama wird in der Wüste eine Matratze! Und aus Klari? Die sitzt im Zimmer 14, mit offenem Mund und erweiterten Pupillen ...

„Herr Doktor!"

„Was gibt's denn?"

„Nummer 14 ..."

„Ja, ich gehe gleich."

Klari und der von Nummer 14. Natürlich ist es nicht Klari. Sie steht im Korridor und plaudert mit dem Internisten. Aus Zimmer 14 aber dringt penetranter Gestank: der Vierzehner hat keine Füße.

„Herr Doktor, bitte ... nicht wahr ... Sie schneiden mir nicht die Füße ab!"

Die Augen des Vierzehners sind jetzt so starr, als ob er schliefe. Verzweifelt wirft er den Kopf hin und her. Er hat einen großen, dicken Kopf — als wäre ihm in der letzten Zeit auch der Kopf angeschwollen.

„Beruhigen Sie sich: wir lassen ihre Füße wo sie sind: nur frisch verbunden müssen sie werden."

Nein, lieber Vierzehner, Ihre Füße lassen wir ihnen, aber Sie werden wir bald in die Leichenkammer schaffen müssen. Nein, noch nicht jetzt: vorläufig müssen wir noch warten. Und solange Sie bei Bewußtsein sind, beantworten wir ihre Fragen sehr höflich. Es wäre freilich für alle beide besser, wenn Sie nicht mehr bei Bewußtsein wären, denn an der Sache mit der Leichenkammer ist nichts zu ändern. Das wissen schon alle, die Ärzte, die Pfleger, sogar die Putzfrauen — nur Sie wissen es nicht: und selbst wenn Sie uns danach fragten, werden wir keine Antwort geben, das heißt, wir werden Ihnen barmherzige Lügen erzählen, weil man vor Lebenden nicht vom Sterben sprechen darf. Ihre Füße — das ist etwas anderes. Die werden wir nur frisch verbinden. Aber fassen Sie das, bitte, keineswegs als besondere Vergünstigung auf — das ist hier Vorschrift. Wäre es Klari, die hier läge, wir würden es auch nicht anders machen, auch Klari käme zuletzt in die Leichenkammer; denn wir stehen dieser Unmenge von Problemen völlig machtlos gegenüber; zaubern können wir nicht, und aus Leichen sprießen nun einmal keine Rosenzweige, sie duften nicht. Sie kommen in die Leichenkammer und werden nicht in die Vase gestellt. Zum Glück ist es aber nicht Klari, die hier liegt, sondern Sie. Klari unterhält sich vergnügt draußen im Korridor. Sie hat allerdings keine zerquetschten Füße. Gestern war sie an dem neueröffneten Strand und stellte fest, wie warm und angenehm das Wasser war. Die Wüste kam nicht zu Wort.

In der Nacht träumte er vom Strand. Klari lag neben ihm. Er wühlte mit den Händen im Sand und fühlte eine stets wachsende Begierde, ihn in den Mund zu stopfen. Man sollte die Wüste auffressen! Vielleicht hatte er das auch im Wachen schon öfters empfunden, aber da hätte er sich vor den anderen geschämt. Der Strand ist voll von Leuten. Im Traum jedoch gibt's kein Schamgefühl. Er beugte sich nieder und biß in den Sand. Da fühlte er, daß der trockene Sand in seine Ohrmuscheln drang. Er konnte ihn nicht hinunterwürgen. Klari betrachtete ihn voll Schrecken, und auf einmal war auch der Internist da und deutete mit seinen großen langen Fingern auf ihn.

„Schauen Sie, Klärchen, der Herr Assistent frißt Sand!"

Er kümmerte sich nicht um den Internisten. Er wußte: wenn er die Wüste auffressen könnte, würde wieder alles gut werden. Wenn er die Wüste verschlingen könnte, dann wäre er ein Verrückter. Die Phantasie der Wahnsinnigen gleicht einem Kaleidoskop. Die Fata Morgana erfüllt solche Menschen bis an die Knöchel. Doch wußte er bereits — obwohl er zugleich immer noch hoffte —, daß er nicht einmal dazu imstande war, er konnte nicht verrückt werden, er konnte die Wüste nicht auffressen; er hatte den Sand nur pro forma in den Mund genommen, um den Internisten und Klari zu entlarven. Aber es ist im Grunde sinnlos, jemanden zu entlarven, man kann niemanden entlarven. Und wenn man niemanden entlarven kann, weder den Professor, noch Klari, noch Gisel — dann ist alles egal ... — und so spuckte er den Sand wieder aus.

Im Zimmer des Vierzehners herrschte unerträglicher Gestank. Dort wurde offenbar kein Kuchen gebacken! Der Gestank verfolgte ihn bis in den Korridor. Er schlug die Tür rasch hinter sich zu, aber der Vierzehner streckte die brandigen Füße bis in sein Zimmer. Er eilte ans Fenster und öffnete es. Gern hätte er etwas, das er dort draußen sah, vor die inneren Bilder geschoben, einen Baum oder einen Strauch, aber er sah nichts als Kranke; die Krankenbetten bedeckten nicht nur das Krankenhaus, sie standen überall, auf dem Gehsteig und auf der Fahrbahn, sie verstellten den Platz mit ihren gleichmäßigen weißen Gestellen. Erst nachdem er sich die Augen gerieben hatte, verschwanden die Betten. Ein Kleinbus raste durch den Spitalskorridor. Beinahe hätte er Klari und den Internisten überfahren, aber er bremste plötzlich: ein Zeitungsmann stieg ein und schwang hoch über dem Kopf die frischgedruckten Abendblätter. Hinter dem Zeitungsverkäufer rasten zwei Autobusse, drei Radfahrer und vierundzwanzig Autos vorbei. Der Insasse des letzten Wagens machte ihn aufmerksam, daß sein Stopplicht ausgefallen war. Man müßte es reparieren lassen! Was müßte man nicht alles reparieren lassen?! Das gehört auch noch mit zur Wüste. Man läßt die Wände streichen, nur damit sie wieder abblättern, das Badezimmer ist undicht, und alles muß immerfort erneuert werden. Der große Zeiger seiner Uhr bleibt um halb sieben Uhr stehen, und wenn er nicht stehenbleibt, bleibt etwas anderes stecken. Seine Geldbörse ist geplatzt. Wie ist es nur möglich, daß die anderen mit den tausend Kleinigkeiten spielend fertig werden, während er zum Beispiel daran verzweifelt, daß eine Glühbirne immer wieder durchbrennt? Wenn er mit Klari im gemeinsamen Haushalt lebte, dann wäre wenigstens jemand da, um neue Glühbirnen einzuschrauben. Aber davor schreckte er zurück. Er hatte das Gefühl, als würde er in eine Zelle gesperrt, mit einer neugierigen Aufseherin, die alle seine Bewegungen beobachten könnte. Lebenslänglich ... Lebenslänglich ... er schlug das Fenster heftig zu, als fürchtete er, daß die Einbrecherin durch das geöffnete Fenster zu ihm hereinsteigen könne, um ihm den letzten Rest seiner Unabhängigkeit zu rauben.

Es tut anscheinend nicht gut, allzu lange allein zu leben. Er hätte sich damals im Weinlokal an dem Bild festhalten müssen. Hätte er sich damals für Martha entschieden und nicht für die Bauchspeicheldrüse....! Es lag aber eigentlich nicht an der Bauchspeicheldrüse, sondern an seiner ersten Operation. Damals war er vor Martha erschrocken, oder besser gesagt: vor den eigenen zitternden Händen. Mit so zittrigen Händen kann man doch nicht die Verantwortung für ein fremdes Leben übernehmen. Obwohl es nur eine Bauchoperation war; aber als man ihm das Skalpell reichte, konnte er damit nicht einmal in Gedanken einen geraden Schnitt machen. Erschrocken kramte er seine Erinnerungen aus dem Seziersaal aus und durchforschte die Bücher, über denen er gebüffelt hatte, aber seine Unsicherheit wurde immer größer. Vielleicht waren die Organe anormal gelagert und nicht so, wie er es gelernt hatte. Er war außerstande, in lebendiges Fleisch zu schneiden. Nach der Operation traf er sich mit Martha. Sie brachte ihm Blumen. ,,Auf den Erfolg deiner ersten Operation!" Ihm bebten die Hände noch immer. Über die Blumen errötete er. Er hatte das Gefühl, verspottet zu werden. ,,Aus Ihnen wird ein berühmter Chirurg ... Ich spüre das ..." Martha stand wortlos da, das Bukett festhaltend, in seinem Kopf aber spukten zweifelnde Gedanken. Eine maßlose Bitterkeit schnürte ihm die Kehle zu, er herrschte Martha an: ,,Nimm zur Kenntnis, daß ich mit Gewißheit ein berühmter Chirurg werde! Vorausgesetzt, daß du dich nicht fortwährend an mich anhängst, mich vor den Kollegen blamierst, mir Blumensträuße nachschleppst. Merk dir das gefälligst!" Martha starrte ihn entsetzt an. Später versöhnten sie sich irgendwie. Eigentlich aber war damals schon alles zu Ende gewesen. Und zwar nicht wegen Sappho oder Anakreon, die Martha ziemlich oft zitierte, obwohl er ihr lieber aus medizinischen Büchern vorgelesen hätte ...

,,Herr Doktor ... In den Operationssaal, bitte ..."

,,Was ist es denn?"

,,Gallenblase ... Auf Nummer 2."

Wieder eine Gallenblasenoperation. Unwillkürlich blickte er auf seine Hände. Er rechnete damit, daß sie zittern würden. Nein, die Hände zittern ihm längst nicht mehr. Die Organe sind tatsächlich, wo sie hingehören, kein böser Geist rückt sie von der Stelle. Und ins lebendige Fleisch zu schneiden, ist nichts Besonderes. Es ist nicht schwerer, als ein Hühnerbein mit Gabel und Messer zu tranchieren. Bevor er in den Operationssaal ging, prüfte er die Röntgenbilder. Steine wird es wahrscheinlich nur in der Gallenblase geben.

Der Patient lag zugedeckt da, nur ein viereckiges, von blauen Tüchern umrahmtes Stück des Körpers war entblößt. Da war es also, das Hühnerbein! Das übrige ist der Teller, in den man nicht hineinbeißen darf. Klari stand dem Chirurgen gegenüber; aus der Maske leuchteten bloß ihre Augen hervor. Verschleiert, wie eine Orientalin! Er versuchte sich Martha in dieser Situation vorzustellen — ihr wollte aber der weiße Kittel keineswegs passen.

,,Skalpell, bitte!"

Er blickte wieder auf seine Hand. Nein, in der Wüste gibt's keine Bäume, also auch keine Blätter, die zittern könnten.

,,Gefäßklemme ... Schere, bitte ..."

Irgendwo tickte eine Uhr. Er murmelte seine Anweisungen nur innerlich, die Operationsschwester reichte ihm die Instrumente automatisch.

,,Haken ... Lange Gefäßklemme ..."

Als Mama operiert wurde, hielt der Professor das Skalpell ... Dennoch flogen die Störche davon. Diesmal aber werden sie nicht davonfliegen! Man braucht lediglich die Gallenblase zu entfernen. Im Gallengang befindet sich kein Stein, und auch wenn einer drin wäre, die Störche würden doch nicht davonfliegen, nicht einmal, wenn er von der Leber ein Stückchen abzwicken, daß heißt, eine Leberteilresektion machen müßte! ... Das hier ist aber viel einfacher.

,,Haken ... Lange Gefäßklemme ..."

In der Wüste gelingen die einfachen Dinge immer; die nicht gelingen, sind die hoffnungslosen Fälle.

Es ist gelungen. Die Operation ist gelungen. Er suchte nach Klaris Augen. Eine Weile dachte er, in ihnen sich selbst zu sehen, kniend und Sandburgen bauend ... doch dann wurde sein Schurz immer blutiger, Klaris Augen glänzten immer lebhafter. Er mied ihren Blick nun möglichst, allerdings vergeblich ... durch Klaris Augen sah ihm der Internist entgegen, lebhaft und spöttisch.

,,Der Eingriff ist gelungen", grinste der Internist, ,,aber der Patient ist gestorben, weil er die Wüste nicht auffressen konnte!"

,,Herr Doktor!" rief ihm die Operationsschwester nach. ,,Nicht so eilig, bitte! ich muß Ihnen ja erst den Kittel aufmachen ..."

Gehorsam blieb er stehen. Im Korridor begegnete er Gisel. Sie trug eine Medikamententasse vor sich her und streckte den Hals bei jedem Schritt etwas vor. Sie ist wie ein Kamel, dachte er. Ja, sie ähnelt tatsächlich einem Kamel. Dieser Gedanke stimmte ihn milder. Er vergaß den Blick, den ihm Klari vorhin zugeworfen hatte und lächelte die Schwester freundlich an.

Der Boxer und der Professor

Ehe der Boxer ihm an jenem Abend plötzlich den Weg verstellte, waren sie einander schon öfters begegnet. Das war nicht erstaunlich, sie wohnten im selben Haus. Die Bekanntschaft ging aber nicht so weit, daß sie miteinander geredet hätten, nur in letzter Zeit kam es vor, daß er seinen Schlüssel vergessen hatte, und der Boxer — wenn er zur gleichen Zeit nach Hause kam — höflich die Lifttür vor ihm öffnete: „Fahren Sie mit, Herr Professor? … treten Sie, bitte, ein!" — Er bemühte sich jedesmal, liebenswürdig mit dem Kopf zu nicken; und dann fuhren sie gemeinsam bis in den fünften Stock. Der Boxer fuhr noch weiter. „Ich fahre ganz bis zum Dach", sagte er einmal. Dieser Satz fiel nun dem Professor ein, und er empfand einen seltsam stechenden Schmerz in der Scheitelgegend. Der Mechanismus des Aufzugs ist anscheinend schadhaft. Die Kabine hält nicht beim zehnten Stock, sie rast weiter, durchbort das Dach … durchbohrt seinen Schädelknochen…

In einem engen Gäßchen standen sie einander plötzlich gegenüber. Das Gäßchen mündete unmittelbar in ihre Gasse. Ein Abstand von etwa zwei Metern lag zwischen ihm und dem Boxer. Noch hätte er zwei, drei Schritte ungehindert tun können. Er wußte gar nicht, warum er innegehalten hatte. Vielleicht, weil ihm die Gestalt des riesenhaften Mannes wie ein Verkehrshindernis entgegenragte. Sie wirkte wie eine Verbotstafel: Die Gasse wird umgebaut, kanalisiert: weitergehen verboten. Wie, wenn er ungeniert weitergegangen wäre? Aber die Unbeweglichkeit des Boxers hatte ihn fasziniert. Das Mondlicht fiel auf dessen kurzgeschorenes Haar, wodurch die rötliche Haardecke zu flammen schien. Den Hals hatte er eingezogen, wie gewöhnlich, dennoch erschien er dadurch noch größer; hätte er sich gerade aufgerichtet, er hätte unbedingt etwas umstoßen müssen. Er war wie ein moderner Atlas, nur trug er an Stelle der Erdkugel eine Mondsichel auf der Schulter. Der Ausdruck der griechischen Statue ist nachdenklicher und zerquälter — der des Mannes vor ihm hingegen war albern. Doch erforschte dieser alberne Gesichtsausdruck — ihn. Bisher hatten sich ihre Blicke nie getroffen. Sooft sie im Lift fuhren, standen sie meist abgewendet nebeneinander, sogar wenn sie dabei einen Satz redeten oder Höflichkeiten austauschten. Der Boxer betrachtete verwirrt, mit eingezogenem Hals, die Wand der Kabine. Manchmal wetzte er sogar nervös in dem engen Raum hin und her. Man hätte seine Gebärden gründlicher beobachten müssen; jetzt war es zu spät. Er stand unbeweglich da, und man konnte weder vor noch zurück.

Der Professor besaß die Fähigkeit, seine Eindrücke zu entpersönlichen und zu verallgemeinern. Deshalb hatte er den Boxer früher nie genauer angesehen. Für seinen Kopf, seine Bewegungen und seine Gestalt hatte er längst den Begriff „Kraft" substituiert. Wenn sie im Lift fuhren, so fuhr er mit der Kraft. Seinem Gefühl nach war der andere sein Antipode. Manchmal wunderte er sich, daß die Kabine nicht kippte wie eine Waage, die aus dem Gleichgewicht kommt. Obwohl kein Zweifel aufkam: die Gewichtsverhältnisse waren gestört. Ein andermal wieder kehrte sich diese seine Verallgemeinerungsgabe um: die ganze Umwelt verwandelte sich sozusagen in den Boxer. Auch passierte es, daß er von ihm träumte: er saß im roten Haar des Boxers, und sie wateten durch angeschwollene Gewässer. Wieder ein anderes Mal verwandelte sich der Boxer in einen roten Elefanten, er selbst saß in einem Häuschen auf seinem Rücken und lenkte die Schritte des Elefanten. In seinen Träumen war es stets der Boxer gewesen, der ihn friedlich und gehorsam trug, und er hatte keine Angst, daß er ihm vor die Beine stürzen, daß der Boxer wild werden und ihn zertrampeln könnte. Bei seinen Vorlesungen kam es sogar vor, daß sich der Boxer in irgendeine historische Figur verwandelte, und dann kämpfte er, in eine Kutte gesteckt, als „Lorenz mit dem großen Stab" oder als Johannes Kapistran ... oder aber er setzte sich einen Helm auf den Kopf — doch schimmerte sein rotes Haar auch noch dann unter dem Visier auf sonderbare Weise hervor. Er erwies sich in diesen Verwandlungsgestalten als sehr streitlustig, dennoch vermochte er den Professor nie zu erschrecken — weder, wenn er als „Lorenz mit dem großen Stab" seinen Knüttel schwang, noch, wenn er als Johannes Kapistran mit einem riesigen Kreuz Türkenschädel einschlug. Die spannende Realität seiner Handlungen wirkte eindrucksvoll und beruhigend. Jetzt aber stand er unbeweglich, und das Mondlicht ließ sein Haar aufflammen.

Durch das zwei Meter breite Niemandsland lief eine Katze. Es war eine gewöhnliche getigerte Katze. Während sie hinüberlief, wirkte die enge Gasse leicht nach einer Seite gekippt. Als die Fahrbahn dann wieder ins Gleichgewicht gekommen war, fühlte sich der Professor dem Boxer näher. Es mochte sein, daß dieser einen Schritt auf ihn zugetan hatte, oder aber es war nur die Bewegung der Katze, die den Abstand kürzer erscheinen ließ. Der Professor hoffte auf die letztere Möglichkeit. Er war keinesfalls vorgetreten, soviel wußte er.

Um die Verringerung des Abstandes zu bewältigen, suchte er in seinem Gedächtnis nach etwas Beruhigendem. Wir sind miteinander nicht überworfen, wiederholte er sich. Wir haben doch keinen Grund, einander böse zu sein. Er fühlte sich sogar gewissermaßen als Beschützer des Boxers. Er erinnerte sich noch ganz genau, daß er ebenfalls den Boxer vor sich sah, als er vor seinen Hörern über die Apostel sprach: er hatte wieder eine Kutte an, stand mit bloßen, knochigen Füßen da und spuckte wild nach allen Seiten aus. Schauen Sie, hatte er erklärt: diese nach Knoblauch stinkenden Fischer, diese ungehobelten, riesigen Lümmel spuckten so lange um sich, bis sie die ganze römische Zivilisation untergekriegt hatten. Da war alle Empfindsamkeit vergeblich, da half kein literarisches Können, nicht die Präzision des Tacitus, nicht der Witz des Horaz, sie verlachten nämlich Vergils wunderbare Reisegeschichten, und für die lilienzart weinenden Greise Homers zimmerten sie Kreuze; geräuschvoll setzen sie sich in ihre Fischerboote und fabrizierten rülpsend schwerfällige Hymnen. Allerdings wäre die heutige moderne Literatur ohne diese einfältigen Gesänge entschieden ärmer, Augustinus hätte sich nie am Meeresufer der Kontemplation hingegeben, und auch Baudelaire hätte seine „Blumen des Bösen" nie geschrieben. Verwundert blickten damals seine Hörer den Professor an — er aber glaubte nur den Boxer zu sehen, im Apostelgewand, mit gewaltigem rotem Bart, wie er ihm mit seinen Riesenhänden vor der Nase herumfuchtelte. Ist er etwa über den Knoblauchgestank beleidigt? Gewiß nicht, der Boxer besuchte ja die Universität nicht; keiner seiner Vorlesungen hatte er beigewohnt. Es ist sogar möglich, daß der Boxer überhaupt keine Schule besucht hat. Die beiden lebten in zwei verschiedenen Welten, es konnte also zwischen ihnen keine Meinungsverschiedenheiten geben.

Während er sich an diesen Erinnerungsresten festklammerte, tauchte immer beunruhigender eine weitere Serie von Bildern vor ihm auf, die ein anderes Zusammentreffen zeigten. Um sich diesen Bildern zu entziehen, suchte er sich auf das zwischen ihnen liegende Niemandsland zu konzentrieren. Er hatte ein unfehlbares Augenmaß für kleine Entfernungen. Kein Zweifel: während er über die Apostel nachsann, war ihm der Boxer wieder näher gerückt. Nun trennte sie nur noch ein Abstand von etwa einem Meter. Man müßte rasch handeln, fuhr es ihm durch den Kopf. Eventuell könnte er den Boxer anreden. Warum aber ausgerechnet jetzt, mitten in der Nacht, wo er ihn doch früher auch nie angesprochen hatte? Sie hätten sich doch auch im Lift und im Treppenhaus unterhalten können. Hätte er ihn damals etwa gefragt: Sagen Sie mal, junger Mann, wie groß sind sie denn eigentlich? ... Für eine solche Frage war jedoch halb zwölf Uhr nachts eine viel zu späte Stunde. Außerdem wußte er ohnehin Bescheid, weil einer der Zuschauer — anläßlich jener anderen Begegnung eben — zu ihm gesagt hatte: „Was meinen Sie, wieviel der Riesenkerl in Zentimetern mißt? Zwei Meter sieben! Sie werden sehen, er wird den anderen zu Palatschinkenteig schlagen! Wieso hat man nur so einen kleinen Knirps gegen ihn antreten lassen? ...“ — Der Professor versuchte zwar, seine Ohren gegen die Stimme der Erinnerung zu verschließen, aber in Gedanken weilte er schon in der gewaltigen Arena, inmitten Tausender Schlachtenbummler. Nie zuvor hatte er sich einen Boxkampf angesehen. Aber seine historischen Gestalten, die Reminiszenzen an römische Gladiatoren, hatten ihn hergelockt — und auch der rote Riese, der im selben Haus wohnte. Damals hatte er wahrscheinlich den Hauptfehler begangen: er hätte niemals diesem Kampf beiwohnen dürfen! Ein geistiger Mensch vermag sich die Szene durchaus im Kopf zu projizieren, wenn Kraft als Bewußtsein und Koeffizient wirksam wird — wozu dann also noch der Naturalismus des Hinschauens? ... Damals empfand er jedoch eine mit Neugier gemischte Genugtuung, als sein roter Elefant, auf dessen Rücken er saß, sich ins Zeug legte, um den Feind zu zertrampeln.

Wahrscheinlichkeitsrechnungen haben so etwas Beruhigendes: mögen auch immer und überall Ziegel herunterfallen, Stollen einstürzen, Züge entgleisen, Flugzeuge zerschellen — das sind dann eben keine typischen Fälle: Das Gebiet der Wahrscheinlichkeitsrechnung erstreckt sich weit, das nie entgleisende Alltagsgrau des Lebens bildet seinen Kern. Neunhundertneunundneunzig Millionen gaffender Menschen gehen ohne Schutzhelm spazieren und keinem von ihnen fällt der Ziegel auf den Kopf. Die Wahrscheinlichkeitsrechnung bietet die Gewähr für Ruhe und Frieden. Der riesige rote Elefant stürzt auf den kleinen Knirps los und trampelt ihn nieder. Er tut es, weil er doppelt so groß und viermal so stark ist: er tut es, weil es sich so gehört. Diesmal jedoch kam es anders. Der Elefant wich in die Ecke des Ringes zurück, und der kleine Gedrungene verabreichte ihm blitzschnelle Schläge auf seinen Bauch. Die Zuschauer pfiffen. Der Schiedsrichter trennte sie zweimal, der Elefant aber wich immer aus. Und da warf, völlig unerwartet — wie ein Blitz aus heiterem Himmel —, der Trainer des Elefanten das Handtuch in den Ring, und der Besiegte stand in der Mitte wie ein weißer Frosch, ein Sinnbild der Feigheit und Unterwürfigkeit gleichsam. Die Leute pfiffen und trampelten mit den Füßen. Der rote Elefant schlich gesenkten Hauptes aus dem Ring ... und da trafen ihre Blicke sich vielleicht für eine Sekunde. Ja, jetzt hielt es der Professor für ganz sicher, daß der Boxer ihn angeblickt hatte, als wollte er ihm reuig zu verstehen geben: das hätte nicht passieren dürfen ... wozu besucht denn ein Universitätsprofessor Boxkämpfe! ... Ein Hochschulprofessor hätte nicht mit ansehen dürfen, wie der rote Elefant gezwungen wurde, den Ring zu verlassen. Es war wirklich schade, daß er sich dorthin verirrt hatte. Er hätte in der Arena nichts zu suchen gehabt. Am besten schiebt man dieses persönliche Erlebnis innerlich von sich und vergißt es. Kraft, das ist ein sehr allgemeiner Begriff, zu dem man doch auch andere Beziehungen herstellen kann. Kraft, das ist eine riesige rote Amme, die schwächliche Professoren, die schon als Brillenträger geboren sind, in den Armen hält. Die Kraft kann sie wiegen und streicheln ... — Aber der Gedankengang des Professors rannte stets vergeblich gegen die Ringseile und prallte daran ab. Denn die Kraft ist nur eine Amme, solange sie sich mit ihren protzigen Muskeln produzieren kann; ertappt man sie aber bei einer Feigheit, so wird sie grausam und unberechenbar.

Der Mond glänzte wunderlich, sein Schein vermengte sich mit des Boxers Haar. Jetzt standen sie einander dicht gegenüber. Er spürte schon den Atem des andern. Wieder dachte er an die Apostel, aber er spürte keinen Knoblauchgestank; vielmehr schlug ihm Odolgeruch aus dem stoßweisen Atem entgegen: der Boxer hatte einen Kaugummi zwischen den Zähnen.

Eigentlich kann ich nichts dafür, daß ich mir damals den Boxkampf angesehen habe, redete er sich ein. Ich war überzeugt, der rote Elefant werde siegen ... — Dann fragte er sich, ob es einen Sinn habe, um Hilfe zu rufen ... Vorsichtig spähte er die enge Gasse nach beiden Seiten entlang. Auf der einen Seite erstreckte sich die hohe Mauer eines Lagerhauses, auf der anderen standen zwei Häuser mit heruntergelassenen Jalousien. Alles schlief. Wenn er rief, so würde doch niemand wach werden. Aber wozu rufen? Vielleicht täuschte ihn sein Zeitgefühl. Eigentlich war er gar nicht stehengeblieben ... Sie gehen einfach aufeinander zu. Ein Augenblick noch, dann weichen sie einander aus, und der Boxer wird in die entgegengesetzte Richtung weitermarschieren ... dabei starrte er auf die Schuhe des Boxers — sie standen unbewegt da. Gewiß ist es möglich, daß der Boxer aus reiner Höflichkeit nicht weiterzugehen wagt und wartet, bis er selbst sich in Bewegung setzt. Nun tat er vorsichtig einen Schritt seitwärts. Da bewegten sich auch des Boxers Schuhe in die gleiche Richtung. Ein komischer Zufall, daß sie einander nach derselben Richtung ausweichen wollten. Selbst die größte Höflichkeit hat ihre Handikaps. Er versuchte es nach der anderen Richtung. Das Resultat war das gleiche ...

Er hat irgendwo einmal gelesen, daß im Moment des Todes die Gedanken blitzschnell ablaufen und der Mensch sein Leben in einem einzigen Augenblick rekapituliert. Aber er denkt jetzt doch ruhig und normal ... Er denkt eigentlich überhaupt nichts Besonderes, betrachtet nur die Häuser, den Mond, und damit basta! Ihm droht doch gar keine Gefahr.

Auch diese Hoffnung wurde hingegen rasch zunichte. Über der engen Gasse sausten die Züge hin. Sie rasten hoch oben auf einer gebrechlichen Eisenbahnbrücke vorbei. Merkwürdig: vorher hatte es hier weder Schienen noch Brücken gegeben. Jetzt befand sich eine dröhnende schwarze Konstruktion zwischen der Lagerhausmauer und den Häusern mit den herabgelassenen Jalousien, als wäre sie in Sekundenschnelle herbeigezaubert worden. Auch die Lokomotive und die Waggons waren schwarz, nur einzelne helle Coupéfenster gab es ... und hinter jedem Fenster stand er selbst und schaute auf sich herunter.

Irritiert warf er die Arme empor, als wolle er die Schienen verscheuchen. Doch er konnte die Züge nicht zum Stehen bringen. Immer mehr Fenster leuchteten über ihm auf, immer öfter begegnete ihm sein eigenes Gesicht. Aus manchen Abteilen sah er als ganz junger Mann heraus. Vergeblich hatte er gebüffelt, um Mathematik zu lernen. Er ist nicht Mathematiker geworden. Wer war das nur, der die Regeln aufstellte, mit deren Hilfe man ein regelmäßiges Fünfeck konstruieren kann? ... Der Name fiel ihm nicht ein. Er zuckte zusammen. Verzweifelt suchte er nach dem Anfangsbuchstaben. Wenn er den Namen findet, kann er die Züge aufhalten ...

„Gauss, Gauss ...", sagte er, aber es klang wie ein Röcheln. Da waren auch schon die letzten Waggons vorbeigerast.

Eine Weile war es still. Wahrscheinlich waren die Eisenbahnschienen herabgestürzt. Nun klangen die Töne dumpfer. Er beugte das Ohr auf die Fahrbahn herab. Anscheinend liefen die Züge unterirdisch weiter. Auf wunderbare Weise konnte er sie ebenfalls sehen, obwohl sie in großer Tiefe dahinratterten. — Jemand hat später sogar die Konstruktionsregeln für das Zweihundertzwölfeck gefunden. Das war aber durchaus keine originelle oder elegante Lösung mehr. Vergeblich hat jener einen Haufen kariertes Papier vollgekritzelt. Nur ganz selten gelingt es einem, etwas von entscheidender Bedeutung zu erfinden. Dem großen Mathematiker ... wieder hat er seinen Namen vergessen! ... ist es gelungen! Am liebsten hätte er nicht daran gedacht, denn sein Gehirn arbeitete schwerfällig und knarrend, und indes er dachte, ratterten die Züge in der Tiefe immer lauter ...

Er sah zeitweise riesige kristallene Fünfecke vor sich. Ihre Seiten waren steil und spiegelglatt; schwankend standen keuchende rote Elefanten auf ihnen und rutschten immer wieder ab. Mit einer Schulterbewegung hätte er den Elefanten helfen können. Aber er konnte seine Schulter nicht bewegen, sosehr er sich anstrengte.

Als man ihn später fand, lebte er nicht mehr.

Übrigens meldete sich der Boxer freiwillig.

Im Laufe der Verhandlung bemühten sich Staatsanwalt und Verteidiger mit vereinten Kräften, die Gründe des Verbrechens aufzuhellen.

Sie versagten alle beide.

„Der Angeklagte, den sie hier vor sich haben", begann der Verteidiger, „war sein Leben lang eine friedliche Natur, die, wie man sagt, nicht einmal einer Fliege etwas zuleide tat ..."

„Etwas muß doch das Opfer zu Ihnen gesagt haben, wodurch es Sie in Wut gebracht hat ...", sagte der Staatsanwalt versuchweise.

Der Boxer schüttelte den Kopf.

„Aber aus irgendeinem Grund waren Sie ihm doch böse ..."

„Ich habe ihn sehr verehrt ...", stotterte der Boxer. Dann wurde die Verhandlung vertagt.

Kurzschluß

Eine große Medizinflasche und ein Löffel. Die Medizinflasche hat einen Mund, schluckt den Löffel. Dann kommen der Rasierpinsel und der Seifenschaum und bedecken das Ganze. Unter dem Seifenschaum jedoch bewegen sich die Sätze weiter.

„Stell dir vor, die Straßenbahn hat Maria überfahren."

„Gabriel wird verrückt werden."

„Selbst wenn Maria nicht verunglückt wäre, hätte ihr Verhältnis nicht mehr lange gedauert. Gabriel wollte mit ihr brechen."

„Warum wollte er mit ihr brechen, wo er doch verrückt nach ihr war?"

„Maria betrog ihn nach Strich und Faden."

Das ist nicht wahr. Mit ihm selber betrog sie ihn auch nicht. Manchmal hätte er Maria gern angerufen: „Schauen Sie, Maria, werden Sie doch meine Geliebte." So einfach. So aufrichtig hört sich das an. Er traute sich aber nie, Sie anzurufen.

„Stell dir vor, die Straßenbahn hat Maria überfahren", das aber bewegte sich nicht mehr unter dem Seifenschaum. Schon lange hat der Friseur ihn von seinem Gesicht gewaschen. Er zahlte und verließ den Salon. Dann kam das Spielwarengeschäft, ein bunter Ball rollte hinter der Scheibe. Im Milchladen zwei Flaschen und vier Kipferln. Er stieg in den Aufzug, und jetzt sitzt er hier am Bett seiner Frau.

„Das Rehlein ist also verreckt."

„Die Straßenbahn hat sie überfahren ..."

„Sie war ein widerliches kleines Biest."

„Du hast sie ja gar nicht gekannt."

„Wieso habe ich sie nicht gekannt? Hast du nicht erzählt, daß sie sich auch Stefan an den Hals geworfen hat?"

„Ich wiederholte nur, was ich von anderen hörte; und außerdem hat sie die Straßenbahn überfahren."

„Das Rehlein ist verreckt."

Unter dem Seifenschaum klang das alles ganz anders. Schlanke Schenkel ragten aus dem weißen Schaum, und ein winziger Tropfen Blut, aber nur so viel, wie bei einer verletzten Taube. Unter dem Seifenschaum trägt Maria einen kleinen lila Samthut, der Samt ist mit milchfarbenem Tüll umwickelt. Er steht Maria unglaublich gut. Mit diesem Hut sah er sie das letzte Mal. Maria ist so schön, daß ein jeder ihr böse sein müßte, weil sie Gabriel gehört. Aber Maria ist so lieb, daß ihr niemand böse sein kann. Sie kann so etwas sagen:

„Theodor, wenn Sie keine Frau hätten, würde ich Sie heiraten."

„Theodor würde sich deinetwegen sicher scheiden lassen", sagt Gabriel eifersüchtig.

„Gott behüte! Ich wäre keine gute Ehefrau. Ich würde ihn dauernd mit dir betrügen und das verdient er wirklich nicht." Wenn sie spricht, spitzt sie manchmal anmutig den Mund, ein wenig spöttisch, aber sie sagt niemandem Böses, sie schmeichelt eher. Wenn sie zu schwatzen beginnt, ist sie unwiderstehlich. Vergebens hat die Straßenbahn sie überfahren, sie spricht weiter, beim Friseur, vor den Auslagen, auch im Milchgeschäft, im Aufzug. Schade, daß jemand dazwischenredet. Auch der Friseur, während er sein Messer schleift.

„Der werte Kunde, der ist etwas Besseres, der werte Kunde hat große Schule ..."

So sagt er — große Schule. Großbahn, Kleinbahn, Dünnbahn ... Marias Hut stülpt in den ganzen Satz hinein, als zeigte ein netter Zwerg seine lila Nase.

„Ich bin nur Laie, nur ein Friseur, aber so viel weiß ich auch, die ganze Fußballmeisterschaft ist Business. Wer mehr Money hat, ich bitte Sie, der ..."

Die ganze Großbahn kann man freilich in den Tunnel stecken. Er muß ja nicht antworten, Dank dem Seifenschaum und dem Messer. Marias Worte glitzern durch den

Tunnel. Auch die Bälle der Auslagen rollen umsonst ... Die Straßenbahn kommt ... ohrenbetäubendes Geklingel ... Es ist unmöglich ... zu Hause aber hilft auch die Straßenbahn nicht, zu Hause muß er auf alles antworten.

„Hörst du schon wieder nicht zu, Theodor?"

Der Mund seiner Frau ist seit einigen Monaten schief. Aus diesem schiefen Mund zischen die Worte jetzt besonders kränkend.

„Das Rehlein ist verreckt."

Was kann man mit so einem schiefen Mund machen? Man müßte Marias lila Hut, die Medizinflasche und den Löffel hineinstopfen. Aber auch dazu ist keine Zeit. Er muß antworten. Er muß dauernd antworten.

„Wer hat es gesagt?"

„Wer hat es gesagt?"

„Wer war noch dabei?"

„Mit wem?"

„Wem?"

„Wo?"

„Und die Straßenbahn hat ihr auch den Kopf zermalmt?"

„Nein!"

„Nur die Beine?"

„Und wie hat sie ausgesehen?"

„Ich habe schon dreimal gesagt, daß ich nicht weiß, wie sie ausgesehen hat. Ich war nicht dabei."

„Irgend jemand hat sie doch gesehen."

„Du weißt, wie das ist: Jeder berichtet etwas anderes."

„Gut, aber was sagen sie?"

„Man sagt, sie ist mit den Beinen unter die Räder gekommen ... Und wie sie nach hinten fiel ..."

„Das habe ich schon gehört."

Die Sätze sind grausamer als die Räder der Straßenbahn. Sie zerknüllen den lila Hut mit dem Tüll vollkommen. Eine Weile schnauft Maria lieb unter den Rädern. Sie tut so, als ob sie schliefe. Plötzlich aber wird sie zu einer riesigen, aufgetriebenen, dicken Leiche. Der Mund ist auf der rechten Seite etwas schief. Sie starrt mit Glotzaugen auf die Medizinflasche. Er kann sie nicht anschauen, er muß weiter Antworten herunterhaspeln. Obwohl ein Tag gar nicht so viele Sätze hat. Manchmal geschieht gar nichts, nur ein schweigsamer Straßenkehrer schlendert über die Fahrbahn, dann kommt ein Rauchfangkehrer und dabei fällt ihm ein, daß er noch den Totoschein aufgeben muß. Beim Friseur kann womöglich die Lokomotive der Großbahn unter den Seifenschaum rasen. Hier, in diesem mit Möbeln vollgestopften Zimmer ist der Verkehr überwältigend, Menschen agieren, Fahrzeuge fahren hin und her, aber draußen im Leben scheint der Verkehr stillzustehen. Trotzdem will seine Frau die ganze Straße aufrütteln, sie möchte, daß auch Schornsteine und Häuser miteinander reden und die Kirchtürme klatschen.

„Und was ist dann geschehen?"

„Wie viele Leute waren im Kaffeehaus?"

„Was hatte das Rehlein an?"

Er hat keine Ahnung, was sie damals angehabt hat, auch an das vorherige Kleid kann er sich nicht erinnern.

„Und was hatte Bélas Schwester an?"

Das weiß er auch nicht. Er schaut sich manchmal die Auslagen an, wählt das eine oder andere Kleid aus und kleidet damit im nachhinein die Bekannten. Wenn ein Kleid ihn nachhaltig beeindruckt, kommt es vor, daß mehrere es tragen. Wenn ihm das passiert, ist seine Frau aufgebracht. Nie vergißt sie ein Kleidungsstück. Obwohl sie seit sieben Jahren nichts außer Schlafrock und Nachthemd braucht, wühlt sie gierig in den Sachen herum, die er nachträglich aus den Auslagen hervorgezaubert hat, als wollte sie sie anziehen.

Die Zwiegespräche interessieren sie dennoch am meisten. Er muß sie mit größter Genauigkeit reproduzieren: Darauf er. Darauf ich. Darauf jener. Darauf dieser. Das eine oder andere Detail läßt sie ihn öfter wiederholen.

„Bist du noch nicht müde?"

„Überhaupt nicht."

Er aber ist todmüde. Offenbar macht die Krankheit den Gesunden schneller müde als den Kranken selbst. Seit sieben Jahren steht der gesamte Verkehr auf dem Ring still. Die Häuser, die Kirchtürme schweigen, die Menschen wurden zu Nudisten; Auslagen, Modesalons, Gemüsehandlungen sind leer. Hier muß er dauernd Wörter, Sätze verkaufen. Er wickelt sie ellen-, meter-, kilometerweise ab, und eine Inventur gibt es nie. Er kann nicht sagen, daß Bélas Schwester nackt in die Oper ging. Seiner Meinung nach ging sie tatsächlich nackt, er blickte sie gar nicht an, er sah weder ihre Tasche noch das Cocktailkleid.

„Welche Farbe hat es denn gehabt?"

„Weinrot."

„Aber sie trug ja weinrotes Kleid auch letztes Mal."

„Dann war es blitzblau."

Das Blitzblau nützt aber auch nichts. Auch daraus entsteht Ärger. Er muß den Arzt rufen. Und alle Medizinflaschen bekommen einen doppelten Mund. Ein schrecklicher Anblick, wenn jemandem die Tränen in den schiefen Mund fließen.

„Nicht wahr, du möchtest mich schon loswerden?"

„Nicht wahr, ich stehe dir im Weg?"

„Nicht wahr, du spekulierst schon auf meinen Tod?"

Nicht wahr ... Nicht wahr ... Wo ist denn die Medizinflasche? Und dabei reichen die Straßenbahnschienen nicht bis ins Zimmer. Hier fahren keine Straßenbahnen. Hier gibt es keinen Unfall. Hier kann man lebenslänglich dahinsterben. Währenddessen tritt Maria ahnungslos aus dem Tor, und der lila Hut wird von den Rädern mitgerissen.

„Das Rehlein ist verreckt ..."

Der Arzt meint, es kann noch Jahre dauern ... Es sei denn, es kommt irgendeine Straßenbahn. Aber im Zimmer gibt es keine Schienen, nur Medizinflaschen ... Ja, als ihr Mund vor einigen Monaten schief wurde, da dachten sie ... Seither aber keine Veränderung. Höchstens, als hätte sie ein wenig zugenommen ... Vielleicht, weil sie jetzt noch weniger Bewegung macht. Früher richtete sie sich im Bett öfter auf. Jetzt liegt sie nur noch, beobachtet aber alles wachsam. Mißtrauisch und Rechenschaft fordernd.

„Und wer war noch dabei?"

„Und wohin gingst du dann?"

Sie weiß genau, daß es Dinge gibt, von denen er ihr nicht erzählen darf. In sieben Jahren passiert vieles. Man kann nicht sieben Jahre lang ganz aufrichtig sein. Die wenigen verschwiegenen Sätze schweben feindlich zwischen ihnen. „Ich weiß, daß du nicht alles erzählt hast, und ich will auch gar nicht, daß du darüber sprichst. Aber ich habe das Recht, hinter jedem deiner Worte eine schamlose Lüge zu vermuten." Vielleicht haßt sie Maria deshalb so, weil sie annimmt, auch er hatte ein Verhältnis mit ihr.

„Sie ist nicht verreckt! Die Straßenbahn hat sie überfahren ... Und du irrst sehr, wenn du glaubst, daß ich und Maria ..."

„Diese Dinge interessieren mich nicht."

Ihre Augen aber glänzen auch jetzt argwöhnisch, sie klagen an.

„Eigentlich war es ein Glück für eure feine Maria, daß sie in die Straßenbahn gelaufen ist. Mit der Zeit wäre sie zu einer häßlichen alten Ziege geworden."

„Warum glaubst du das?"

„Derart verlotterte Weiber werden schnell alt."

Diese Behauptung wäre aus mehreren Gesichtspunkten anfechtbar. Aber wozu die Mühe? In einer Ecke des Zimmers steht eine Vase mit welken Blumen. Wenn man länger hinsieht, schwimmen zwischen den grünen Stengeln Bilder. Auch, wenn die Sätze weiterfließen. Man muß sich nur an der Vase festklammern. Das gelang schon öfter, jetzt gelingt es auch. In der Vase schwimmen weißgedeckte Tische. An einem sitzen sie zu zweit. Vor ihnen ragen zuckerhutartige Servietten. Vielleicht war sie damals noch gar nicht seine Frau. Den Verlobungsring am Finger, greift er gierig nach der zuckerhutförmigen Serviette. Die Serviette fällt, Tomatensoße kleckert darauf. Es ist, als wäre der Mund der Serviette schief geworden. Es ist leicht möglich, daß schon damals ... Er hätte mehr achtgeben sollen. Servietten und Gesichter fallen schnell ein. Sie sind über und über mit Traurigkeit bekleckert.

„Jeder wird alt."

„Aber so eine Frau wird es schneller."

Er würde gern hinter die zuckerhutförmige Serviette sehen. Das unbewegliche Bett versperrt aber die Sicht. Hinter dem Bett schimmert doch sicher ein wenig Liebenswürdigkeit und Jugend. Er müßte das Bett von den Servietten wegschieben.

„Kannst du dich erinnern, als wir zum erstenmal zu zweit essen waren?"

„Ich glaube, wir haben jetzt nicht davon gesprochen, es war die Rede vom Rehlein ..."

Ja, von ihr und von dem lila Hut, den die Straßenbahn überfahren hat. Er bückt sich erst recht und zerrt ihn unter den Rädern hervor. Wahrscheinlich ist es nicht der Mühe wert, früher oder später wird alles von den Straßenbahnen überfahren. Die Serviette nicht. Mit ihr war auch damals schon etwas nicht in Ordnung, er konnte nicht hinter sie blicken, und sie war mit Tomatensoße bekleckert. Vorhin fühlte er noch, er werde Maria vor den spöttischen Worten schützen. Maria ist aber nicht darauf angewiesen. Sie selbst sind viel bedauernswerter. Seine Frau, die seit sieben Jahren nicht aufstehen kann, und er, der die erlogenen Straßenbahnschienen bis zur Tür legt und aus ihnen Menschen und Sätze hin und her befördert. Die Sätze bewegen sich inzwischen nicht, sie bleiben am Mund des vergangenen Augenblicks kleben. Den vergangenen Augenblick gibt es aber nirgends mehr, so kann er nicht einmal reden.

„Und wer war noch beim Friseur?"

Beim Friseur? Wer war denn noch beim Friseur? Maria geht gerade jetzt über die Schienen, noch könnte er sie anrufen. „Schauen Sie, Maria, werden Sie doch meine Geliebte." Es ist aber zu spät. Im Grunde ist immer alles zu spät. Das halbe Gesicht ist schon voll mit Seifenschaum, der bunte Ball rollt aus der Auslage des Spielwarengeschäfts, im Milchladen zwei Flaschen Milch und vier Kipferln ... Was macht das zusammen? Er steigt in den Aufzug ...

,,Worüber hat der Friseur geschwatzt?"

Das hat er doch schon erzählt. Alles hat er erzählt. Alle Sätze sind zu Ende, die mit Servietten gedeckten Tische schwimmen mitgenommen in der Vase. Maria sitzt in der Vase, der Friseur auch. Soll er wieder von der Großbahn anfangen? Er tut's nicht.

,,Ja, der Friseur ... Weißt du, ich konnte nicht bis zum Ende zuhören: ein Maharadscha kam in den Laden, er hielt einen riesigen rosaroten Brillanten in der Hand und ..."

Der schiefe Mund wird noch schiefer. Es ist doch unmöglich, mit dem Mund zu sehen. Der Mund seiner Frau kann aber auch sehen. Vorwurf schäumt aus ihrem Mund. ,,Du kannst dich leicht über mich lustig machen." Sie sagt aber nichts, und das ist noch schrecklicher. Er muß vor ihr in die Küche fliehen. Dort gibt es eine Medizinflasche und einen Löffel. Die Flasche hat einen Mund und schluckt den Löffel. Bevor sie ihn aber verschlucken könnte, hält er ihn mit zitternder Hand vor den schiefen Mund. Der schiefe Mund will das Medikament nicht schlucken.

,,Bitte, beruhige dich ... ich wollte dich nicht aufregen."

Ein, zwei Tropfen gehen auch so daneben.

Beim Nachbarn bellt verspielt ein Dackel.

Erbteilung

Maria stickte.

Vera blätterte in einem Bildermagazin.

Ilonka starrte in die Zimmerecke und blickte manchmal auf das vorhanglose Fenster, woran der Regen trommelte und Schmutzstreifen zog. Sie nahm sich vor, morgen das Fenster zu putzen. Heute würde es sich nicht mehr lohnen.

Sie saßen in der vorderen Stube, um die Tafel herum. Am Samstagnachmittag pflegten sie immer da zu sitzen. Anfangs verrichtete jede ihre eigene Arbeit, jedoch nur so lange, bis dann die älteste Schwester den Ukas erließ:

"Vera, nimm Papier und Bleistift zur Hand."

Auch diesmal sprach sie so.

Vera schlug ein Rechenheft mit hartem Deckel auf und beugte sich darüber. Ilonka starrte weiterhin in die Ecke, sie wußte genau, was nun kommen würde. Seit Papa gestorben war, galt dies als das wichtigste Ereignis der Woche. Plötzlich dachte sie an Papa: sie wähnte ihn sogar zu sehen, mit seinem grauen Schnurrbart bei der nassen Glasscheibe stehend. Doch war dies nur eine trübe, verwischte Vision, woran man nichts Rührendes mehr fand. Vor zehn Jahren geschah es, daß Papa starb, da war sie eben fünfzehn, Vera war Philosophiestudentin im ersten Jahrgang, Maria aber tippte bereits bei einem Bauunternehmen auf die Schreibmaschine, dort arbeitet sie heute noch.

Später gab Vera die Hochschule auf, und seitdem „kalkuliert" sie an Marias Arbeitsstätte. Die Samstagnachmittage aber ... Nicht doch, man fing wohl richtiger gesagt mit diesen Samstagnachmittagen nicht gleich nach Papas Tode an. Im ersten Jahre hockten sie bloß beieinander, wie erschrockene Vögel. Sie pflegten von Papa zu erzählen, und dann, nach Beendigung der Vatergeschichten, beschworen sie auch die Mama. Sie wischten von den alten Möbeln den Staub ab: ,,Kannst du dich noch erinnern, wie Papa in diesem Fauteuil gesessen ist, den Kopf ein bißchen vorgeneigt ...? Und manchmal hat er diesen Lampenschirm betrachtet."

Am Lampenschirm stand eine lateinische Aufschrift. Sie wußten nicht, was sie bedeutete. Die unbekannten lateinischen Worte klangen gar mystisch, gleichsam von ihrem Vater gesprochen: ,,Regia solis erat sublimibus alta columnis." Ilonka war es, die den Text vorzulesen pflegte, und kaum hatte sie damit begonnen, da brachen alle drei in Tränen aus. Es war ebenfalls äußerst rührend, wenn Maria darüber sprach, daß sie gewußt, ja verspürt habe, der Papa werde sterben. An jenem Tag hatte sie gerade Zwetschkenknödel gemacht, und ... Doch war es ihnen dann eines Tages klar geworden, daß sie schon alles erzählt hatten. Nicht einmal mehr die lateinische Aufschrift auf der Lampe konnte wirken: es wurde immer schwieriger, in Berührung zu geraten.

Man hatte freilich jederzeit etwas zu tun. Im Winter mußte man Heizmaterial besorgen, im Sommer kochen ... und ins Büro gehen (Ilonka war jetzt Zeichnerin in einem Planungsamt), und Berci ... Eigentlich war es Berci, der alles verändert hatte; als Ilonka sich in ihn verliebte, standen die Haare der beiden anderen zu Berge. Sie hielten sie für eine Verräterin. ,,Papas Bett ist kaum kalt geworden ..." Obwohl es schon längst kalt geworden war, es war schon seit mehr als einem Jahr kalt. Später sahen dies die beiden offenbar selbst ein und wechselten den Ton. Nun fingen sie auf einmal an, Ilonka eifrig beizustimmen. Ilonka hat doch recht; wenigstens ihr wird es gelingen ... Sie kommt von diesem Schicksal los. Berci und sie werden schon glücklich werden.

Damals wußten die Schwestern noch nicht, daß Berci verheiratet war — sie wußte es. Zuletzt stellte sich freilich auch dies heraus. Maria schluchzte in Papas gobelingeschmücktem Fauteuil: ,,Wenn der arme Papa noch lebte ..." Ilonka aber erklärte geduldig, Berci würde sich scheiden lassen, um sie zu heiraten. Dies beruhigte die beiden. Seitdem gibt es nun diese Samstagnachmittage. Bereits das fünfte Heft füllte sie mit Zahlen und zeichnete es voll mit Entwürfen. In Gedanken rückten sie Schränke und Betten hin und her. Denn, wenn Ilonka weggeht ...

,,Das ist schon ausgemacht: wenn Ilonka weggeht, gehört das vordere Zimmer mir."

Ilonka konnte sich noch an jene Jahre erinnern, wo Maria im inneren Zimmer bleiben wollte. Doch sie sagte nichts. Sie hatte ja an diesem Umzug innerhalb der Wohnung kein Interesse. Hie und da äußerte sie sich jedoch, aus purer Höflichkeit, zu den Plänen der anderen. Bei solchen Gelegenheiten tauschten die beiden Schwestern ein Lächeln. Ilonka hat es natürlich leicht, denn Berci ist Arzt. Er hat alles, er und sie würden zusammenziehen und fertig. Sie beide aber müßten die alten Möbel unter sich teilen. Denn hinauswerfen durfte man nichts: das eine Stück hatte der Mama, das andere dem Papa gehört.

,,Die Barockkommode könnt ihr doch allenfalls in den Keller hinuntertragen!" — Dies war jedesmal der Vorschlag Ilonkas.

,,Nein, das geht nicht", pflegten die Schwestern fast gleichzeitig die Kommode in Schutz zu nehmen. ,,Die Mama hat doch darin ihre Wäsche verwahrt." Diesmal jedoch kam das anders. Die beiden blickten zuerst auf die Kommode, dann auf Ilonka. Es lag in diesem Blick eine gewisse Feierlichkeit des Zweifelns und auch etwas Verschwörerisches.

,,Du hast recht, wir tragen sie in den Keller."

,,Wir schaffen sie hinunter", schloß sich auch Vera der Meinung Marias an.

Durch diese Äußerung nahm das ganze Planen eine andere Richtung. Wenn einmal die Kommode weg war, konnte man auch den Schrank weiterrücken, und dann würde die Stehlampe mit der lateinischen Aufschrift so stehen, daß sie, wenn sie leuchtete, auch von Veras Zimmer aus zu sehen war.

Ilonka stand schon auf, um die Kommode probeweise wegschieben zu helfen. Maria aber winkte ab.

,,Plag dich doch nicht, mein Herzchen; es genügt schon, wenn Vera es skizziert: da können wir es uns vorstellen."

Vera hat bereits ein ganzes Blatt mit Skizzen gefüllt. Nur dann und wann radierte sie daran. Die Ausmaße der Gegenstände waren ihnen auf den Zentimeter genau bekannt, so ging das Zeichnen fast schon mechanisch. Von Zeit zu Zeit nickten sie einander beipflichtend zu. Die Beseitigung der Kommode hat alles aufgerührt. Die früheren Heftblätter erweckten den Eindruck, sie hätten schon alle Variationsmöglichkeiten erschöpft; nun aber, ohne Kommode, konnte man die Möbel von neuem hin- und herschieben. Vera schrieb manchmal neben die Zeichnungen auch einige Zahlen hin: den Preis von einem neuen Vorhang, Tischtuch oder Teppich. Man brauchte die Zahlen nur zu unterstreichen und zu addieren ... Maria jedoch ließ immer tiefere Seufzer hören.

,,Was würde Papa wohl dazu sagen, wenn er es sähe?"

,,Wozu denn?"

,,Nun, zur Kommode! Die Mama verwahrte darin die Wäsche."

Vera legte den Bleistift hin.

Ilonkas Kehle schnürte sich zu.

,,Meinst du damit etwa, daß ihr die Kommode nicht hinuntertragen werdet?"

Maria gab keine Antwort; sie senkte nur den Kopf.

Ilonka hatte das Gefühl, als beginne das Zimmer sich um sie herum zu drehen; es drehte sich auch die Skizze auf dem karierten Papier mit. Die Schränke schienen unbeholfene Purzelbäume zu schlagen, und die Teppiche sich emporzukrümmen.

,,Schaut", begann sie, ,,die Sache geht mich gar nichts an ... Schaut ..." — doch sie besann sich und verstummte.

,,Was wolltest du da sagen?" fragte Vera.

,,Nichts."

,,Sprich's nur ruhig aus", bat sie Maria.

,,Schaut, bei uns gibt es einen Betriebsplaner ...", sie fühlte, daß sie von etwas anderem reden wollte, doch sie fuhr fort, ,,er ist ein sehr spaßiger Kerl: der Terebessy."

,,Der Terebessy also ..."

,,Als dieser Terebessy gestern ins Büro kam, erzählte er, er hätte schreckliche Nachbarn, aber er nehme nun Rache an ihnen: er habe sich ein verstimmtes Klavier gekauft, und seitdem spiele er darauf, mit zugestopften Ohren ..."

,,Na und?"

,,Nichts weiter ... Er hat es gekauft, und nun spielt er. Versteht ihr nicht? Er macht eben etwas. Ihr aber macht nichts!" Die letzten Worte schrie sie bereits. ,,Gar nichts! Auch die Kommode könnt ihr nicht in den Keller hinuntertragen. Wenn schon nicht in Wirklichkeit, so hättet ihr es zumindest in Gedanken zu tun. Doch nicht einmal dazu seit ihr imstande!"

Die Schwestern starrten sie an.

,,Ich verstehe nicht, wohin du mit jenem verstimmten Klavier hinauswillst."

,,Du verstehst es nicht ... Vera, du auch nicht? Nun, ich werde es euch gleich erklären!" — Die Schränke schlugen noch immer ihre unbeholfenen Purzelbäume. ,,Ihr schafft die Kommode nicht hinunter, und ich heirate nicht."

Kaum ausgesprochen, bereute sie es schon, doch sie spürte in der Kehle einen Druck, und die Schmutzstreifen der Fensterscheibe verschwammen vor ihren Augen.

,,Du heiratest nicht?" hob Vera den Bleistift auf.

,,Nein. Und wißt ihr, warum? Weil niemand da ist, um mich zu heiraten. Denn Berci ist verheiratet, und er wird sich nie scheiden lassen, weil ... Aber wozu soll ich euch das erzählen, da ihr es ohnehin wißt ... Doch ihr seid feige, derart feige, daß ihr nicht einmal an die Kommode zu rühren wagt!"

,,Schweig!" schrie Maria. ,,Im Moment sollst du schweigen ...! Weißt du, was du bist? Ein böses Ungeheuer ... ein selbstsüchtiges Ungeheuer bist du!"

Vera sprach nichts, es brannten nur des Hauses Lichter

in ihren Augen. Marias Stimme versagte, sie ließ sich auf einen Stuhl fallen.

Eine gute Weile vermochte keine von ihnen zu sprechen.

Neben der Kommode stand die Lampe mit der lateinischen Aufschrift. In Ilonkas Ohren klimperte Terebessys verstimmtes Klavier: ,,Papa ist gestorben, tam, tam ... Papa ist gestorben, tam, tam ..." Sie begann, die Aufschrift zu lesen: ,,Regia solis erat sublimibus alta columnis." Tränen überfluteten ihre Augen.

Sie standen da, um die Lampe herum, und schluchzten alle drei. Nicht eigentlich über den lateinischen Text weinten sie mehr, sondern — nur so ... Es tat ihnen leid, daß sie nicht verstanden, was es hieß.

Vera schlich dann zum Tisch zurück und klappte das karierte Heft zu.

Elefantenfriedhof

Ich weiß nicht, ob die Bullen von der Herde begleitet werden. Gewiß aber die Kühe. Die Kühe genießen noch die letzte Ölung der Liebe: sie werden noch vom ältesten oder dem jüngsten Elefanten oder eben jenem bestiegen, der ihr Gatte war. Es kann sein, daß die Bullen allein zum Friedhof gehen, mit erhobenem Rüssel und vorsichtigen Schritten, um nicht auf die Skelette der schon verendeten Gefährten zu treten.

In letzter Zeit hebe auch ich manchmal den Fuß vor solchen skelettartigen Hindernissen, obwohl dieses Gebiet, das ich mir ausgesucht habe, eine ziemlich laute Begräbnisstätte ist. Allerdings nur von außen gesehen. Ich jedoch bin drinnen, und innen ist sie ganz geeignet. Es fängt eigentlich in meinem Schlafzimmer an. Von hier aus lasse ich mich durch einen engen, dunklen Korridor an verschlungenen Lianentreppen auf die Straße hinunter, und dann weiter in die zweite, dritte und vierte Straße. Zuweilen gelange ich zu entfernteren Weiden, denn ich habe — offen gesagt — die endgültigen Grenzen des Friedhofs noch nicht abgeschritten, und so kann es sein, daß diese entfernteren Straßen auch noch dazugehören. Weiter entfernt als zwanzig Minuten von den Lianen können sie aber nicht liegen; zwanzig Minuten langsamen Trabes.

Zu größeren Entfernungen habe ich nicht mehr Lust. Andere Leute, die nur zufällig hierher geraten, nehmen gar nicht wahr, daß sie sich im Paradies der Sterbenden befinden. Sie rennen bedenkenlos hin und her, rempeln mich an, reißen mit ihren Regenschirmen meinen Hut mit sich. Man merkt schon an ihrem Verhalten, daß sie nichts mit mir gemeinsam haben. Sie gehören nicht zur Herde, von der ich mich getrennt habe. All das ist nur eine Sache des guten Spürsinns. Ich wittere ebensogut im Regen wie im Sonnenschein den Duft der Verwesung. Ich hole tief Atem und tröste mich: es dauert nicht mehr lange, es wäre eine lächerliche Anstrengung, traurig sein zu wollen. „Ist", „war" und „wird" verschwimmen ineinander, und wenn ich an meine beiden Elefantenkälber denke, sehe ich sie auch beinahe gleichzeitig in allen ihren drei Gestalten, jung, erwachsen und alt. Also auch in jenem Zustand, der nach meinem Tod eintritt. Liefen sie bloß mit blauen oder roten Schleifen im Haar vor meiner Schuhspitze herum oder wollten sie ihre Köpfe in meinem Schoß vergraben, wäre das alles viel schwerer.

Aber glücklicherweise stört dergleichen meine innere Distanz nicht. Während ich mich an den Lianentreppen hinunterschleppe, wittere ich aus dem Keller oder aus Richtung des Souterrains einen fremden Bullengeruch. Den Geruch eines jungen, aber doch schon erwachsenen Elefantenbullen. Er spielt mit meinem Elefantenkälbchen, das indessen bereits dem Wickelpolster, der Wiege und der Schulbank entwachsen ist und nun dem fremden Männchen den Unterbauch beleckt, dort, wo sich Urin- und Brunftgeruch mischen. Widerlich. Nicht hier freilich, auf dem Friedhof, wo es gleichgültig ist. Und auch nicht in der Vergangenheit, wo ihre Mutter meinen Bauch beleckt hat. Es wäre im Zusammenhang mit mir widerlich, wollte ich es in einer konkreten Zeit, sozusagen in einer unangenehmen Zeitebene wahrnehmen.

Von dieser Warte aus gesehen hingegen würde es angenehm sein, kitzelte ich die rundlichen Babykörper meiner winzigen Kälber, schaukelte ich sie auf meinem Rüssel, wüßte ich nicht, daß ich die Einheit in der Vielfalt suchen muß. Also, daß ich die bunten Auslagen des Weges, der zur Beerdigung führt, zu einem gleichförmigen Grau verschmolzen wahrnehme. Wir sterben ja alle, und noch dazu wie, das ist von allem das Merkwürdigste. Ich sehe das altgedörrte Gesicht der beiden Kälber, ihre vor Angst triefenden Augen, während sie auf ihren Mörder warten. Daß jetzt ich an der Reihe bin, das ahnen sie allerdings nicht. Sie balgen sich im heißen Gras und schlürfen die aus ihnen, aus der Erde, aus dem Himmel aufschäumenden Ausscheidungen des Lebens. Darum ließ ich sie auch allein. Damit ich meinem Mörder begegnen kann und damit sie sein erschrecktes Gesicht nicht sehen können.

Seit Monaten erwarte ich diese Begegnung. Ich habe bereits die Richtstätte ausgesucht. Ja, genau hier wird er sich auf mich stürzen, an der Ecke der zweiten und dritten Straße, wo halbvermorschte und verfaulte Bretter aus dem Abbruch eines Hauses auf einem Haufen liegen. Aus diesem Material könnte man eine riesige Dorflatrine bauen, wo man ständig von innen den Türgriff halten muß. Nicht etwa, daß den drinnen Sitzenden ein Passant von der Straße überraschen könnte. Nur er. Dieser Ort ist ein zur Schande des Todes passender Misthaufen; in Höhe des Sitzbrettes sind zwei Latten ausgebrochen, man kann hineinspähen und den rülpsenden, sich leerenden, keuchenden, krampfadrigen, sich zerbröckelnden Abscheu des verderblichen Körpers beobachten. In meinen Gedanken thronte ich schon öfters in der aus Schutt flüchtig zusammengeratenen Unterkunft und stellte mich taub, wenn an der Tür gepocht wurde. Ich zerrte die Schnur nach innen.

Die Störenfriede machten sich bald davon. Nur ein ehrwürdig aussehender Elefant besaß Ausdauer. Guten Tag, sagte er. Hoho, auf so etwas falle ich aber nicht herein. Er erwartet, daß ich antworte, irgendein Gespräch beginne. Dieses Guten Tag ist wie eine Angelrute mit Köder. Ihr Wurm windet sich hin und her. Wie geht es Ihnen? Danke gut. Oder: Es geht. So etwas käme, wollte ich anbeißen. Auf solche Nahrung aber bin ich überhaupt nicht neugierig. Essen muß man aber. Doch nicht als Wurm getarnte Wörter, sondern Kürbisse, Kohlrüben, Zwiebel, all das, was in den Gärten der Gemüsehändler gedeiht. Kürbisradieschenkohlrübenspinat zählt der Gärtnerverkäufer stolz auf, und er glaubt, daß die Unterscheidung auch nur die geringste Bedeutung habe. Sand, Gras, Kies murmle ich still in mich hinein, da meine Aufzählung die Dinge auch nicht auseinanderhält, sondern sie vielmehr miteinander verschmilzt. Schließlich ist die Gesamtheit der Substanzen zum Kräftesammeln notwendig, damit ich mich zur Richtstätte schleppen kann, wenn er erscheint. Ohne Nahrung wäre ich zu dieser Leistung nicht fähig, würde meine Seele entweichen, wie man so zu sagen pflegt. Das heißt, ich würde von innen her sterben, ohne seine Hilfe, eines unmöglichen Todes, den es gar nicht gibt. Nicht er würde mich also töten, sondern ich würde zugrunde gehen, ohne sein Messer, seine Schlinge, seine Zange und sein Fallbeil.

Welch absurde, kindische Träumerei! Daß meine Eltern mich mit ähnlichen Ammenmärchen zum Narren gehalten haben, als sie unter Seufzen vom Tod ihrer Eltern oder Großeltern erzählten, leugne ich nicht. Nicht einmal, daß ich über den Tod meiner Eltern in ähnlicher Weise gejammert habe. Dann aber, als Waise, als ich zum eigenen Vater und zur eigenen Mutter wurde, habe ich seine Tätigkeit sofort wahrgenommen. Ja, und schon damals hatten mich solche köderhaften Guten Tage davon abgehalten, meine Begräbnisstätte aufzusuchen und ihre Grenzen abzuschreiten. Solche Verzögerungen rächen sich immer wieder. Damals hätte ich den Weg von den Lianentreppen bis zur Richtstätte bedeutend frischer und mit größerer Leichtigkeit bewältigt.

Guten Tag, hoho, es gibt keinen guten Tag. Für die Scheidenden auf keinen Fall. Ich spähte mit verächtlichem Blick durch den Spalt meiner Unterkunft. Doch der ehrwürdig aussehende Elefant wollte nicht weichen. Er fächelte sich mit den großen Ohren, als wollte er mit dem so verursachten Wind einen neuen Sinn hinter den Worten oder etwas, was ich nie verstanden habe, aufstöbern. Etwas, was auch ich gut kenne und verstehe, bloß nicht verstehen will, was aber dennoch zu mir gehörte. Was wird mit dieser graziösen Elefantenkuh? Diese Frage schloß sich unerwartet an den guten Tag an. Mit welcher? Mit der ersten, der zweiten oder der dritten? Mit der, mit welcher du so viel gebuhlt hast. Ihr habt eure Hintern an einer Palme gerieben. Mit welcher? Mit der ersten, der zweiten oder der dritten? In deren Ohr du die Herrlichkeit der ewigen Jagdgründe trompetet hast. Welcher? Der ersten, zweiten oder dritten? ...

So ist das. Ich bin abgehärtet. Solche läppischen Versuche prallen an mir ab wie der Staub, den wir während des Galoppierens auf unsere Hinterschenkel streuen wollten. Es gibt keine vereinzelten Erinnerungen. Die einzelne Erinnerung ist gefährlich. Sie ist wie Krebs. Zuerst ist sie nur nußgroß, dann aber kommen viele Lügenzellen hinzu, und sie wächst und wird so groß ... Wie groß? Was heißt groß? Sie zerstiebt wie Löwenzahnsamen.

Meine Augen brennen vor Schläfrigkeit. Wie? Auch dieser Satz ist wie ein widerliches Tangbündel hängengeblieben. Ich darf mich nicht gehenlassen. Ein rosiger, herzförmiger Mund flüstert unter dem Heu der Wörter. Ich könnte mühelos seine Besitzerin nennen: die Mutter der Elefantenkälber, sie, die einschläft und erwacht. Doch ihr Geruch, ihr Geschmack ist ohnehin verflogen, und fleischlose Geschichten lassen sich nicht fassen. Wann war das denn eigentlich? Niemals. Es gibt kein Gestern und es gibt kein Vorgestern. Eins-zwei, eins-zwei. Die Schritte sind gleich lang und gleich kurz. Die Häuser sind gleich, die Geschäfte, die Leute gleichen einander. Es gibt niemanden mehr, der mir sagen könnte, meine Augen brennen vor Schläfrigkeit. Die Toten haben keine Augen und sehen auch nicht. Und es gibt auch keine Toten, nur ermordete Lebende, die im Nichts zerflossen sind.

Wie spät ist es, Onkel? Ein hinterlistiges Winseln. Der Klein- und Großzeiger der Neugier dreht sich auf dem Zifferblatt des Blinzelblickes. Ich habe keine Uhr, ich habe keine Zeit, könnte ich den Elefantenburschen anbrüllen. doch ich tue es nicht. Ich ziehe unaufhaltsam an ihm vorüber. Eins-zwei, eins-zwei. Alles gleicht einander. Die geflüchteten Stimmen finden in die Stille zurück. Noch ein Schritt, und noch einer. Dann beginnen schon die Lianentreppen, unmittelbar hinter der Oase der Briefkästen. Hier muß man stehenbleiben. Ohne Grund, bloß aus Gewohnheit. Ein kurzes Knacken, und schon öffnet sich die höhlengleiche Leere. Irgendwann habe ich noch mit den

Fingern die Wände abgetastet, als ich Gewißheit suchte.

Jetzt ist bereits die Leere Gewißheit. Es ist beruhigend, daß nichts darin ist. Gestern auch nichts, vorgestern auch nichts. Höchstens manchmal Reklamezettel, die flattern aber durch den Luftzug von selber heraus. Eins-zwei, eins-zwei. Hinauf und rundum, hinauf und rundum. Es kommt das letzte ächzende Keuchen. Ich könnte stehenbleiben, Atem holen, doch dann würde ich meinen Körper von der Kette dieser Wiederkehr losreißen, die mich hinunterträgt und zurückbringt. Ich würde so tun wie die unanständigen Alten, die vor sich hinträumen, während sie ihren Rosenkranz ableiern, während sie Mariareinesgefäß, Mariaelfenbeinturm murmeln. Ich würde die nicht für ein Abbild bestimmte Gleichgültigkeit der Alltage, die Sinnlosigkeit des rosenkranzleiernden Schicksals zu einem Abbild verzaubern. Mariareinesgefäß, Mariareinesgefäß. Sie trippeln aber vergeblich um ihre Unfaßbarkeit herum, man kann darin weder Hühner rupfen noch Kartoffeln schälen. Und dann taugt es wirklich zu nichts anderem als zum Gebet. Auch die Zeitwörter der Vergangenheit ähneln solchen Litaneien; sie sind unfaßbar und unantastbar.

Wir haben gegessen, geliebt, haben uns hingelegt, sind aufgestanden, Amen. Was denn? Wen denn? Wozu? Mit einem Wort, es lohnt sich nicht, das Hochklettern zu unterbrechen. Das Schloß schnappt, die Tür wird geöffnet. Auch das ist eine Höhle, fast so leer und dunkel wie der Briefkasten. Doch warum soll ein Zimmer heller sein? Auch das Licht ist so eine Art Geschwätz. Es sickert herein, überschwemmt, kitzelt deinen Rüssel, man muß davon niesen. Es reizt zu etwas, was nicht unmittelbar zu den Vorbereitungen auf die Begegnung gehört. Vielleicht gehört gar nichts dazu, nur die Bereitschaft zum Nichtstun, die Schlaffheit gelockerter Muskeln und Gesichtszüge, wo es bereits gleichgültig ist, ob die Neuralgie zum Grinsen zwingt oder die aufgedunsenen Säckchen leer werden.

Man hat nämlich dasselbe Recht zu lachen wie zu weinen. Nicht über die herausgelesenen Details. Das wäre eine allzutätige Rührseligkeit. Nur so, unberechnet, unter dem Zwang des Nichtüberlegens. Adieu, mein kleiner Gardeoffizier, darauf können zum Beispiel ein paar salzige Tränen fallen. Und darauf: Ein verirrtes Dumdumgeschoß hat der blondläppigen Elefantenkuh die Lunge zerstört. Sag' nicht, welcher, hehe, sag' es nicht! Darüber kann man hingegen lachen, ohne Sinn, und gerade deshalb überhaupt nicht unüberlegt. Mit Ihm müßte ich mich befassen und nicht mit Ereignissen, die mich schon damals bewegten, als ich noch nichts von Seiner Gegenwart wußte. Den Schmerz habe ich schludrigerweise Bauchweh, Kopfschmerzen, Stoßzahnverrenkung und noch unbedachterweise Kummer genannt, obwohl jeder kleine, bisher erlebte Schnörkel des Schmerzes nur ein Beiname jener Stimmung war, mit welcher ich unter anderem dann in meiner an der Straßenecke gebauten Latrine, mit einer Hand krampfhaft den Holzriegel haltend, die Bestürzung über Seine Ankunft in mich hineinatme. Wird Er wehtun? Wird Er mich erniedrigen? Werde ich mich vor Ihm fürchten? Vielleicht auch nicht.

Wenn er meinen Schädel spaltet, rinnt das hervorquellende Bewußtsein in ein Gefäß, das für mich keinen Spiegel hat. Von hier oben sieht man bis zur Richtstätte. Die Dämmerung frißt langsam die zerrissenen und verstreuten Schatten auf. Die Straße wird einfarbig. Wie blutige Wattestücke schwimmen bläulich-regenbogenfarbige Schmutzflecken in der Luft. Und etwas Wabbeliges nähert sich. Ich muß mich beeilen. Ich muß es bloß bis zur Ecke schaffen. Ich höre sein Keuchen, lasse die Tür hinter mir zufallen. Er ist hier. Er poltert schon. Er ist es also? Ich hätte es nie geglaubt. Das Flußbett meines Weges wird von den Häusern wie eine Schlucht umschlossen, als läge eine winzige offene Konservendose auf der Straße. Aber dann sieht man auch sie nicht mehr. Die Palmblätter schlagen über der Schlucht zusammen.

Lawine

Erst im dritten verschneiten Dorf entschloß er sich, Station zu machen. Eine Weile zögerte er, da er nicht wußte, welches Haus er wählen sollte. Er bewegte sich auf der Hauptstraße fort, hier reichte der Schnee nur bis an die Knie. Mitunter kamen ihm seine Schritte wie Schwimmbewegungen vor, er hatte das Gefühl, mit den Stiefeln Tempi zu machen. Gern wäre er bis zur Kirche gelangt, doch etwas hielt ihn zurück. Er war in ein weiches Netz geraten, und jemand zog das Netz hinunter. Endlich gelang es ihm, sich an einer Haustüre anzuklammern. Er fiel mit dem Handschuh auf den festgefrorenen Schnee, suchte nach einer Klinke oder Glocke. Doch er bemühte sich vergebens: Unter der abgekratzten Schneeschichte leuchtete eine neue Schneeschichte hervor.

„Dorf ohne Klinken", stellte er laut fest, weil er draufgekommen war, daß es keinen Sinn hatte, die Worte zu verschlucken. Im Dorf hielt sich ja niemand auf, irgendwie waren alle unter den Schnee geraten.

Dieser Gedanke flößte ihm Entsetzen ein.

„Schnee!" brach aus seinem Mund der sinnlose Hilferuf hervor. Ebenso hätte er „Weiß" brüllen können, und auch das hätte keinen Sinn gehabt, oder sehr viel, denn er war tatsächlich von blitzblankem Weiß umgeben. Die Häuser waren weiß, der Kirchturm war weiß, die ländliche Umgebung und auch der Himmel waren weiß; am ehesten erinnerte dieser an einen auf den Kopf gestellten Eislaufplatz.

„Schnee", wiederholte er unentwegt, obwohl sein Rufen auf immer größere Stille stieß. Das Dröhnen, das von oben zu ihm heruntersickerte, schwächte sich zu Säuglingsgewimmer ab. Er zog die Braunen zusammen, um den sich verflüchtigenden Ton wenn schon nicht mit den

Ohren, so doch wenigstens noch mit dem Blick zu erreichen. Nach längerer Zeit bemerkte er oberhalb der Kirche die Stelle, von der der absterbende Ton zu kommen schien. Eng aneinandergedrängt standen Menschen, sie drehten einen Draht in ihren Händen; der Draht bohrte sich in den Schnee hinein. Er allein konnte sehen, daß selbst der Kirchturm unter Schnee stand. Die anderen drehten halsstarrig den Draht. Auch sein Vater arbeitete emsig mit.

„Papa kann nicht dort stehen", sagte er sich, „denn Papa ist ja schon seit langem gestorben." Merkwürdigerweise stand er dennoch dort, und dort stand auch sein Klassenvorstand.

„Warum seid ihr so hartnäckig?" fragte er bestürzt.

Der Klassenvorstand legte mahnend den Finger an den Mund.

„Psst", fügte er hinzu, damit seine Geste unmißverständlich sei. Da bemerkte er, daß auch er unter den Männern stand, die den Draht drehten.

„Das hat gar keinen Sinn", sagte er, „ich suche ja hier tief unten die Klinke."

„Wir wissen es", tönte es von oben, und als handelten sie auf Befehl, beugten sie sich über den Schnee und horchten.

Irgendwie müßte man doch ins Haus hineinkommen, fiel ihm ein, und mit verzweifeltem Eifer machte er sich daran, den Schnee von der Tür zu fegen. Die Eisstücke zerrissen seinen Handschuh, er kratzte mit seinem Nagel weiter und fühlte schon nicht mehr, daß der Schnee kalt war.

Hoch oben über der Gruppe der schneebohrenden Leute bestiegen winzige Männlein den Berggipfel. Merkwürdig, daß man, obwohl sie weit entfernt waren, ihre winzigen Rucksäcke sehen konnte.

Was wohl in den Rucksäcken sein mochte, fragte jemand laut.

„Bekenntnisse und Verneinungen", antwortete der letzte Bergsteigerzwerg.

Mit dieser Antwort war auch er einverstanden, und er sah, daß alle Rucksäcke voller Schnee waren. Scheinbar gerieten auch die Ja und die Nein unter Schnee. Er nahm seine ganze Kraft zusammen, streckte die Arme empor, und dieses Sichrecken unterbrach die Stille allein für ihn. Die, die dort oben standen, konnten es nicht hören, nur er hörte es:

„Wir suchen dich."

Pusteblume

Der mit Kieselsteinen bedeckte Gefängnishof erinnerte ihn an einen überfüllten Strand. Den Rücken im Sand, sonnen sich die Steine und sehen dem Himmel ins Auge; ihr Blick klettert über die hohen Mauern mit dem nach innen gebogenen Stacheldrahtabschluß. Die Steine schaffen es. Ihm war, als träte er ihnen auf den Bauch, als sie unter seinem Tritt knirschten. Ich mache sie piepsen, dachte er. Doch die Steine gaben nur den gleichen Ton wie vorher, wie gestern, wie immer, und die vor ihm und hinter ihm trottenden Botten entlockten ihnen auch nur das Echo auf den immer gleichen Ton. Diese Erkenntnis verdroß ihn.

Er ließ den Kopf sinken. Der Strand war verschwunden. Die winzigen bunten Sonnenschirme, die er in seiner Erinnerung hütete, flogen davon und entblößten die mit einem Mal grau und gestaltlos gewordenen Sonnenanbeter. Er wollte sich an irgend etwas festhalten, denn er fürchtete, selber von dieser Eintönigkeit aufgesogen zu werden. Er senkte den Kopf noch tiefer. Vielleicht liegt irgendwo eine Flasche herum, die die Badegäste achtlos liegengelassen haben. Oder eine Glasscherbe, ein von weitem hierhergewehter Splitter einer zerbochenen Fensterscheibe oder eines zertretenen Spiegels. Eine daumennagelgroße Scherbe — wenn er nur eine fände — würde schon genügen, um Feuer zu schlagen. Angestrengt suchte sein Blick unter den gleichförmigen Kieseln.

Wie viele Steine und wieviel Sand! Es wäre an der Zeit, daß einmal etwas anderes aufblitzt, etwas, womit — er beschleunigte seine Schritte, besser gesagt, er wollte sie nur beschleunigen, aber die im Gleichschritt vor ihm ziehenden Bottenpaare zwangen ihn, kürzer zu treten. Hier kann sich keiner schneller oder langsamer bewegen. Aber wozu sollte er es auch? Mit einem Mal begriff er: er hatte

Zeit. Was er finden wollte, suchte er schon lange; zuweilen hat sein Verstand es sogar schon erfaßt, aber dann wieder fallenlassen. Im Fußteil seiner Pritsche ist ein Nagel auf der Wandseite. Auch den wird in ferner Vorzeit jemand gesucht haben; er hatte ihn auch gefunden und in das Holz geschlagen. Nichts ist eilig. Er hat Zeit. Auch das angesengte Wolläppchen in seiner Tasche, mit dem seine Finger spielen, war oft verloren gewesen und wurde oft wiedergefunden. Jetzt ist es da, nur das Glas fehlt noch. Das Glas wird er gegen den Nagel reiben, der herausspringende Funke bringt den angesengten Wollrest zum Schwelen, Feuer flackert auf; man kann sich daran eine anzünden. Nur keine Hast. Schließlich hat die Vorbereitung Jahrmillionen gedauert.

In diesem Moment schlug ein dreieckförmiger Glassplitter gegen die Kappe seines Stiefels. Ihm war, als stieße er Glut vor sich her. Jetzt muß man sich bücken und es aufheben; die Bewegung ist nicht nachholbar. Beim jähen Vorbeugen rutschte er beinahe aus. Die Arme schwenkend, rang er um Gleichgewicht; es gelang ihm dabei, den Glassplitter aufzuheben; nur an der Fingerkuppe hat er sich verletzt. Ein Tropfen Blut fiel auf seinen Schuh.

„Nummer 1975!"

Das Wort knallte scharf und unmißverständlich wie ein hart abgeschlagener Tennisball, bei dem man im vorhinein ahnt, wo er aufprallen wird; man bereitet sich darauf vor, doch dann zeigt es sich, daß mit ihm nichts anzufangen ist.

„Nummer 1975!" vernahm er auch ein zweitesmal, obwohl es von niemand wiederholt wurde. Er starrte zum Wärter hin. Sein Blick suchte nach einem einzigen, eindeutig gezeichneten Gesicht, doch das fand er nicht. Ihm sahen ineinanderverschwimmende Gesichter entgegen: sein Vater, der Hauslehrer, sein Klassenlehrer, sein Spieß, sein Bürochef. Sie haspelten unentflechtbare Kommandoworte. Aus dem chaotischen Sprechchor ließ sich nur ein einziger Befehl heraushören: Vortreten und in strammer Haltung auf den Wärter warten! Selbstverständlich hat man vorzutreten, selbstverständlich hat man auf den Wärter zu warten, selbstverständlich darf man immer und immer nur dieses eine tun. Der am Himmel hängende Gefängnishof und der darüber gestülpte Himmel selbst umfingen ihn von Kopf bis Fuß; so eingeengt, versuchte er, den Kopf umzudrehen, um mit dem Blick den Raum von Wand zu Wand abzutasten, doch stets verstellte ihm etwas die Sicht. Einmal war es ein Kinderzimmer voll herumliegender Bauklötze, ein andermal ein Schreibtisch mit einem Aktenberg darauf; hinter ihm aber stand der Wärter mit diesem an Schnauzbart, Grinsen und schreiendem Mund festgewachsnen, ihm allein geltenden Aufruf: „Nummer 1975!"

Die Gefangenen trotteten weiter im Kreis. Nur Himmel, Gefängnishof, Kieselsteine und Mauern verharrten. Er aber soll aus der Kolonne treten, die Glasscherbe aus der Hosentasche holen und sie dem Wärter reichen. Und wenn er das nicht tut? Irgendwo an seinem Gaumen regte sich zögernd etwas wie Widerstand. Dann plötzlich erfaßte er auch die letzte Faser seines Körpers, und von diesem Augenblick an wird sein ganzes Wesen ein Teil dieses Widerstandes. Mit dem Absatz schob er einige Steine weiter. Ein kleiner Trichter entsteht, der Fanggrube der Ameisenjungfer ähnlich. Winzig und groß zugleich; die Einstufung hängt davon ab, wie weit jemand sich von seinem eigenen Körperumfang distanzieren kann.

„Hinein!" befiehlt er, vorerst nur seinen Gedanken, da sein Körper noch nicht begriffen hat, wie er sich in diesen ein paar Kubikzentimeter fassenden Raum hineinzwängen könnte.

„Hinein! Hinein!" wiederholte er ungeduldig, denn er hat erkannt, daß nur in dieser Richtung Zuflucht zu suchen sei.

Anfangs waren es nicht einmal der immer tiefer werdende Trichter und seine eigenen, auf Schrumpfen bedachten Glieder, die ihn sinken ließen, sondern die Töne. War vielleicht plötzlich eine Glasglocke auf den Hof gestürzt, die die Laute unter sich begrub und dumpf und dunkel klingen ließ, obwohl sie sich dehnen und ferner Schwingungen anschließen wollten wie ein Gähnen, unter dessen müden Flügeln sich ein munteres Lachen verbirgt, oder wie ein farbloses Donnern, das ein jäher Blitz flammenrot gefärbt hat?

„Tiefer, tiefer", seufzte er fast versöhnt und fürchtete sich nicht mehr davor, daß ihm der klebrige, würgende Lehm in Nasenlöcher, Mund und Ohren dringen wird. Kies, Sand und Erde teilten sich bereitwillig unter seinen Füßen, wie einst das Wasser des Schwimmbeckens bei den gelungenen Fußsprüngen seiner Kindheit.

Schon vor zwei Sekunden hatte der Wärter sich in Richtung der sich schließenden Öffnung aufgemacht. Jetzt war er auch schon da. Würde er einige Kieselsteine beiseite stoßen, könnte er noch den Scheitel des Entflohenen sehen, vielleicht könnte er ihn sogar noch aus der Grube zerren. Dieser aber begriff: Er mußte sich noch tiefer einwühlen. Er bot seine ganze Kraft auf. Doch seine Sohlen trafen auf etwas unvorstellbar Hartes, das sich nicht durchdringen ließ. Hier kommt man nur schwimmend weiter, redete er sich Mut zu, als er bestürzt erkannte, daß die Materie, die sich bis dahin widerstandslos vor ihm geöffnet hatte, ihn nun fest und würgend umfing. Der Verzweiflung nahe, wünschte er sich, der Wärter möge ihn entdecken, bei den Haaren hinaufzerren und zurück in den Kreis dahintrottender Gefangener jagen, wo ihm wieder Licht in das vor Entsetzen verzerrte Gesicht grinsen würde. Aber dieser Gedanke währte nur einen Atemzug lang. Seine Zehen ertasteten eine neue Botschaft.

Siehe da, ein Schneckenhaus, dachte er erstaunt, und in diesem Staunen war keine Angst mehr. Auch die nächste Aufgabe schien ihm einfach: Hineinschlüpfen in das Schneckenhaus, gleich, wie groß es ist; den fest gegliederten Körper in Weichheit auflösen, um überall und zugleich nirgendwo Kopf, Beine und Arme zu haben. Er glitt in den Spiralumgang und hörte dabei ganz deutlich, wie sein Herz im Schneckengehäuse pochte und wie die Schritte des Wärters hoch über ihm dröhnten. Er schwamm im eigenen Naß, in seinem in Tränen und Tau verwandelten Blut, doch das war keine Absonderung der Trauer, sondern ein wohltuendes Bad, das die Wirklichkeit von früher mit ihren Schmerzen fortspülte. Ihn störte nicht, daß der Gefängnishof immer noch über seinen horchenden Fühlern schwankte. Wäre es nicht so, würde ihn auch nicht die Gnade des Befreitseins erfüllen. Wie ein sanftes, beruhigendes Gefühl nistete sie in seinem weichen Schneckenleib, so als sei sie von jeher eine seiner Zellen.

„Im Gefängnishof leben Gefangene", murmelte er, weniger für sich selbst als zu dem ihn umarmenden Erdreich; dem wollte er erklären, aus welcher Art Vergangenheit er ausgebrochen war. Einer der Gefangenen stolperte und ließ den Kopf hängen: noch neun Jahre, zweihundert Tage, sechs Stunden und dreißig Minuten. Schade, daß man aus dieser Tiefe nicht hinaufrufen kann. Könnte seine Stimme nach oben dringen, würden solche irreführenden Zahlen in niemandes Bewußtsein weiter rumoren. Die Zeit ist ja unteilbar. Der Augenblick läßt sich nicht aus der Ewigkeit herauslösen. Die Ewigkeit lebt in dem Augenblick.

Ein anderer Gefangener spuckte kräftig aus. Gleichzeitig erreichten Bild und Klang das Schneckenhaus in der Erde. „Dieses Miststück! Diese verdammte Hure!" Die Worte waren, bis sie nach unten gelangten, weder bitter noch rachsüchtig mehr. Sie haben sich von Blut und Leid gereinigt, und in der Tiefe zählten auch die Umarmungen nicht, die sich winselnd hinter den Flüchen verbargen. Wie seltsam sind doch die Frauen, weich, geschmeidig und unfaßbar wie Schnecken.

Dann kamen ihm die vielgesichtigen Wächter in den Sinn. Er empfand Mitleid mit ihnen. Die müssen sich jeden Morgen Socken anziehen und die Schuhbänder binden, während er beinlos und nackt in der Unendlichkeit ruht. Die müssen sich auch die Zähne schrubben, mit lächerlichen kleinen Bürsten. Zu den Zähnen gehören auch Meißel und Zangen. Jawohl, Zangen, die sich reißend und zerrend in den Mund des Krawatten und Schnürsenkel knetenden Wärters fressen.

„Auweh!" schrie er, doch das war nicht sein Schmerz, nur das Echo quietschender Geräusche. Aber die kamen nicht von Zähnen. Kieselsteine klirrten über seinem Kopf. Oder — ?

Erst jetzt bemerkte er das strubbelige, behaarte Tier, das sich ihm näherte.

„Es wird die Schnecke fressen, zweifellos wird es sie fressen. Was ist das bloß für ein Tier? Ein Maulwurf? Oder ein Höhlenbär?"

Zweifel und Vergleiche brachten nur Worte in Beziehung, das Fragezeichen stellte sich nur hinter das sich zu Sätzen formende Märchen. Im Inneren des Schneckenhauses wohnten Ordnung und Eintönigkeit der Unvergleichbarkeit. Dennoch bemühten sich die Worte noch eine Weile mit weit aufgesperrten Kiefern, das unbenennbare Tier nachzuahmen: „Und es verschlang die Schnecke. Das Schneckenhaus verschwand unter Haut und Haar und Geröll. Später wurde auch das Tier zu Staub. Aus dem Humus wuchs die Wurzel der Kettenblume. Die Wurzel trieb einen Stiel, der ungestüm durch Erde und Kies drang, um seinen fröhlichen gelben Schopf mitten im Gefängnishof zur Schau zu stellen. Um ihn herum drehten die Gefangenen von da an ihre Runden. Eines Tages bückte sich einer und brach die flaumig gewordene Blüte ab. Eine Zeitlang bewegte er sie in der hohlen Hand, dann blies er sie fort."

Der Wärter schrie den Gefangenen an.

„Nummer 1975!"

Der gellende Schrei durchwirbelte die Luft und gab einen Aufwind, der sich in dem Flaumbällchen verfing. Die Pusteblume segelte höher und höher, über Mauern und Stacheldraht hinweg, auf das Licht zu.

Die letzte Jagd

Als er eingeschläfert wurde, verwandelte er sich in einen Hund. Das geschah so rasch, daß er seine frühere Wirklichkeit noch wußte. Neben ihm zitterte die Gestalt, die er vorher besessen hatte; sie hatte eine Vergangenheit von unbestimmten Gerüchen. Als er jedoch — die Vorderbeine ausgestreckt — an seinen Bauch, seinen Rücken, an seine Ohren griff, beruhigte er sich. Er konnte sich für einen echten Podingohund halten. Diese Tiere mit der Gestalt eines Windhundes und dem Fang und den Ohren eines Schakals sind tapfer, ausdauernd und verbissen. Sie ziehen die Kaninchen aus dem dichtesten Kakteengestrüpp hervor. Diese Eigenschaften flossen nun durch seine Muskeln, durch seine Adern, durch seine Erinnerung. Er konnte es kaum erwarten, daß die Kette von seinem Hals genommen werde, und obwohl noch die Feststellung des Vortages in der Luft schwebten, wie etwa: *Bandscheibeneinbruch — dritter Wirbel. Der herausgequetschte Knorpel zermalmt den Gehnerv. Die linke große Zehe ist gefühllos* — ist er bereits sehr lebhaft. Als nackter Hund hatte er unter den Sätzen herumgetollt, höher und höher neben den Bananenplantagen und Magnolienbäumen, höher auf der felsigen Bergflanke.

„Greif, Greif!" riefen ihn die Jäger. Jagdgeruch strömte in seine Nase. Er bestand nur mehr aus Geruchs- und Gehörsinn. Jetzt dachte er nicht mehr an die Dämmerung, obwohl er wissen konnte, daß die Dämmerung nur Wunden und Blut bringt. Er kann es dann mit gefletschten Zähnen abwarten, daß man ihn von den Kakteenstacheln befreit, und sollte er vielleicht ungeschickt in das Dickicht springen, könnte es ihm ergehen wie seinem ehemaligen Gefährten. Die Kakteen stachen dem Kleinen beide Augen aus. Die Beute schwebte aber vor ihm, sie verdeckte das

Opfer, die blutverschmierte, verdreckte Hundehütte. Nicht einmal mehr das Dasein des Frettchens Rötel mit seinem widerlichen Gestank erregte ihn. Rötel kam immer mit heiler Haut von der Jagd nach Hause. Seine einzige Sorge ist es, ihn, den hingebungsvollen Jagdhund, zu übertrumpfen.

Lauer Wind strich über sein Gesicht. Der aufgewirbelte Sand brannte in seinen Augen. Das war aber auch sonst immer so, das gehörte zur Jagd. Doch es war, als habe sich die Gegend heute verändert. Er schnupperte. Hinter den bekannten Bananenplantagen, Büschen und Bäumen nickten ihm Pflanzen mit unbekannten Blättern zu. Noch nie hatte er solche Pflanzen gesehen, er, der hier auf der Insel aufgewachsen ist. Von der Spitze des Berges aus kann man das Meer gut sehen. Über den blauweißen Wellen blühen auf den gelblichen Felsen purpurne Wüstennelken. Er hatte hier und nie anderswo gelebt. Seine einzige Leidenschaft war die Jagd, seine einzige Beute die Kaninchen. Die zerfallene Landschaft machte ihn jetzt nervös. Es war ihm, als müsse er auf Buchstaben, Worte und Befehle achten, die aus den zuvor erblickten Pflanzen zu lauern schienen, und die er oft gesehen und gehört hatte.

Er gab kurz Laut: „Mich interessiert nur das Kaninchen." Und rannte weiter.

Aber auch die unbekannten Bäume liefen mit ihm. *Warum nur das Kaninchen? Warum nur das Kaninchen?* Zwischen den Zweigen bammelten Menschen mit verbundenen Köpfen und verbandumwickelten Körpern. Sie rissen ihre Münder auf, als wiederholten sie die Frage.

„Mit euch habe ich aber wirklich nichts zu tun", stellte Greif fest.

Einer der Männer — er hatte ein verzerrtes Gesicht — pflichtete ihm bei:

„Mit uns hast du wirklich nichts zu tun."

Auf das hin wurde er von drei der anderen angesprungen und vom Baum gezerrt. Sie bogen seinen Kopf nach hinten, und ein asketischer Herr im weißen Mantel stellte bedauernd fest:

„Ich muß ihn noch einmal stechen. Der Kontraststoff blieb vorhin auf der Höhe der Halswirbel stecken."

„Er blieb stecken, er blieb stecken", rauschten die Bäume.

Greif schnupperte erschrocken. Auch er verspürte einen stechenden Schmerz im Rückgrat. Ja, das hatte er noch von der letzten Jagd: ein Stachel, spitz wie ein Speer, war in sein Rückgrat gedrungen. Es mußte ein seltsamer Saft in diesem Stachel gewesen sein, denn seither leuchtet sein Rücken. Die Wunde schmerzt noch immer, doch der Lichtstrahl, der aus seinem Rückgrat dringt, ist auch nichts Alltägliches. Er ist der einzige Hund auf der Insel, der ein leuchtendes Rückgrat hat. Dieser Gedanke flößte ihm neue Kraft ein. Jawohl, es geht einzig um das Kaninchen, nur das Kaninchen ist wichtig. Seit seiner Jugend sehnte er sich nach diesem Abenteuer. Sein ganzes Leben drehte sich darum, über Stacheln, Stock und Stein. Es stimmt zwar, daß auch Rötel das Kaninchen aus dem Gestrüpp hervorholt — aber wie? Rötel riskiert nichts. Und es ist auch verfressen. Würde man ihm die Beute nicht aus dem Fang reißen, dann saugte es ihr jeden Tropfen Blut aus den Adern. Greif kostet nicht vom Wild, er hält es nur. Und das ist ein großer Unterschied. Es erfordert Selbstbeherrschung.

„Warum nur das Kaninchen? Warum geht es nur um das Kaninchen?" neckten ihn die unbekannten Pflanzen. Greif lief mit steilgestellten Ohren zwischen den männlichen Zypressenwäldern zum Hain der weiblichen Ölbäume.

Manchmal war auch ihm eine schöne Hündin vergönnt gewesen. Er hätte sich gern an sie erinnert, nur wollte er nicht von der Meute oder von einem der Jäger eingeholt werden. Er wollte an der Spitze bleiben, und außerdem hatte der Sand bereits lange alles aufgesogen, was die Hündinnen genäßt hatten.

Die Zypressen fragten ihn:

„Hast du die Hündinnen vergessen?"

Er antwortete nicht, sondern spannte bloß seine Muskeln. Nach einigen Sprüngen wird er beim Hügel der Entdeckungen sein. Von da aus ist das Meer gut zu sehen, die Schiffe, nur muschelgroß, und das plötzliche geheimnisvolle Aufspritzen, das gewiß durch die Flügel der Riesenrochen, die dort wohnen, verursacht wird: Aber jetzt winken die einbandagierten Gestalten auch von der Seeseite. Sie flüstern:

„Hast du die Hündinnen vergessen? Warum hast du die Hündinnen vergessen, Greif?"

„Sieh her", lispelte ein Greis, der auf seinen leckgeschlagenen und verbundenen Schädel deutete — durch die Gaze war eine große Beule zu sehen —, „als ich ein kleiner Junge war und mich erkältete, setzten sich Vater und Mutter an mein Bett. Sie gaben mir frische Orangeade zu trinken und streichelten meine Stirn. Aber jetzt ...", seine Stimme erstarb in einem Winseln.

„Wozu ist denn die ganze Jagd gut?" brüllte ein anderer.

Greif sah die mitleiderregende Gruppe abschätzig an und nahm sich vor, die Kakteen jetzt schon ohne Rast zu erreichen. Als ihn vom Ziel nur mehr ein Sprung trennte, erblickte er zwischen zwei riesigen, aneinandergehefteten Pflanzen eine von grünen Stacheln vergitterte fensterartige Öffnung. „Hier steckt das Kaninchen", hätte er denken können, aber er hatte nicht einmal mehr zum Denken Zeit. Er erkannte nämlich ganz klar, daß dieser schwärzliche Fleischklumpen ein Podingohund war wie er. Dieser Anblick ließ ihn zögern.

„Er zittert", stellte er bei sich von seinem Gefährten fest, der auf der anderen Seite des Stachelgebüsches lag. Dann hörte auch dieses Zittern auf. Der andere Podingo lag ganz reglos da.

„Nur sein Rückgrat lebt", stammelte Greif, „sein Rückgrat leuchtet."

Er setzte bedächtig eine Pfote vor, er wollte den Stacheln der Kakteen ausweichen. Die Bewegungslosigkeit vertrüge sich nicht mit Blut, es besudelte sie nur. Hinter seinem Rücken hörte er noch die Jäger fluchen:

„Der Scheißkerl kneift! Wer hätte das gedacht!"

Er achtete gar nicht auf die Jäger. Zu beiden Seiten der Kakteen leuchteten zwei Rücken, wie Sterne, die aufeinander zufliegen.

Auch das sahen die Jäger nicht. Der älteste Jäger im weißen Mantel riß das Gewehr erst dann an die Schulter, als der winzige Lichtfleck sich über die Kakteen erhob.

Das Ziel war so klein wie ein Katzenauge, oder noch kleiner — wie ein Leuchtkäfer.

INHALT

Einleitung 5
Warum emigrieren Eskimos nicht? 7
Die Faust des Traumes 10
Gutmann lernt Golf 23
Capitaly 31
Eine richtige Schachgeschichte 39
Mensch, ärgere dich nicht 46
Die elektrische Eisenbahn 54
Zu Fuß zum Äquator 60
Wieviel Uhr ist es um 2 Uhr nachmittags? 64
Stein, Schere, Papier 68
Die Brücke am Kwai 72
Wie fliegen die Danaiden? 77
Romulus, der Waschbär 81
Buffi 93
Das verlorene Badezimmer 98
Mein Freund war Spion 101
Das Meer 111
Rückzug aus Stalingrad 115
Die Not des Glücks 124
Der Hermelinvogel 133
Der Tag der Fische 137
Der Rattenfänger 144

Auf der Insel der Toten 148
Circulus vitiosus 155
Die Puppe mit den Spiegelaugen 161
Wir haben Ferkelräuchern gespielt 167
Das falsche Gespenst 173
Der Spaziergang 180
Das Erbarmen 188
Der Tunnel 196
Fata Morgana 201
Es geschieht nichts 209
Die Wüstenspinne 223
Balthasars Evangelium 244
Die Meldung 248
Minervas Eulen 264
Das gelbe Haus 268
Wüste 287
Der Boxer und der Professor 305
Kurzschluß 314
Erbteilung 322
Elefantenfriedhof 328
Lawine 335
Pusteblume 338
Die letzte Jagd 344